二見文庫

あの丘の向こうに

スーザン・エリザベス・フィリップス／宮崎 槙＝訳

Call Me Irresistible
by
Susan Elizabeth Phillips

愛さずにはいられない
魅力的なアイリスへ

呆然としているテディを母が強く抱きしめた。そしてその母を父が抱きしめた。三人は自由の女神警備員事務所のまんなかで、抱擁し合いむずかる赤ん坊のように声を上げて泣いていた。

『麗しのファンシー・レディ』より

あの丘の向こうに

登　場　人　物　紹　介

メグ・コランダ	本書のヒロイン
テッド・ビューダイン	テキサス州ウィネットの町長
ルーシー・ジョリック	メグ・コランダの親友で 前合衆国大統領の娘
コーネリア・ニーリー・ジョリック	ルーシーの母親で前合衆国大統領
ダラス・ビューダイン	テッド・ビューダインの父親で プロゴルファー
フランセスカ・デイ・ビューダイン	テッド・ビューダインの母親で インタビュアー
フルール・サヴァガー・コランダ	メグの母親で大物エージェント
ジェイク・コランダ	メグの父親で俳優兼脚本家
バーディ・キトル	ウィネットのホテルのオーナー
ヘイリー・キトル	バーディ・キトルの娘
ケイラ・ガーヴィン	衣類のリセール・ショップのオーナー
ケニー・トラベラー	プロゴルファー
レディ・エマ・トラベラー	ケニー・トラベラーの妻
トーリー・トラベラー・オコナー	ケニー・トラベラーの妹
スペンサー・スキップジャック	巨大配管企業の経営者
サニー・スキップジャック	スペンサー・スキップジャックの娘
スキート・クーパー	ダラス・ビューダインのキャディー

1

ウィネットの住民のなかにはテッド・ビューダインの結婚相手を格下とみる者も少なからずいた。たとえ花嫁の母親がいまだ合衆国大統領の地位にあったとしても、町民の思いはさして変わりがなかっただろう。事実コーネリア・ジョリックが大統領の地位を退いて、まだ一年あまり。つまるところ、テッド・ビューダインがそれだけご当地の大物だということなのだ。

若い年代層では、テッドのお相手にはロック界の売れっ子アーティストがふさわしいという声もあり、現実にそうしたチャンスもあるにはあったが、テッドのほうから交際を断わっている。ファッション・リーダーとして名をはせる某女優との場合も同じ。とまあ、いろいろ意見はあれど、テッドには女子プロスポーツ選手、とりわけプロゴルファーと結ばれてほしかったというのがおおかたの町民の共通した思いだった。それなのに花嫁のルーシー・ジョリックはゴルフを嗜《たしな》みもしないというわけだった。

そうはいっても地元の業者はちゃっかりと、テッドとルーシーのツーショットをプリントしたゴルフボールを売り出した。しかしボールの表面にくぼみがあるために、二人の目が寄り目に見えてしまい、週末のお祭り騒ぎを一目見ようと集まってきた観光客には、もっと見栄えのよいゴルフ・タオルのほうが受けていた。さらに火災で焼け落ちた市立図書館の再建資金に充てようと量産された記念の皿とマグも、売れ行きがよかった。

テキサス州ウィネットは二人の偉大なゴルファーの出身地であることから、有名人を町で見かけることもとりたてて珍しいことではないが、それでも前合衆国大統領を迎えるとなると話は別だった。半径五〇マイル内のホテルやモーテルは、政治家やスポーツ選手、映画スター、州知事などVIPの予約で満室状態。町のそこここで諜報員が目を光らせ、人気スポット、〈ラウスタバウト〉の貴重なバー・スペースも報道関係者で埋め尽くされる始末だった。とはいえ長らく地元の経済をただ一つの企業に頼ってきたウィネットは財政的に逼迫《ひっぱく》しており、地元経済の活性化につながることは大歓迎といった状況にあった。そんななか、ウィネット長老派教会の真向かいに屋根のない階段式観覧席を作り一席現金二〇ドルで貸すというザ・キワニスという店のアイディアは際立って独創的だった。

全米の一般大衆は前大統領の娘が結婚式の会場として首都圏ではなく、テキサスの町を選んだことにショックを受けていた。だがテッド・ビューダインは生まれも育ちもヒル・カントリーで、彼がどこかほかの場所で結婚式を挙げるなど、地元民には考えられなかった。彼は町民に見守られながら成長し、誰もが彼のことを家族同様に知り尽くしていた。町の人間なら彼の悪口など口が裂けてもいえるはずがなかった。棄《す》てられた昔の彼女ですら、せいぜい溜息をもらすだけ。テッド・ビューダインとはそんな男なのだ。

メグ・コランダもハリウッドの有名人の娘であることに違いないが、現在のところ本人は無一文で住む家もなく、希望もなく、とてもじゃないが親友の結婚式にブライズメイドとして出るような気分ではなかった。おまけにその親友が、こともあろうにテキサス州ウィネットのアイドルともいうべき人気者を相手に選ぶなんて、人生最大の過ちではないのかと思えてならないものだから、なおいっそう気が進まなかった。

花嫁ルーシー・ジョリックは前大統領一家が滞在先として選んだ〈ウィネット・カントリー・イン〉のスィートで、じゅうたんの上を行きつ戻りつしながら溜息をついた。「面と向かっていわれこそしないけどね、メグ。この町の人は全員、テッドは身分の落ちる相手を選んだと思っているのよ！」

千々に乱れる思いがその表情からうかがえ、メグは思わずルーシーを抱きしめてやりたくなった。ひょっとするとそれは自分自身を力づけたいといった心理からくるものかもしれなかった。大切な友人が苦しんでいるというのに、みずからの窮状をここで口にしてルーシーを困らせまいとメグは決意した。「前大統領の長女をそんなふうに見下すなんて、田舎者のくせに生意気ね。あなたはそこらの一般人とはわけが違うのよ」

「娘といったって、私は養女よ。冗談じゃなくて、一歩外へ出るとかならず誰かに尋問されるの」

週に何度かルーシーと電話で連絡を取り合っていたので、これも初耳というわけではなかったが、ルーシーが悩みでいつも表情を曇らせていることまではうかがい知ることができなかった。メグは耳たぶの銀のイヤリングを片方引っ張った。上海《シャンハイ》の人力車の車夫から買ったので、これが本物の宋王朝のものかどうかは定かではない。「ウィネットで最高の男性たちにとっても、あなたなら高嶺《たかね》の花といってもいいんじゃない？」

「こんな状況って、けっこうこたえるものなのよ」ルーシーがいった。「みんな努力して露骨な態度は見せないようにしているけど、道を歩けばかならず誰かしら呼び止めて質問するの。やれテッドがUSアマチュアゴルフ選手権で優勝したのは何年かご存知ですか、とか、彼が学士号を取ってから何年間で修士号を取ったかわかりますか、とかね。これが厄介な質問なの。だって、テッドはその二つを同時に取得したんだもの」

学位を取る前に大学を中退したメグはテッドの学歴を聞いて少し呆然とした。だが見るとルーシーはどこか思いつめたような表情をしている。「それはただ、あなたがちやほやされないことに慣れていないだけじゃないの？」

「そんなんじゃないわよ」ルーシーは淡い褐色の髪のひと房を耳にかけた。「先週なんてね、あるパーティでさりげなく訊かれたわよ。テッドのIQがいくつか知っているか、とね。そんなもの知らないわよ。でも、どうせ相手も知らないと思ってあてずっぽうを口にしたの。適当に一三八って答えたわ。でもそれが大間違いだったの。どうも彼、最後にテストしたとき一五一をたたき出しちゃったらしいのね。それもバーテンダーがいうにはね、テッドはその日風邪でものすごく具合が悪かったらしいのよ。本来ならもっと高い数値を出してたはずだって」

メグは、この結婚はとことん考え抜いた結果なのかとルーシーに尋ねたかったが、そもそもルーシーはメグと違って、衝動的なことはしない。

大学時代、反抗的でひねくれたメグと、そつなくものごとをこなすが孤独だったルーシーはめぐり会った。ルーシーと同じく著名な両親を持つメグには、新しい友人関係を築くことにためらいを感じるルーシーの気持ちはよく理解できた。こうして性格は違っても二人は友情を育《はぐく》んでいった。やがてメグは、家族に恥をかかせてはならないという強い決意のせいでルーシーが生来の奔放さを抑えこんでいるのだと気づいた。そうした本質はルーシーの外見からは微塵《みじん》もうかがえない。

小妖精のような華奢《きゃしゃ》な面立ち、幼女のような濃いまつげのおかげで、ルーシーは三十一歳にはとても見えない。大学時代からずっと伸ばしている艶やかな褐色の髪を、メグなら死んでも選ばないベルベットのヘアバンドでまとめ、お上品な水色のタイトなワンピースに小奇麗なグログランのベルトを結んでいる。メグのほうはまるで違う。色鮮やかなシルクの長さの違う布を数枚重ねて細長い体を包み、一方の肩のところで布の端をひねってゆわえ、ふくらはぎまで紐《ひも》結びしたサイズ11の黒のビンテージ・グラディエーター・サンダルを履き、胸元には中央スマトラの青空市場で買った檳榔子《びんろうじ》の容器から手作りした、凝ったデザインのネックレスを飾っている。おそらくは偽物であろう宋王朝時代のイヤリングを補完するために、〈T・J・マックス〉で買ったアフリカ製ビーズを使って装飾をほどこしたバングルを何本か手首にはめている。このファッション感覚は血筋からくるものだろう。ニューヨークでオートクチュールを営む叔父にいわせれば、異国を放浪するのはある種の逃避だそうだ。

ルーシーは首元の上品なパールのネックレスをねじった。「テッドはね……天の創り出した最高レベルの男性よ。彼が私にくれた結婚プレゼントを見たでしょ？ 花嫁に教会を贈る花婿がほかにいる？」

「たしかに感動的ではあるわね」その日の午後早く、ルーシーは町はずれの細い道の奥にたたずむさびれた教会にメグを案内した。解体されるはずだった教会建物の救済のためテッドが買い取り、現在彼が住む家を建築するあいだそこを住まいとしていたという。すでに家具などは撤去されてはいるものの、味わいのあるたたずまいを見せる古い建物だ。だからルーシーが教会を気に入っている理由も、メグには理解できた。

「人妻には誰しも自分らしさをなくさないために一人になれる場所というものが必要だと、彼はいうの。なんて思いやりにあふれた人なのかしら」

メグはもう少しひねくれた解釈をしていた。既婚男性が誰にも邪魔されないスペースを確保するためには格好の戦略とはいえないだろうか？

メグは「かなりすごいわよね」というひと言だけにとどめておいた。「彼と会うのが待ちどおしいわ」ほんとうなら一カ月前に飛行機で飛んできてルーシーの婚約者と顔合わせをしておけたものを。つくづくこのところ立てつづけに起きた対人関係、金銭関係の危機がうらめしかった。あげくのはてに花嫁にプレゼントを贈るパーティ《シャワー》にも出席できず、両親の雇っている庭師から買ったポンコツ車で陸路ＬＡから移動するはめになったのだ。

溜息とともにルーシーはメグと並んでカウチに腰をおろした。「テッドと私がこの町に住むかぎり、私はいつだって至らぬ嫁扱いされるわ」

メグはこらえきれなくなって親友を抱きしめた。「もっと自信を持って、ルーシー。あなたは少女時代に一人で頑張り抜いて、里子に出されるしかなかった自分と妹の運命を切り拓《ひら》いたんだからね。そして大統領の娘という立場を立派にまっとうしたわ。知性も文句なし……修士の学位まで取得したんだもの」

ルーシーが勢いよく立ちあがった。「学士のあと修士という普通の順番でしか取れなかったけどね」

メグはルーシーの極端な物言いのなかににじむ苛立《いらだ》ちに気づかないふりをした。「あなたは児童養護活動に尽力して数えきれないほど多くの子どもたちの人生を変えた。それは天文学的なＩＱなんかよりずっと価値あるものだと、私は思うの」

ルーシーは溜息をついた。「彼のこと、愛しているわ。でもふとたまに……」

「たまに？」

ルーシーは淡いピンク色のマニキュアを塗ったばかりの指を振った。好みのまったく違うメグはエメラルドグリーンが気に入っている。「ばかみたいよね。ただのマリッジブルーよ。気にしないで」

メグの懸念はいっそうつのった。「ルーシー、私たちもう十二年の付き合いよ。どんな秘密も打ち明けあってきた仲でしょ。悩みがあるのなら……」

「悩みなんてないわよ。ただ結婚式を前にして緊張しているだけ。これだけ世間の注目を浴びているんだもの。どこを見ても報道関係者だらけだしね」ルーシーはベッドの端に腰をおろし、枕を胸にあてた。大学時代にも、動揺するとよくそんな仕草を見せていた。「でもね……もしも、彼が私にはできすぎの相手だとしたら？　私だって知性も美貌もそれなりにあるつもりだし、人間性も磨こうと努力してるけど、とても彼のレベルには届きっこないわ」

メグはこみ上げる憤りを抑えた。「あなたは洗脳されているのよ」

「私たち三人はみんな有名人の親のもとで育ったわ。あなたも私も、テッドも……でもテッドは自力で財を築いたのよ」

「そんな比較はフェアじゃないわ。あなたは非営利組織で働いてきたんだから、大金持ちになるはずないし」とはいえルーシーはメグと違い、自活能力はある。メグはもっぱら各地を旅して環境問題を学び地元の工芸品について研究するという名目で世界の僻地《へきち》への旅を繰り返していたが、現実には趣味でしかなかった。両親を愛する気持ちに変わりはなかったが、両親がとつじょ娘への資金的支援をやめたやり方には納得していなかった。三十歳の現在でなく二十一歳で無理やり自立を迫られていたとしたら、これほどふがいなく情けないとは感じなかっただろう。

ルーシーが顎《あご》の先を枕の端に乗せ、頬が生地のなかに埋もれた。「うちの両親はテッドをそれこそ崇拝しているわ。以前の私の交際相手にはあんな態度を取っていたくせにね」

「私の相手を公然と敵扱いするわが家の両親と比べたらまだましよ」

「それはあなたが札付きのろくでなしと付き合うから」

メグもその点については反論できなかった。つい最近もインドネシアで会った統合失調症のサーファー、重症の癇癪《かんしゃく》持ちのいかだ船のオーストラリア人ガイドと交際していた。世のなかには男で失敗してなにかを学ぶ女性もいるが、メグはどうも懲《こ》りないタイプのようだ。

ルーシーは枕をわきへ投げた。「テッドは二十六歳のとき、自治体の消費電力の無駄を軽減する天才的なソフトウェアを開発して財を成したの。その発明はその後の全国的な省エネ《スマート》電力網《グリッド》の基盤になったのよ。だからいまは気の向いたときだけコンサルティングの仕事を引き受ける悠々自適な生活が送れるの。ウィネットにいるときは自分で作った水素燃料電池を動力にしたフォードの古いトラックに乗ってるし、太陽光発電による空調システムも取り入れてる。ほかにもなんかよくわからないシステムを使ってるみたい。テッドがいくつ特許を持ってると思う？ 私だって知らないわよ。でもこの町では、食料品店の店員でも知ってるの。最悪なのは、彼がけっして怒らないこと。なにがあってもね！」

「それじゃまるでイエス・キリストね。大金持ちでセクシーだけど」

「気をつけて、メグ。この町でそんな言葉を口にしたら銃殺されてしまうわよ。あんなに信心深いのにこの町の住人は武器を所持しているからね」ルーシーは射殺されることを本気で恐れているような表情を浮かべていた。

間もなく結婚式前夜の食事会《リハーサル・ディナー》に出かける予定なので、メグは遠回しな表現をしている暇はないと判断した。「彼との肉体関係はどうなってるの？　あなたが水臭いから詳しくは聞いてないけど、一方的に三カ月お預けを食らわしてるって？」

「私はただ結婚初夜を特別なものにしたいだけ」ルーシーは下唇を噛《か》んだ。「彼はこれまで最高のベッドパートナーよ」

「それほど比較できる経験はないくせによくいうわ」

「彼ほどの人はどこにもいない。そういいきれる理由はいうまでもないわよね。彼は女なら誰もが夢見る相手なの。ものすごく思いやりがあって、ロマンティックに女を愛せる人だわ。まるで女性の望みを聞かなくてもわかってしまうような」ルーシーは長い溜息をついた。「そんな人と一生涯一緒なのよ」

言葉とはうらはらにルーシーの表情は晴れなかった。メグはカウチの上に足を乗せた。

「彼にだって欠点の一つや二つ、あるんじゃない？」

「ないわ」

「野球帽を後ろ向きにかぶるとか、寝覚めの息が臭うとか、ひそかにキッドロックのフェチとか。なにかしらあるはずよ」

「さあね……」ルーシーの表情に無力感が浮かんだ。「彼は完璧よ。それが欠点なの」

その瞬間メグは理解した。いまでさえ家族の失望をなによりも恐れるルーシーが、今度は未来の夫にふさわしい妻になるというさらなる責務を負うことになってしまったのだ。

ちょうどそのとき、ルーシーの母親である前合衆国大統領が寝室の戸口から顔を覗かせた。

「さあ二人とも、時間よ」

メグはカウチから素早く立ち上がった。幼いころから多くの有名人と接する機会は多かったが、そんな彼女でもさすがにコーネリア・ケース・ジョリック前大統領と接すれば畏敬《いけい》の念を覚えずにはいられない。

ニーリー・ジョリックの穏やかで貴族的な面立ち、ハイライトを入れたハニーブラウンの髪、トレードマークのデザイナースーツは数多くの報道写真でおなじみのものだが、アメリカ国旗をかたどったラペルピンの背後に隠された複雑な人間性までとらえられている写真はまずない。前大統領はかつて、ホワイトハウスを抜け出して国土をまたぐ冒険の旅へと向かい、結局ルーシーや妹のトレーシー、さらには愛する夫、ジャーナリストのマット・ジョリックと運命的出会いをしたのだった。

ニーリーはつくづくと二人を見つめた。「こうしてあなたたちを見ていると……二人が大学生だったのがついこのあいだのように感じるのに」自由の国アメリカのかつての指導者の厳しい青の瞳が昔を懐かしむようにうるんだ。「メグ、よくずっとルーシーの親友でいてくれたわね」

「運命ですから」

前大統領は微笑んだ。「ご両親にご出席いただけなくて残念だわ」

メグは両親の欠席を知ってむしろ安堵《あんど》していた。「父と母は長く離れていられないんです。あいにく、母が多忙なスケジュールの合間を縫って中国ロケ中の父に会いにいく予定と重なってしまって」

「お父さまの新作映画、私も楽しみにしているのよ。いつも新境地を開拓しつづけていらっしゃるから」

「父と母もルーシーの結婚はさぞ見届けたかったと思います」メグは答えた。「母はとくに。母のルーシーに対する思いをご存知でしょう？」

「私もあなたに同じ思いを抱いているわよ」そう答えた前大統領の言葉には格別な思いやりが感じられた。ルーシーと違い、メグはとんでもないできそこないといわれても仕方のない存在だからだ。とはいえ、こんなときに自分の過去の失敗やら暗い未来について長々と語っても仕方がない。それより無二の親友が人生最大の過ちを犯そうとしているこの現実について深く考えてみなくては。

ルーシーが選んだブライズメイドは三人の妹とメグ、合わせて四人だけだった。四人は祭壇の前に集まり、花婿と花婿の両親の到着を待っていた。ホーリーとシャーロット、マットとニーリーの実の娘たちは両親のまわりに群がっていた。十八歳になるルーシーの異父妹トレーシー、十七歳のアフリカ系アメリカ人の養子アンドレも一緒だ。父親のマットは愛読者の多い自身のコラムのなかで明言している。〝もし家族に血統というものがあるとするならば、わが家はさしずめアメリカンな雑種といったところだろう〟その言葉を思い出し、メグは切なさがこみ上げるのを覚えた。常づね劣等感ばかり抱かせられてはいるけれど、やっぱり弟たちが恋しい。

とつじょ教会の扉が大きく開いたと思うと、沈みゆく太陽を背にして、彼が立っていた。セオドア・デイ・ビューダインの登場だ。

トランペットの音が鳴り響いた。生のトランペットがヘンデルの曲を演奏しはじめた。

「すごいわね」メグはささやいた。

「でしょ」ルーシーがささやき返した。「いつもこんなことばかり起きるの。彼はたまたまだっていうんだけどね」

ルーシーからいろいろ聞かされてはいたものの、メグはまだテッド・ビューダインを初めて見る心の準備ができていなかった。美しい頬骨のライン、完璧にまっすぐな鼻梁《びりょう》、角ばった映画スターのような顎。まるでタイムズスクエアの広告塔から舞い降りたような容姿だが、男性モデルのようなけれんみは感じられない。

テッドはゆったりとした歩調で赤みのある褐色の髪をきらめかせながらバージンロードを進んでくる。まるでこんな男性が歩くには地味すぎるとでもいわんばかりにステンドグラスの窓から通路に鮮やかな光がこぼれ、宝石のような輝きで彼の行く手を飾る。数歩遅れてついてくる彼の有名な両親の姿さえかすんで見えるほど、メグは花婿に目が釘付けだった。

テッドは低音の朗々とした声で花嫁の家族に挨拶した。リハーサル中の聖歌隊席のトランペットの音がクレッシェンドに達した瞬間、彼がこちらを見た。メグは強烈なパンチを食らったような衝撃を覚えた。

輝きに縁どられた、蜂蜜《はちみつ》を混ぜたような琥珀《こはく》色の瞳。知性と直感が燃え立つような、本質を鋭く見抜くまなざし。メグは彼の前に立ったとき、目的のない生き方、自分の価値を生かせる居場所を見つけることさえできずにいるふがいなさを彼に見透かされたような気がした。〝きみって落ちこぼれだろ〟と彼の目は語っていた。〝いつの日か独り立ちできるかもしれないが、どうせハリウッドセレブの甘やかされたお嬢さまなんかに誰も期待してないからね〟

ルーシーは二人を紹介していた。「……というわけで、ようやく二人を会わせることができてよかったわ。親友と未来の夫をね」

メグはうわべの態度を取りつくろうことには長《た》けていたが、このときばかりはルーシーの言葉にあいまいにうなずくしかなかった。

「お集まりの皆さまに申し上げます」牧師が告げた。

テッドはルーシーの手を握りしめ、見上げる花嫁の顔に愛情あふれる満ち足りた微笑みを向けた。だがどれほどにこやかな笑みを浮かべても、この虎目水晶《タイガークォーツ》のような瞳に宿る超然としたニュアンスが崩れることはなかった。メグの懸念はいっそう強くなった。彼がルーシーに対して抱いている思いがなんであるにせよ、それはルーシーが受けるにふさわしい真の愛ではない。

花婿の主催するリハーサル・ディナーは地元のカントリークラブにおいて百人を招待して

執り行なわれていた。カントリークラブこそは、メグがなにより嫌悪するもので、農薬をまき散らし、水浸しにしたゴルフコースが地球環境を悪化させているという現実など一顧だにしない我欲のかたまりのような白人富裕層が集う場所だ。ここはなかば公立のゴルフ場みたいなもので、誰でもプレーできるというルーシーの説明を聞いても、メグの印象は変わらなかった。シークレット・サービスが門のところで報道陣や有名人を一目見ようと集まった野次馬を規制している。

事実どこを見まわしても普通の結婚式ではまずお目にかかれない有名人だらけである。花婿の父母はともに世界的著名人だ。ダラス・ビューダインは伝説的ゴルフプレーヤー、母親のフランセスカはテレビの著名人インタビュアーの草分け的存在でありながら、いまなお第一線で活躍している。

南北戦争前の様式で建てられたクラブハウスのベランダからはあまたの政財界の大物があふれ、ファーストティーにも政治家や映画スター、プロゴルフ界のスター選手に加えて地元民の代表者が集まっている。学校教師や商店主、整備士、配管工、理髪師、暴走族といったありとあらゆる年代種族からなる招待客だ。

メグは人波をかきわけて進んでいくテッドの様子を見つめた。穏やかで控えめな態度でありながら、常に人の注目を集める存在の輝きといったものが感じられる。ルーシーは彼のそばに寄り添いながらも、誰かが呼び止めて話しかけるたびに緊張でぶるぶる震えている。いっぽうの花婿は終始落ち着いた態度を保っている。そんな様子を見ながら、メグは賑やかな人びとの談笑に囲まれつつ笑顔ではいられなくなった。ただひたすら花嫁にべた惚れの様子を見せればいい結婚前夜の宴で、花婿がこの役回りをあまりにそつなく冷静にこなしていることに驚きを感じたのだ。

メグが元テレビ局のニュースキャスターから、「お母さまとは似ていらっしゃいませんね」と例によっておきまりの感想を聞かされたちょうどそのとき、テッドとルーシーが近づいてきた。「またおのろけっていわれそうだけど」ルーシーは通りかかったウェイターのトレイから三杯目のシャンパングラスをつかんだ。「彼って素敵でしょ」

そんな褒《ほ》め言葉にはいっさい反応せず、テッドはなにもかも知り尽くしたようなまなざしでメグを見つめた。これでも世界の秘境を訪ね歩いた経験があるのよ、とばかりにメグはテッドを鋭く見つめ返した。

コスモポリタンを気取っているのかい？　彼の目がささやいた。つまりそれは根無し草ってことだよな。

自分のことより親友ルーシーの苦境に気持ちを集中すべきよ、それも素早く対処しなくてはいけないの、とルーシーはみずからに言い聞かせた。たとえここで無遠慮な物言いをしたところで、なにも問題はないはず。ルーシーは私のあけすけな表現には慣れているし、テッド・ビューダインに好印象を与える必要はないんだわ。メグは肩の結び目に手を触れた。

「ルーシーは話してくれなかったけれど、あなたってウィネットの町長さんなんですってね……この町の〝守護聖人〟ってだけじゃなくて」

テッドはそんなメグの皮肉に眉をひそめたり、得意がったりせず、また面食らった様子も見せなかった。「ルーシーは大袈裟《おおげさ》な言い方をするからね」

「大袈裟なものですか」ルーシーがいった。「トロフィーケースのそばにいたある女性は、あなたが通り過ぎるとき膝を折って祈る仕草を見せたわ」

テッドが満面の笑みを浮かべ、メグはそれを見てはっと息を呑んだ。ゆっくりと広がる大らかな笑顔が信じがたいほどにあまりに無垢《むく》な感じだったからだ。そして気づけばこう口走っていた。「ルーシーは私の大親友、姉みたいな存在よ。でもいうわ。この人にどんな癖があるか、あなたは全部知ってるの？」

ルーシーは当惑の表情を浮かべたものの、思うところがあったのか、口をはさみはしなかった。

「ぼくに比べたらルーシーの欠点なんて取るに足りないよ」テッドの眉は髪の色より濃いが、まつげの色は薄く、先端は星くずを散らしたような金色だ。

メグはさらに追及した。「それは具体的にどんな欠点なのかしら？」

ルーシーもその答えがなんであるのか、知りたげな表情を浮かべた。

「少々おめでたいところがあるかも」テッドはいった。「たとえば、望みもしない町長の役職をつい引き受けてしまうとか」

「あなたは他人に合わせすぎるのよ」ルーシーがおずおずといった。「まわりのどんな人の意見にも逆らおうとしないんだもの」

メグは節度ある会話の境界線を踏み越えた。「つまりあなたはおめでたくて他人のいいなりになる傾向があるわけね。ほかには？」

テッドはまばたき一つしなかった。「できるだけつまらない話題に走らないよう努力してはいるんだけど、つい万人の関心からはずれた方面に話が向いてしまうことがあるね」

「オタクってことね」メグが決めつけるようにいった。

「そういうこと」

ルーシーはテッドの肩を持った。「私は平気よ。あなたは楽しい人だから」

「そう思ってくれて嬉しいよ」

テッドはビールをひと口飲み、なおもメグの露骨な質問への答えを考えていた。「あと、料理の腕が悪いね」

「それはほんとよ！」ルーシーが金鉱でも掘り当てたようにいった。

満足げなルーシーの様子を見たテッドの顔が楽しげに輝き、ふたたびゆっくりとした笑みが口元に広がった。「料理を習うつもりはないから、我慢してもらうしかないね」

ルーシーは少し夢見るような表情を浮かべており、自己申告の短所リストで逆にテッドが点数を稼いでいることに気づき、メグは攻撃に出た。「ルーシーには彼女らしさを輝かせてくれる相手が必要なの」

「そもそもルーシーは男の支えなんてなくたって輝ける人だよ」テッドは穏やかに反論した。「自分というものをしっかり持っている女性だからね」

この発言は、彼が自分の結婚相手についていかに無知であるかをよく物語っている。「ルーシーは十四歳で未来の両親と出会って以来、本来の自分ではなくなったの」メグはいい返した。「彼女は本来ひねくれ者で、厄介ごとを引き起こすタイプよ。でもね、愛する家族に恥をかかせたくないから波風を立てないようにしているの。あなたはそういう彼女の一面もひっくるめて受け入れられるの？」

テッドは核心をついてきた。「ルーシーとぼくの結婚について、きみにはなにか思うところがあるようだね」

私はこの人と間違いなくこれから結婚するのよときっぱりいいきりもせず、上品なだけのパールのネックレスを手でもてあそんでいるルーシーの様子を見て、メグは自分の直感に一分の狂いもないことを確信した。メグは要点をついた。「あなたはたしかに素敵な男性だわ」それが褒め言葉に聞こえてしまってはならなかった。「でももし、素敵すぎるとしたらどうかしら」

「なにをいいたいのかさっぱりわからないな」

相手の指摘を理解できないのは、これほど知的な人物には稀有《けう》な体験ということになるだろう。「もしもよ…」メグは続けた。「…ルーシーにとってあなたができすぎの相手だとしたら？」

ルーシーは反論することもなく、ホワイトハウス流の微笑を浮かべ、数珠《じゅず》のようにパールを指でもてあそんでいる。

テッドは笑った。「ぼくのことをもっとよく知っていたら、いまのきみの指摘がいかに的外れなのかわかってもらえただろうよ。ちょっと失礼して昔のボーイスカウトのリーダーにルーシーを紹介してこようかな」テッドはルーシーの肩に腕をまわし、連れ去った。

メグは気を取り直そうとトイレに向かったが、そこで赤い髪をレザーカットにし、入念なメークをほどこした、ガタイの大きい女性と出くわした。「私はバーディ・キトル」マスカラを塗りたくった目でしげしげとメグを見ながら、女性はいった。「あなたがルーシーの親友ね。お母さんにはまるで似てないわ」

年のころは三十代の後半といったところか。つまりメグの母親フルール・サヴァガーがモデルとして活躍した時代には子どもだったことになる。しかし母親に似ていないという意見を聞くのはいまに始まったことではない。母親はきわめて知名度の高い有名人だ。フルール・コランダがモデルを辞め、いまや全米でももっとも有力なタレント・エージエンシーを起業したのはかなり昔の話。だが一般大衆にとって、彼女はいまでも〈きらめきの妖精《グリッター・ベイビー》〉なのだ。

メグはルーシーのホワイトハウス式のにこやかな微笑をまねた。「それはうちの母が世に知れた美人で、私はその美貌を受け継いでないからですわ」たしかにそれは事実だが、メグは母親から身体的特徴のいくつかと、欠点をも受け継いでいる。グリッター・ベイビーのマジックペンで描いたような眉、大きな手、船の櫂《かい》のような足、六フィートという高身長の母親より二インチだけ足りない上背だ。オリーブ色の肌の色、褐色の髪、父親ゆずりのアンバランスな目鼻立ちのせいで母親のように華やかな美貌の範疇《はんちゅう》には属さないが、瞳は個性的で、光の具合によって緑と青が微妙に交わった色を放つ。残念ながら両親の持つ豊かな才能や野心は受け継いでいない。

「でもお母さんとはまた違った独特の魅力があるわ」バーディはイブニングバッグのきらめく留め金にマニキュアを施した指先を当てながら、いった。「エキゾチックなところがいいわね。最近じゃカメラの前でポーズをとればみんなスーパーモデル扱いされるけど、グリッター・ベイビーは本物のスーパーモデルだったわ。そしてその後の見事な女性実業家への転身。私も事業をやっているから、彼女のことは尊敬しているの」

「ええ、母は立派です」メグは母を心から愛しているが、フルール・サヴァガー・コランダが上顧客との契約を失ったり、重要な交渉に失敗したり、キスマークをつけていたりと、たまにはヘマをやらかす人ならどんなにかよかったのにと思わずにはいられない。だがフルールの不運は人生の早い時期に集中したので、メグがこの世に生まれてこのかた一人で一家のはみ出し者の役を演じている。

「あなたは父親似なのかもね」バーディは続けた。「お父さんの映画は気の滅入る暗い作品以外はすべて観たわ」

「オスカー受賞作のこと?」

「そう、あの作品よ」

メグの父親は三つのキャリアを持つ多彩な才能の持ち主だ。世界的に有名な俳優であり、ピュリッツァー賞を受賞した脚本家であり、ベストセラー作家でもある。それほどとてつもない成功を収めた偉大な両親を持つのだから、その子どもが少々出来の悪い人間だとしても誰も咎《とが》めることはできないだろう。そこまで輝かしい両親の名声に恥じない活躍ができる子どもがどこにいるというのだ。

でもメグの弟たちは違う……。

バーディはウエストを絞りすぎたハートネックの黒のドレスの着くずれを直した。「あなたの友人ルーシーはきれいで可愛い女性よ」褒め言葉のはずが、そこに称賛は感じられなかった。「彼女にはテッドのような人と結ばれることに感謝してもらいたいものだわ」

メグはなんとか平静を保とうとした。「当然しているでしょうし、同時にテッドにもルーシーほどの女性を娶《めと》れることに感謝してほしいわ。ルーシーは月並みの女性とはわけが違うのよ」

バーディはここぞとばかりにいい返した。「それでもテッドのお相手としては物足りないのよ。でもこの町に住まないと、それを理解することはできないでしょうね」

本音は別だが、この女性と舌戦を続ける気はなかったので、メグは笑顔を崩さなかった。

「LA育ちなので、そこらへんはよく心得てますわ」

「私のいいたいことはただ一つ。嫁が前大統領の娘だからといって、テッドには得るものはなにもないんだから、誰も彼女を特別扱いはしないってこと。彼はテキサス州でも一番の素晴らしい男性。彼女はそんな男性の妻として町民の尊敬を受けるに値する存在になってもらわないとね」

メグは必死に怒りを抑えた。「ルーシーはすでに尊敬すべき人物よ。心優しく知性があって、洗練された女性なの」

「テッドが洗練されていないとでもいうつもり？」

「いいえ、そんなつもりは――」

「テキサス州ウィネットなんて、あなたにとってはたいしたところじゃないかもしれないけど、ここはこれでも垢抜《あかぬ》けした町なの。ワシントンの大物じゃないというだけでよそ者にばかにされるのはごめんだわ」

「ルーシーはけっして――」

「この町では自力で名を上げてこそ周囲に認めてもらえるの。ここで親の七光りは通用しないのよ」

バーディの指摘がメグ本人に向けたものなのか、ルーシーのことを指しているのかはっきりしなかったが、どちらでもかまわなかった。「私も世界じゅうの小さな町を訪ね歩いた経験があるけれど、これといったセールスポイントを持たない町ほど部外者の受け入れを拒むものよ。活況を失ったさびれた町ではよそ者を脅威ととらえる傾向があるの」

バーディのペンシルで描いた褐色の眉が吊り上がった。「ウィネットはさびれてなどいません。それは彼女の意見なの？」

「いいえ、私の考えよ」

バーディは苦々しい表情でいった。「なるほど、それなら納得ね」

ドアが勢いよく開き、淡い褐色の長い髪をしたハイティーンの少女が顔を覗かせた。「ママ！　レディ・エマたちが写真を撮りたいって呼んでるわよ」

バーディは憎々しげにメグをひと睨みするとトイレを出ていった。パーティに戻ったら、いまメグと交わした会話のすべてを仲間に話して聞かせるはずだ。

メグは顔をしかめた。ルーシーを庇《かば》おうとしてかえってことを荒立ててしまった。この週末はどうやら面倒なことになりそうだ。メグは肩の部分を結び直し、奇抜なヘアカットを施した短い髪を手ぐしで整え、仕方なくパーティに戻った。

バーベキューを囲んで招待客たちがにぎやかに語り合い、ベランダ越しに笑い声が響いてくる。このパーティを楽しんでいないのはメグ一人のようだった。ふとルーシーの母親と二人きりになってしまったのに気づき、メグはなにかいわねばと慎重に言葉を選んで話したが、会話はぎくしゃくした。

「つまりあなたは、ルーシーがテッドと結婚すべきじゃないと本気でいってるわけ？」ニーリー・ジョリックは野党への答弁に使うような厳しい口調で尋ねた。

「いえ、そんなことでは。ただ――」

「メグ、あなたがいまたいへんな状況にあるのは私も承知しているし、気の毒だとは思っているけれど、そんな暗い気持ちでルーシーの幸せに水を差すのはやめてね。テッド・ビューダインを結婚相手に選んだのは、ルーシーの最高の選択だったわ。あなたの心配には根拠がない。そんな心配はそっとあなたの胸にしまっておいてちょうだい」

「どんな心配？」かすかに英国訛《なま》りのある声が尋ねた。

メグがはっと振り向くと、すぐ横にテッドの母親が立っていた。さながら現代のヴィヴィアン・リーといったたたずまい。逆三角形の顔、ふわりとした赤褐色の髪、いまなお美しいラインを保つ体にフィットしたモスグリーンのドレス。三十年間も放送されている〈フランセスカ・トゥデー〉という長寿番組によってフランセスカはバーバラ・ウォルターズと比肩する著名人インタビュアーの第一人者となった。ウォルターズが卓越したジャーナリストであるのに対してフランセスカのインタビューにはより娯楽的要素が多い。

ニーリーは慌てて場を取りつくろった。「ブライズメイドは緊張するものだから……フランセスカ、最高に素敵なパーティで、私も夫もこのうえなく楽しませてもらっているわ」

フランセスカはそんなひと言を鵜呑みにするほど鈍感ではない。彼女はメグに向かって冷ややかに会釈し、値踏みするような一瞥《いちべつ》とともにニーリーを招待客のグループのほうへ案内した。そのなかにはメグが先刻トイレで出会った赤毛の体格のいい女性や、新郎付添い役《ベストマン》を務めるケニー・トラベラーの妻エマ・トラベラーや、その他のゴルフ界のスーパースターもいる。

その後メグは一人の場違いな招待客をやっと見つけ出した。テッドの友人と称するその暴走族の隆々とした胸板を見て気を晴らそうとしたが、心は沈んだままだった。むしろ、もし自分が少しでもテッド・ビューダインに似た相手を連れて帰れば両親はどれほど喜ぶだろう

さわしくないのだ。

と想像せずにはいられなかった。

ルーシーの言葉は正しかった。彼は完璧な男だ。だからこそルーシーにはこのうえなくふさわしくないのだ。

ルーシーは心が落ち着かず、寝つけずにいた。今夜は一緒に寝るのだといって譲らなかった妹のトレーシーはかたわらでぐっすり眠っている。姉と妹二人きりで過ごせるのは今日が最後だからね、とトレーシーはいった……でもそんな妹も姉の結婚を悲しんでいるわけではない。誰もがそうであるように、テッドのことが大好きだ。

ルーシーとテッドは二人の母親の計らいのおかげでめぐり会った。「すごく素敵な男性よ、ルース」ニーリーはいった。「会うのを楽しみにしていてね」

そして事実テッドは素晴らしい男性だった。メグがこの結婚に疑念を抱くのは間違っている。しかしじつをいうとルーシーの心のなかにも数カ月前からこれでいいのかという思いがあり、いくら振り払っても消えないのだ。およそまともな精神の女性ならテッド・ビューダインに恋をしないはずがないし、まばゆい彼の魅力にルーシーも惹かれた。

ルーシーはシーツを蹴《け》った。これはすべてメグのせいよ。これがメグの悪い癖。メグはなにもかもすべてを混乱させてしまう。いくら親友のことでも、欠点が見えないほど私は盲目ではない。メグは甘やかされ、無謀で、無責任で、自分の心のなかではなく次の山の向こうに目的を見いだそうとする。それでもメグには道義心があり、思いやりがあって、誠実で誰よりも私に友情を持っていてくれる。二人はそれぞれに偉大な両親の影で生きるすべを見いだしてきた。私は環境に順応することによって、メグは親の七光りの届かない地を求め世界各地を巡ることによって。

メグは自分自身の強みを認識していない。頭脳の使い道がわかっていないだけで、両親からは高い知能を受け継いでおり、ひょろりと長い個性的な容姿は典型的な美人などよりはるかに人目を惹く。また、あまりに器用でなんでもこなせるため、かえって自分には取り柄がないと決めつけてしまっており、みずから無能だと認め両親やルーシーでさえその頑《かたく》なな思いを覆してやれずにいる。

ルーシーは枕に顔を向け、夜になって宿に戻ってきたときの恐ろしい瞬間の記憶を締め出そうとした。メグは宿に着くなりルーシーを抱きしめてこうささやいたのだ。「ルース、彼は素晴らしい男性よ。まさしくあなたのいったとおりだったわ。だから絶対に彼と結婚してはだめなの」

メグの警告にも驚いたが、それ以上にぎょっとしたのは自身の反応だった。「わかっているわ」気づけばそうささやいていた。「でも結婚するしかないわ。もうあと戻りはできないもの」

メグは激しくルーシーを揺さぶった。「手遅れなんかじゃないわよ。必要なことはなんでも手伝うから」

ルーシーは体を離し、自分の部屋に駆けこんだ。メグはわかっていない。彼女はハリウッド育ち。そこは常軌を逸した事柄でも普通のこととして受け入れられる特殊な町だ。いっぽうのルーシーはワシントン育ちで、保守性の強い土地柄を知り尽くしている。大衆はこの結婚に熱い視線を注いでいる。国民はジョリック家の子どもたちの成長を見守りながら、未熟なゆえの失敗も受け入れてきた。世界じゅうの報道関係者たちが結婚式の取材のためにここに集まってきている。だから明確な理由もなしに式を中止するわけにはいかないのだ。それに、もしテッドが自分にふさわしくない相手だとしてもほかの誰かがそれに気づいただろうか？　両親も、トレーシーも、すべてを明確に見きわめる資質をそなえたテッドでさえ、わかっていないのではないか？

物事の判断において絶対的に誤りのない男テッド・ビューダインの面影が脳裏に浮かび、ルーシーはようやく浅い眠りにつくことができた。だがその安堵感も翌日の午後には消えていた。

2

ウィネット長老派教会の本堂入口の広間《ナーテックス》は古びた聖歌集と昔懐かしい持ち寄りパーティ料理の匂いがした。外では整然とした混沌《こんとん》があたりを制していた。別途設けられた報道陣用の席では記者たちがひしめき合い、階段席は野次馬であふれ返り、一部道路にはみだすありさまだ。花嫁側のメンバーが教会の内陣に整列をする際、メグはルーシーのほうを振り返った。完璧にフィットしたレースのウェディングドレスがルーシーの小柄な身体を引き立てていたが、ふんわりと巧みに施された美しいメークでさえルーシーの緊張を隠しきれていなかった。朝からずっとあまりに神経過敏になっているルーシーを見て、メグもこの思慮のない婚礼についで、これ以上語れなくなっていた。実際ニーリー・ジョリックがメグの一挙手一投足を監視している状態では、ひと言も発するわけにはいかない。

室内楽アンサンブルが前奏曲を演奏し終え、トランペットが鳴り響いて花嫁一行の入場を知らせた。ルーシーの下の妹たち二人が先頭に立ち、二番目にメグが、次に十八歳のトレーシーが続く。トレーシーは花嫁のメイド・オブ・オナーを務める。みなシンプルなシャンパン色のクレープ・デシンのドレスに身を包み、ルーシーからの贈り物であるトパーズのイヤリングをつけている。

十三歳のホーリーがバージンロードを進みはじめ、なかほどまで行くと、姉のシャーロットが前へ歩み出した。メグが肩越しに振り向くと、ルーシーが一人で内陣にたたずみ両親を出迎えようとしている。これは両親との出会いをイメージして、ルーシーが考えた演出なのだ。メグは自身の入場に備えてトレーシーの前に移動した。しかし一歩前に踏み出そうとした瞬間、衣擦《きぬず》れの音とともに誰かに腕をつかまれた。「いますぐテッドと話したいの」ルーシーが取り乱した様子でささやいた。

金髪を複雑なひねりにまとめたトレーシーが息を呑んだ。「ルース、どうしちゃったの?」

ルーシーは妹の質問を無視した。「彼を連れてきてちょうだい、メグ。お願い」

メグはしきたりにこだわるタイプではないが、そんな彼女でもルーシーのこんな行動は無鉄砲に思えた。「ここまできてなんなの? そんなことをいい出すのなら、せめて数時間前にすればよかったと思わない?」

「あなたのいうとおりだったわ。なにもかも。どんぴしゃりね」長いチュールを通してさえ、ルーシーの顔色は動揺で蒼ざめていた。「助けてほしいの、お願い」

トレーシーが振り向いてメグを見た。「わけがわからないわ。メグ、ルーシーになんといったの?」トレーシーは答えを待たず、姉の手をつかんだ。「ルース、これはただのパニック発作。すぐ治まるから大丈夫よ」

「いいえ、テッドと話したいの」

「いまになって？」トレーシーもメグと同じ言葉を返した。「彼と話すなんて無理だわ」

とはいえ、やはりこれはルーシーの要望を聞き入れるべきなのだ。トレーシーには途方もないことに思えただろうが、メグにはルーシーの心理がよく理解できた。小ぶりのカラーの花束を握りしめながら、メグは笑顔を浮かべ純白のじゅうたんの上に足を踏み出した。

　内陣と奥は一本の通路によって仕切られている。アメリカ合衆国前大統領とその夫は誇らしげに目をうるませ、愛娘の独身最後の歩みに付き添う瞬間を待ち受けていた。テッド・ビューダインは新郎付添い役《ベストマン》、花婿付添い役《グルームズメン》とともに祭壇の前にいた。一条の陽光がまさしく後光のように彼の頭部を照らしていた。

　メグは昨夜のリハーサルでバージンロードを進む歩調が速すぎると注意を受けていたが、普段の大股歩きをやめて歩幅を小さくすれば、それは問題ないことだった。それよりとんでもない事態を招いてしまった、という実感に襲われた。招待客たちが花嫁の登場を期待して、いっせいに振り向いた。それなのに本来ならシャーロットの隣りにいるべきメグが祭壇の前に早々とやってきてテッドの前に立った。

　テッドは怪訝《けげん》そうな表情でメグを見た。メグは心乱す彼の虎目水晶《タイガークオーツ》のような瞳を直視しないですむように、彼のひたいに視線を注いだ。「ルーシーがあなたと話したがっているの」

　メグはささやいた。

　テッドはこの情報を解析するあいだ、上を向いた。ほかの男性ならこんな状況になれば、あれこれと質問攻めにするところだが、テッド・ビューダインは違った。表情が当惑から懸念に変わった瞬間、彼は気まずさなどいっさい見せることなく目標に向かって大股で進みはじめた。

前大統領とファースト・ハズバンドは通り過ぎていくテッドの様子を見守り、すぐに彼のあとを追った。列席者のあいだにどよめきが広がった。花婿の母親が立ち上がり、続いて父親が立った。こんな事態にルーシー一人で立ち向かわせるわけにはいかないと、メグは慌てて通路を駆け戻った。走りながら、大きな不安が心に広がっていった。

本堂入口前の広間に戻ると、テッドの肩越しにルーシーのふんわりしたベールの頭部が見え、トレーシーやルーシーの両親たちが花嫁を取り囲んでいた。ドアのところではシークレット・サービスのエージェントが数名警戒態勢を取って待機している。テッドがルーシーの手を引いて家族のいる場所から離れたちょうどそのとき、花婿の両親が現われた。ルーシーの腕をしっかりつかんだまま、彼は脇の小さなドアまで導いた。ルーシーが誰かの姿を探すように、振り向いた。メグの姿をとらえたルーシーの表情はベール越しにもはっきり見えた。

助けてちょうだい。

メグは駆け寄ろうとして、普段は穏やかなテッド・ビューダインの表情に浮かぶ厳しさに行く手を阻まれた。父親のジェイク・コランダが〈バード・ドッグ・カリバー〉の映画シリーズでよく見せる表情だ。ルーシーが首を振ったので、仲裁を求めていたわけではなかったのだと、メグは気づいた。この場の混乱を鎮めてほしかったのだ。しかしそれを頼む相手が間違っている。メグにはどだい無理な相談だ。

花嫁と花婿がドアの向こうに消えると、前アメリカ合衆国大統領のファースト・ハズバンドがメグに詰め寄った。「メグ、いったいなにごとだ？　トレーシーときみは事情を知っているんだろう？」

メグはブライズメイドのブーケを握りしめた。なぜルーシーはこんなに長年反抗的な本性を隠しつづけたのだろう？「ただその……ルーシーがテッドとの話し合いを望んだだけなんです」

「それは見ればわかる。問題はなにについて話し合うのかだ」

「ルーシーは……」メグはルーシーの動揺した表情を思い浮かべた。「この結婚について迷いがあるんです」

「迷いですって？」淡い褐色のシャネルに身を包んだフランセスカ・ビューダインが激怒の表情で近づいてきた。「こんなことになったのは、あなたのせいよ。昨日の晩、あなたがいった言葉をこの耳でちゃんと聞いたわ。すべてあなたが原因なのよ」フランセスカは息子の入ったドアに向かって突進しようとしたが、すんでのところで夫に引き止められた。

「待つんだ、フランセスカ」ダラス・ビューダインの言葉には妻のきびきびした英国訛りの英語とは対照的なゆったりとした南部訛りがある。「二人だけで解決すべき問題だよ」花嫁と花婿の付添い役たちがぞくぞくと広間に詰めかけた。ルーシーの兄弟姉妹も集まってきた。アンドレ、シャーロット、ホーリー、メグを怒りのまなざしで睨みつけるトレーシー。牧師が前大統領のもとへ行き、二人のあいだで短い言葉が交わされた。牧師はうなずき、広間に戻り、「申し訳ありませんが、式をしばし延期しますので、そのままお待ちください」と一同に告げた。

室内楽が演奏を再開した。広間のわきにあるドアはまだ閉まったままだ。メグは緊張で気分が悪くなりそうだった。トレーシーが家族から離れてメグに向かってきた。怒りで、薔薇《ばら》のつぼみのような唇をとがらせている。「ルーシーはあなたが来るまで幸せそのものだったわ。こんなことになったのはあなたのせいよ!」

父親のマット・ジョリックがトレーシーの肩に手を置き、メグを冷ややかに見つめた。

「昨日の夜のきみの発言について、ニーリーから聞いたよ。どういうことかな?」

花婿の両親がマットの言葉に反応した。メグはルーシーにこの場を任されたことを思い出し、逃げ出したい衝動を抑えた。「ルーシーは……愛する家族を失望させないよう、必死に努力しているんです」メグは乾いた唇を舐めた。「そのために自分の本心に……そむくことさえあるんです」

マット・ジョリックは物事の核心を衝《つ》くことにかけては容赦ないジャーナリズムの人間だ。

「それは具体的にどういう意味なんだね? 曖昧《あいまい》な表現はよしてくれないか」

全員の視線がメグに注がれていた。メグはカラーの花束を握りしめた。逃げ出したいのはやまやまだが、この先待ち受ける困難な話し合いに備えて、ルーシーのためにせめて土台づくりだけでもしておかなくてはならない。「ルーシーは見かけほど幸せじゃありません。心に迷いがあるからです」メグはふたたび唇を舐めた。「ルーシーは見かけ

「ばかげてるわ！」テッドの母親が大声で言った。「ルーシーに迷いなんてなかったわ。あなたがあんなことをいいだすまではね」

「ルーシーに迷いがあるなんて、ここにいる全員初耳だな」ダラス・ビューダインがいった。

メグは答えをはぐらかそうと一瞬考えたが、ルーシーは姉妹も同然の親友。このくらい堪えてみせるのは当然と腹をくくることにした。「ルーシーは自分が間違った理由でテッドと結婚しようとしているのではないかと気づいたんです。彼は……自分にとってふさわしい相手ではないかもしれないと」

「ばかげてるわ」フランセスカの緑の瞳が毒矢を放った。「どれほど多くの女性がテッドとの結婚を熱烈に願っているか、あなたは知っているの？」

「よく知っています」

テッドの母親は態度をやわらげなかった。「土曜日にルーシーと朝食をともにしたけど、最高に幸せな気持ちだといっていたのよ。それがあなたの到着で一変したわけよ。いったいなにを彼女に吹きこんだわけ？」

メグは話をそらそうとした。「ルーシーは見かけほど幸せではなかったのではないでしょうか。ルーシーは本心を隠すのがうまいので」

「私の仕事は本心を偽る人の心理を探るのが専門よ」フランセスカは鋭く反論した。「ルーシーは本心を偽っていなかったわ」

「ルーシーはその道の達人なんです」

「こうなった別の理由をいってあげましょうか」小柄な花婿の母親が検察官のような威厳をにじませながら迫ってきた。「動機は本人以外にわからないけれど、とにかくあなたは、結婚直前の過敏な花嫁の心理に乗じることにしたのではないかしら?」

「違います。そんなことありえません」メグはブーケのブロンズ色のリボンをねじった。てのひらが汗ばみはじめていた。「ルーシーはこの結婚をご家族がどれほど待ち望んでいるかよく知っていました。だから、結婚してしまえばなんとかなると自分自身に言い聞かせてきました。でも本心から望んだものではなかったんです」

「そんなの嘘だわ!」トレーシーの青い瞳から涙があふれた。「ルーシーはテッドを愛しているの。あなたは嫉妬しているのよ! だからこんなことしたのね」

これまで慕ってくれていたトレーシーの敵対的な態度がメグは悲しかった。「それは違うわ」

「だったらルーシーにどんな話をしたのか、いってみて」トレーシーが詰め寄った。「ここにいる全員に向かって」

メグの汗ばんだ指のあいだでリボンが裂けた。「ただ自分の本心を偽らないでといっただけよ」

「ルーシーは本心を偽ってなんかいなかったわ!」トレーシーが叫んだ。「あなたがなにもかも台なしにしたのよ」

「私はルーシーの幸せを願っているだけ。でもルーシーは幸せじゃなかった」

「昨日の午後ちょっと話しただけで、きみはすべてを見通したとでもいうのか？」こう尋ねたテッドの父親の声はぞっとするほど低かった。

「ルーシーのことはよく理解していますから」

「われわれ家族は理解していないとでも？」マット・ジョリックが冷たくいった。

トレーシーの声は震えていた。「あなたが現われるまで万事順調だったのに」

「実際は違ったということよ」メグは胸のあいだに汗がしたたり落ちるのを感じた。「ルーシーが家族に心配をかけたくないからそう思わせていただけ」

ジョリック前大統領が長々と探るようなまなざしをメグに向け、ようやく沈黙を破った。「メグ」

ニーリーは静かな口調でいった。「あなたはなにをしたの？」

ニーリーの穏やかな叱責《しっせき》で、メグはいまさらながら気づいた。この成り行きの責任を自分が負うことになるのだ。たしかに彼らの言い分には一理ある。この結婚が間違っているなどとは誰一人気づくはずもなく、札付きの穀《ご》つぶしがなにを偉そうにのたまうのか、と思われても仕方がないからだ。

メグは高貴な蒼い瞳から放たれる迫力に気圧されていた。「私は――ルーシーが……」深く尊敬する女性の表情に浮かぶ失望の色は両親からの咎めに耐えるより辛いことだった。少なくとも両親をがっかりさせることには慣れている。「すみません。申し訳ないと思っています」

ジョリック前大統領は首を振った。

自惚《うぬぼ》れた有名人をテレビ番組のインタビューでやりこめることでつとに有名な花婿の母親が攻撃を開始した。だが夫のダラス・ビューダインが冷静さを保った声で引き止めた。「少しばかり過剰に反応していないか？　テッドとルーシーは話し合いですでに問題を解決したかもしれないんだし」

しかし問題が解決しているはずもなく、ニーリー・ジョリックも同じ考えのようだった。娘の気質をよく知っているニーリーは、ルーシーがよほどの決意でなければ家族にこのような苦痛を与えるはずがないと思っていた。

テッドとルーシーの家族は一人ずつメグに背を向けた。二人の両親、ルーシーの妹や弟、花嫁花婿の付添い人たち。まるで存在を否定されてしまったかのようだった。みずからの両親に見放されたあげく、今度は親友の家族にまで見かぎられてしまった。愛する人びと、大好きな人びとに愛想を尽かされたのだ。

本来泣き虫ではないつもりだが、悲しさで涙がこみ上げ、メグはこの場を立ち去りたくなった。そっと教会の正面入口に向かうメグに目を留める者は誰もいなかった。ドアノブをひねって外に出た瞬間、自分の軽率さを悟ったが、時すでに遅し。

フラッシュがたかれた。テレビカメラがまわった。いましも結婚の誓約の言葉が交わされているべきタイミングで、ブライズメイドが現われたものだから、喧噪《けんそう》を巻き起こしたのだ。教会に面した階段状の観覧席にいた見物人のなかには、いったいなんの騒ぎかと立ち上がる者もいる。記者たちは詰め寄った。メグはブーケを落とし、背を向けて重い鉄製のドアノブを両手で握りしめた。ドアノブはまわらなかった。それも当然、ドアは警備上ロックされるのだ。メグは身動きが取れなくなった。

記者たちは警備の特別班のところまでメグを追いつめた。

なかでなにが起きているんですか？

なにか不都合でもあったのですか？

不測の事態に陥ったということですか？

ジョリック前大統領はご無事ですか？

メグの背中はドアに押しつけられていた。記者たちの質問は声高に厳しくなるいっぽうだった。

花嫁と花婿はどちらに？

式は終わったんですか？

なにが起きているのか、話してください。

「私は気分が悪くなってしまっただけです……」

記者たちの叫び声がメグのか細い声を掻き消した。誰かが「口々にしゃべるのはやめろ！」と全員に向けて叫んだ。タイでは詐欺師を引き下がらせ、モロッコの町のごろつきにも脅されなかったメグが、これほど無力感を覚えたことはかつてなかった。メグはブーケを靴底で押しつぶしながらふたたびドアのほうを向いた。しかし錠は頑として動かない。なかにいる誰もメグの陥った窮地に気づかないのか、あるいはひょっとして、メグを人身御供にするつもりなのか。

観覧席の見物人は全員立ち上がっていた。メグは必死にあたりを見まわし、教会側部へつながる歩道へ抜ける小さな階段を見つけた。そしてつまずきそうになりながら、その階段を駆け下りた。観覧席から抜け出した見物人の一部が教会のフェンスの向こう側にある歩道に群れ集まっていた。ベビーカーを押している母親や、ドリンククーラー持参の者もいる。メグはスカートの裾をつまみ、表面が平らでないレンガの小道を抜け、裏手の駐車場へ向かった。警備員の一人が教会の裏口から入れてくれるはず。なんともお気楽な思いつきだが、メディアに立ち向かうよりはましだ。

アスファルトの駐車場に行き着くと、花婿付添い人の一人がこちらに背を向けた状態でダークグレーのベンツのドアを開けようとしてるのが目に入った。やはり式は中止になったのだ。結婚式に出たほかの面々と同じリムジンに乗り合わせて宿に戻るなど思いもよらなかったので、メグはベンツのほうへ向かった。「宿まで乗せて行ってくださらない?」

「断わる」

見上げるとそこにはテッド・ビューダインの冷ややかな目があった。硬いその表情をひと目見ただけで、今回の出来事はすべてメグが原因だと彼が思いこんでいるのがわかる。リハーサル・ディナーの席でメグが彼にあんな質問をぶつけたわけだから、そう思われても仕方がないだろう。「こんなことになって、さぞ辛いでしょうね」と彼に慰めの言葉をかけようとして、彼が少しも辛そうな様子を見せていないことにメグは気づいた。辛いというより、むしろ、面倒なことになったといわんばかりの顔つきだ。こんな感情のない男を棄てたのは、やはりルーシーにとって正しい選択だった。

メグは乱れたスカート部分を引いて直し、よろけながら後ろに下がった。「ああ……それならいいわ」

テッドはゆっくりと車を駐車場から出した。タイヤをきしませることもなく、エンジン音を鳴り響かせもしなかった。歩道の見物人に向かって手を振ることもしなかった。世間の注目が集まるなか、前アメリカ合衆国大統領の娘から見捨てられたというのに、途方もない出来事が起きたという様子がまるで感じられないのだ。

メグは一番近くにいる警備員のところまで重い足を引きずりながら行き、やっと教会内に入れてもらった。そんな彼女を出迎えたのは予想どおり、人びとの敵意だった。

教会の外では前大統領の報道官が緊急声明を発表していた。内容はただ、式は中止になったというごく簡潔なものだった。報道官は、当人たちのプライバシーをぜひとも尊重していただきたいとひと言つけ加えただけで、質問を受け付けることなく急いで内部に戻った。その後の騒動のあいだに、ロイヤルブルーの聖歌隊ガウンに白のサテンパンプスを身に着けた小柄な女性がそっと横のドアから出て隣接する裏庭に向かったことに、誰一人気づかなかった。

3

これほど取り乱したフランセスカ・ビューダインはエマも初めて見た。ルーシー・ジョリックが姿を消して四日が過ぎた。ビューダイン家の家屋の後ろにある日の当たらない中庭のあずまやで二人は座っていた。薔薇の植え込みに置かれた大きな庭用の飾り杭《くい》のせいで、フランセスカがいつもよりずっと小柄に見える。知り合って以来エマはフランセスカが泣く姿を見たことがなかったが、エメラルド色の瞳の下にはマスカラの流れた痕跡が見え、栗色の髪も乱れており、逆三角形の顔はやつれている。

フランセスカはエマよりおおよそ十五歳上の五十四歳で、はるかに美人であるが、二人の友情は共通した縁に根ざしたものだ。ともに英国人で、著名なプロゴルファーを夫に持ち、パッティング・グリーンでの勝負よりよい本を読むことに興味がある。なかでも重要な点は二人ともテッド・ビューダインを愛していること。フランセスカの愛は激しい母性愛、エマのそれは彼との出会い以来不変の忠誠心だ。

「あのいまいましいメグ・コランダがルーシーになにか吹きこんだに決まっているわ」フランセスカはキアゲハが百合の花のあいだを飛びまわる様子をぼんやりと見つめた。「ルーシーはメグも成長したって話していたけど、私は会う前からなんとなく胡散臭《うさんくさ》い子だなと感じていたの。もしメグがルーシーにとってそれほどの親友だというのなら、なぜ式の前日まで来ないの？　大事な友人ならなんとしても時間をつくって祝福に駆けつけるはずじゃないの」

エマも同じ疑問を感じていた。ブライズメイドの顔ぶれが発表されるとすぐ、グーグルの威力のおかげでメグ・コランダの漫然とした生き方にまつわる好ましからざる風評が広がりはじめた。確たる証拠もなしに他人を批判するのが嫌いなエマは噂話《うわさ》に加わることはしない主義だ。しかし残念ながら今回は噂がほんとうだったらしい。

エマの夫ケニーはテッドの親友でもあるのだが、なぜみんなが逃げた花嫁ルーシーよりメグを敵《かたき》のように罵《ののし》るのかわからないといっている。だがエマにはその心理は理解できる。地元民は彼らのヒーロー、テッドのハートを射止めたよそ者としてはルーシーをかなり気に入っており、結婚前夜の宴まではルーシーを受け入れるつもりでいたのだ。ところが、そのルーシーが地元民の見ている前で態度を変えた。ルーシーはフィアンセよりメグ・コランダと長い時間を過ごし、客にもそっけなく、うわの空で、陽気に盛り上がった乾杯のさなかでさえ笑顔一つ見せなかった。

フランセスカはしわだらけの白いコットンのカプリパンツのポケットから丸めたティシューを取り出した。カプリパンツに合わせているのは白いTシャツにイタリア製のサンダル、いつもはずさないダイヤの指輪だ。「私は甘やかされたハリウッド有名人の二世はいやというほど見てきたから、すぐ見分けられるの。メグ・コランダのような娘たちは一生遊んで暮らせるし、親の七光ですべてが思いのままになると信じているの。だからこそ私とダリーはテッドに経済的自立を促してきたのよ」フランセスカはティシューで鼻を押さえた。「私の考えていることをいうわ。メグはテッドを一目見ただけで自分のものにしたくなったのよ」

世の女性がテッド・ビューダインに会えば、誰しも理性をなくすのはほんとうだと思う。でもいくらメグ・コランダでもテッドをかっさらうためとはいえ結婚式をぶち壊しにするのが得策だと考えたりはしないだろう。だがこう考えるのは少数派なのかもしれない。メグは友人の人生の成功をやっかんでルーシーの幸せに水を差したのだという、さらに少数派の意見をエマは支持している。だがわからないことが一つある。なぜメグはそうも素早く策を講じることができたのか。

「ルーシーは私にとって娘同然だったわ」フランセスカは膝に置いた手の指をひねった。「もうテッドが特別な相手とめぐり会うことはあきらめていたの。でも彼女は文句のつけようのない女性だった。あの二人が一緒にいるのを見て、誰もが最高にお似合いのカップルだと褒めたわ」

あずまやを覆う木の葉をそよ風が乱していった。「テッドがルーシーを追っていったのなら、せめてもの慰めだけど、あの子は追わないでしょうね」フランセスカは続けた。「私もプライドは理解できるわ。だって私もダリーもプライドがありすぎる人間ですもの。でも今回のことではテッドに自尊心をかなぐり捨ててもらいたかった」フランセスカはふたたび涙ぐんだ。「子どものころのテディをあなたにも見せたかったわ。とても口数が少なくて、真面目で、優しい子だった。素晴らしい子だったわ。あんなによくできた子はいないぐらい」

エマも三人のわが子が世界じゅうで一番素晴らしい子どもだと信じているが、フランセスカに反論はしなかった。フランセスカは悲しげに笑った。「ほんとうに動きがぎこちなくてね。つまずいてばかりいたわ。じつはね、あの子の運動面での才能は少年時代の終わりごろになってやっと開花したの。それに幸い、その時期にアレルギーも治ったのよ」フランセスカは鼻をかんだ。「子どものころ、あの子は平凡な容姿をしていたわ。だいぶ大きくなるまで、いまのような顔立ちではなかったの。頭はよかったのよ。まわりの誰よりもね。この私より知能は高いわ。でもけっして威張らないの」フランセスカの涙交じりの笑顔を見て、エマは切なくなった。「どんな人からも学ぶべきことがあるというのが彼の信条なの」

フランセスカとダリーが近日中にニューヨークに発つと知って、エマはほっとしている。フランセスカはハードワークを生きがいにしており、次のインタビュー・シリーズの録画が格好の気晴らしになることだろう。二人がマンハッタンのタウンハウスに落ち着けばじきに大都市での生活に浸れる。そうすればウィネットにとどまるより二人はずっと健全な状態でいられる。

フランセスカはベンチから立ち上がり、頬をさすった。「テッドとルーシーが出会ったとき、ようやく私の祈りが通じたと思ったわ。やっと彼にふさわしい女性が現われたとね。きちんとした知性や品格をそなえ、恵まれた環境で育ちながらもけっしてその立場に甘えずに自分というものを持った女性よ。彼女は品性があると思ったわ」フランセスカの表情が厳しくなった。「その点で私の目は節穴だったというわけよね？」

「誰もこんなことになるなんて予想できなかったわ」

フランセスカはティシューを握りしめ、エマにも聞き取れないほどかぼそい声でいった。

「私は孫が欲しくてたまらないのよ、エマ。孫を抱いたり、やわらかくて小さな孫の頭の匂いを嗅いだりすることが夢なの。テディの赤ちゃん……」

フランセスカとダリーの過去のいきさつをよく知るエマは、そんな言葉のなかに、孫を欲しがる五十四歳の女性の願望だけでない深い思いが込められていることを知っていた。ダリーとフランセスカはテッドが九歳になるまで疎遠になっていた。ダリーはそれまで自分に息子がいることを知らなかったのだ。孫が生まれたら、そんな夫婦の空白期間を埋めてくれるだろう。

そんなエマの気持ちを見透かしたかのように、フランセスカはいった。「ダリーと私は二人で赤ちゃんが初めて歩き、言葉を発する瞬間をともに見守ることができなかった」フランセスカは語気を強めた。「メグ・コランダは私たちからテッドの子どもを奪ったの。ルーシーと、私たちの孫を奪ったのよ」

エマはフランセスカの嘆きに満ちた言葉を聞いていられなくなり、立ち上がってフランセスカを抱きしめた。「孫ならこれからだって授かる可能性があるじゃないの。テッドにはまた別の女性との出会いがあるはずよ。ルーシー・ジョリック以上の女性との」

フランセスカがそんな慰めの言葉を本気にするはずがないとは、エマにもわかっていた。なので、メグ・コランダがまだウィネットにとどまっているという不快な情報は伝えないことにした。

「コランダさま、ほかにクレジットカードはお持ちではございませんか？」美人のフロント係が訊いた。「このカードは無効のようです」

「無効？」メグは意味がわからないというように首をひねったが、ほんとうはよく承知していた。メグの最後に残された一枚のカードはシューッという音とともにホテルのフロントの中央にある引き出しに消えた。

フロント係はしてやったりといった表情を隠そうともしなかった。この町のアイドル町長が花嫁の親友のせいで国内のみならず外国メディアの前で赤っ恥をかいたという噂に尾ひれがつき、まるで空気感染のように小さな町にいっきに広まったものだから、メグ・コランダはいまやどこに行っても目の敵にされるようになった。おまけに町にはまだメディアの一部が残っており、リハーサル・ディナーの晩にメグがトイレでバーディ・キトルとやり合った状況も大袈裟なほど誇張され、噂の種になっていた。メグがすぐにウィネットを出さえすればこんな事態を招くことはなかっただろうが、それはどだい無理な話なのだった。

ジョリック一家はルーシーが姿を消して一日後の日曜日にウィネットを発った。家族はルーシーが戻ってくるのを期待してしばらくウィネットに滞在するのではないかとメグは思っていたが、前大統領は夫とともにバルセロナで開催される世界保健機関《WHO》の会合に出席する意向を表明していた。マットは国際医学ジャーナリストの会合を主催する予定でいる。ルーシーが行方をくらまして以来、彼女と話をしたのはメグだけなのだ。

電話があったのは、予定どおりならちょうど花嫁花婿が披露宴を終えハネムーンに出発するはずの土曜深夜だった。電話の音声も弱く、かぼそく落ち着きのないルーシーの声はやっと聞き取れるほどだった。

「メグ、私よ」

「ルースなの？　大丈夫？」

ルーシーは震えたような、少し興奮で上ずった笑い声を上げた。「それは見方によるわね。いつもあなたは私にやんちゃな一面があるっていいつづけてたでしょ？　それを自分でも悟ったわよ」

「ルーシーったら……」

「私は臆病者なの、メグ。家族に合わせる顔がないのよ」

「ルース、みんなあなたを愛しているの。だからわかってくれるわよ」

「みんなに申し訳ないと伝えてちょうだい」ルーシーは声を詰まらせた。「家族を愛しているし、自分がたいへんなことをしでかしたことは承知しているわ。きっと家族のもとに戻って始末をつけるつもりだけど……でもまだいまは無理なの。そう伝えて」

「わかったわ。伝えておく。でも――」

メグがその先をいう前にルーシーは電話を切った。

メグは覚悟をきめてルーシーの両親に電話の内容を報告した。「これはあの子が自分の意思で行動した結果なのよ」前大統領はその昔自分自身も家出をしたことを思い出すかのようにいった。「しばらく静観するしかなさそうね」ニーリーは万が一ルーシーが戻ってきたときに備えて、あと数日はウィネットに滞在すると約束してほしい、とメグにいった。「あなたの発言がこんな騒ぎを引き起こしたのだから、せめてそのぐらいしてちょうだい」メグ自身あまりに気が咎《とが》めていたので、それを断わることはできなかった。残念ながら前大統領もその夫も、メグの滞在延長のための宿代を払うことは思いつきもしなかった。

「おかしいわ」メグはフロント係にいった。フロント係は生まれ持った美貌に加え、ハイライトを入れた髪や、完璧なメーク、まばゆいほどに真っ白な歯を見るかぎり、メグとは違って美容にお金と時間をかけている女性であることがわかる。「残念ながらほかのカードは持ち合わせていないの。小切手を書くわ」じつのところ、銀行口座は三カ月も前に残高ゼロになっているので、書いても不渡りになる。その後は最後に残った貴重なクレジットカードに頼って生活している。メグはバッグのなかを手探りした。「あら、小切手帳を持ってくるのを忘れたわ」

「大丈夫ですよ。あちらにATMがありますから」

「よかった」メグはスーツケースをつかんだ。「ついでにこれを車に運ぶわ」

フロント係はカウンターをまわって、スーツケースをぐいと引き寄せた。「お戻りになるまで、これはお預かりします」

メグはその女性にできるだけ威圧感を与える表情を向け、まさか自分が口にするとは思いもよらなかった言葉を発した。「私を誰だと思ってるの」私は何者でもない。ただの穀《ごく》つぶしよ。

「もちろん、有名なお方だと承知しておりますが、当ホテルには方針がございまして」

「あらそう」メグは母親のお古のプラダ・ホーボーバッグをつかみ、ロビーから走り出た。

駐車場に行き着くころには冷や汗が吹き出ていた。

メグの燃費の悪い十五年前のビュイック・センチュリーはレクサスとキャデラックCTSの新車にはさまれて、錆《さ》びたコブのように見える。ポンコツ車はいくら掃除機をかけてもタバコと汗とファーストフード、ミズゴケの臭いが消えない。メグはいくらかでも空気を入れようと、窓ガラスを下げた。ジーンズの上に合わせた透けた素材のトップの下で汗をかいている。耳にはラオスで見つけたバックルから銀をたたいてこしらえたイヤリングをぶらさげている。栗色のフエルトでできたクローシェ帽は、ジンジャー・ロジャースの邸宅から買い取ったといううたい文句に惹かれてLAのお気に入りのリセール・ショップで見つけたものだ。

メグはハンドルの上にひたいを乗せたが、どう考えてもこの状況を脱する方法が思いつかなかった。メグはバッグから携帯電話を取り出し、主義に反する行動であることは承知のうえで、弟のディランに電話をかけた。

弟は三歳年下だがもうすでに金融業界でかなりの成功を収めている。弟から仕事の話を聞くとついうわの空になってしまうメグだが、それでも弟がかなりの切れ者であることぐらいはわかっている。仕事先の電話番号は教えてもらっていないので、携帯電話のほうにかけた。

「ハイ、ディル、すぐに電話してちょうだい。緊急事態なの。ほんとよ。すぐ電話してね」

ディランの双子の兄弟のクレイに電話しても無駄だった。クレイは家賃さえまともに払えない、まだ売り出し前の貧乏俳優だからだ。だがそんな状態はそう長く続かないだろう。オフブロードウェイでは絶大の信用を得ているエール大学の演劇学部の学位を持っており、父の才能も受け継いでいるからだ。メグと違い、二人の弟は大学を卒業して以後両親からの経済的な援助は受けていない。

電話の音が響いたので、メグはすぐに応答した。

「コールバックした理由は一つだけ」とディラン。「好奇心さ。なぜルーシーは結婚式から逃げ出したりしたんだい？　秘書から聞いたけど、ネットのゴシップサイトじゃルーシーに結婚をやめるよう説得したのは姉さんということになってるって？　どうなってるんだ？」

「なにもかもめちゃめちゃよ。ねえ、お金貸してほしいの」

「やっぱりママのいったとおりになったな。断わるよ」

「ディル、本気で頼んでるの。にっちもさっちもいかなくなったのよ。クレジットカードも取り上げられちゃったし――」

「いい加減自立しなよ。三十歳にもなるんだからさ。ここが踏ん張りどころじゃないのかな」

「自覚してるわ。これでも人生変えようという意気込みはあるつもりなの。でも――」

「どんな状態に陥っているにしても、姉さんなら自力で抜け出せるはずだよ。姉さんは自分で思っている以上に有能なんだからさ。おれは姉さんの力を信じてる」

「そういってくれるのはありがたいんだけど、いまは助けが必要なの。お願い、力を貸して」

「よしてくれよ、姉さん。プライドはないのかよ」

「ひどいことというのね」

「だったらそんなこと、いわせるな。自分の人生なんだから、自分で責任取れよ。仕事しろ。まさか仕事の意味を知らないわけじゃないよな」

「ディル――」

「姉さんを愛するからこそ、この電話を切ることを、わかってほしい」

メグは切れた電話をまじまじと見つめた。怒りはあったが、家族が申し合わせたように同じ反応をすることは意外ではなかった。両親は中国に滞在中だが、今後経済的援助はいっさいしないと断言している。気味が悪いほど孫を甘やかす祖母のベリンダも無条件でお小遣いをくれる人ではない。演劇の授業を受けろとか、ほかにも似たような厭《いと》わしいことをメグに強制しようとする。ミシェル叔父に至っては……最後に叔父のもとを訪ねたおり、個人の責任について辛辣《しんらつ》な調子で説教された。ルーシーは家出中なので、残された親友は三人。みな揃って裕福だが、誰一人としてお金は貸してくれないだろう。

それとも貸してくれるのか？　三人ともその点でははっきりとした態度を見せている。ジョージーもエイプリルもサーシャも自立していて、独自のスタイルを持つ女性たちだが、みなメグに自立を促しつづけているのだ。それでもこの窮状をよく説明したら、ひょっとして……？

プライドはないのか、と弟はいった。

自分は優秀な友人たちに自分のふがいなさをこれ以上見せつけるつもりなのか？　もうこうなれば選択の余地はないのではないか。財布には一〇〇ドルも入っていないし、クレジットカードもなく、当座預金の残高はゼロ、車のガソリンはタンクの半分程度しか残っておらず、車はいまにも壊れそうなポンコツだ。そう、ディランのいったことは正しい。どれほどいやでも、今度ばかりは仕事に就く必要がある……それも急いで。

メグはそのことで思いをめぐらせた。この町ではすっかり悪者になってしまったので、この町で就職することは不可能だろう。しかしオースティンもサンアントニオもここから車で二時間程度。ガソリンタンクの半分あればどうにかたどり着ける。その二つの町のどちらかできっと仕事は見つかるはず。そのためには宿代を踏み倒すしかない。代金を踏み倒したことはいまだかつてないけれど、仕方がない。

駐車場からゆっくりと車を出しながら、ハンドルをつかむメグの手はじっとりと汗ばんでいた。マフラーの調子が悪くけたたましいエンジン音が響く。つくづく父親が支払いを中止したために手放さざるをえなかった日産のハイブリッド車アルティマが懐かしい。衣類は後部座席に乗せた分とバッグに入っている分だけしかない。スーツケースをホテルに置いたまま出発すると思うとやりきれないが、ウィネット・カントリー・インの三日分の宿代は四〇ドル以上だから、どうしようもない。仕事を見つけたら利息をつけて返済しよう。現実にどんな仕事に就くのかまでは考えていない。なにか短期間で割のいい報酬の仕事を見つけて、次の予定が決まるまでそこで働くのだ。

ベビーカーを押している女性が立ち止まってオイリーな煙を吹き出す茶色のビュイックをじろじろと見た。排煙といい、騒々しいマフラーの音といいこんなポンコツ車ほど逃走に向かない車はない。メグはできるだけシートに身を屈めるようにした。石灰岩の裁判所とフェンスに囲まれた公立図書館を過ぎ、どうにか町はずれを目ざした。そしてようやく市の境界線が目に入った。

テキサス州ウィネット町境界線
町長セオドア・ビューダイン

メグは教会駐車場での気まずい場面以後テッドを見かけていなかった。ここまでくれば、彼と顔を合わせることもなくなった。きっといまごろは全米から多くの女性たちがルーシーの後釜におさまろうとして列をなしていることだろう。

背後でサイレンが鳴り響いた。はっとバックミラーを覗いてみるとパトカーの点滅する赤いライトが見えた。メグはハンドルを握りしめ路肩に車を寄せながら、きっとマフラーの騒音を注意するためにパトカーに止められたのよと自分に言い聞かせ、ＬＡを発つ前に直しておかなかったことを悔やんだ。

二人の警官がナンバープレートを確認するさまを見守りながら、メグは心のなかに不安が広がるのを覚えた。最後に運転席に座っていた警官が現われ悠然とメグに近づいてきた。ビール腹がベルトからはみ出しそうに突き出ている。赤ら顔で大きな鼻、帽子の下から覗くごわついた髪の毛。

メグは車の窓ガラスをおろし、無理やり笑顔をつくった。「こんにちは、おまわりさん」神さまどうか、宿代の踏み倒しではなく、マフラーの騒音の件でありますように。彼女は求められる前に免許証と登録証を差し出した。「なにか問題でも？」

警官は免許証を調べ、メグの帽子に見入った。これはジンジャー・ロジャースがかつて使っていたものなのよ、とメグはいいたくなったが、警官はとても昔の映画のマニアには見えなかった。「あなたが宿泊費を払わずホテルから去ったと届けが出ているんですがね」

メグは落胆した。「私が？　ばかいわないで」そう答えながら視界のすみで、車のサイドミラーに警官の上司らしき人物が部下に加勢しようとして出てきたことをとらえていた。ただしそれらしき人物は制服ではなくジーンズに黒のＴシャツ姿である。それに――。

メグはまじまじとサイドミラーを見つめた。まさか！

砂利を踏みしめる靴音。車の側面に現われた人影。目を上げると、そこには無表情なテッド・ビューダインの琥珀色の瞳があった。

「やあ、メグ」

4

「テッド！」メグは悪夢でも見たようなショックを隠し、嬉しそうな表情を取りつくろった。「警察に就職したの？」

「一時的にね」テッドはメグの車の屋根の上に腕を乗せた。メグの風采をしげしげと眺める彼のまなざしから、彼女の身なりを含めすべてが気に入らないといった気持ちが見て取れた。

「突如二週間のスケジュールが空いてしまったものでね」

「ああ」

「というわけで、きみがホテルの宿泊費を踏み倒して逃げたという届けを知ったんだ」

「私が？　なにかの間違いよ。私はただ――ドライブしていただけ。お天気もいいし。逃げた？　まさか。スーツケースだって預けているのに。逃げられるはずないでしょ」

「いきなり車に乗って姿を消せば、当然逃げたことになる」テッドは警官のような口調でいった。「どこへ向かっていたのかな？」

「別に。探検していただけ。見知らぬ土地に行くと探検したくなるの」

「探検の前に支払いはすませたほうがいい」

「そのとおりね。軽率だったわ。その件はすぐ対処するわ」ただし、実行はできない。トラックが轟音《ごうおん》とともに町に向かって通り過ぎ、メグはふたたび冷や汗が胸のあいだをしたたり落ちるのを感じた。いまこそ他人の慈悲にすがるしかなく、迷っている暇はない。

「おまわりさん、あなただけに聞いてほしいお話があるんですけど」

テッドは肩をすくめ、車の後部へ移動した。警官は自分の胸を掻いた。メグは下唇を噛み、声を落とした。「ごらんのように、私、ミスをしでかしてしまったんです。長旅で郵便物を受け取れなかったせいで、クレジットカードが使えなくなってしまったの。だからホテルの宿泊費はあらためて請求してもらいたいんです。それならなんの問題もないでしょう？」メグは恥ずかしさに赤面し、声をつまらせながら、やっとその言葉を口にした。「私の両親が誰か、ご存知よね？」

「ええ、承知しております」警官は短くずんぐりした首の上に乗った頭部をのけぞらせた。「テッド、どうも浮浪者を一人発見した模様だよ」

浮浪者！　メグは慌てて車から出た。「ちょっと待って。私を浮浪者扱い——」

「そこを一歩も動かないように」警官は銃のケースに手を当てた。テッドはメグの車のバンパーに足を乗せ、興味深げにこの光景を眺めていた。

メグはテッドのほうを振り向いた。「ホテルに請求書を送ってくれと頼んだからって、私を浮浪者扱いするのはおかしいわ！」

「私のいったこと、聞いてましたか？」警官が怒鳴った。「車に戻りなさい」

メグが次の行動に出る前に、テッドがふたたび近づいた。「協力的じゃないようだから、逮捕しろよ、シェルドン」

「逮捕?」

テッドの表情は暗く、きっとこの人にはサディスティックな要素があるのだなとメグは結論づけた。彼女は急いで車の座席に戻った。テッドは車から離れた。「シェルドン、ミズ・コランダがホテルに戻って、やり残した手続きを終えるよう同行するっていうのはどうかな?」

「了解」警官はむっつりした顔で道の数フィート先を指さした。「あの車道で方向転換してください。われわれは後ろに続きます」

十分後メグはふたたびウィネット・カントリー・インのフロントデスクに近づきつつあった。テッド・ビューダインがメグに付き添い、厳めしい表情の巡査がドアのところでラペルのマイクに向かって話した。

ブロンド美人のフロント係はテッドの姿に気づくと、彼に熱い視線を向けた。口元にはにこやかな笑みが浮かび、髪の毛でさえ張りが出たように見える。フロント係はそれでいて心配そうに眉を曇らせる。「あらテッド、お元気?」

「元気だよ、ケイラ。きみは?」テッドは微笑むとき、少し顎を引く癖がある。結婚式前夜のリハーサル・ディナーのおりにも同じようにしてルーシーに微笑んでいたっけ。顎を引くといってもほんのわずかで、それはあくまでも清廉な生き方、高潔な意思を表わすために必要な技だ。その特徴的な微笑みをテッドはウィネット・インのフロント係にも向けている。花嫁に逃げられた失意のさなかに、なんとしたことだろう。

「おかげさまで元気よ」ケイラはいった。「それより町民はみんな町長の心境を察して胸を痛めているわ」

テッドにはそうした同情の対象になるような様子はまるでなかったが、彼はうなずいてみせた。「ありがとう」

ケイラが少し首をかしげたので、つややかな金髪が肩にはらりと落ちた。「今週末うちの父と私と一緒にディナーでもいかが？　父は町長に親しくさせていただいているから」

「できれば伺いたいね」

ケイラの父親のことや天候のこと、テッドの町長としての任務について二人はしばらく話した。その間ケイラは会話を長引かせようとあらゆる話題を持ち出し、髪を揺らし、元スーパーモデルの司会者タイラ・バンクスそっくりにまばたきを繰り返して必死に媚《こび》を売った。

「昨日町長のところにかかってきた電話のことでもちきりよ。スペンサー・スキップジャックはこの町にすっかり興味をなくしてしまったというのが、もっぱらの噂なの。町長のことだからきっと契約にこぎつけたはずだと反論しておいたけど」

「信任はありがたいけど契約締結にはほど遠いのが実情だよ。先週の金曜日にスペンスがサンアントニオに出向いて以来、事情ががらりと一変したんだ」

「スキップジャックがもう一度ウィネットでの建設計画を再検討してくれるよう説得できる

のはあなたしかいないわ。この町は絶対に事業を必要としているんですもの」

「それは百も承知だよ」

そうやっていつまでも会話を続けていてほしいというメグの願いは長続きしなかった。テッドがメグのことに話を戻したからだ。「ここにいるメグ・コランダが宿泊費を借りているそうだが、本人は労働をもってそれを返済したいと考えているようだ」

「あら、それならなによりだわ」

フロント係にとってもそれは思いがけない展開だったようで、メグは狼狽《ろうばい》で頬から胸まで真っ赤になった。彼女は乾いた唇を舐めた。「よければ……マネージャーとお話しさせてください」

テッドは賛意を示さなかった。「それは感心しないね」

「そうしてもらいたいわ」ケイラがいった。「応援スタッフである私の一存で決められる事柄ではないので」

テッドは微笑んだ。「なんの問題もないさ。マネージャーを呼んでくれればすむ話だ」

警官のサーリーが入口のところから声をかけた。「テッド、セメタリー・ロードで事故が発生したらしいんだ。ここの処理は任せてもいいかな?」

「いいとも、シェルドン。怪我人は?」

「いないはずだ」警官はメグのほうに向けて顎をしゃくった。「話がついたら彼女を署へ連行してもらえるかい」

「いいよ」

署へ連行？　彼らは本気でメグを逮捕するつもりなのだろうか。

警官が去り、テッドは常に机に向かう人間らしく、いかにも寛《くつろ》いだ様子で机にもたれた。

メグはバッグを握りしめた。「マネージャーと話をするのは感心しないってどういう意味なの？」

テッドは狭く所帯じみた感じのロビーを見渡し、満足げな表情を浮かべた。「ただ、きみに好意を持っていない相手だからやめておけといいたかった」

「まだ会ったこともないのに？」

「いや、もうすでに会っている。聞いた話だと、気まずい雰囲気になったというじゃないか。彼女はきみのウィネットに対する……というかぼくに対する態度に不快感を持ったらしい」

机の後ろにあるドアが開き、ウッドペッカーのような、真っ赤な髪でターコイズのニットを着た女性が姿を現わした。

それはあのバーディ・キトルだった。

「やあ、バーディ」テッドは近づいてくるホテルのオーナーに挨拶した。燃えるような髪の色が地味なベージュの壁をバックにくっきりと際立っている。「今日も潑剌《はつらつ》としているね」

「ああテッド……」バーディはいまにも泣き出さんばかりの様子を見せた。「結婚式があんなことになって、ほんとうに残念よ。なんと慰めていいか言葉もないわ」

たいていの男はこうした同情あふれる言葉に屈辱を感じるものだが、テッドはまったく動じていないようだった。「世のなかなにがあっても不思議じゃないからね。ご心配ありがとう」彼はメグに向けて顎をしゃくった。「シェルドンがハイウェイでこちらのミズ・コランダの車を停止させたんだ——犯罪現場から逃走したかどでね。しかしセメタリー・ロードで事故があったので、ぼくが処理を任されたわけさ。事故で怪我人は出ていないようだよ」

「ハイウェイでの事故が多すぎるわね。ジミー・モリスの娘さんの事故もあったし。カーブの舗装を直さないと危ないわ」

「直せればいいけど、ご存じのように予算が厳しすぎるのでね」

「この町に例のゴルフ・リゾートが建設されれば、すべて解決するわよ。想像するとワクワクするわ。ゴルフコースでプレーしたいけど高いリゾートの宿泊代を払いたくないお客の受け入れでこの宿の業績も好転するでしょうしね。おまけにずっと夢見てきたティールームと書店をホテルの隣りにオープンできるし。名前も決めているの。〈シップ＆ブラウズ〉よ」

「いいね。でもリゾート建設の契約締結までの道のりは遠いのが現状だ」

「きっとうまくいくわよ、テッド。あなたならやれるわ。この町の存続がかかっているんですもの」

テッドは自信たっぷりにうなずいた。

バーディはようやくメグにスズメのような目を向けた。白っぽい赤茶のアイシャドーをまぶたに塗ったバーディの態度はトイレで遭遇したとき以上に敵意に満ちていた。「あなた、勘定をすませないで出て行ったそうね」彼女はデスクの後ろから出てきた。「LAのホテルならお客をただで泊めるかもしれないけど、ここウィネットはそこまで洗練されてないのでね」

「私、勘違いしていたんです」メグがいった。「軽率だったとは思いますけど、その……ジョリック夫妻が支払いをすませてくれると思っていたので……ええと」こうした言い訳をすればますます自分が無能に見えてしまう。

バーディは腕組みをした。「どうやって支払うつもりなの、ミズ・コランダ？」

メグは今後絶対にテッド・ビューダインとは顔を合わせないのだから、とみずからに言い聞かせた。「あのう――あなたってすごく服のセンスがいい方だと思えてなりません。私、スーツケースのなかに宋王朝時代の素敵なイヤリングを持っているんです。上海で買ったもので、珍しい貴重なものなんですよ。四〇〇ドル以上の価値があるはずです」それは人力車の車夫の言葉を信じるとすればの話だが。メグは実際本物だと信じている。「交換取引ということではどうかしら？」

「私は中古品は身に着けないの。それがLAらしいんでしょうけどね」

ジンジャー・ロジャースの帽子がいい例か。

メグは気を取り直して、いった。「あのイヤリングは中古品ではありません。価値ある骨董品です」

「宿代を払えるの、払えないの、ミズ・コランダ？」

メグはなにか答えを返そうとしたが、言葉が出てこなかった。

「もう答えは出ているだろう」テッドはデスクの上の電話を仕草で示した。「連絡できる人はいないのかい？　これじゃ通りの向かいに連れていくしかなさそうだな」

メグは彼の言葉が信じられなかった。メグを告発してやりたい、いっそボディ・チェックも担当したいというのが本音に違いないのだ。

屈服しろよ、ミズ・コランダ。

身震いしたメグを見て、心のうちを読んだかのように、テッドは笑った。

バーディが初めて熱意を見せた。「いいことを思いついたわ。あなたのお父さまに私から電話で連絡して、状況を説明してあげてもいいわよ」

そうできたらご機嫌でしょうね。「残念ながらいま父とは連絡が取れません」

「ミズ・コランダは働いて返してもいいといっている」テッドがいった。「メイドが足りないといってなかったっけ？」

「メイド？」バーディがいった。「LAのお嬢さまにホテルの清掃はさせられないわ」

メグはごくりと唾を呑んだ。「喜んで……働かせてもらいます」

「よく考えたほうがいい」テッドがいった。「ここの報酬はいくらだったっけ、バーディ？

時給七ドル？　七ドル五〇？　所得税を引けば、仮に彼女がすべてのシフトに入ったとしても数週間は働かなくてはならない。そんなに長くミズ・コランダがトイレ掃除を続けられるとはとても思えないね」

「ミズ・コランダを見くびらないでちょうだい」メグは無理やり強気を装った。「オーストラリアでは家畜追いもやったし、ネパールでは最高峰といわれるアンナプルナにも登頂したのよ」実際登ったのは一〇マイルだが……。

バーディはペンシルで描いた眉を上げ、テッドと視線を交わし合い、たがいになにかを了解し合ったようだった。「そうね……たしかにメイドは必要だわ」バーディはいった。「ただし、のらくらして借金が返せると思ったら大間違いよ」

「そんなこと、思ってません」

「それなら結構。ちゃんと働きさえすれば宿代は請求しない。でも逃げ出したら、ウィネット町立刑務所行きだからね」

「フェアな解決法だね」テッドがいった。「物事は万事まるくおさまるのが望ましいからね。そうすれば、もっと住みやすい世のなかになる。そうだろう？」

「そのとおりよ」バーディはそういい、メグのほうを向いてデスクの後ろのドアを指さした。「チーフメイドのアーリス・フーバーに紹介するわ。あなたの上司よ」

「アーリス・フーバー？」テッドはいった。「そうか、彼女のことを忘れていたよ」

「彼女は私がここを引き継ぐ前からここで働いているのよ」バーディがいった。「なぜ忘れられるの？」

「さあね」テッドはジーンズのポケットから車のキーを出した。「できるだけ思い浮かべたくない人物の一人だからかな」

「ごもっとも」バーディがつぶやいた。

そして不吉なその言葉とともに、バーディはメグをロビーから宿泊サービスの内部へと案内した。

5

エマ・トラベラーは夫のケニー、三人の子どもたちと暮らす石灰岩でできたクリーム色の牧場の平屋に深い愛着を抱いていた。オークの林の向こうに広がる放牧地では馬たちが平和に草を食《は》み、塗り替えたばかりの白いフェンスにとまったマネシツグミが鳴いている。間もなく果樹園の桃が収穫の時期を迎えるだろう。

ウィネット町立図書館再建委員会のメンバーのうち一人を除いた全員が土曜日の午後プールサイドでの集会に出席していた。委員会が支障なく議事日程をこなせるよう夫のケニーが子どもたちを町に連れ出してくれている。だがエマは経験から、三十二歳から四十代まで幅広い年代のメンバーで構成される委員会の議事日程がスムーズにこなせたことなどただの一度もないことを知っている。まず各メンバーの近況やら心境やらを報告し合い、それでやっと議題に入るのだ。

「私は長いあいだヘイリーの大学進学のために貯蓄を続けてきたのよ。それなのに大学に行きたくないってヘイリーがいってるの」バーディ・キトルが腹部をカバーする斜めのひだ飾りがついたトミー・バハマのスーツを引っ張った。彼女の娘は数週間前にオールAの優秀な成績でウィネット高校を卒業した。テキサス大学《U・T》には入学せず秋に地元のコミュニティ・カレッジに進学するという娘の主張にバーディは納得できずにいる。近づいてくる四十歳の誕生日も同じく受け入れられない。「レディ・エマ、あなたなら娘を説得できるんじゃないかと希望を持っていたの」だいぶ前に逝去した第五代ウッドボーン伯爵の唯一の嫡出子として、エマは爵位の継承とともにレディの称号を得たが、みずから名乗ったことは一度もない。とはいえエマ自身の子どもたちとフランセスカ以外、ウィネットの住民はみな、いくらやめてほしいと頼んでもいまなお彼女を「レディ・エマ」と呼んでいる。夫でさえそうなのだ。もちろんベッドのなかでは違うけれど……。

エマはエロティックな白日夢に浸るまいと苦心した。学校教師の職歴があり、教育委員会のメンバーを長年務め、ウィネットの文化管理者でもあり、ウィネット町立図書館友好会の会長でもあるエマはよく相手の子どもの話を聞くようにしている。「ヘイリーはあんなに優秀なんだから、信じてあげなさいよ」

「あの子が誰の頭脳を受け継いだのか、さっぱりわからないの。元父や私からではないのは確かだからね」バーディはトラベラー家で長年働いてきたパトリックがグループのために作ってくれたレモンバーをつまみながらいった。

エマの友人でもあり、三十七歳という若い義母でもあるシェルビー・トラベラーは腰のない日よけ帽子を女学生のようなブロンドのボブヘアーにかぶせながらいった。「物事のいい面を見ましょうよ。ヘイリーは大学生になっても実家で暮らしたいのよ。私なんて母親と離れて暮らす日が待ちどおしいぐらいだったわ」

「あの子が地元にとどまる理由は、私とはいっさい関係ないわね」バーディは水着についたお菓子のくずを手で払った。「もしカイル・バスコムがカウンティ・コミュニティ・カレッジではなくテキサス大学に進学していたら、ヘイリーもいまごろオースティンへ出発する準備で荷作りしていたでしょうよ。完全な片思いだというのにね。これでまたキトル家の女性が一人、男のために一生を棒に振るのかと思うとやりきれないわ。あの子が尊敬してやまないテッドに説得を頼むつもりでいたんだけど、ヘイリーはもう大人なんだから進路は自分で決めるべきだと彼はいうの。私にいわせれば大人どころか、まるきりのガキだけどね」

ふと見上げるとちょうどケイラ・ガーヴィンが急ぎ足で家の角を曲がってこちらに向かってくるのが目に入った。胸元が大きく開いたツーピースの水着。テッドをガーヴィン一家に誘い入れる目的で数年前父親が費用を負担して豊胸手術を受けている。「遅くなってごめんなさい。ちょうど新着商品が入荷したものだから」暇つぶしに経営している衣類のリセール・ショップの経営が面白くないのか、ケイラは鼻にしわを寄せたが、トーリーが来ていないことを知って表情が明るくなった。トーリーとは仲がよいが、相手が誰であれ自分よりスタイルのよい女性と並ぶのを嫌うのだ。水着姿のときはなおさらである。

今日のケイラはブロンドの髪を頭頂部でゆるくまとめ、白いレースのサロングを腰に巻いている。いつもどおりばっちりメークで決め、パヴェ・ダイヤのネックレスをつけている。彼女はエマと並んで長椅子に座った。「今度またおばあさんが着るようなクリスマス・セーターを預けにくる人が現われたら、今度こそ店をたたんであなたのところで働くわよ、バーディ」

「先週は手伝ってくれてありがとうね。アリスの病欠、今月に入って二度目なの」バーディはそばかすだらけの脚を日陰に移しながらいった。「商売も大事だけど、報道関係者がついに町から引き揚げて、せいせいしたわ。あの連中ったら、偉ぶるし、商売のことに首をつっこむし、町をばかにするし、たまったもんじゃないわよ。テッドのことも尾《つ》けまわしていたしね」

ケイラはお気に入りのMACのリップグロスを手に取った。「あの日フロントを任せられてよかったわ。ハリウッドのお嬢さまが宿代を払えなくて慌てる様子、みんなにも見せてあげたかったわよ。あの子ったら『私が誰かご存じ?』ってのたまったのよ。相手がひれ伏すのが当然とばかりに」ケイラはグロスを唇に塗った。

「あんな偉そうな人、見たことないわね」ゾーイ・ダニエルズは肌の色より少し暗めのおとなしいワンピースの水着を身に着けている。アフリカ系アメリカ人女性も白人女性と同じように紫外線のダメージには気をつけるべきだと信じる彼女は縞模様のパラソルの下に座っている。

三十二歳になるゾーイとケイラがグループ最年少だ。一人はファッションにこだわるブロンド美人、もう一人は〈シビル・チャンドラー小学校〉の勤勉な校長と、個性は対照的であるが、二人は子どものころからの仲よしだ。五フィートもないほど小柄でスレンダーなゾーイは自然なショートカットヘアに大きな金褐色の目、どこか心細げなものを漂わせた女性だ。そんな心もとなさは、小学校の一クラスの増員が進み、予算が削られるようになってから、いっそうめだつようになっている。

ゾーイは乾いた粘土のかたまりのようなものを結んだ鮮やかな色の伸縮性のあるブレスレットを引っ張った。「彼女を見るだけで、私は憂鬱《ゆううつ》になってしまうの。早くこの町から出て行ってくれればいいのに。可哀想なテッド」

シェルビー・トラベラーは足の甲に日焼け止めを塗った。「彼はあんなことが起きたのにめげることなく立派にふるまっていて、私はそんな様子にかえって胸が痛むの」

ここにいる全員にとってテッドは特別な存在だ。バーディは彼を敬愛してやまないし、シェルビーはケニーの父親ウォレンと結婚して以来テッドとは家族ぐるみの付き合いだ。ケイラもゾーイもテッドにぞっこんで、そのために友情が危うくなったこともある。テッドの結婚式が中止になったあと、ケイラはご機嫌で、反対にゾーイは気が滅入り、二人はテッドのことで話し合うのをやめてしまった。

「彼女があんなまねをしたのは、嫉妬のためかもしれないわ」ゾーイは鞄《かばん》から落ちた小学校社会科の教科書を拾い、もとに戻した。「テッドがルーシーと結ばれるのを阻止したかったか、彼にひと目惚れして自分のものにしたくなったかね」

「テッドのことになると妙に思い込みが強くなる女性がいるのよね」シェルビーはゾーイとケイラに視線を向けることなくいったが、わざわざ見るまでもなかった。「それより私は、メグが実際どんな言葉でルーシーを説得して結婚式を中止させたのか知りたいわよ」ケイラはきらめくネックレスを手でもてあそんだ。「知ってのとおりテッドは誰にでも優しいでしょう？　そのテッドでさえ親の七光でふんぞり返っているあの子にはひどく冷淡だったわ」ケイラは身震いした。「誰も知らない彼のダークな一面を見た気がしたぐらいよ」

バーディは得意げにいった。「あのジェイク・コランダの娘がうちのホテルのトイレ掃除をしてるなんてね……」

エマは張りのある麦藁《むぎわら》帽をかぶった。「なぜ彼女の両親は娘に手を差し伸べないのかしら」

「きっと勘当されたんだわ」ケイラが決めつけるようにいった。「その理由も想像に難《かた》くないわよ。メグ・コランダは薬物中毒なんじゃないの？」

「根拠はないでしょう？」ゾーイがいった。

「あなたって誰のことも好意的に考えようとするのね」ケイラがいい返した。「でも見方が甘くない？　私はね、あの子がついに家族にも見放されたんだと思うの」

これはエマがなによりも嫌いな類《たぐ》いの噂話だ。「根も葉もない噂話を流すのはやめたほうがいいわ」彼女は無駄と知りつついった。

ケイラはビキニのトップを直した。「金庫のロックはしっかり締めておきなさいよ、バーディ。麻薬依存者は窃盗の恐れがあるからね」

「心配ご無用よ」バーディは得意げにいった。「アーリス・フーバーをお目付け役にしてあるから」

シェルビーが胸で十字を切る仕草をして、一同が爆笑した。

「うまくいけばアーリスは例のゴルフ・リゾートで働くことになるかもね」

エマは冗談まじりにそういったつもりだったが、一同は黙りこみ、ゴルフ・リゾートやコンドミニアムの案が実現したらどれほど自分の人生が充実するか思い描いた。バーディは喫茶室と書店を開き、ケイラは長年の夢である高級ブティックを開店させ、ゾーイの求める学校運営のための特別予算枠が可能になる。

エマはシェルビーと視線を交わした。リゾート建設が実現すればシェルビーの夫ウォレンも失業者の多すぎるこの町の唯一の雇用主として神経をすり減らすこともなくなる。エマ自身についていえば……ゴルフ・リゾートの案件がどうなろうとケニーもエマも一生安泰に暮らせるだけの資金はある。しかし愛する町の人びとが困っているのだから、町の繁栄は他人《ひと》ごとではないのだ。

とはいえエマはふさぎこんでいるのは好きではない。「ゴルフ・リゾートの話が実現しようとしなかろうと」彼女はきびきびした口調でいった。「図書館を改築して再開するための費用を作り出す必要があるのよ。火災保険の保険金を当てても、予算にはほど遠いんですもの」

ケイラはブロンドのまとめ髪を手直しした。「つまらないパン屋の模擬店はもうたくさん。ゾーイも私も中学のときにうんざりするくらいやったんだもの」

「それがいやなら無言のオークションね」シェルビーがいった。

「あるいは洗車サービスか商品くじ《ラッフル》かしら」ゾーイはハエを叩き落としていった。

「なにか目玉になるものが必要よ」バーディがいった。「世間の注目を集める案が」

その後数時間話し合いは続いたが、これといった案は誰も思いつかなかった。


アーリス・フーバーはメグが二度目にこすり洗いした浴槽を太い指で示した。「映画スターさん、それを清潔だと言い張るつもりかえ？　とてもじゃないけどそれは清潔とは認められないね」

メグはもはや自分は映画スターではないと指摘する気にもなれなくなっていた。アーリスはそれを百も承知なのだ。知っていてなぜ繰り返すのかが知りたい。

アーリスは髪を真っ黒に染め、嚙み切った軟骨のような体の持ち主だ。また、自分は運が悪いがために富にも美貌にもチャンスにも恵まれないと確信し、人の世は不公平だと絶えず世間を恨んでいる。おまけに、仕事しながらヒラリー・クリントンが新生児の肉を食べたことや、公共放送サービス《PBS》がホモセクシュアルに世界を支配させることに熱心な左翼の映画スターたちの基金によって運営されていることを証明してみせるといった、変てこな放送を聴きながら仕事をする。

アーリスは雇い主のそばではできるだけ異常者じみた極端な態度を見せないよう抑えてはいるが、その底意地の悪さにバーディでさえ恐れをなしているのではないかと思える。それでも結果として最少の清掃スタッフ数で業務をこなせることで経費節減ができるので、バーディは口出ししない。

「ドミンガ、こっちへきてこの浴槽を見てごらん。あんたたちメキシコ人はこれを清潔と呼ぶかい?」

ドミンガは不法就労の身なのでアーリスに逆らえず、首を振った。「いいえ」

メグも、こんな憎たらしい人物に会ったことは一度もなかった。テッド・ビューダインはもしかすると例外だが。

〝バーディ、ここの報酬はいくらだったっけ? 時給は七ドルか七ドル五〇?〟と彼はいった。

実際にはメイドの時給は一〇ドル五〇セントだ。そんなことは誰でも知っている。当然テッドも知らないはずがない。

メグは背中や膝の痛みを覚えた。割れた鏡で親指を切り、傷口が疼《うず》き、空腹でもある。この一週間ピローミントとホテルの用務員がこっそり持ち出してくれた残飯の朝食用マフィンしか食べていない。そんな節約も、最初の晩に判断を誤り、安いモーテルに泊まることでなけなしの一〇〇ドルを五〇ドルに減らしてしまった埋め合わせにはなっていない。翌朝になって遅まきながら安いといってもただとは違うことに気づいたがあとの祭り。それ以後は採石場のそばに停めた車のなかで眠り、アーリスが業務を終えて退出するのを待ち、こっそり空き室のシャワーを使っている。

みじめな生活ではあるけれど、まだ誰にも電話をかけてはいない。ディランにもう一度すがってもいないし、クレイにも連絡していない。ジョージーやサーシャ、エイプリルとも話していない。なにより重要な点は、両親が連絡してきたときも、現在の状況にはいっさい触れなかったこと。臭い便器をこすり、浴槽の排水管から汚れた毛髪栓をはずすたびにメグはそのことをみずからに言い聞かせるようにしている。一週間程度でここから出られるのだから。その先については、なにも考えられない。

大家族の再会の集いが予定されているため、アーリスもメグをいびる暇がない。「シーツを替える前にマットレスをひっくり返すのよ、映画スターさん。それと、この階のスライドドアを全部洗うの。指紋一つ残さないようにね」

「まあ、ＦＢＩに指紋を見られたくないの？」メグは愛嬌たっぷりにいった。「ＦＢＩに追われる理由はなに？」

メグが口答えをするたびにアーリスの顔はひきつりそうになり、静脈のめだつ顔が怒りで真っ赤になる。「私がひと言バーディにいえば、あんたは刑務所に入れられるのよ」

たとえそうであっても、週末の満室で清掃スタッフが足りない現状ではメグを追い出す余裕はないはずだ。とはいえ、あえて刺激しないほうが得策だ。

メグは一人になると泡の立つ浴槽を物欲しげに眺めた。昨夜アーリスが在庫確認のために遅くまで残業したため、メグはこっそりシャワーを使うことができなかったのだ。今夜も宿は満室なので、見通しは芳しくない。あなたは室内のトイレも使わず何日も泥の山道で生活した経験があるじゃないの、と自分を励ましてみる。でもそんな難行苦行も現実の生活ではなく、あくまで気晴らしのためだった。しかし思い返してみると、現実の生活はすべてレクリエーションだったような気がする。

マットレスをひっくり返そうとして奮闘していると、背後に人の気配を感じた。またアーリスと顔を合わせることになるのかと覚悟して振り返ると、テッド・ビューダインが戸口に立っていた。

ドアの側柱にもたれ、足首を組み、自分の支配する王国のなかですっかり寛いでいる様子。ミントグリーンのメイドの制服が汗のために肌に張りつき、メグはひたいの汗をぬぐった。

「あら今日はついてるわ。神に選ばれたお方のご訪問だなんて。今度はハンセン病に苦しむ人を救ってきたのかしら？」

「現世の利得で手いっぱいで、とてもそこまで手が回らないね」

テッドはにやりともせずいった。憎たらしい男。今週になってメグがカーテンを整えたりホテル指定の有毒な製品で窓台を拭いているとき、外にいるテッドを見かけたことがあった。それは警察と同じビルを共有する町役場の庁舎なのだと判明した。今朝など二階の窓からテッドが行き交う車を止め、老女の手を取って通りを渡らせる様子も目にした。また多くの若い女性が町長室に直通の横の入口から入っていくのも見かけている。おおかた町の事業関係者かなにかだろう。ひょっとすると怪しい商売人かもしれないが。

テッドはマットレスに向けて顎をしゃくった。「手伝ってやろうか？」

メグは疲れきっており、マットレスは重く、プライドをぐっと呑みこむことにした。「ありがとう」

テッドは背後を振り返った。「大丈夫、誰もいないよ」

ついつい誘いに乗ってしまったことを悔やみ、メグは意志の力でマットレスの下に肩を無理やり入れ、ぐいと持ち上げた。「なんの用？」

「様子を見に。町に入りこんだ浮浪の民がわが町の罪もない住民にみだりに近づかないようにするのも町長の任務の一つなんでね」

メグは肩をマットレスの下でできるだけ奥へと進めながら、考えつくかぎりの憎まれ口をたたいた。「私にはルーシーからメールが来ているわよ。あなたについてはひと言も触れていないわね」そもそも、メール自体手短なものにすぎず、ルーシーは「無事だがいまはなにかを話す心境ではない」とだけ連絡してきたのだ。メグはマットレスを高く持ち上げた。

「よろしく伝えておいてくれ」テッドはまるで遠い親戚のいとこの話でもするかのようにさりげなくいった。

「ルーシーがどこにいるか、気にもしてないみたいね」メグはマットレスをさらに高く持ち上げながらいった。「無事でいるかどうかさえ、どうでもいいわけ？　テロリストに誘拐された可能性だってあるのに」テッドのようないわゆる好青年がいとも簡単に卑劣な人間性をあらわにするのか、見てみたい気もする。

「その話、どこかで聞いたかも」

メグはどうにか荒い息を整えた。「ご立派な脳の持ち主なのに、どうやらルーシーとの破局は私のせいではないということが理解できないみたいね。私にやつあたりするのはやめてくれない？」

「やり場のない憤りをぶつける相手が必要なんだよ」テッドは足首を組み替えた。

「みじめったらしいわね」しかしそういい終わらないうちにメグはバランスを崩し、ボックススプリングから転がり落ちた。そしてマットレスが上から落ちてきた。

冷たい風がメグのあらわな太腿の裏側を撫でて過ぎた。制服のスカートは腰のあたりまでずり上がっている。自分の鮮やかな黄色のパンティと尻の竜のタトゥーまでも丸見えになってしまっている。天の完璧な創造物であるテッドに無礼を働いた罰として、神は彼女を大きな人間サンドイッチにしてしまわれたに違いない。

上から彼のくぐもったような声が聞こえた。「そんなところに入って大丈夫かい？」

マットレスは動かない。

メグはなんとかマットレスの下から這《は》い出そうと、身をよじらせたが彼は手を貸そうとしなかった。メグは黄色のパンティと竜のタトゥーのイメージを振り払い、マットレスなぞに参っている姿を彼に見せてはなるまいと決意した。息を整え、カーペットに爪先を置き、最後の力を振りしぼるようにして体をひねり、かさばる重いマットレスを床に押しやった。

テッドは低く口笛を吹いた。「そいつはクソ重いのに」

メグは立ち上がり、スカートを引き下ろした。「なんで知ってるの？」

テッドはメグの脚を見下ろし、微笑んだ。「学んだことから察するに」

メグはマットレスの角に向かって突進し、どうにか勢いで重いマットレスをボックススプリングの上に戻した。

「上出来だ」テッドはいった。

メグは目にかかった髪を払った。「あなたって執念深い冷酷な変質者よ」

「そりゃあんまりな言い方だね」

「聖人テッドの本質を見抜いているのは私だけかしら？」

「そうさ」

「考えてもみてよ。あなたはたった二週間前熱愛していたはずの恋人ルーシーの名前さえ、忘れそうになってるのよ」メグはマットレスを蹴ってさらに数インチ動かした。

「時間が心を癒してくれるからね」

「十一日で？」

テッドは肩をすくめ、部屋の奥にあるインターネット接続を調べに行った。メグは荒い足取りで彼のあとを追った。「あんなことがあったからって、私にやつあたりしないでよ。ルーシーが失踪《しっそう》したのは私のせいじゃないわ」それはまったくの真実ではないが、それに近い。

テッドはしゃがんでインターネット接続を調べた。「きみが到着するまで万事順調だったんだよ」

「あなたがそう思いこんでいただけよ」

テッドはプラグを差し込み口に入れ直し、立ち上がった。「ぼくはこう見ている。きみの行動の理由はおおよそ見当がついているけど、とにかくなんらかの理由できみは一人の素晴らしい女性を洗脳し、生涯の汚点ともなるような過ちに導いた」

「あれは過ちではないわ。愛のない結婚はみじめですもの」

「なぜ愛がないなんて決めつける？　ぼくの気持ちなんて知らないくせに」テッドはドアに向かいながら、いった。

「少なくともあふれんばかりの情熱はないわね」

「知ったかぶりはやめろ」

メグはテッドに追い迫った。「もし真に彼女を愛していたのなら、あなたは手を尽くして彼女を捜し出し、復縁を迫っていたはずだわ。私に秘めた意図なんてなかったわ。私の願いはただ一つ、ルーシーの幸せだけよ」

テッドは歩調をゆるめ、振り向いた。「きれいごとをいうのはよせ」

彼のまなざしを受け、メグは自分でも気づいていない自分の本質を見抜かれているような気がした。彼女は両手を腰に当てた。「私がルーシーを妬《ねた》んでいたとでもいいたいの？　私が彼女の幸福を妨害しようと目論んだとでもいうの？　ありとあらゆる過ちを犯す人間ではあるけれど、友だちをたぶらかしたりしないわ。絶対に」

「だったらなぜルーシーを惑わした？」

彼の不当な言葉の攻撃にメグは強い怒りが体じゅうを駆けめぐるのを感じた。「出て行って」

テッドはすでに去りかけていたが、姿を消す前に最後の毒矢を放った。「素敵な竜だ」

メグがシフトを終えるころ、ホテルは満室状態でこっそりシャワーを浴びる望みは絶たれた。カルロスが残り物のマフィンを持ち出してくれていたので、一人で食べた。カルロス以外にもメグを目の敵にしない人物がもう一人いる。バーディ・キトルの十八歳の娘ヘイリーだ。ヘイリーがみずからテッドの個人的助手だと名乗っていることを考えると、最初は意外だった。しかしやがて、助手といってもたまに使い走りを頼まれるだけだと判明した。

ヘイリーは夏休みにカントリークラブで働いているため、最近ヘイリーをあまり見かけなくなっているが、たまにメグが清掃中の客室に立ち寄ることがある。「あなたはルーシーの親友でしょう？」ある日の午後ヘイリーはベッドシーツの交換を手伝いながらいった。「ルーシーは誰にでもとても感じよく接していたけど、ウィネットにはなじんでないように見えたわ」

ヘイリーはあまり母親似ではない。背は母親より数インチ高く、長い顔にまっすぐな淡い褐色の髪をしており、サイズの小さすぎる服を着て小作りな面立ちに似つかわしくない濃いメークがめだつ。メグはバーディと娘の会話からヘイリーが色気づいたのはつい最近のことだと知った。

「ルーシーはかなり順応性があるの」メグは枕カバーを替えながら、いった。

「でも私にはやっぱり大都会の女性に見えたわ。テッドはコンサルタントの仕事で世界じゅういろいろな場所へ旅するけれど、この町が彼のふるさとだしね」

メグはこの町に自分と考えの同じ人物がいると知って嬉しかったが、それでも落胆の気持ちは薄れなかった。仕事を終えてホテルを出るころには、空腹で体も汚れていた。メグは毎晩町はずれのひと気のない採石場の駐車場にこっそり錆びたビュイックを停めている。胃袋は空なのに体が重く感じられた。自宅になってしまった車に近づくと、歩みが止まった。なにかが違うと感じたのだ。メグは車をしげしげと見つめた。

運転席側の後部がわずかにたわんでいる。タイヤの空気が抜けているのだ。

メグはこの思いがけない災難を理解しようと身じろぎもせず立ち尽くしていた。車だけが現在唯一のよりどころなのに。以前タイヤがパンクしたときは、どこかに電話をして料金を払ってタイヤを替えてもらっていた。しかし財布には二〇ドルしか残っていない。自分で替えられるとしても、スペアタイヤに空気が入っている保証はない。そもそもスペアタイヤがあるのかどうか。

メグは息をひそめてトランクを開け、仕方なくオイルまみれの汚いカーペットを取り出した。スペアタイヤは見つかったが、へこんでいた。メグはどうかタイヤの枠が傷みませんようにと祈るような気持ちで、空気の抜けたタイヤをつけたまま一番近くのサービス・ステーションまで車を運んだ。

店主は当然ながらメグが何者か知っていた。ここはどうせ片田舎のちっぽけな町の修理工場だからと皮肉な調子でいい、聖人のようなテッド・ビューダインがいかに簡単につぶれかけた食料品店を救ったかといったとりとめのない話をした。タイヤをはずし、それをすり減ったスペアタイヤに取り換える前に、料金は前金で払えという。

「一九ドルしかないの」

「有り金よこしな。それで手を打つよ」

メグは財布を空にし、オーナーがタイヤを交換するあいだ、サービス・ステーションの奥へ入った。これでバッグの底にたまった小銭だけが全財産ということになった。もはや買えなくなった糖菓がぎっしり詰まったスナックの自販機にじっと見入っていると、テッド・ビューダインの白っぽいブルーのフォード・ピックアップトラックが給油機のところで停まった。彼がこの車を走らせているのを見かけたことが前にもあり、ふと、彼が自分の発明でこの車を改修したとルーシーが話していたことを思い出したが、メグの目にはただのポンコツ車にしか見えない。

ブルネットの髪の長い女性が助手席に座っていた。テッドが車から降りると、女性は腕を上げ、バレリーナのような優雅な仕草で顔にかかった髪を払った。リハーサル・ディナーで見かけた顔だとメグは気づいたが、あの晩の列席者は多かったので紹介はされなかったのだ。テッドは給油が終わると車内に戻った。女性は彼の首に手をまわした。彼は首を傾げ、二人はキスをした。メグは嫌悪感を覚えながら、この光景を見つめていた。テッドの心を傷つけてしまったと、ルーシーがあれほど罪の意識に苦しんでいるというのに。

トラックは燃費のいい水素燃料電池を用いているとかルーシーが話していたような気がす

る。普段メグはそうした類いのことに興味を持つのだが、バッグの底に残った小銭がいくらかに気を取られ、それどころではない。残っているのは一ドル六セント。

サービス・ステーションから車を出しながら、メグはいまやこれまで目をそらしてきた過酷な現実と否応なく直面するしかないと悟った。私はどん底まで落ちぶれてしまったのだ。食べ物を買う金にも困り、体は汚れ、唯一の住処《すみか》である車にはガソリンが入っていない。友人たちの顔を思い浮かべ、そのなかでたった一人金の無心に応じてくれそうなジョージー・ヨーク・シェパードの顔が胸に浮かんだ。子どものころから自活してきた不屈の女性ジョージー。

ジョージー、私よ。そう、私は人生の目的もなくのらくら生きているだらしない人間。自力で生活できないから、あなたに助けてほしいの。

騒々しいエンジン音を鳴り響かせて町に向かうRVを見ながら、メグはまた砂利の駐車場に戻る気持ちになれなくなった。これはいつもの旅程に組みこまれた冒険なのだとみずからに言い聞かせながらこれ以上夜を過ごすわけにいかない。たしかにそうした冒険旅行では治安の悪い土地の灯りのない場所で睡眠を取るような経験もしたが、それはほんの数日のことであり、いつも優しいガイドがついていてくれたし、旅行の終わりには四つ星ホテルが待っていた。今回は文字どおりのホームレスで、カートを引きずって移動する路上生活者の一歩手前だ。

ひたすら父が恋しかった。父に抱きしめられ、なにも心配いらないよと慰めてほしかった。

母に髪を撫でてもらい、クローゼットにお化けは隠れていないわよと安心させてほしかった。自宅の自分の部屋に戻りたかった。あの家にいるとなぜか気持ちが落ち着かなくて、居心地が悪かったのに。

しかし両親はメグを愛してくれたが、尊敬してくれたことはない。ディランもクレイも、叔父のミシェルもだ。そしてもし金の無心をすれば、ジョージーもまたメグへの敬意をなくしてしまうだろう。

メグは声を上げて泣きはじめた。恵まれた環境に生まれながらなに一つ成し遂げられない、飢えたホームレスのメグ・コランダが情けなくて、大粒の涙が流れて落ちた。メグはシャッターのおりたナイトクラブのみすぼらしい駐車場に車を入れた。早くジョージーに電話をしなくては。娘の通話料をまだ払っていることに父親が気づき、解約してしまわないうちに。

メグは携帯電話のボタンを押しながら、ふとルーシーはどうやって暮らしを立てているのだろうと思った。ルーシーもまた実家に帰っていない。私がこれほど困っているのに、ルーシーはどうしているのか。

教会の鐘が六時を知らせ、テッドがルーシーに結婚のプレゼントとして贈った教会のことが脳裏をよぎった。

後ろに犬を乗せた一台のピックアップトラックがガタガタ音をたてて通り過ぎ、メグの指から携帯電話が滑り落ちた。ルーシーの教会！　あそこには誰もいない。ルーシーはメグを教会に案内したおりに、たしかここがカントリークラブよと指さしながら説明した。その後何度も角を曲がり、カーブした道を通り過ぎたが、ウィネットには裏道がたくさんある。ルーシーはどの道を通ったのか。

二時間後、あきらめかけたちょうどそのとき、探していた場所に行き着いた。

6

砂利の小道の先に木造の教会が建っていた。メグの車のヘッドライトに中央のドアの真上にある白いとんがり屋根が照らし出された。闇に包まれ右手にある雑草の生い茂った墓地は見えなかったが、記憶には残っていた。そういえばルーシーはたしか階段近くのどこかに隠されていた鍵を出した。メグはヘッドライトを入口付近に当て、石や植え込みのあいだを手探りで探した。小石が膝に食いこみ、こぶしを擦りむいたが、隠した鍵など見つからなかった。窓を割って入れば聖所侵犯に当たるが、なんとしてもなかに入りたい。

ヘッドライトが質素な教会の正面にメグの影を気味悪く照らし出している。車に戻ろうと後ろを向くと、低木の植え込みの下に大雑把に彫った木製のカエルがあるのに気づき、それを持ち上げると下に鍵があった。メグは鍵を落とさないようポケットの奥深くしまい、車を停めるとスーツケースを出し、木の階段を上った。

ルーシーの話によると一九六〇年代、あるルター派教会がこの小規模な田舎の教会を引き払ったということだ。

一対の玄関ドアにはアーチの窓枠が組みこまれている。鍵は錠のなかでするりとまわった。

内部はかび臭く、昼間の暑さの名残りがあった。前回ここを訪れたときは室内は明るい陽光に照らされていたが、暗闇に包まれたいまは昔見たホラー映画のシーンを思い出させる不気味な雰囲気が漂っている。メグは電気がつくことを願ってスイッチを探した。奇跡のように壁の二つの球形の灯りがついた。誰かに見られては困るので長く点灯しておくことはできない。室内探索が終わるまでだ。メグはスーツケースを床に置き、ドアを施錠した。

教会の信徒席はなく、がらんとした空間が広がっている。創設者は装飾を重んじなかったらしく、ステンドグラスの窓や高い丸天井はおろか、厳格なルター派ならではの石の円柱さえない。部屋は狭く幅は三〇フィートもなく、床は磨きあげられた松の木で、質素な加工金属製の天井から一対のファンがぶらさがっているだけだ。一つの壁面に五つの長い横木のある明かり採り窓があり、簡素な階段が後ろの聖歌隊席に続き、そこだけがこの教会で唯一きらびやかな空間を作り出している。

テッドは自宅を建築中の数カ月間、この教会で寝泊まりしていたとルーシーが話していたが、家具の類いはまったく残されていなかった。あるのは茶色のカバーの端から詰め物が見えている不格好な安楽椅子が一脚と聖歌隊席のロフトで見つけた黒い折りたたみマットレスだけだ。ルーシーはこのスペースに座り心地のいい椅子やペンキで塗ったテーブル、民芸品などを置いて寛げる場所にするつもりだと話していた。メグがなによりも欲しいのは流れる水なのだが。

かつては教会の祭壇だったらしい場所の右手にある小さなドアに向かって進むと、古い松の木の床がスニーカーに擦れてきしんだ。ドアを開けると、奥行きが一〇フィート程度のキッチン兼倉庫があった。小さな窓のそばに丸みのある旧式の冷蔵庫が音もなくたたずんでいる。キッチンには同じく旧式の火口が四ついたレンジ台や金属製の食器棚、陶器のシンクが備え付けられている。勝手口に並ぶもう一つのドアの奥は教会内のほかの設備に比べると近代的なバスルームになっていて、トイレのほかに白い洗面台とシャワー室がついている。メグはX型の陶器の洗面台を食い入るように見つめ、希望をこめてゆっくりと蛇口をひねった。

蛇口からきれいな水が勢いよく流れ出た。そんな当たり前のことがこれほどありがたいとは。

もはや熱湯が出ないことは気にならなかった。メグはスーツケースを取りに行き、服を脱いでホテルから持ち出したシャンプーと石鹸《せっけん》をつかみ、シャワー室に入った。噴き出る水の冷たさにはっとしながら、水のある生活のありがたみを二度と忘れないと心に誓った。

身体を拭き、リハーサル・ディナーで着たシルクの布を体に巻きつけた。金属製の食器棚を開き、未開封の塩振りクラッカーの箱とトマトスープを六缶見つけたとき、電話が鳴った。出てみると聞き慣れた声が聞こえた。

「メグ？」

メグはスープの缶をわきへ置いた。「ルース？　あなた、無事でいるの？」ルーシーが失踪して約二週間がたっていた。それ以来一度も電話はなかった。

「一応ね」ルーシーは答えた。

「なぜそんな小声なのよ」

「それはね……」一瞬黙るルーシー。「ねえ、こんなことしたら身持ちの悪い女ということになるのかな。もし私が別の男性と関係を持ったりしたら？　それも間もなく」

メグははっと身を起こした。「さあどうかしら。そうかもね」

「私もさすがにまずいとは思ってるのよ」

「彼のこと、好きなの？」

「まあね。テッド・ビューダインみたいな男じゃないけど……」

「だったら絶対に彼と寝るべきよ」メグは思わず強い調子でいったが、ルーシーは聞き流した。

「私だってそうしたいわよ。でも……」

「たまには異性に溺《おぼ》れてみたら？　それもいまのあなたには必要だと思う」

「もしこんな衝動を止めてほしければ、あなたじゃなくほかの誰かに電話してたわよ」

「それであなたの現在の心境がわかるってものよ」

「そのとおりだわ」ルーシーの声の背後で流れる水の止まる音がした。「もう切るわ」ルーシーが慌てていった。「また電話するね」そして電話が切れた。

ルーシーの声には疲れがあったが、それでも興奮が感じられた。メグはスープを食べながらルーシーとの会話を思い出していた。もしかすると今回の騒動も最後はうまく収まりがつくのではないか。少なくともルーシーにとっては。

メグは溜息をつき、ソースパンを洗い、シンクの下のネズミの糞のあいだに置かれている洗剤を使って汚れた衣類を洗濯した。毎朝泊まった形跡を拭い去り、テッド・ビューダインがここに立ち寄った場合を考えて持ち物はすべてスーツケースに収めておかなくてはならない。しかしとりあえずは食べ物と隠れ場と流水は確保できた。ここでしばらくのあいだは夜露をしのげる。

その後の数週間は人生のもっとも過酷な時期となった。アーリスにいびられ、LAに帰りたい気持ちが日ごとにつのっていった。しかし帰れたとしても寝泊まりする場所のあてはない。両親の厳しい愛の宣言は脳裏に刻みつけられており、家族と暮らす友人宅に身を寄せることもできない。ひと晩ぐらいは泊めてもらえるだろうが、長居はできない。バーディがしぶしぶ借金分の労働は終了したことを告げたとき、メグは絶望しか感じなかった。ほかに働き口を見つけるまでホテルを辞めるわけにいかず、ルーシーの教会で密かに寝泊まりしているあいだはどこにも移動できない。なんとしても、ここウィネットで仕事を見つける必要があるのだ。それもできれば、日銭の入る仕事が。

メグは町民のたまり場ともいうべき安酒場〈ラウスタバウト〉のウェイトレスの求人に応募した。「あんた、テッドの結婚式を台なしにした張本人だろう？」店主がいった。「バーディのところの宿代も踏み倒したんだそうだね。そんなやつをここで雇うはずないだろう」

町の誰もが出入りする場所だから、当然といえば当然か。

その後数日間、町のありとあらゆるバーやレストランをまわったが、働き口はなかった。求人がないわけではなく、相手がメグだから雇ってくれないのかもしれなかった。食糧も底を尽き、ガソリンは三ガロンずつしか入れられず、間もなくタンパックスを買わなくてはならなくなる。現金が、それも早急に必要だった。

いまだ慣れないバスタブの掃除に辟易《へきえき》としながら、自分がホテルの部屋を掃除するメイドのためにチップをしょっちゅう置き忘れてばかりいたことを思い起こした。これまでにメグが手にしたチップはわずか二八ドル。ほんとうはもっとあったはずなのだが、アーリスは気前のよさそうな客を見分ける勘が異様なほど働き、まっ先に部屋をチェックするのだ。今度の週末、策を弄《ろう》してアーリスを出し抜けば、ひと儲けできるだろう。

テッドの花婿付添い役を務めるはずだったケニー・トラベラーが開催するゴルフの集まりがあり、全米から友人たちがこの町にやってきて、このホテルに泊まることになっているのだ。メグは天然資源を浪費するからという理由でゴルフというスポーツを軽蔑《けいべつ》しているが、ゴルフ愛好者がお金を落としてくれることも事実であり、彼女は木曜日まる一日と週末どうやれば稼ぎをふやせるか考えつづけた。日も暮れるころになって計画がまとまった。それには乏しい資金のなかからの出費が伴うのだが、メグは仕事が終わると意を決して食料品店に寄り、わずかな給料から二〇ドルを直近の未来のために投資した。

翌日メグは金曜日午後のラウンドからぽつぽつと戻ってくるゴルファーたちを待った。アーリスが見ていない隙にメグはタオルをつかみ、さっそくドアをノックした。「いらっしゃいませ、サミュエルズさま」ドアを開けた白髪頭の男性にメグは満面の笑みを向けた。「タオルを余分にお持ちしたほうがよいかと思いまして。外は暑かったでしょう」そういって、タオルの上に前日買っておいたキャンディバーを載せ、手渡す。「思いどおりの結果でしたらいいのですが、そうでないならちょっとした甘いものが気分をすっきりさせてくれるかもしれません。私からのささやかな気持ちです」

「ありがとう、思いやりが嬉しいね」サミュエルズ氏は財布から五ドル札を抜き取った。

その夜仕事が終わるまでに、メグは四〇ドルを稼ぎ出していた。まるで生まれて初めて一〇〇万ドルを稼いだような誇らしい気分だった。しかし土曜日も同じ作戦でいくにしても、なにか新しい工夫が必要で、それにはまた少し出費が伴う。

「あれ、懐かしいなあ」土曜日の午後戸口に現われたサミュエルズ氏はいった。

「手製でございます」メグは満面の愛嬌たっぷりの笑顔で新しいタオルと一つずつ包んだライス・クリスピーを手渡した。昨夜真夜中過ぎまでかかって作ったものだ。ほんとうは手作りクッキーのほうがよかったのだが、調理技術が足りないのだ。「冷えたビールでもお持ちできればよかったのですが」メグはいった。「立派なジェントルマンの方々をお迎えできて光栄です」

今回サミュエルズ氏は一〇ドル出した。

タオルの量が妙に少ないとすでに訝《いぶか》しんでいたアーリスに二度現場を押さえられそうにな

ったが、メグはそれをどうにかかわし、ユニフォームのポケットにぎっしりお菓子を詰め、三階のデクスター・オコナーのスィートに向かった。昨日メグが立ち寄ったとき、オコナー氏は留守だったが、今日はホテルの白いバスローブに身を包んだ背の高い、はっとするほどの美人がドアを開けた。シャワーから出たてなのか、メークは洗い落とされ、ブルネットの髪が背中に張りついているのに、この完璧な美しさ。すらりと身長が高く、緑の瞳には大胆さが感じられ、耳たぶには大粒のダイヤモンドスタッズがきらめいている。どうみてもこれはデクスター氏の身内とは思えず、さらにこの美人の肩越しに見えた男性もデクスター氏ではなかった。

テッド・ビューダインが靴を脱ぎ棄てビール片手に、部屋の安楽椅子に座っていた。その瞬間メグの頭のなかでなにかピンとくるものがあり、数週間前にテッドがガソリンスタンドでキスしていた相手がこの女性だと気づいた。

「あら気が利くこと。追加のタオルね」女性がタオルの上の包みをつかんだとき、めだつ結婚指輪がきらりと光った。「おまけに手作りのライス・クリスピーよ！　見て、テディ！　ライス・クリスピーなんてほんとに久しぶりじゃない？」

「最後にいつ食べたか記憶もないよ」テディは答えた。

女性はタオルを脇の下にはさみ、ビニールの包み紙を開いた。「私の大好物よ。彼女に一〇ドルあげてちょうだい」

テッドは動かなかった。「あいにくと一〇ドル札を切らしている。ほかの通貨もね」

「待って」女性は自分のバッグを取るためらしく後ろに向いたが、はっと振り向いた。「なによ！」女性はタオルを落とした。「あなた、結婚式をぶち壊しにした張本人じゃないの！制服姿だったから、わからなかったわ」

テッドは椅子から立ち上がり、ドアに近づいた。「免許もなくベーキング商品を販売するのは町の規約事項に違反する行為だよ、メグ」

「これは贈り物ですわ、町長さま」

「バーディとアーリスはこうした贈り物について承知しているのかい？」

ブルネット美人があいだに割りこんだ。「そんなこと、どうだっていいのよ」女性の目は興奮できらめいている。「結婚式を中止にさせちゃうなんて、信じられない。ちょっとなかへ入って。質問したいことがあるの」女性はドアを大きく開くとメグの腕を引っ張った。

「誰かさんがテディのお相手にふさわしくないとあなたが考えた理由をはっきり聞かせてちょうだい」

メグはようやくヘイリー以外の、例の一件で彼女を責めない人物に出会ったことになる。どうやらこれがテッドの既婚の愛人らしいとわかっても、なぜかショッキングには感じられなかった。

テッドは女性の前に出ると、メグの腕をつかんだ手をほどかせた。「さっさと仕事に戻るのが身のためだよ、メグ。きみの仕事への熱意はしかとバーディに伝えておくから」

メグは歯を食いしばったが、テッドはさらに追い打ちをかけた。「今度ルーシーから連絡があったら、ぼくが寂しがっていたと伝えてくれよ」テッドは指を素早く動かし、女性のローブの結び目をほどき、ぐいと抱き寄せると力強くキスをした。

偽善がなにより嫌いなメグは、町民から良識のある人物のお手本のように見られているテッドが既婚女性と交際していると思うと、はらわたが煮えくり返りそうだった。この不倫関係はテッドがルーシーと婚約しているあいだも続いていたに違いないのだ。

メグはその夜教会に車を停め、たいへんな思いをしながらすべての持ち物を車のなかに戻した。スーツケース、食べ物、できるだけ早く返すつもりでホテルから借りてきたベッドリネン。これ以上一秒たりともテッド・ビューダインのことは考えたくない。現在自分に与えられた恵まれた部分についてだけ考えたほうがいい。幸いゴルファーたちのおかげで、ガソリンを給油して、タンパックスや食料品を買えるだけのお金は手元にある。たいした成果とはいえないけれど、少なくとも友人たちに恥ずかしい電話をかけるのを先延ばしにできるだけましというものだ。

しかしそんな安堵感も長続きしなかった。翌日の日曜日退出しようとする直前に、ゴルファーの一人が——誰かは難なく予想がついたが——チップをねだるメイドがいて困るという苦情をバーディに持ちこんだことが判明した。バーディはメグをすぐにオフィスに呼び出し、満足げにその場で解雇した。

図書館再建委員会の会合はバーディの家のリビングで行なわれ、彼女の有名なパイナップル・モヒートがふるまわれた。「またヘイリーが私に怒ってるの」バーディは生成りの生地に張り替えたばかりの流線型五〇年代風アームチェアにもたれた。エマの自宅で使えば一日ともたない生地だ。「メグ・コランダをクビにしたのが特に気に入らないみたい。ほかに働き口もないのにといってるわ。うちではメイドに普通より高めの時給を払っているんだから、客にチップをせがむのは間違ってるのよ」

仲間の女性たちは視線を交わし合った。バーディが規定より三ドル安い時給でメグを働かせてきたのは周知の事実であり、たとえそれがテッドの思いつきでもエマには不当なことに思えた。

ゾーイはノースリーブの白いブラウスの襟に飾ったブローチからぶらさがるピンクのパスタシェルをいじりながらいった。「ヘイリーは心が優しいから、きっとメグに利用されているのよ」

「心が優しいんじゃなくて頭がいかれているといったほうがいいかもね」バーディはいった。「ここにいるみんなは最近のヘイリーの服装がどんなか知っていても、話題にしないでくれるからありがたいぐらいよ。あの子ったら、胸がめだつ服装をすればカイル・バスコムに注目されるとでも思ってるのよ」

「カイルが六年生のとき担任だったからいえるけど」ゾーイがいった。「ヘイリーとでは頭の程度が違いすぎるわ」

「あなたからあの子にそれをいってやってよ」バーディは安楽椅子のアームを指先でたたきながらいった。

ケイラはリップグロスを置き、カクテルを手に取った。「ヘイリーの言い分も一つの点では正しいわよ。この町でメグ・コランダを雇う人なんていないもの。そんなことしたら、テッド・ビューダインに合わせる顔がなくなっちゃうからね」

弱い者いじめが嫌いなエマは町民が揃ってメグに報復めいた態度を取っていることに不快感を覚えはじめていた。同時に自分の大事な友人を傷つける出来事に関わったことについては、メグを許せないとも感じていた。

「最近テッドのことばかり考えてしまうの」シェルビーはブロンドのボブヘアの片側の髪を耳にかけ、買ったばかりのオープントゥのバレリーナシューズを見つめた。

「みんな同じよ」ケイラはパヴェ・ダイヤのネックレスをいじりながらいった。

「度が過ぎるほどにね」ゾーイは下唇を嚙みはじめた。

テッドがふたたび独身に戻ったことで、二人の期待が高まっているのだが、どちらにも脈はないのだという事実をこの二人が受け入れられないのは、はたで見ていて情けないとエマは思っている。ケイラは付き合うのに手のかかる面倒な女性、ゾーイはテッドにとって尊敬できる相手ではあっても、恋愛の対象ではない。

そろそろ誰もが触れたがらない本題に戻らなくてはならない。町立図書館の再建資金をいかにして調達するかという議題だ。

エマや夫のケニーを含めた町の稼ぎ手たちも昨今の不況の影響による有価証券の損失から回復できておらず、より緊急性の高い地元の慈善事業への資金援助が優先されている状況だ。

「誰か資金調達の新しい案はないの」エマが訊いた。

シェルビーが前歯を指先でカチリと鳴らした。「あるかも」

バーディがうめいた。「ベーカリーの出店はだめよ。前回モリー・ドッジのココナッツ・カスタード・パイを食べた人が四人も食中毒になってしまったもの」

「キルトくじは無残な結果に終わったわ」流れが消極的な方向に向かうことは好ましくないとは思いつつ、エマもひと言つけ加えずにはいられなかった。

「寝室に戻るたびに死んだリスと目を合わせたい人はいないわよ」ケイラはいった。

「あれは子猫、死んだリスじゃないわ」ゾーイが言い放った。

「あれは私から見れば絶対に死んだリスよ」ケイラが言い返した。

「ベークセールもキルトくじもダメ」シェルビーが遠くを見つめるような目でいった。「それ以外のなにか。もっとスケールの大きなことが必要よ。もっと世間の興味を掻きたてるようなものが」

それはなんだと問い詰めるような友人たちの視線がいっきに集まったが、シェルビーはかぶりを振った。「どうすべきか、より具体的に考えるのが先決よ」

問い詰めても、シェルビーはそれ以上答えなかった。

メグの働き口は見つからなかった。町のはずれにある十部屋ほどの小さなモーテルですら雇ってはくれなかった。「ここを営業していくのに、どれだけの許可証が必要かわかるかい？」赤ら顔のマネージャーがいった。「テッド・ビューダインが町長であるかぎり、あの人の機嫌を損ねるようなまねは絶対にできないんだよ。町長でさえなかったら、話は別なんだがな……」

こうしてメグは真夏の工事現場で作業員が水をがぶ飲みするかのようにガソリンを大量消費しつつポンコツ車で商業施設を次つぎとまわった。三日目が過ぎ、四日目を迎えた。五日目、〈ウィンドミル・クリーク・カントリークラブ〉の新入りのアシスタント・マネージャーの顔をデスク越しに見つめながら、メグは絶体絶命の境地に陥っていた。もしここで断られてしまったら、いよいよプライドを捨ててジョージーに泣きつくしかなくなる。

アシスタント・マネージャーはいわゆるプレッピータイプで、痩せ型でメガネをかけ、こざっぱりと刈りこんだひげを引っ張りながら、横柄な態度で説明した。ここは自分の以前の勤め先とは違い有名でもなくなかば私的なクラブにすぎないけれども、ウィンドミル・クリーク・カントリークラブは二人の偉大なゴルファー、ダラス・ビューダインとケニー・トラベラーの本拠地なんです、とアシスタント・マネージャーはなにも知らない相手に話すように、わざとらしく説明した。

ウィンドミル・クリークはテッド・ビューダインとその仲間のホームでもある。ウィネット・ウィークリーでここの新しいアシスタント・マネージャーがウェーコーのクラブから転職してきた人物、つまりよそ者だという記事を読まなかったら、メグもわざわざガソリンを浪費してまで、ここへ来なかっただろう。メグがウィネットにとって不倶戴天《ふぐたいてん》の敵であるという事実をいまだ彼が知らないかもしれないというかすかな望みに賭け、急いで電話連絡を入れ、思いがけず今日の面接のアポを取りつけることができたのだった。

「就業時間は八時から五時です」彼はいった。「月曜は休業です」

メグは断わられることに慣れていたので、話を聞きながら気持ちが散漫になっていた。彼のいう仕事とはどんな仕事なのか。彼は本気でこの私を雇おうとしているのか。「それで――けっこうです」メグは答えた。「八時から五時、了解です」

「報酬は高くありませんが、きちんと仕事をこなせばチップはかなりつきます。週末は特に」

「まあ、チップですって？ 喜んで働きます！」

アシスタント・マネージャーはでっち上げの履歴書を眺め、悲惨なほど選択の余地のない手持ちの衣服からメグが苦心して選び身に着けてきた、薄手のペタル・スカートに白のタンクトップ、鋲《びょう》つきの黒ベルト、グラディエーター・サンダル、宋王朝のイヤリングに見入った。「ほんとにいいんですか？」彼は疑わしげに訊いた。「ドリンクカートの運転なんてたいした仕事とはいえないですよ」

メグは「どうせ雇われるほうもたいしたことないですから」と出かかった言葉を呑みこんだ。「私はそれで充分です」切羽詰まった状況に追いこまれ、ゴルフ場は環境破壊だという考えもあっけなく忘れた。

主任に紹介するというアシスタント・マネージャーに案内されて外のスナック・ショップに向かいながら、メグはやっとほんとうに自分が就職できたのだと実感した。「高級なゴルフコースにはドリンクカートなど必要ないものなんです」彼は軽蔑するように鼻を鳴らした。「でもここのメンバーはひと試合終わるまでビールを我慢できないみたいです」

メグは馬に囲まれて育ったので、「ひと試合」がなにを意味するのかわからなかった。しかしそれはどうでもよかった。やっと仕事が見つかったのだから。

メグはその日の午後遅く教会に戻り、墓地を囲む柵の向こうにある下生えのなかで見つけた古い倉庫の後ろに車を停めた。倉庫の屋根はかなり前からないようで、壊れかかった壁のまわりにつる草やオプンチア、ドライドグラスが生えている。メグはスーツケースをトランクから出しながら、汗ばんだひたいに貼りついた巻き毛を拭いた。手持ちのわずかな食糧は使われなくなっている調理器具の後ろに隠せたものの、それでも荷造りと荷解きの連続は負担になっていた。墓地を通って荷物を運びながら、メグは毎朝自分の存在の痕跡を消す必要のない空調設備のある住処を思い描いた。

間もなく七月。教会内はそれまでよりかなり暑く感じられた。熱を帯びた天井のファンをつけるとほこりの微片が飛び散る。ファンといっても空気を掻き混ぜる働きしかないのだが、窓を開けるリスクを冒すこともできず、暗くなっても点灯するのはできるだけ避けている。以前なら遊びに出かけていた宵の口に、ただ寝るしかないのだ。

メグは服を脱ぎタンクトップとアンダーパンツだけになり、ゴムぞうりに履き替え、裏口から外へ出た。墓地を通り抜けながら、ふと墓石に刻まれた家名に目がいった。ディーツェル、ミューセバッハ、エルンスト。祖国をあとにしてこの敵国に移り住んだドイツの民の辛苦に比べれば自分の現在の苦労などなんでもない、と感じた。

墓地の向こうには雑木林が広がり、反対側にはパードナレス川へ続く幅広い小川が流れている。教会に越してきて間もなく人目につかない水泳に格好のこの場所を発見し、それ以来毎日午後になると涼を取るためにここに来るようになった。澄んだ川の中央は深くなっており、水に飛びこみながら、カントリークラブに就職したことがテッド・ビューダインのファン・クラブに見つかれば間違いなく解雇に追いこまれるだろうという絡みつくような不安を必死に振り払った。これ以上嫌われる種をふやしてはならないのははっきりしている。ドリンクカートの売り子の仕事にしがみつくなんて、私の人生はいったいどうなってしまったのだろう。

その晩聖歌隊のロフトはいつにも増して暑く、メグはでこぼこしたマットレスの上で何度も寝返りを打った。カントリークラブの始業は早いのでなんとか眠りにつこうとしたが、ようやくうとうとしたとたん、物音にはっと目が覚めた。それが下の戸口から聞こえてくる音だと認識するまでにしばらくかかった。

灯りがつき、メグははっと身を起こした。胸をドキドキさせながら旅行用の目覚まし時計を見ると、針は十二時を指している。昼間留守のあいだにテッド・ビューダインが教会に現われることは覚悟していたが、夜間にやってくるとはまるで予想していなかった。メインルームになにか置き忘れていなかったか記憶をたどってみる。メグはそっとベッドを離れ、忍び足で聖歌隊ロフトの手すりのところまで行き、上からそっと下を覗いてみた。

テッドではない男性が一人、古い内陣のまんなかに立っていた。テッドと比べ、身長はほぼ同じだが、髪の色が漆黒に近いほど濃く、体重もいくらか多そうだ。それはテッド・ビューダインの花婿付添い役を務めることになっていた伝説的プロゴルファー、ケニー・トラベラーだった。メグもリハーサル・ディナーで彼と英国人の妻と一度顔を合わせている。

二度目にタイヤがきしむ音が聞こえ、メグの心臓が高鳴った。少しだけ頭を上にずらしてよく下を覗いてみたが、自分の脱いだ衣類や靴は見当たらない。「ドアを開けっ放しにしたやつがいるみたいだ」ケニーは少しして屋内に入ってきた人物にいった。

「ルーシーが最後にここに来たとき、鍵をかけ忘れたんだろう」妙に聞き慣れた男性の声がそう答えた。結婚式の中止からまだ一カ月あまり。それなのにテッドはルーシーの名前をごくそっけない感じで口にした。

メグはまたそっと覗いてみた。テッドはぶらぶらと内陣に入ってきて、かつて祭壇のあった場所に立った。聖職者の服装ではなくTシャツにジーンズという軽装だったが、いましも全能の神について説きはじめるかのように見えた。

ケニーは四十代前半で、背が高く体格もいい。テッドとタイプは違うものの、きわめて端正な容貌の持ち主だ。ウィネットが並外れて美男の多い町であるのは間違いのないところだ。ケニーはテッドの手渡したビールを受け取り、移動して部屋の反対側にある二番目と三番目の窓にはさまれた壁にもたれた。「人目を避けてこんなところで内緒話する理由はなんだ？」ケニーはプルタブを引きながら、尋ねた。

「人目を避けるというより、詮索好きなきみの奥さんの目を盗むためさ」テッドもケニーと並んで壁に寄りかかった。

「たしかにレディ・エマは状況を知りたがっているよ」妻の名をいかにも愛おしげに口にするケニーの声からは、妻への深い思いが感じられた。「結婚式のあと、きみと密な交流の時間を持つべきだとうるさく主張しているぐらいだからね。同性の友人と寛ぐことで心が癒されるとさ」

「すっかりレディ・エマに仕込まれているよな」テッドはビールを飲みながら、いった。

「密な交流ってどういう意味か、訊いてみたのかい？」

「答えを聞くのが恐ろしいよ」

「最近読書愛好会に熱が入っているのは間違いないね」

「きみが彼女を町の文化理事に任命したのが間違いだったんだよ。あの手のことにかけては、妙に真剣に取り組むタイプだからさ」

「もう一人身ごもらせればいいんだよ。妊娠中は勢いが落ちる」

「子どもが三人もいたら手いっぱいだよ。わが家ではとくに」ケニーはふたたび誇らしげにいった。

二人はしばし黙ってビールを飲んだ。メグはかすかな希望を感じた。二人が教会の奥に入ってきて、散らばったメグの衣類を目にしないかぎり、こんな予想外の事態も無事に切り抜けられるかもしれないのだ。

「彼は今回は土地を買うかな？」ケニーが訊いた。

「形勢は予断を許さないね。スキップジャックは気まぐれだから。六週間前、サンアントニオに決定したといっておきながら、今度またこの町に視察にきてる」

メグもふと小耳にはさんだ会話から、スペンサー・スキップジャックが巨大配管企業ヴァイスロイ・インダストリーズのオーナーであることを知っている。なんでも、高級ゴルフ・リゾートと集合住宅の複合施設を建設し、観光客や定年退職者を誘致し、衰退した町の経済を活性化できるかどうかがスキップジャックの一存にかかっているらしい。ウィネットでまずまずの規模の企業はケニーの父親ウォレン・トラベラーが共同経営している電子機器の会社だけである。雇用と財源確保は町にとって急務なのだ。

「明日はぜひともスペンスに最高のものを見せてやろう」テッドがいった。「ウィネットを選べば、どんな未来が描けるかを見せつけるんだ。ディナーのタイミングまで待って、税の優遇について説明し、あの土地をどれほどの好条件で買えるか、印象づけるんだ。抜かりなく」

「ウィンドミル・クリークにもっと面積があって、あそこにリゾートを建設できたらなあ」

ケニーの言い方から察するに、これは頻繁に二人が語り合っている話題なのだとわかる。

「あそこのほうがずっと費用がかからないのは間違いない」テッドはビールの缶をドンと置いた。「トーリーが明日一緒にプレーしたいなんていいだすから、もしクラブに近づいたりしたら、ただちに逮捕させると警告しておいたよ」

「そんなことであいつがあきらめると思うか」ケニーがいった。「でも妹が加わるのはまずいぞ。スペンスだってまさかプロのおれたちに勝てるとは思っていないけど、女に負けると格好がつかなくなるからさ。あいつ、ショートゲームではおれとどっこいどっこいの腕前だからなあ」

「デックスがシェルビーにトーリーをどこかに連れて行ってくれと頼むらしいよ」

デックスはデクスターを短縮した呼称なのだろうか。テッドの愛人のいた部屋の宿泊客の名前がたしかデクスターといったっけ。

テッドは壁にもたれていた上半身を起こした。「四人が二組に分かれてプレーするフォーサムのアイディアをトーリーが思いついて、ぼくもすぐおやじにニューヨークから戻るよう連絡しておいたよ」

「それじゃあますますスペンスが思い上がるよ。偉大なダラス・ビューダインとプレーするわけだからさ」メグはケニーの言葉にどこかすねたようなものを感じた。テッドも同じ印象を抱いたらしい。

「小娘みたいな態度はやめろよ。きみはおやじとほぼ同格の有名なプレーヤーなんだからさ」テッドの表情がふと陰り、曲げた膝のあいだに両手をだらりと垂らした。「これがうまくいかないと、町の状況はいちだんと厳しくなるだろうな。あまり考えたくないことだけど」

「町がどれほど深刻な状況にあるのか、町民にしっかり認識させる時期がきたとおれは思う」

「みんなすでに理解してはいるさ。ただそれを口に出していわないだけだよ」

それからしばらく沈黙が続き、二人はビールを飲み干した。ようやくケニーが立ち上がった。「こうなったのはきみのせいじゃないよ、テッド。きみが町長に就任する前から問題はあったんだから」

「それはわかっている」

「魔法使いじゃないんだから、ベストを尽くせばいいんだよ」

「おそるべしレディ・エマ」テッドがつぶやいた。「そんな口調が奥さんそっくりになってきたぞ。今度読書愛好会に招待してくれないか」

二人はそんな感じで軽口をたたき合いながら、外に出ていった。二人の声が遠ざかっていく。やがて一台の車のエンジンがかかる音が響いた。メグは膝の力が抜けるようにしゃがみこみ、ほっと息を吐いた。

そのとき、照明がついたままであることに気づいた。

ドアがもう一度開き、一人の足音が松の床に響いた。メグがそっと覗いてみると、テッドは親指をジーンズの尻のポケットに突っこんで部屋のまんなかに立っていた。かつて祭壇があった場所を睨みつけているものの、さきほどと違いかすかに肩が落ちており、冷静沈着な外面の隙間から精神的な脆《もろ》さが垣間見えたように感じられた。

それは一瞬の出来事で、テッドはキッチンに通じるドアに向かった。メグは恐怖に凍りついた。間もなく怒りのこもった呪詛《じゅそ》の声が響いた。

メグは頭を引っこめ、両手に顔をうずめた。荒々しい足音が教会に響きわたった。もしこのままじっと隠れていたら、ひょっとすれば……。

「メグ！」

7

メグはマットレスに向かって走った。「ここで眠るつもりなの」メグは戦闘に備えて身がまえた。「べつにいいでしょ?」

テッドはロフトに通じる階段をドスドスと音をたてながら上ってきた。「こんなことして、いったいどういうつもりだ?」

メグはマットレスの端に腰かけ、たった今目覚めたようなふりをした。「ごらんのとおり、眠っちゃいないわよ。それにしても、いったいなにごと? こんな真夜中にこんなところに飛びこんでくるなんて。それに教会で神を罵る言葉を発するのはいただけないわ」

「いつからここに泊まっている?」

メグは伸びをして、あくびをもらし、極力冷静さを装った。どくろの海賊模様が入ったパンティと『ハッピー・プリンティング・カンパニー』のロゴ入りTシャツというぶざまな姿でなかったら、もう少し格好がついたのだが。このTシャツはホテルの宿泊客が置き忘れていったものだ。「なぜそんな大声で怒鳴るの?」メグはいった。「近所迷惑よ。みんな死んでるのに」

「いつからいる?」

「さあね。墓石に刻まれた年月日は一八四〇年代のもあったけど」

「きみがいつからここにいるのか訊いているんだよ」

「あら私のこと? しばらく前からいるわ。どこに泊まっていると思っていたの?」

「考えたこともないね。なぜかって? ぼくの知ったことじゃないからさ。ここから出ていってくれ」

「そう思うのは勝手だけど、ここはルーシーの教会よ。居たいだけいていいとルーシーから許可をもらってあるわ」少なくとも頼めば、ルーシーは了解してくれただろう。

「その認識は間違いだ。ここはぼくの所有する教会で、夜が明けたらすぐにここを引き払い、二度と戻るな」

「待って。あなたはここをルーシーに贈ったのよね」

「結婚のプレゼントとしてだ。結婚が中止になったんだから、プレゼントも無効だ」

「その主張が法廷で通用するとは思わないわね」

「法的な契約はいっさいなかったんだよ!」

「世のなかには一度口にしたことは守ろうとする人間とそうでない人間とがいるわ。正直なところ、あなたはそうでない人間に属するんじゃないかと思えてきた」

テッドは眉をしかめた。「ここはぼくの教会で、きみの行為は侵入にあたる」

「それはあなたの見方。私からいわせればそんなの不当よ。ここはアメリカ。個々の意見が尊重される国なのよ」

「違う。ここはテキサスだ。ここではぼくの意見が重視される」

それは認めたくないが真実だろう。「ルーシーの希望で私はここに泊まっているの」ルーシーが事情を知れば、間違いなくそう望んだだろう。

テッドはロフトの手摺に片手を置いた。「最初のうちきみをいびるのは楽しかったけど、それももう飽きた」テッドはポケットに手を入れ、財布を出した。「明日町から出ていってほしい。こいつがあれば、それも早まるかな」

テッドは札を抜き、空の財布をポケットに戻した。そしてメグが枚数を数えられるよう、指に挟んで振った。一〇〇ドル札が五枚あった。メグはごくりと唾を呑んだ。「現金をそんなに持ち歩くものじゃないわ」

「普段はこんなに持たないよ。しかしたまたま今日は地元のある地所の所有者が古い税申告の差額を払おうとしたが、銀行の営業時間が終わっていて、町役場に直接払いに来たんだ。ぼくがそんなまとまった額を役場に置いてこなかったのは、きみにとってラッキーだろ？」

テッドは札をマットレスの上に落とした。「無事お父さんに保護されたら、ぼく宛てに小切手を書いてもらえ」彼は背を向けて階段に向かった。

メグは反論せずにはいられなかった。「土曜日のホテルでたまたま面白いシーンに出くわしてしまったの。あなた、ルーシーと婚約中ずっとああして浮気を続けていたの？　それとも、一定期間だけ？」

テッドは振り向いて、わざとらしくメグのTシャツのロゴを眺めた。「ずっと浮気していたさ。でもご心配なく。一度も疑われたことはないから」

テッドはそういい残して階段をおりていった。少しして照明が落ち、玄関ドアの閉まる音がした。

翌朝メグは眠気にかすむ目をこすりながら仕事に向かった。テッドがよこした札束が買ったばかりの悪趣味なカーキ色のバミューダパンツのポケットの生地を焦がして穴でもあけるように感じられた。五〇〇ドルあればやっとLAに帰れるし、仕事が見つかるまで安宿に泊まることもできる。両親も、娘が勤勉に働く能力があると認めてくれさえすれば、態度をやわらげ、娘の人生の真の意味での再出発をあと押ししてくれるかもしれない。

だがそうもいかなかった。メグはテッドの金を持って町の境界線に向かうのをやめ、この町に留まり、カントリークラブのドリンク販売を始めようと心に決めた。

ドリンクカートガールの制服はホテルメイドの制服ほどひどくはなかったものの、野暮ったさでは似たようなものだった。アシスタント・マネージャーは面接の最後に黄緑色のカントリークラブのロゴが入ったプレッピーな黄色のポロシャツを手渡した。前回の面接ですでに、なけなしの金をはたいて規定の丈のカーキのショートパンツと見るもおぞましいポンポン玉のついた白のソックスを自費で購入させられている。

従業員用の車道に向かいながら、メグはテッドの金を使って町から逃げ出せない自分の頑なさに腹が立った。誰かほかの人物から手渡されたものならともかく、彼からはびた一文受け取りたくないという意地があるのだ。クラブで働いていることが知れたら、たちまち解雇されるに決まっているのだから、こんな抵抗は愚の骨頂でしかない。もはや、これが合理的な考えなのだと自分をごまかすこともできなくなってきた。

午前八時の従業員用駐車場は思いのほか空いていた。従業員入口を通ってクラブに向かいながら、なんとかテッドやその仲間の目に留まらないようにしようと決意した。アシスタント・マネージャーのオフィスに行ってみたが、ロックがかかり、クラブのメインフロアにもひと気がなかった。外へ出てみるとコースに出ているゴルファーは数人いたが、薔薇の水やりをしている従業員が一人いるだけだった。従業員はどこにいるのか尋ねると、男はスタッフが揃って病欠であるような内容の答えを返した。男はクラブの下の階のドアを指さした。

プロショップは濃い色の床材、真鍮《しんちゅう》の備品、紺と緑の格子柄のカーペットを使った、昔の英国のパブのような内装がほどこされていた。ピラミッド状に並べられたゴルフクラブの向こう側にはクラブのロゴが入ったゴルフウェアやシューズ、サンバイザーなどが整然と並べられている。ショップのなかはがらんとして、カウンターの後ろで一心不乱に携帯電話を操作しているきちんとした髪型の男性が一人いるだけだ。近づいてみると、ネームタグにマークと書かれているのがわかった。背はあまり高くなく、年のころは二十代後半といったところ。小ざっぱりとカットされた淡い褐色の髪、整った歯並び。メグと違ってカントリークラブのロゴ入りポロシャツがよく似合う、育ちのいい優等生タイプだ。

メグが名前を名乗ると、男は携帯電話から顔を上げた。「初出勤がとんでもない日になったね」と彼はいった。「キャディーの経験はあるんだろ？　せめてゴルフのゲームをプレーしたことがあるといってくれ」

「いえ、私は新入りのカートガールです」

「そんなことわかってるよ。でもキャディーの経験はあるよな？」

「〈キャディー・シャック（一九八〇年代の映画・邦題『ボールズ・ボールズ』）〉は見たことがあります。これも経験のうちに入るかしら」

男はユーモアセンスの持ち主ではなかった。「ご覧のとおり、ふざけてる余裕はないんだよ。これから四人の大物ゲストを迎えるんだから」昨夜偶然聞いてしまった会話から、四人の大物ゲストが誰なのか深く考えるまでもなかった。「たった今判明したことなんだが、一人を除くキャディー全員と全従業員が食中毒で倒れた。昨日食堂で昼食に出したコールスローに当たったらしい。なんとかこの事態を切り抜けないとこの一件の責任を取って誰かが辞職に追いこまれる」

メグはこの会話の行き着く先に不安を覚えた。

「ぼくがＶＩＰの客のキャディーを務める」男はカウンターの後ろから出た。「常勤のレニーというキャディーはたまたまコールスローが嫌いで難を逃れ、いまこっちに向かってるそうだ。ダリーのキャディーはいつもどおりスキートがやるから助かったけど、それでも一人キャディーが足りないし、探している時間がない」

メグはごくりと生唾を呑んだ。「薔薇の水やりをしている、あの親切な男の人は……」

「あいつは英語がしゃべれない」男はメグをプロショップの奥へ引っ張っていった。

「ほかにもコールスローを食べていない従業員はいるはずよ」

「ああ、バーテンダーがね。やつはあいにくと足首を骨折しているし、ビラ貼りの娘もいるが歳は八歳だ」ドアを開け通れと合図しながら、男はメグの品定めをしているらしかった。

「きみなら大丈夫。キャディーバッグを抱えて無事に十八ホールまわれるだろうよ」

「でも私はゴルフをプレーしたことが一度もないの。ゴルフのことはなに一つ知らないし。そもそもゴルフを立派なスポーツとも思っていないの。森林伐採で自然破壊も進むし、農薬散布のせいで人間はガンにかかりやすくなるし、地球にとってろくでもないスポーツだわ」

そんなことをいってもこの男には想像もつかない話だろう。ほんの少し前に極力テッド・ビューダインの目につくまいと決意したばかりだというのに、こんな成り行きになってしまうとはなんと皮肉なことか。

「ぼくがゲームのあいだじゅう教えるし、なんとかなるよ。ドリンクカートよりずっと報酬はいいんだぞ。新人キャディーの報酬は二五ドルだけど、チップをうんとはずんでくれる連中だから四〇ドル以上の実入りになるからさ」男はどうぞとばかりにドアを開いてくれた。

「ここがキャディーの控室だ」

雑然とした室内にはくたびれたソファや金属製の折りたたみ椅子が置かれ、〈ギャンブル禁止〉と書かれた掲示板の真下にはトランプやポーカーのチップが散乱する折りたたみのテーブルがある。彼は小型のテレビのスイッチを入れ、棚からＤＶＤを取り出した。「これはジュニア・キャディーの子たちに見せるトレーニングビデオだ。迎えにくるまで、これを見ていてくれ。とにかく担当するプレーヤーにぴたりとついていろ。ただし、気が散るので接近しすぎないように。常にボールの位置をとらえ、プレーヤーのクラブをきれいにし、タオルを一枚かならず握っていること。フェアウェイではクラブで乱れた芝生を、グリーンではボールマークを直せ。おれを観察していれば、やり方はわかる。会話は禁止だ。プレーヤーのほうから話しかけられれば、そのかぎりではない」

「会話しないなんて無理だわ」

「今日は我慢しろ。とくにゴルフコースに関する意見は慎むように」彼はドアのところで立ち止まった。「それと、クラブメンバーに話しかける際は、かならず『サー』か『ミスター』づけで呼びかけるように。ゆめゆめファーストネームで呼びかけたりするな。絶対に」

男が立ち去ると、メグは力なくソファに座りこんだ。トレーニングビデオが再生されはじめた。テッド・ビューダインに向かって「サー」と呼びかけるなんて、ありえない。どれだけチップをはずまれても、それだけは無理だ。

三十分後プロショップの前で、メグはポロシャツの上から野暮ったいキャディー用の短い前掛けを着け、マークの後ろに隠れてできるかぎりめだたないよう立っていた。しかしメグのほうが少なく見ても二インチほど身長があるので、身を隠す効果はなかった。幸い近づいてくる四人はいますませたばかりの朝食やゲームのあとにとる夕食の話題に夢中になっていたので、メグを目に留めることはなかった。

スペンサー・スキップジャックと思われる人物以外は全員見知った顔ぶれだった。テッドと彼の父親ダリーにケニー・トラベラー。スキップジャックを除いて、ハリウッド以外の場所でこれほどの美男が並び揃うのも珍しい。植毛や、上げ底の靴、日焼け色のクリームのお世話にはならずとも、この三人のテキサス男は揃って背が高く、スレンダーで、眼光鋭くたくましい。おそらく男性用の乳液や胸部用ワックスなど無縁だろうし、ヘアカットにお金をかけてもいないだろう。ウィンチェスター銃のかわりにゴルフクラブを使って西部を開発してきた、本物の男――いわゆる典型的なアメリカン・ヒーローなのだ。

身長と体格がほぼ同じであることを除けば、テッドとダリーはあまり似ていない。テッドの瞳は琥珀色であるのに対して、ダリーの目は歳月の経過にもくすむことのない、輝くようなブルーだ。テッドの面立ちには角ばった要素があるが、ダリーのパーツはなめらかだ。唇も息子と比べ女性的といってもいいほどふっくらしており、横顔のラインもやわらかな感じだ。タイプは違うが二人はともに端正な美貌の持ち主で、悠然としたストライドの長い歩き方、自信に満ちたたたずまいを見ればこの二人が父と息子であることはすぐにわかる。

白髪の髪をポニーテールにして目が小さく、つぶれたような鼻の男性がバッグ・ルームから出てきた。これが先刻マークから聞いたダリーの旧友にして長年キャディーを務めてきたスキート・クーパーに違いない。マークが足早にグループに近づいていったので、メグは急いで片膝をつき、靴を直すふりをした。「みなさま、おはようございます」とマークが挨拶するのが聞こえた。「ミスター・スキップジャック、今日は私があなたのキャディーを務めさせていただきます。スキップジャックさまはなかなかの腕前とお聞きしておりますので、本日は結果が楽しみです」

この貴重な瞬間の到来まで、メグは目の前の事態に気を取られ、どのプレーヤーに付けとマークから指示されるのか考える余裕すらなかった。

コールスローが嫌いなキャディーがぶらぶらと外に出てきた。彼は小柄で、日に焼け、歯の欠けた男だった。男はゴルフのラックから巨大なゴルフバッグを一つ軽々と持ち上げケニー・トラベラーのほうへ向かった。

そうなると残りは……。とはいえ、とことん転落続きの人生なのだからここでは結局テッド・ビューダインのキャディーを務める運命が待っているに違いないとメグはあきらめた。

彼はまだメグの存在に気づいていない。メグはスニーカーのもう片方の紐《ひも》を結びなおした。

「ミスター・ビューダイン」マークがいった。「今日は新人のキャディーを仕込んでやってください……」

メグは口元を引き締め、バード・ドッグ・カリバーを演じる威圧感に満ちた父親の表情をまねながら、立ち上がった。

「ここにいるメグならきっとお役に立てると思います」

テッドは無言で立ち尽くしていた。ケニーが好奇心に満ちた視線をメグに向けた。ダリーは反感をあらわにした。メグは顎を上げ、胸を張ってテッド・ビューダインの冷ややかな琥珀色の瞳をバード・ドッグ・カリバーの強いまなざしで見据えた。

テッドの顎の筋肉がピクリと動いた。「メグ」

スペンサー・スキップジャックが聞いているのだから、テッドはいいたいことを口にできるはずがなかった。メグは会釈して微笑んだが、挨拶の言葉を発するわけにはいかなかった。そうなるとテッドを「サー」付けで呼ばなくてはいけなくなるからだ。なのでなにもいわずラックに向かい、残ったゴルフバッグを持ち上げた。

ゴルフバッグは見た目どおりに重く、メグは少しだけよろめいた。幅の広いストラップを肩にかけながら、こんなに重いものを抱えてギラギラと照りつけるテキサスの日差しを浴び、起伏の多い五マイル以上のコースをどうやって運べばいいのか必死で考えた。そうだ、大学に復学しよう。学士の課程を修了し、法律か会計学の学位も取る。でも弁護士にも会計士にもなりたくない。無制限に小切手を振り出せる経済力を身につけたい。その財力で世界じゅうを旅し、好奇心を刺激する人びとと出会い、世界各地の工芸品を見てまわり、常識のあるまともな男と恋をするのだ。

一行はウォーミングアップのために練習場《プラクティスレンジ》に向かった。

テッドはメグを罵るためにわざと遅れて移動したが、本日の賓客から離れるわけにはいかなかった。メグは後ろから小走りでついていったが、ゴルフバッグの重さにもうすでに青息吐息だった。

マークはメグの隣りにきて、そっと話しかけた。「プラクティスレンジに着いたら、テッドはサンド・ウェッジを使う。その後はナインアイアン、セブンアイアン、スリー、最後にドライバーと続く。使ったらかならず汚れを落として拭け。それと新しいヘッドカバーをなくすなよ」

次つぎと繰り出される指示に、メグの頭は混乱してきた。ダリーのキャディー、スキート・クーパーが視線を向け、小さく光った目でメグを観察した。野球帽の下から垂れている白髪交じりのポニーテールは肩の下まで垂れ、肌は日干しにした革を思い起こさせる。

プラクティスレンジに到着するとメグはテッドのクラブを置き、Sのマークの入ったアイアンを取り出した。テッドは引きちぎるようにしてメグからアイアンを奪い取った。全員が練習用のティーでウォーミングアップを開始し、メグもようやく配管業界の巨人スキップジャックを観察する機会を得た。年齢は五十代で、ジョニー・キャッシュのようなごつい顔立ち。腹部はせりだしはじめてはいるものの、まだ太鼓腹にはなっていない。きちんと剃《そ》ってはあるが、ひげは濃そうだ。パナマ帽の下から覗くヘビ革のバンドと白髪交じりの豊かな黒髪。小指には、黒い石のついた銀のピンキーリング。毛深い手首には高価なクロノグラフの時計。よく通る大きな声と、力強い自我、他人の注目を集めたいといった意識のにじむ物腰。

「先週ツアー中の選手たち数人と〈ペブル〉でプレーしたよ」スキップジャックは手袋をはめながら、声高に自慢した。「グリーン・フィーは全員から徴収してやった。成績も素晴らしくよかったよ」

「ことペブルでは比べものにはならないね」テッドがいった。「でもぼくらも楽しんでもらえるよう、努力しよう」

四人は練習のショットを打ちはじめた。スキップジャックはメグの目にも熟練の技の持ち主に見えたが、二人のプロやUSアマチュアで優勝したテッドと互角に戦えるとはとても思えなかった。メグは木のベンチに座って観察した。

「立てよ」マークが叱りつけた。「キャディーが座ってちゃだめだ」

当然そうだろう。いわれるまでもないことだ。

プレーヤーが練習を終えると、キャディーたちもあとに続き、これから始まる試合について意見を交わしながら移動した。メグは会話の断片をつなぎ合わせて、これが〈ベスト・ボール〉というチーム形式のゲームであり、テッドとダリー対ケニーとスペンサー・スキップジャックの対戦であることを理解した。それぞれのホールの終了時、もっともスコアの少なかったプレーヤーに一点チームポイントが入る仕組みで、試合終了時の得点が多いチームの勝ちとなる。

「ゲームを面白くするのに、二〇ドル・ナッソー（十八ホール・マッチにおいて、初めの九ホール、次の九ホール、全体の十八ホールにおけるベストスコアを挙げたプレーヤーに一点が与えられるとするシステム）にしたらどうだろう？」ケニーがいった。

「なにいってるんだい」スキップジャックがいい返した。「おれの仲間内じゃ毎週一〇〇〇ドルのナッソーでプレーしているぞ」

「信仰に反するね」ダリーが物憂げにいった。「こっちはバプティスト派だからな」

それは疑わしい、とメグは思った。テッドの結婚式は長老派教会で行なわれる予定だったし、ケニー・トラベラーはカソリック教徒だ。

最初のティーに行き着くと、テッドはメグに近づき、毒のあるまなざしを注ぎながら、手を差し出した。「ドライバー」

「運転《ドライブ》は十六歳からやってるわ」メグは答えた。「あなたは？」

テッドは手を伸ばして自分でクラブのヘッドカバーをはずし、一番長いクラブを引き抜いた。

最初にスキップジャックがティーにボールを載せた。スキップジャックには全体で七ストロークのハンディキャップが与えられている、とマークがささやいた。彼のショットは堂々としていたが、誰も感想を口にしなかったところをみると、たいしたことはなかったらしい。次にケニーが打ち、テッドが続いた。練習中のテッドのスウィングはメグの目から見ても優雅で力強かったが、いざ本番になると調子が狂ったようだ。ボールを強打する直前にバランスが崩れ、ボールが左にそれた。

全員がメグのほうを振り向いた。テッドはよく知られた聖人のような微笑みを浮かべたが、その目は地獄の業火のように燃えていた。「メグ、気をつけてくれないか……」

「私、なにかした？」

マークが慌ててメグのそばにやってきて、プレーヤーのスウィングの瞬間にゴルフクラブを揺らす音をたてるのは人道にもとる、許されざる行為なのだと説明した。河川を汚染し湿地帯を破壊することは許されざる行為ではないというの？　メグは心のなかで反論していた。

その後テッドは極力メグを避けるようにしていたが、第三ホールでショットに失敗し、フェアウェイのサンドトラップ——彼らのいうところの「バンカー」にボールが入ってしまった。重いゴルフバッグを運びつづけ、かろうじて実行はしていないけれどテッドを「サー」と呼ぶことを求められる屈辱的状況に我慢できなくなったメグはついいわずにはいられなかった。「私がホテルをクビになるようにあなたが仕向けたりしなきゃ、こんなことは起きなかったのにね」

彼は不敵にも怒りをあらわにした。「ぼくが解雇させたわけじゃない。ラリー・ステルマンだよ。きみは二日続けて彼の昼寝の邪魔をした」

「あなたがよこした例の五〇〇ドルはゴルフバッグのポケットに入ってるわよ。その一割は気前よくチップとして返してほしいもんだわ」

テッドは歯をくいしばるようにいった。「今日がどれほど重要な予定か、わかってるのか？」

「昨日の夜私はあなたたちの会話を立ち聞きしたのよ、忘れた？　町の命運がかかっていることも、あなたが今日の大物ゲストの好印象をどれほど勝ちえたいと思っているかも、よくわかっているわよ」

「それなのにここにいるわけか」

「そうよ。思いがけずこんなことになってしまったけど、私のせいじゃないのよ。でもあなたはどうせ私が悪いというつもりでしょうね」

「どんな手を使ってキャディーの職についたのか知らないが、ゆめゆめ……」

「私の言葉にも耳を貸しなさいよ、セオドア」メグはゴルフバッグの片側をぴしゃりとたたいた。「無理やりやらされているの。私はゴルフなんか大嫌いだし、右も左もわからないのよ。なんにも知らないの。だから、いまでも充分緊張しているのに、これ以上私を刺激しないようにしたほうが身のためよ」メグはあとずさりながらいった。「話すのはやめて、ボールを打ったらどうなの？　今度はまっすぐ打ってくれないかしら。そうすれば私もあっちこっち長々と移動しなくてすむから」

テッドは徳のある人物としての評判に似つかわしくない憤怒《ふんぬ》の表情を浮かべ、バッグからクラブを乱暴に引き抜き、道具の扱いには慣れていることを見せつけた。「これが終わったら始末をつけるから、そのつもりで」テッドは怒りのこもった激しいスウィングで砂を飛ばしながらボールをたたいた。ショットは一〇ヤードほど飛び、ピンまでのスロープを転がりながら上り、カップの縁にひっかかり、結局落ちた。

「いいじゃないの」メグはいった。「私にこんなゴルフコーチの才能があるなんて知らなかったわ」

テッドはメグの足元にクラブを投げ出し、フェアウェイの反対側から「おめでとう」と祝福する仲間のもとへ行った。

「そのツキをちょっと分けてくれよ」スキップジャックのテキサス訛《なま》りは本物ではなく、インディアナの出身だが、どうやらそれを気取りたいのは明らかだ。

次のグリーンでメグはどのキャディーよりもフラグの近くにいた。テッドがパットのラインどりをしている最中、マークはメグにそれとなくうなずいて見せた。メグはすでに、急な動きは禁物であると学んでいたので、周囲が歓声に包まれようと、テッドのボールがフラグにぶつかり、カップインするまで待って、カップからピンを抜いた。

ダリーはうめき、ケニーはにやりと笑った。テッドはうなだれ、スペンサー・スキップジャックは得意げに笑った。「どうやらおれは、キャディーのおかげでこのホールをしのいだようだな、テッド」

メグは無言でいろと命じられたこと、同時に有能で、陽気で、従属的であるべき立場も忘れた。「私がなにかしました？」

マークの顔面はポロシャツのロゴの色と同じ真っ青だった。「申し訳ありません、ミスター・ビューダイン」彼は顔をしかめ、いった。「メグ、キャディーがピンにボールを当てるのはペナルティなんだよ」

「キャディーのミスがプレーヤーのペナルティになるというの？」メグはいった。「そんなの理不尽よ。どちらにせよボールは入ったんだから」

「気にしなくていいよ、ハニー」スキップジャックは明るくいった。「誰にでも起こりうることなんだから」

ハンディを与えられて一打余分にストロークを加えたスキップジャックは、全員のパットが終わると得意満面だった。「どうやらおれのネット・バーディが決め手になって、このホールはわれわれの勝ちらしいな」スキップジャックはケニーの背中をたたいた。「そういえば、サイプレス・ポイントでビル・マーレー、レイ・ロマーノとプレーしたときもこんな感じだったな。ゴルファーの性格っていうのはさ……」

テッドとダリーは現時点でワンホールダウンということになるが、テッドは当然ながらにこやかに涼しい表情を浮かべていた。「次のホールではかならず取り返す」密かにメグに向けた一瞥《いちべつ》に込められたメッセージは明白だった。

「こんなゲーム、ばかげてるわよ」約二十分後にふたたびルールを破ってテッドの足を引っ張ることになったメグはぼやいた。キャディーとして気を利かせたつもりで、汚れを拭こうとボールを拾い上げたのが仇《あだ》となったのだ。グリーンに落下してマークしたあとでなければボールを拾ってはならないからだという。まったくもって納得のいかないルールだと思う。

「一ホールと二ホールでバーディを取っておいて助かったな、テッド」ダリーがいった。

「おまえは間違いなく不運に取りつかれているよ」

メグは明白な事実を無視する感覚はもち合わせていなかった。「不運なのはこっちよ」マークはルールを破り、ダリーに「サー」付けで答えなかったことでメグをにらみつけていた。しかしスペンサー・スキップジャックは含み笑いをもらした。「少なくともこの子は正直だ。女としては珍しい」

女をひとくくりにして愚かな発言をする男に意見するのは控えろとばかりに、今度はテッドが警告をこめてメグをにらんだ。テッドに心の内を読まれているのがメグは癪《しゃく》だった。饒《じょう》舌《ぜつ》で自慢屋で、有名人の名前を心安く引き合いに出すスキップジャックに嫌悪感を抱いていることを見抜かれていたわけだ。

「先日ラスベガスに行ったとき、あるプライベートルームでマイケル・ジョーダンとばったり出会ってさ」

メグはなんとか七番ホールまでルール違反を犯さずにすんだが、新しいスニーカーを履いていたため足の小指に靴ずれができ、強烈な日差しのなかであと十一ホールまわるのかと思うと気が重くなった。身の丈六フィート二インチのスポーツ選手のために、三二ポンドもあるゴルフバッグを抱えてついてまわるのがどうにも笑止千万に思えてならなくなってきた。選手本人なら軽々とこなせるはずなのにばかげている。体力的に恵まれていても、自分のクラブを持ち運ぶのが億劫《おっくう》だというのなら、カートを使えばいい。そもそもキャディーが付き添うという発想がいただけない。とはいえ……。

「ナイスショットです、ミスター・スキップジャック。やりましたね」マークが称賛するようにうなずきながら、声をかけた。

「風に乗せてくださいよ」レニーがいった。

「ボールがトップスピンのように回転したね」スキート・クーパーがテッドの父親に言葉をかけた。

口々にプレーヤーを称賛するキャディーの声を聞きながら、これはすべて自負心を刺激するためなのだとメグは結論を出した。いわば個人の応援部隊というわけだ。メグはこの推論を立証してみようと決意した。「わあすごい！」メグはテッドが次のティーでボールを打ったあと、驚きの声を発してみせた。「かっこいい。素晴らしく遠くまで飛ばせたわね。あんな遠くに……すごい距離だわ」

一同が全員メグのほうを振り向いた。長い沈黙があり、ようやくケニーが口を開いた。

「おれもあんなふうに打ちたいね」そしてまた長い沈黙。「遠くまで」

メグは今後は口を慎もうと心に誓った。そしてスペンサー・スキップジャックがそれほど話し好きでなかったら、その誓いは守られたかもしれない。「よく見ておきたまえ、ミズ・メグ。フィル・ミッケルソンから選んだ細い先端《ティップ》を使ってピンそばまで寄せるからね」

テッドはスキップジャックがメグに話しかけるたびに、いちいち張りつめた様子を見せた。彼はメグに妨害されるのを恐れているのだ。これがもしテッドの満足とか幸福にかかわることならば、メグは進んで邪魔していたことだろう。しかしほかの要素が微妙に関わっている。

メグは厳しい板ばさみの境地にあった。また一つゴルフコースができ、地球の天然資源が侵されるのは地球にとって、もっとも望ましくない未来ではあるが、この町の窮状はメグのようなよそ者から見ても明白だった。地元新聞では中小企業が次つぎと廃業や倒産に追いこまれ、慈善団体の運営も増加する需要に対応しきれないといった内容ばかりがめだつ。自身が燃費の悪いポンコツ車でガソリンをまき散らすなど、環境主義を貫く余裕もない生活を送っている人間が他人の批判をするわけにはいかない。なにをしても偽善になってしまうくらいなら、本能の命じるまま主義の一部を忘れ、自分を憎む町のためにひと肌脱ぐことにした。

「あなたがボールを打つ姿を拝見するのは光栄ですわ、ミスター・スキップジャック」

「いやいや、私は彼らと比べたらド素人さ」

「でもあの人たちはみんなフルタイムでゴルフに関わっているんですもの」メグはいった。

「それに引き替え、あなたは本物の仕事をお持ちよ」

ケニー・トラベラーが鼻を鳴らした。

スキップジャックは高らかに笑い、きみが私のキャディーならよかったのにといった。メグがいくらゴルフを知らなくてペナルティを取られようと、ハンディ七打分を費やすことはないだろうから、と。

九ホールと一〇ホールのあいだに、クラブハウスで休憩を取ったとき、二組の得点は同点になっていた。ケニーとスペンサーの組が四ホールで勝ち、テッドとダリーが四ホールを取り、一ホールはタイだった。メグも短い休憩を与えられた。昼寝ができるほどの余裕はなかったが、冷たい水で顔を洗い、靴ずれにバンドエイドを貼る時間はできた。マークがそばに来てメンバーに無遠慮な態度を取るな、コースで雑音をたてるな、プレーヤーに近づきすぎるな、テッドをにらみつけるなと叱った。「テッド・ビューダインはクラブ一感じのいいメンバーだ。おまえは変わり者だな。彼はスタッフ全員に敬意をもって接してくれるし、チップもはずむいい客だ」

その点は自分にはあてはまらないのではないか、とメグは思った。

マークはおべっかを使うためにケニーのそばに行き、メグはいやいやテッドの紺色のバッグに近づいた。ゴールドのヘッドカバーとバッグのステッチの色がお揃いだ。ヘッドカバーは二個しかついていない。どうやらすでに一つなくしてしまったようだ。テッドが後ろからきて、ヘッドカバーがないクラブを見て眉をひそめ、メグを見た。「スキップジャックに対する態度がなれなれしすぎるぞ。もっと控えめにしてくれ」

メグはただ町のためにひと肌脱ぐつもりだっただけだ。「私はハリウッド育ちよ。だから彼のようなうぬぼれの強い男性には慣れているの」

「そう思いこんでいるだけだろ」テッドはそういいながら、手に持っていたキャップをメグにかぶせた。「キャップをかぶっていろ。ここの日照りは半端じゃないし、カリフォルニアあたりの生やさしい日差しとはわけが違う」

後半の九ホールでメグはテッドにいいショットを打たせようと草を数本引き抜き、ふたたびテッド・ダリー組に一ペナルティを献上することとなった。それでも、メグのミスのおかげで三点を失い、メグへの怒りを隠そうとして何度かコースをはずすこともあったものの、テッドは互角に戦っていた。「今日のおまえのプレーはいつもと違うな」ダリーがいった。

「目覚ましいショットを見せたかと思えばとんでもないヘマも飛び出す。おまえのこれほど素晴らしくも愚かしい戦いぶりはとても久しぶりに見た気がするよ」

「恋に破れた男の常だね」ケニーはグリーンの端からパットした。「失恋すると男は少し正気を失うもんだ」彼のボールはピンそばで止まった。

「おまけに町の連中がまだ密かに彼に同情しているからさ」キャディーのなかで唯一個人的な事柄に言及することが許されているスキートがグリーン上のクズを払いながらいった。ダリーはパットをしようとボールに近づいた。「一人の女との関係をじっくり築き上げるすべを身をもって息子に示したつもりだが、ガキはそんなこと見ちゃいないからね」

父親を含めみんながおたがいの脆さをからかって楽しんでいる。これが男の世界のしごきというものなのか。もしメグの友人たち同士でこんなふうにおたがいのデリケートな問題をほじくり出してからかったりしようものなら、きっと誰かが泣き出してしまうだろう。だがテッドはただ悠然と微笑みながら、順番を待ち、一〇フィートの距離からパットを沈めた。

全員でグリーンを離れる際、ケニー・トラベラーがどうした風の吹きまわしか、メグの両親が誰かをスキップジャックに話した。スキップジャックの目が輝いた。「きみの父親はジェイク・コランダだというのかい。そいつはすごい。きみはここで金を稼ぐためにキャディーをやっているのかと思ったよ」そしてテッドとメグをかわるがわる見比べた。「二人はカップルなのかい？」

「違います！」メグは答えた。

「残念ながらね」テッドは気楽な口調でいった。「ご想像どおり、ぼくはまだ婚約破棄の痛手から立ち直ろうと努力している最中だよ」

「祭壇の前で花嫁に逃げられたら、それは婚約破棄とはいわない」ケニーが指摘した。「むしろ一般的には破滅という」

友人たちにこれほど強烈に揶揄《やゆ》されながら、なぜテッドはメグに恥をかかされることばかりに気を取られているのだろう。とはいえスキップジャックがこのうえなく上機嫌なのは、こうした内輪の話を聞けることで自分も仲間に入れてもらえたと感じているからだとメグは気づいた。ケニーもダリーもとぼけた様子を装ってはいてもスキップジャックの心理は見透かしている。

メグが有名人の娘であるとわかってから、スキップジャックはメグから離れなくなった。

「それにしてもジェイク・コランダを父親に持つ子供時代ってどんな感じなんだい」

メグもこの手の質問は数えきれないほど受けているが、世間の大半の人びとが母を父の伴侶としてしか認めていないことに腹立たしさを覚えていることもあり、スキップジャックにも機転の利いた答えを返した。「両親はどちらもただの父と母でしかないです」

テッドはようやくメグの利用価値に気づいた。「メグのお母さんも有名人だよ。現在は大手のタレント・エージェンシーを経営しているけど、以前は名高いモデルで女優だったんだ」

メグの母親はたった一作〈日曜日の日食〉という映画に出演し、その映画の共演を通して父親と出会っている。

「ちょっと待った！」スキップジャックは声を張り上げた。「たまげたね。私はガキのころきみのお母さんのこんなでっかいポスターを部屋の壁に貼っていたぞ」

グを見た。

これもまたメグがひんぱんに聞かされる言葉だ。「それはそれは」テッドはまた横目でメグを見た。

スキップジャックは一七番ホールに行き着くまで、メグの有名な両親の話題を語りつづけた。いくつかパットの失敗があったのでケニーとスキップジャック組は二ホール失っており、スキップジャックの機嫌はよくなかった。そんなおりにケニーの妻から電話が入り、庭いじりの最中に手を怪我したので一人で車を運転して病院に行き、何針か縫う処置をしてもらったという報告をきいて、スキップジャックはますます不機嫌になった。それが軽傷であることはケニーが手短に会話を終えたことからもはっきりしており、エマもまさか夫に試合を抜けて帰ってきてほしいとは頼んでいないはずなのに、それ以降ケニーはプレーに集中できなくなってしまったのだ。

スキップジャックがどれほど勝ちたがっているかはメグにもわかったが、テッドとダリーもたとえ町の未来がかかっていようと手加減するつもりは毛頭ない様子だった。ダリーのプレーは堅調で、テッドの不本意なミスももはや見られなくなってきた。奇妙なことだが、テッドが不本意にも失った三点を意地でも取り返そうとしているのではないかという感じさえしてきた。スキップジャックはクラブを手渡すのに時間がかかりすぎるとマークにがみがみと文句をいった。勝利のチャンスとともに、自分とケニーがビューダイン親子をホームコースで負かしたと豪語できるチャンスも遠のいたことを感じているのだろう。メグをかまうのさえやめてしまった。

テッド・ビューダインがなすべきことはパットを数回ミスすること。そうすれば、スキップジャックにも将来の計画の交渉に応じてやってもいいという寛大さも生まれようというもの。だがビューダイン親子はその点を心得てはいないらしく、メグには合点がいかなかった。二人は試合の結果だけにこだわらずゲストの大きな虚栄心を満たしてやるよう努力すべきなのだ。どうやらジョークを飛ばし合い、スキップジャックに仲間意識を持たせるだけで充分と考えているようだ。しかしスキップジャックはなんでも思いどおりにならないとすねる人間だ。交渉をスムーズに運びたければ、テッドとダリーはこの試合に勝ってはいけない。それなのに二人は一点差をなんとか維持しようと、さらに攻勢を強めている始末だ。

幸いケニーが一七番ホールのグリーンでわれに返り、二五フィートのパットを沈め、同点に持ちこんだ。

メグは最終ホールのティーの上にボールを載せるテッドの目が強い決意にきらめくのを見て、まずいと感じた。ライン取りをし、スタンスを修正し、クラブを振り上げた……まさしくその瞬間にメグはたまたま意図的にゴルフバッグを落とした……。

8

クラブの入ったバッグは大きな音とともに地面に落ちた。ティーのそばにいた七人の男たちが全員振り向いてメグを凝視した。メグは当惑の表情を浮かべてみせた。「あら、どうしましょう。とんでもないヘマやっちゃった」

テッドの打球は左手のラフにそれてしまった。スキップジャックはにやりと笑った。「ミズ・メグ。きみが私のキャディーじゃなくて、じつによかったよ」

メグはスニーカーを履いた足を踏みしめた。「ほんとうに申し訳ないわ」と心にもないことをいった。

こんな失態にテッドはどんな反応を見せるだろうか？　今日の大切な目的がなんだったのか思い出させてくれてありがとうというだろうか。それとも本音どおりにこちらへ荒々しい足取りでやってきて、メグの首をゴルフクラブではさんでへし折るのか。いやいや、あの冷静なミスター・パーフェクトがそんなふうに感情をあらわにするはずがない。はたしてテッドは聖歌隊の少年のような微笑みとともに軽い足取りでメグのほうへ近づき、自身でゴルフバッグを整えた。「そう固くなるな。きみのおかげで試合が面白くなったよ」

これほど虚勢を張る人間はメグも知らなかったが、どれほどまわりが騙《だま》されようとも彼が腹を立てていることはわかった。

全員でフェアウェイに向かった。スキップジャックの顔は紅潮し、ゴルフシャツは汗ばんでいた。このころになるとさすがのメグもゲームの状況が理解できるようになっていた。ハンディキャップが与えられているためスキップジャックはこのホールで一打多くたたける。だから全員がパーで終えればスキップジャックの一打が決め手となって勝負が決まるのだ。しかしダリーかテッドがバーディを決めてしまうと、スキップジャック自身もバーディを取らなくては勝負がつかなくなる。この困難な局面を乗り越えなければ、彼にとって不本意な引き分けに終わってしまうわけだ。

メグが妨害したおかげで、テッドのボールはピンからもっとも遠い位置にあり、セカンドショットは彼が最初に打つことになった。幸い誰もそばにいなかったので、メグは思ったままを彼に伝えることができた。「スキップジャックに勝たせてやりなさいよ！　彼がどれほどこの試合の勝ちにこだわっているか、わからないの？」

しかしテッドはそんな言葉など聞こえなかったかのように、フォーアイアンを使いメグから見ても完璧なフォームでフェアウェイにボールを飛ばした。「なんて頑固なの」メグはぼやいた。「ここであなたがバーディを決めたりしたら、ゲストの負けは決まったようなものよ。これから気の進まない交渉に臨もうというのに、こんなことをして相手が機嫌よくなるとでも思うの？」

テッドはクラブをメグに投げてよこした。「こっちもゲームの戦術については熟知しているし、スキップジャックだってその点は心得ているさ。ガキじゃあるまいし」テッドはそういって、つかつかと歩み去った。

ダリーとケニー、苦い表情のスキップジャックがグリーン上でサードショットを終えたが、テッドは二打の状態だった。彼は良識を棄てたのだ。試合に負けることはゴルフを神聖なものとして崇める人びとにとって罪なのだろう。

メグは先にテッドのボールに近づいた。ボールは化学肥料でふさふさと茂らせた芝生の広大な広がりのまんなかにあり、バーディショットを決めるには絶好のポジションだ。メグはバッグを下に置き、自分の主義についてあらためて考え、力いっぱいスニーカーでボールを踏みつけた。

テッドが後ろから近づく音を聞き、メグは悲しげに首を振った。「困ったことになったわ。あなたのボール、穴に落ちたみたい」

「穴?」彼はメグを押しのけ、草地に深く埋めこまれたボールを見た。

一歩下がってみると、グリーンの縁でスキート・クーパーが日に焼けしわになった小さな目でメグの様子をじっと見つめているのがわかった。テッドはボールをまじまじと見下ろした。「いったいなぜ——?」

「どこかの齧歯《げっし》動物のしわざだろう」スキートはすべてを目撃していたぞとメグに知らしめるような口調でいった。

「齧歯動物？　そんなもの、このあたりには——」テッドはメグのほうを振り向いた。「まさか……」

「お礼はあとでいってくれればいいわ」メグはいった。

「なにかあったのか？」スキップジャックがグリーンの反対側から声をかけた。

「テッドのボールに問題が起きた」スキートが返事をした。

　テッドはメグが押しこんだボールを出すのに二打無駄にした。それでもパーにおさめたが、勝つには不充分で、結局ケニーとスキップジャックの勝利が決定した。

　ケニーは怪我をした妻のことが気がかりで、勝利を味わう気分ではない様子だったが、スキップジャックはクラブハウスに向かいながら上機嫌だった。「これがゴルフというゲームの奥深いところさ。最後の最後で負けたのは残念だったな、テッド。ツキがなかったんだよ」そういいながら、札束をめくってマークにチップを手渡した。「今日はご苦労さん。今後も私のキャディーを務めてくれたまえ」

「ありがとうございます。光栄です」

　ケニーはレニーに二〇ドル札を何枚か渡し、パートナーと握手をして帰途についた。テッドはポケットに手を入れ、メグの手にチップを握らせた。「あまり気に病むな、メグ。きみなりにベストを尽くしたんだから」

「ありがとう」メグは相手が高徳の人であることを忘れていた。

　スペンサー・スキップジャックが背後に立ち、メグの背中をいやらしい手つきで撫でさすった。「ミズ・メグ、今夜私はテッドたちのディナーに招待されている。付き合っていただければ光栄だが、いかがかな？」

「まあ、嬉しいわ。でも――」

「もちろん喜んで受けるよ」テッドがいった。「そうだろ、メグ？」

「普段なら当然お受けしますわ。でも――」

「恥ずかしがることはないよ。七時に迎えに行く。メグの現在の滞在地は見つけづらい場所にあるので、ぼくが車で行く」そういいながらメグに視線を注ぐテッドの瞳には、協力しないと新しい住まいを探すことになるぞという明確なメッセージがこもっていた。メグはごくりと唾を呑んだ。「ドレスコードはカジュアル？」

「真の意味のカジュアルだ」

みなが歩み去るとメグは自分の父親と同年代の自己中心的な自慢屋のデートの相手をすることの忌まわしさについて考えた。それ自体最悪なのに、テッドがその様子をつぶさに見守っていると思うとなお気が滅入った。

メグは痛む肩をさすりながら握ったこぶしを開いて四時間半にわたってテキサスの熱い日差しを浴びながら三五ポンドものゴルフバッグを抱えて坂を上り、払われた報酬の額を確かめた。

そこにあったのは一ドル札一枚だった。

〈ラウスタバウト〉のまんなかに据えつけられた四角い木のバーのまわりにはネオンの『ビール』と書かれた看板、鹿の角などが飾られている。安酒場の二面の壁沿いにはボックス席と、ビリヤードのプールテーブルが並び、もう一つの壁際にはテレビゲームが設置されている。週末はカントリーのバンド演奏が入るが、今日は狭くてひと気もないダンスフロアの近くのジュークボックスからトビー・キースの歌声が流れてくるだけだ。

テーブルに着いた女性はメグ一人で、なんとなくクラブホステスになったような気分がしたが、メグを嫌うダリーやケニーの妻たちが来ていないことにほっとしていた。スペンサーとケニーのあいだに座り、向かい側にテッドとダリー、ダリーお抱えのキャディー、スキート・クーパーが座った。

「〈ラウスタバウト〉はこの町の名物でね」リブ肉を口に運ぶスキップジャックにテッドはいった。「この町の歴史が刻みこまれている。よい歴史も、悪い歴史も、ときには醜い人間ドラマも含めてね」

「醜い人間ドラマならしかと覚えているよ」スキートがいった。「駐車場でのダリーとフランシーの諍《いさか》いなんて特に忘れがたい。もう三十年以上も前二人が結婚する前のことだけど、いまだに話題に上るぐらいさ」

「そのとおりだよ」テッドがいった。「もう耳にタコができるぐらいさんざんあちこちで聞かされる。おふくろは自分の倍はあるおやじを本気で殴り倒そうとしたらしい」

「事実殴られかけたよ。あの晩のフランシーはまるで野生の猫みたいだった」スキートがいった。「おれとダリーの元妻がそばにいたけど、あの喧嘩《けんか》はとてもじゃないが止めようがなかった」

「この手の話はなんでも大袈裟《おおげさ》に伝わるもんだな」ダリーがいった。

「いや、誇張はないよ。事実だね」ケニーは妻からのメールをチェックしてから、いった。

「おまえが知っているはずがないだろう」ダリーはぶつくさいった。「そのころおまえはガキだったし、現場を目撃できるはずがない。そういうおまえだってラウスタバウトの駐車場ではひと悶着あっただろ？　レディ・エマが動揺しておまえの車に乗って逃げたとき、走って車を追いかけていったエピソードがある」

「追いつくのにそう時間はかからなかったね」ケニーがいった。「妻は車の運転に不慣れだったからさ」

「いまでも得意とはいえないよな」テッドがいった。「制限速度はあくまで推奨事項だということに納得しないしさ」

その夜はずっとこうした仲間内の会話を交わすことで、五人の男たちはスキップジャックをもてなした。スキップジャックはみずからを〝スペンス〟と呼んでくれといい、親睦の場をかすかな尊大さをにじませながら楽しんでいた。スキップジャックは有名人から機嫌を取られること、自身の権限をかんたんに相手のために行使せず、いわばおあずけを食らわす形でもてなしてもらうのがなによりの楽しみなのだ。彼はナプキンでバーベキューソースのついた口元を拭った。「この町のやり方はなにかと変わっているな」

テッドは椅子の背にもたれ、寛いだ様子で答えた。「たしかに官僚政治という足かせはないな。この町の住民は総じてお役所風というやつが性に合わない。なにか計画するにしても、まっ向からとらえ、実行するんだ」

スペンスはメグに微笑んだ。「まるで有料の演説会だな」

もうたくさんだ。メグは疲労困憊《こんぱい》し、ひたすら教会に戻ってロフトで眠りに就きたかった。災難ともいえるキャディーの仕事のあと、終業時間までドリンクカートの務めもすませてきたのだ。不運なことに目下の上司は麻薬常習者の小娘でコミュニケーション能力も乏しく、前任者が飲み物をどう配置していたかもわかっていない。クラブの女性プレーヤーがアリゾナ・アイスティーの中毒で十四番ホールの終了後それが用意されていないと不機嫌になるなんて、知りようもないではないか。でもバドワイザー・ライトが切れていたらもっと最悪なことになる。集団の奇妙な自己欺瞞《ぎまん》なのか、クラブの肥満プレーヤーの常として、どうやら『ライト』と名のつく飲み物は倍量飲んでいいと解釈しているらしい。彼らの腹部を見ればその理屈が間違っているのは一目瞭然なのだが。

しかし今日やってみてなによりも意外だったのは、自分があの仕事を嫌いではないということだった。カントリークラブでの勤務など疎ましいと感じるのが当然なのに、屋外での仕事は心地よく、カートを気の向くままに走らせることも許されず五番ホールか一四番ホールのどちらかに停めておかなくてはならない制限があるものの、解雇される心配がないのも気分のよさにつながっている。

リハーサル・ディナーに着たシルクのラップドレスをジーンズと合わせているメグの着こなしを、スペンスは横からこっそり眺めていた。彼はひと晩じゅうメグの体に手を触れ、手首の骨をなぞり、肩や背中をさすり、イヤリングに興味があるふりをして耳たぶをもてあそんだりした。テッドはそんな様子を観察し、メグと出会って以来初めて楽しげな様子を見せた。スペンスは上半身を近づけた。「私は複雑な心境だよ、ミズ・メグ」

メグはスペンスが近づくたびにケニーのほうに体を傾け、実際ケニーの膝に手を触れてしまいそうになった。ケニーは女性との接触に慣れているのかなにも感じていないようだった。しかしテッドのほうはおおいに意識しており、スペンスの手の届く位置にじっとしていることをメグに求めていた。柔和な微笑みを浮かべたテッドの表情に変化はないものの、なぜかメグにはテッドの心理がはっきり読めたのだ。今度二人きりになったら、そのときは彼のご立派な履歴書に「ポン引き」の職歴を書き加えなさいといってやろう。

スペンスはメグの指をいじりまわした。「二つの魅力的な候補地のあいだで心が揺れているんだ。片や今後も有望な商業都市のサンアントニオ、片や目ぼしい特色のないへんぴな町だ」

テッドは猫にもてあそばれるネズミのような駆け引きが嫌いだ。彼が椅子の背に深くもたれ、できうるかぎりの冷静な表情をつくろったことで、メグは彼のそうした本音を察した。

「無名でも、見事な景観に恵まれた土地だよ」とテッドはいった。

その美しい大自然を、彼らはホテルやマンション、きれいに刈りこまれたフェアウェイ、なめらかなグリーンを造り上げることで破壊しようとしているのだ。

「町から二〇マイル以内に滑走路がある点も有利だ」ケニーが携帯電話をいじくりながらいった。

「だがそれ以外これといった特色はない」スペンスがいった。「高級ブティックも、ナイトクラブ、洗練されたレストランもない」

スキートが白いものが混じる無精ひげをこするようにして顎《あご》をさすった。「そういう施設がないことが不利とは思わないね。それはリゾートで客がどれだけ余分な金を使うかという視点でしかない」

「観光客はアメリカの小さな町らしい風物を求めてウィネットにやってくるだろう」テッドがいった。「たとえばこの〈ラウスタバウト〉がそうだ。ここにあるものはすべてが本物だ。大量生産した牛の角を飾った全国チェーンのレストランとはわけが違う。富裕層がどれほど本物志向が高いかは誰もが知っていることだ」

億万長者の意見としては興味深い。メグはふと、ここにいるのは自分以外全員が富豪なのだと思った。スキート・クーパーでさえダリーのキャディーを務めることで得た賞金から数百万ドルは貯めこんでいるはずだ。

スペンスはメグの手首を撫でながらいった。「踊ろうよ、ミズ・メグ。腹ごなしが必要だ」

彼とダンスをしたくないメグはナプキンを取るふりをして手を離した。「なぜあなたがそうもリゾート建設に熱心なのか、私には理解できないわ。もうすでに大企業のトップなのに、なぜこれ以上面倒なことに首をつっこむの」

「男には運命《さだめ》というものがある」スペンスはメグの父ジェイク・コランダの映画の失敗作に出てくるようなクサい台詞《せりふ》を口にした。「ハーブ・コーラーという人物を知っているかね？」

「さあ、知らないわ」

「トイレ設備のコーラー・カンパニーのオーナーだよ。私の最大のライバルさ」

バスルーム備品などにほとんど関心を払わないメグでもコーラーの名は知っており、うなずいた。

「ハーブはウィスコンシン州に〈アメリカンクラブ・イン・コーラー〉を、中西部でも最高レベルのゴルフコースを四つ所有している。トイレの博物館さえある。毎年彼のゴルフコースは最高レベルの評価を得ている」

「たしかにハーブ・コーラーは有力者だな」テッドが作為のかけらさえ感じさせず、平然といってのけたので、メグはあきれた。彼の本性を見抜ける人間はほかにいないのだろうか。

「彼はその偉業でゴルフ界の伝説の人物になったね」

スペンサー・スキップジャックはこうした理由があるからこそ、ライバルをしのぐレベルのプロジェクトを必要としているのだ。

「一年じゅうゴルフのできるコースを造らなかったのは失策だな」ダリーがいった。「ウィスコンシンは極寒地だからね」

「そのあたりについて私は抜け目ないから、候補地はテキサスに絞った」スキップジャックがいった。「子どものころインディアナからテキサスの母親の実家によく遊びにきていたこともあって、一つ星州《テキサス》には特別の親しみを抱いている。故郷のインディアナよりテキサスとの絆《きずな》を感じているほどだ」スペンスはふたたびメグを見つめていった。「リゾートをどこに建設しようと、きみのお父上にはいつでも気の向いたおりにプレーしていただきたいと伝えてくれたまえ」

「ええ、伝えますわ」スポーツ好きのメグの父はいまでもバスケットボールを楽しみ、母親の影響で乗馬も嗜《たしな》むが、父がゴルフクラブを振る姿は想像もできない。

今日も父と母とそれぞれ別個に電話で話したが、自身の経済的困窮についてはふれず、テキサスの有名なカントリークラブでいい仕事に就くことができたことだけ報告した。ただ、作業スタッフであることは告げず、ようやく天性の創造性を生かせる場が見つかってよかったわねと決めこむ母親の言葉を否定もしなかった。父はただ娘が職を得たことを喜んでくれた。

メグはもはやこの件について黙っていられなくなった。「豊かな自然をそのまま残したいと考える人は誰もいないの？　つまり、天然資源を浪費するゴルフコースをこれ以上ふやす必要があるのかということなの」

テッドはかすかに眉をひそめた。「青々としたレクリエーション施設は人の心を健《すこ》やかにするのに役立つものだ」

「そのとおり」メグがライトビールをがぶ飲みするゴルファーの話題を持ち出そうとする前

に、スペンスがいった。「テッドとはその点についてじっくりと話し合った」立ち上がった彼はメグの手を取った。「さあ踊ろう、ミズ・メグ。これはお気に入りの曲なんだよ」

実際に腕をつかんだのはスペンスだったが、まるでテッドの見えない手によってダンスフロアに押し出されたようにメグは感じた。

スペンスのダンスマナーはよく、曲がアップテンポだったので、最初は問題なかった。しかし曲がバラードに変わると、グイと体が引き寄せられ、ベルトのバックルやそれ以上に不快なものまでが体に触れるようになった。「なぜきみがそんな苦労をすることになったのか経緯は知らないが」スペンスはメグの耳元に鼻をすり寄せた。「自立できるようになるまで、誰かに面倒を見てもらうのも悪くないんじゃないかい?」

メグはまさかそんな意味ではないはず、と思いたかった。しかしバックルの下にあるものが彼の意図を告げていた。

「変な意味じゃないから誤解しないでくれよ」スペンスはいった。「二人きりでゆっくり過ごそうといっているだけさ」

メグはわざと彼の足につまずいた。「あらら。やっぱり座ろうかしら。今日足に靴擦れができて痛いの」

スペンスは仕方なくメグのあとからテーブルに戻った。「私のダンスについてくるのは無理らしいよ」彼は不満げにこぼした。

「お相手が務まる腕前の女性はそうそういないだろうね」テッドはおべっかを使った。

スペンスは椅子を近づけ、メグの肩に腕をまわした。「いいことを思いついたよ、ミズ・メグ。今夜ラスベガスまで行こう。きみも一緒にどうだ、テッド？　ガールフレンドを呼んで連れて行けよ。うちのパイロットに連絡するから」

スペンスは二人が応諾するものと信じて疑わなかったようで、携帯電話に手を伸ばした。テーブルについていた男性陣は誰一人それを思いとどまらせる様子がなかったので、メグは自分がいかに孤立無援であるかを認識した。「ごめんなさい、スペンス。明日は仕事に出なければならないの」

スペンスはテッドにウィンクした。「たいしたカントリークラブじゃないんだから、きみが数日間休暇を取れるようテッドに話をつけてもらえばすむ話だよ。そうだろう、テッド？」

「テッドで無理なら、ぼくからいっておくさ」ダリーはメグを見殺しにするようにいい放った。

ケニーも同調した。「おれに任せてくれ。喜んで電話してやるよ」

テッドはビール瓶を口に当て、テーブル越しにメグを熟視した。メグは怒りのあまり頬を紅潮させ、にらみ返した。このところありとあらゆる屈辱に耐えてきたが、これぱかりは我慢できなかった。「じつはね……」メグは思いきって口にした。「心を寄せる相手がいるの」

「どういうことだ？」スペンスが訊いた。

「少し……込み入っているの」メグは吐き気を覚えた。なぜ人生には休止ボタンがないのだろう？　いまこそそれが必要なのに。休止ボタンを押しているあいだに少し思考をめぐらせてみないと、まっ先に頭に浮かんだ、このうえなく愚かしい言葉を口にしてしまいそうなのだ。だがやはり、休止ボタンは無理だった。「テッドと私の関係は」

テッドのビール瓶の飲み口が歯にカチリとぶつかった。ケニーははっと顔を上げた。スペンスは困惑した表情を浮かべた。

メグは無理やり笑顔を浮かべた。「今朝二人は付き合っていないと聞いたはずだが」

「付き合っていないわ。まだいまのところね。でも希望は持っているの」喉に骨でも引っかかったようにメグは言葉につかえた。結婚式を取りやめにさせた動機について、噂が真実であることを本人がたったいま宣言してしまったのだ。

しかしケニーは椅子にゆったりともたれ、いった。「女がテッドに夢中になるのはいまに始まったことじゃないよ。なぜだかさっぱりわからないけどね」

「ほんとだね」テッドの父親が斜めに一種独特の視線を投げた。「こんな野暮な男のどこがいいのか」

テッドはけだるい笑みを交えながら、悠然といった。「それは無理だろうね、メグ」

「時間がたてばはっきりするわ」どうせテッドを怒らせてしまったのだから、さらに深入りしてしまうのは承知のうえで、あくまでもこの話題にこだわりつづけなくてはならない。

「私は最悪の相手に惚れてしまうよくない癖があるの」メグはここだけは真実をいった。「テッドが完璧じゃないっていう意味ではないの。むしろ完璧すぎるというか……でも惹かれる気持ちは理屈じゃないからね」

スペンスは太く濃い眉をひそめた。「テッドが前大統領の娘と結婚しようとしていたのは先月じゃなかったか？」

「五月の末よ」メグはいった。「ルーシーは私の親友なの。報道で知らない人はいないでしょうけど、あれは青天の霹靂《へきれき》だったわ」テッドは穏やかな笑みを浮かべたままメグを熟視していたが、その瞳の奥に動揺がかすかにうかがえた。メグはだんだん楽しくなってきた。「でもルーシーは彼にふさわしい相手ではなかったの。私のおかげで彼もいまはそれを悟ったはず。私が惚れなかったら彼の感謝も気恥ずかしいものになっていたでしょう」

「感謝だって？」テッドの声は憤りのためにこわばっていた。

メグはそんな彼の反応などおかまいなしに手をひらひらと振り、俳優兼脚本家の父から受け継いだ才能を駆使してストーリーを潤色しはじめた。「自分が全然相手に関心がないふり——惚れていないふりをするのは得意なのよ。でも駆け引きをするタイプじゃないから、手持ちのカードをテーブルにさらけだす。そのほうが長期戦では有利なのよ」

「正直であることは美点だよ」ケニーはこの成り行きを楽しんでいることを隠そうともしなかった。

「みんながどう思っているか、私だって知ってるわ。私がそれほど急速に彼に惹かれるはずがないって。だって、誰がなんといおうと結婚式を中止させたのは私ではないから。でも……」メグはテッドに思慕のまなざしを向けた。「今回は私にとって例外だったの。いつもと全然違ったわ」メグはさらに火をあおらずにいられなかった。「それに……テッドが昨晩私に会いにきたし……」

「夜遅く会いに行ったというのかい」ダリーがいった。

「かなりロマンティックじゃない？」メグは夢見るように微笑んだ。「真夜中に教会の聖歌隊ロフトの上で——」

テッドがいきなり立ち上がった。「ダンスしよう」

メグは首を傾げて哀しみのマリアに変身した。「靴ずれが痛むの」

「スローダンスだから」テッドは猫撫で声で誘った。「なんならぼくの足に乗ってもいいよ」

どうにか断わろうとしたが、言葉を発するその前にテッドに腕をつかまれ、込みあうダンスフロアに連れていかれた。そしてグイと引き寄せられた。彼がベルトを着けていないのでバックルや……そのほかの好ましくないものが肌に触れて不快な思いをすることはなかった。テッド・ビューダインの肉体のなかで唯一硬質なものといえば、目に浮かぶ表情だけだった。

「いくらきみでも、これ以上面倒は引き起こすまいと油断すると、次の瞬間、あっと驚く展開が待っている」

「私が従うべき理由がどこにあるというの？」メグはいい返した。「彼とベガスに行けとでも？　あなたの職務にいつから『ポン引き』の役目が加わったの？」

「極端なことを求めているわけじゃない。感じよく接してくれればいい」

「なぜ私が協力しなくちゃいけないの？　私はこの町が嫌いなの、忘れた？　ゴルフコースの建設がどうなろうと、私の知ったことじゃない。むしろ建設には反対なのに」

「だったらなぜここまで深入りする？」

「食べていくために、信条を曲げたからよ」

「理由はそれだけなのか？」

「さあ……それが正しいことに思えたの。なぜかはわからないけど。大方の意見に反して、私は噂されているほどの性悪女ではない。でもだからといって、他人のために身を売るようなまねはできないわ」

「きみを性悪といった覚えはないよ」テッドは図太くも気を悪くした様子を見せた。

「スペンスが私に興味を持った唯一の理由は私の父親が有名人だからよ」メグは怒りをこめて小声でいった。「彼は虚栄心ばかり強いあさましい人間だわ。有名人や、私みたいな有名人の家族と一緒にいると自分が偉くなったように感じるの。両親が有名人でなかったら、彼は私に目もくれないでしょう」

「そうともいえないよ」

「やめてよ、テッド。私は大富豪の愛人になるタイプじゃないわ」

「それはそうだな」同情を感じたのか、テッドの口調がやわらいだ。「そんな女性は総じて心優しく、一緒にいて楽しいタイプだからね」

「どうやら経験から得た感想みたいね。ところで、あなたってゴルフコースでは凄腕のようだけど、ダンスは下手くそね。私がリードするわ」

テッドはダンスのステップを一瞬止め、まるで不意討ちでもされたかのようにメグを冷ややかに見つめた。メグには彼がそう感じた理由は想像もつかなかったが、攻撃を再開した。

「いいこと、思いついたわ。あなたと愛人もスペンスと一緒にベガスに行けばいいのよ。あなたと彼女ならスペンスを楽しませてあげられるでしょうから」

「そういいながらもムカムカしているんだろ?」

「あなたがルーシーに隠れて浮気していたこと? それはそうよ。いまごろルーシーは罪悪感に苦しんでいるはずよ。今度彼女とゆっくり話す機会が訪れたら、あなたの不道徳な活動について、事細かに報告するからそのつもりでね」

「ルーシーはそんなこと、信じないだろうよ」

「そもそもなぜあなたがルーシーにプロポーズしたのか理由がわからないわ」

「未婚でいることに引け目を感じはじめていた」彼はいった。「そろそろ人生の次の段階に移りたかったし、そのためには妻《めと》を娶る必要があった。華々しい女性をね。大統領の娘は理想的だった」

「彼女を一度でも愛したことがあるの? 少しでも?」

「馬鹿いうなよ。最初からでっち上げに決まっているだろう」

メグはテッドが煙幕を張っている、はぐらかしているのではないかという気がしたが、これまでのところそうした読心術は功を奏しているとはいいがたかった。「あなたのような生き方って、疲れるでしょうね。中身は人でなしなのに外面は人格者を演じるような」

「そうでもないよ。世のなか、きみみたいに洞察力のある人間はそうそういないからさ」

けだるい笑みを向けられ、ほとんど認識できないほどのかすかな電気ショックがメグの全身の神経に刺激として伝わった。その刺激の一部は下腹部に届いた。

「ウソだろ!」メグの思いに気づいたかのように、テッドが突如大声でいった。

メグは後ろを振り向いて、テッドが注目したものの正体を見た。彼のブルネット美人の愛人がスペンスのほうにつかつかと歩み寄ったのだった。

テッドはメグを置き去りにして、悠然とした歩調でテーブルに戻っていった。その歩き方があまりにわざとらしいので、足跡が床に残らないのが不思議なほどだった。愛人が客に手を差し伸べようとした直前、テッドがそれを止めた。

「やあ、トーリー・トラベラー・オコナー」

9

トーリー・トラベラー・オコナー？　そういえば昨日の夜、立ち聞きしてしまったテッドとケニーの会話にこの名前が出てきたわ。テッドの愛人が既婚者であるケニーの妹だというの？　メグは混乱した。

トーリーのゆったりとした南部訛りは退廃《デカダンス》の香りを放つ液体のようだった。「今日後半のナインホールでたいそうご活躍だったそうね、スペンス。スペンスと呼ばせていただいていいかしら？　わが町の実力者たちを打ち負かした方はどんな方か、ぜひともお会いして確かめておかねばと思ったの」

スペンスはしばし圧倒された様子を見せた。トーリーの見事に整った面立ちや、漆黒の長い髪、見るからに高価そうな細身のジーンズを穿《は》いた長い脚を前にすれば、それも当然のことだった。深いV字にあいた襟ぐりにはシルバーのチャームが三個飾られ、左手の指には大きなダイヤの指輪が、耳たぶにもほぼ同じ大きさのダイヤがきらめいている。

ケニーはトーリーの登場に眉をひそめた。こうして一緒にいるところを見ると、並外れた美貌から、二人が兄妹であることがはっきりとわかる。「おまえは子どもたちの世話がある

「あの子たちなら、やっと寝かしつけてきたわよ。トゥインキーズに少し精神安定剤《ザナックス》を混ぜて食べさせたのに、効き目がなくて、まいったわ……」

「子どもたちは父親の留守がこたえているだろうな」ケニーがいった。「唯一の頼れる存在だから」

トーリーは苦笑いした。「明日帰ってくるわよ」トーリーはケニーをつついた。「さっきエマに会ってきたんだけど、怪我は問題ないそうよ。これ以上電話をかけたら、今夜一緒に寝ないって」トーリーはテッドの頰にキスをした。「あら町長さん。今日のプレーはとんだざまだったって？」

「ホールアウト・イーグルが一回、バーディは数回あったがね」ケニーがかわりに答えた。

「あんなひどいゲームは初めて見た」

トーリーはどこかに空いた席がないかとあたりを見まわしたが、見当たらないのでテッドの膝の上に座った。「変ね。あなたはいつも安定したプレーをする人なのに」

「スペンスの存在感に気圧《けお》されてね」テッドは誠意をこめていった。「彼はぼくがこれまで一緒にプレーしたハンディキャップ七のプレーヤーと同等の実力がある」

ケニーは椅子の背にもたれるように首をのけぞらせた。「今夜は興味をそそられる話が盛りだくさんだぞ、トーリー。たったいま、メグがテッドへの片思いをスペンスに告白したばかりだ。寝耳に水だろ？」

トーリーは驚きで目を見開き、直後に期待めいた表情を浮かべた。その瞬間、こうして物馴れた様子でテッドの膝に座り彼の肩に腕をまわしてはいても、二人は愛人関係にない、とメグは知った。理解しがたいのは、二人がどんな関係なのか、なぜトーリーがホテルでタオル一枚の姿でテッドと同じ部屋にいたのか、その夜彼の車に乗ったトーリーがなぜ彼にキスしたのかだ。こうした証拠やテッド本人の言葉とはうらはらに、この二人が親密な関係にないことははっきりとわかった。

トーリーはテッドのビールをひと口飲み、メグのほうを見た。「私は女性の噂話、とくに男がらみの話を聞くのが好きだし、毎日子どもたちに振りまわされていなければ毎日でもロマンス小説を読み漁《あさ》るタイプよ。たったいま、テッドに告白したってほんとうなの？」

メグは真面目な表情をつくろった。「正直さが信条なの」

「思いは叶うという自信はかなりあるらしい」ケニーがいった。

トーリーはメグから目を離さないまま、テッドにビールを返した。「その自信には敬服するわ」

メグはこぶしを広げ前に出した。「いけない？　この顔じゃ無理だというの？」

メグは軽蔑のこもった薄笑いが返ってくるものと思ったが、違った。「面白いわ」トーリーがいった。

「茶化すなよ」テッドはトーリーの手の届かない位置にビールを移しながら、いった。

トーリーはメグの宋王朝時代のイヤリングにしげしげと見入った。「図書館改築の資金集めのためにとうちの継母が思いついた計画があるんだけど、あなたには聞かせないほうがいいみたいね」

「シェルビーからなにも聞いてないぞ」テッドがいった。

トーリーが手を払うように振った。「いずれあなたの耳にも入るわよ。まだ委員会でも詳細は決定していないの」

テッドはケニーをじろじろと見た。「レディ・エマが夫になにも話してないとはとても思えないな」

「おれは聞いてない」

トーリーには果たすべき使命があり、余計な話題にこれ以上気を取られているわけにはいかなかった。「あなたの率直さは新鮮だわ、メグ。いつテッドに恋をしていると気づいたの？　ルーシーが彼から去る前なの、それともあとなの？」

「口出しするなよ」テッドが笑っていった。

トーリーは美しい鼻梁《びりょう》をつんと上げた。「あなたと話しているんじゃないわ。恋愛に関しては、あなたって面白みのない人なんだもの」

「ルーシーがいなくなってからよ」メグはいい、直後にやや慎重な言葉をいい添えた。「いま現在語るべきことはなにもないわ。まだ……テッドとの問題をどうにか乗り越えようとしている段階なの」

「その問題って」トーリーがいった。「テッドが完璧すぎることかしら？」トーリーはグロスを塗った唇をはっと開いた。「あらテディ……あのことは内緒にしておくわよ！　バイアグラで解決したって自分でもいっていたじゃないの」トーリーはスペンスのほうに身を乗り出し、ささやくようにいった。「テッドは勃起不全と勇敢に闘っているの」

スキートがビールにむせ、ケニーが噴き出した。ダリーは怯《ひる》み、スペンスは眉をひそめた。トーリーが冗談をいっているだけなのか確信がなく、自分が会話のなかで取り残されると不快に感じるのだ。メグはふと初めて同情を覚えた。スペンスにではなく、心中穏やかであるはずもないのに、涼しい顔をしているテッドに対してである。「トーリーは冗談をいっているのよ、スペンス」メグは特別大袈裟に目玉をぐるりとまわしてみせた。「こんなの冗談に決まっているでしょう」そしていかにも申し訳ないといった様子をつくろった。「少なくとも私が聞いたかぎりではね」

「もうたくさんだ」椅子から立ち上がるときにトーリーを振り落としそうになって、テッドはトーリーの手首をつかんだ。「ダンスをしよう」

「ダンスをするなら兄とするわよ」トーリーが言い返した。「左足を二つ持っていない誰かとね」

「そこまでひどくはない」テッドがいった。

「充分下手くそよ」

ケニーがスペンスに説明した。「うちの妹はウィネットで唯一――いや全世界で唯一かな――テッドの社交ダンスの腕が悪いことを本人に指摘した女性なんだ。みんなそう思っても本人の前では目をぱちくりさせて、まるでジャスティン・ティンバーレイクみたいな名ダンサーだというふりをするからね。滑稽《こっけい》このうえないんだが」

テッドはメグの目を一瞬見つめ、席から立ち、トーリーをジュークボックスのほうへ連れていった。

スペンスは周囲の様子をしげしげと眺めた。「きみの妹は変わった女性だな」

「まさしくね」

「テッドとずいぶん親しそうだ」

「トーリーはテッドが子どものころからの親友でね」ケニーがいった。「六十歳以下では唯一彼に惚れない女性といえるね」

「彼女のご主人は二人が親しくても気にしないのかな?」

「デックスが?」ケニーは苦笑いした。「全然。デックスはかなりの自信家だから」

テッドはダンスをするというよりトーリーに説教をしているようで、テーブルに戻るとスペンスからもっとも遠い位置の椅子にトーリーを座らせた。それでもトーリーはなおもゴルフ・リゾートとしてウィネットがいかに理想的な立地条件を備えているかを大袈裟に宣伝し、スペンスの歓心を得たほうが得策だとばかりに、シェルビー主催で七月四日開催予定のパーティに招待し、土曜日の午後ゴルフの試合をしましょうと強引に誘った。

テッドは腹立ちの表情を見せたかと思うと、すぐに自分とケニーも参加するといった。トーリーはメグに視線を投げた。その目のいたずらっぽい輝きが、なぜテッドがトーリーの席をスキップから遠ざけたかの理由を語っていた。「今度もメグがテディのキャディーを務めるのよね？」

テッドとメグは異口同音に答えた。「とんでもない！」

しかしケニーは思うところがあるのか、トーリーの提案に賛成し、スペンスがメグがいないと半分も面白くないと同調するに及んで、それはほぼ決定事項になった。

スペンスがトイレに立つと、会話は冷静な調子に変わった。「一つわからないことがあるのよね」トーリーがテッドにいった。「スペンスの担当者が春にウィネットを候補地からはずし、サンアントニオに決定したと発表したでしょう。それなのに一カ月前になんの予告もなく彼がふたたびここにやってきて、またウィネットを候補地に加えたという。いったいどんな心境の変化があったのか、知りたいものだわ」

「サンアントニオの連中だってわれわれと同じぐらい驚いたろうよ」テッドがいった。「契約は確保したつもりになっていただろうから」

「あちらには気の毒だけど」トーリーが店内の反対側にいる誰かに手を振りながら、いった。「彼らよりこの町のほうが差し迫っているのよ」

お開きの時間が来て、ダリーがスペンスをホテルまで送っていくといいだしたので、メグはテッドのベンツに彼と二人きりで乗ることになった。メグはハイウェイに入ると、沈黙を破った。「あなたとケニーの妹、男と女の関係じゃないわね」

「あいつにそう伝えておくよ」

「それにあなたはルーシーに隠れて浮気なんてしてないわ」

「なんとでもいえばいいさ」

「それともう一つ」メグはハンドルにゆるくかけた彼の手を見ながら、人間離れしたこの男性がなにかを強烈に受け止めることなどあるのだろうかと思った。「今後もスペンスのことで私に協力してほしいのなら——協力してほしいに決まっているけれど——たがいに了解しておくべきことがあるの」

「誰が協力しろといった？」

「当然協力してほしいでしょうよ」メグは髪を指先でいじった。「有名人の娘というだけで、スペンスがあれだけ私に関心を持つのが滑稽なほどよね。業界の実力者であり、世界でも指折りの美人の誉《ほま》れ高い母には屈辱的かもしれないけれど、昔部屋の壁に母のポスターを貼っていたというし、そういう歪んだ理由からではあっても、スペンスは私に夢中。ということは私の存在価値がマイナスからプラスに転じたということだから、あなたも少しは私のご機嫌を取る必要があるんじゃない？　まずはしみったれたチップをなんとかしてほしいわ。スペンスはマークに今日一〇〇ドル渡したのよ」

「マークはスペンスに対して、三ホールを失い数えきれないほどミスショットに導くようなまねは、しなかったからね。でもまあいい。明日一〇〇ドルチップを渡す。でもきみのせいで失ったホールの分として五〇ドル差し引く」

「差引一〇ドルで手を打つわ。ところで、私はダイヤモンドや薔薇《ばら》はそれほど好きじゃないけど、食料品店の代金を持ってくれるのは歓迎しないわけではないの」

テッドは気高い表情を崩さないまま、横目でメグを見た。「きみはプライドが高すぎてぼくから施しを受けるはずがないと思っていたよ」

「なにかの見返りならお断わりするけど、純粋な厚意は受け取るわよ」

「スペンスは自分の置かれた状況をつかめないほど愚かではない。きみのぼくに対する片思いなんていう、お粗末な話を彼がまともに信じたとは考えられないな」

「信じたほうがいいわ。私は今後いっさいゴルフ・リゾート開発の目的なんかで、おさわりなんか絶対にさせるつもりはないから。片思いの話は私の口実にすぎないの」

テッドは眉を上げ、教会に通じる暗くて狭い道に車を進めた。「考え直したほうがいいんじゃないか。スペンスはまともな容姿の持ち主だし、大富豪だ。正直なところ、きみにとって理想の相手かもしれないよ」

「もし私の女性としての部分に値札をつけるにしても、もう少しそそられる相手に買ってもらうわ」

テッドはその切り返しがよほど気に入ったとみえ、教会の前に車をつけながら、まだにやにや笑っていた。メグは外に出るために助手席のドアを開けた。テッドは助手席の背に腕をまわし不思議なまなざしでメグを見た。「そんなに思ってくれているのなら、なかへどうぞと誘いがあってもいいはずだけどな」

彼の琥珀色の瞳の強い輝きが、彼女への強い関心や、理解、心からの称賛、彼女の罪を許す気持ちを物語っていた。

テッドは明らかにメグの気持ちをもてあそんでいるのだ。

メグは悲しげに溜息をついた。「あなたが私の淫《みだ》らな欲望の対象になる前に、私もこの世ならざるあなたの魅力を忘れないとね」

「どれほど淫らな欲望？」

「とてつもない淫らさよ」メグは車から降りた。「おやすみなさい、セオドア。いい夢を」

メグは彼の車のヘッドライトに煌々《こうこう》と照らされた階段を上り、錠に鍵を入れてまわし、なかへ入った。メグを包みこんだ教会は暗くがらんとして寂寥《せきりよう》感に満ちていた。


メグは翌日解雇されることもなくドリンクカートで仕事をした。飲み物の缶を普通ゴミの容器ではなくリサイクル用の容器に入れないゴルファーを見ると注意したくてうずうずしていたので、クビを切られる心配がなくなったのは大きな成果といえる。バーディの友人ケイラの父親であるブルース・ガーヴィンはことのほかメグを目の敵にしたので、スペンサー・スキップジャックが自分を気に入ってくれたことで雇用を継続できているのなら、それを感謝すべきなのかもしれないと感じた。さらにありがたいのはテッドに片思いをしているというい加減な口から出まかせの宣言をしてしまった事実が、まだ町には広まっていないらしいことだ。どうやら昨夜現場にいた連中は口をつぐむことにしたらしいが、こんな小さな町では奇跡的といっていいだろう。

メグはバーディの娘ヘイリーに挨拶をして、スナック・ショップに入り新しい氷を補充しカートに飲み物を積んだ。ヘイリーは制服のポロシャツの幅詰めをしたか誰かと交換してワンサイズ下を着ているらしく、妙に胸のラインがくっきりめだっている。「今日はコリンズ氏がプレーする予定なの」ヘイリーはいった。「ゲータレードが大好きだから、たくさん積んでおいてね」

「情報、ありがとう」メグはキャンディ・バーの棚を指さした。「あれをいくつか、持っていってもいいかしら？　氷の上に置いて、売れるかどうかみてみたいの」

「それはいい思いつきね。テッドを見かけたら、話したいことができたと私がいっていたと伝えてもらえる？」

メグは心から、テッドと偶然顔を合わせることになりませんようにと願った。

「彼、携帯電話の電源を切っているの」ヘイリーがいった。「今日彼の食料品買い出しを頼まれていてね」

「食料品の買い出しをやってあげているの？」

「使い走りを引き受けているの。郵便小包とか時間がなくて彼がこなせない雑用を」ヘイリーはスチーマーからホットドッグを出しながらいった。「彼の個人秘書《PA》をやっていること、前に話したわよね？」

「ええ、聞いたわ」メグは可笑《おか》しさをこらえた。両親には数多くのPAがいるので知っているが、彼らは使い走り以外にかなりの職務を任されている。

メグは夜帰宅すると、こっそり静かに暮らさなくてもよくなったことに安堵感を覚え、窓を開け放ち、小川でひと泳ぎした。その後床の上に座って、クラブの忘れもののなかで、持ち主の届け出がないのでもらって帰ったコスチューム・ジュエリーを眺めた。メグは宝飾品を細工するのが好きだ。数日前に思いついた工夫が何度も心をかすめて過ぎる。キッチンの引き出しで見つけた古いロングノーズのペンチを取り出し、安物のチャーム付ブレスレットを分解しはじめた。

外で車が止まる音がして、少しして紺のスラックスにしわだらけのグレーのポロシャツ姿でテッドが入ってきた。着崩した感じのなかに、かえって端正な面立ちが際立って見える。

「せめてノックぐらいしたらどうなの？」

「家宅侵入者のくせによくいうよ」

開けた襟元から日に焼けた首の付け根が覗いている。メグはそのあたりを不自然に長く見つめすぎたと気づき、ブレスレットの留め金についたバネのリングをつついた。「今日ルーシーからメールが来たわ」

「関係ないね」テッドはいやみなまでに濃厚な美徳の香りを漂わせながら、奥へ歩いてきた。

「いまなにをしているか、どこにいるのかは書いてないわ」ペンチが滑って指をはさみ、メグはびくっとした。「テロリストに誘拐されたわけじゃないから心配しないでとだけ書いてあったわ」

「もういい。関心ないから」

メグは指を吸った。「関心あるはずよ。でも花嫁に逃げられた花婿の心境とは違う。プライドは傷ついても、心は痛みもしないし、まして失恋の痛手などまるきりないのよね」

「心の内など知りもしないくせに」

なにか感じの悪い言葉を投げつけてやりたい気持ちが抑えられず、メグはふたたび彼の空いた襟元から目をそらした。そのときふとヘイリーから聞いた面白い話が頭をよぎった。

「あなたの歳で両親と同居だなんて少し恥ずかしいと思わないの？」

「両親となんて住んでないよ」

「それに近いでしょ。同じ敷地内に住んでいるんだもの」

「敷地は広いし、両親はぼくが近くに住むことを望んでいるからね」

娘を無理やり追い出したメグの両親とはだいぶ違う。「なんて優しいの」メグはいった。

「夜はママに寝かしつけてもらうの？」

「こちらから頼まないかぎりしてくれないさ。そんな皮肉をいえた立場じゃないくせによくいうよ」

「まあね。でも私は母親と同居していないもの」彼が上からのしかかるように近づいたのがいやで、メグは唯一のリビング家具に向かった。テッドが置いていった不格好な茶色の椅子だ。「なんの用できたの？」

「べつに。ただ寛《くつろ》ぐために」テッドはぶらりと窓際に歩いていき、窓枠を親指で撫でた。

メグは椅子のアームに腰掛けた。「結構なご身分だこと。なにか仕事はしているの？　いわゆる町長職の仕事以外に？」

テッドはメグの質問が面白かったらしい。「仕事はしている。机も鉛筆削りもなにもかも揃っている」

「どこに？」

「秘密の場所に」

「女性たちを遠ざけるために？」

「誰にも邪魔されないように」

メグは考えこんだ。「あなたがある種のすごいソフトウェアシステムを発明して、とてつもない大儲けをしたことは知ってるわ。でも詳しくは知らない。どんな仕事なの？」

「利益の上がる仕事」テッドは気が咎《とが》めたように、少し首を傾げた。「ごめん。きみには理解できない無縁な言葉だったね」

「意地悪な言い方ね」

テッドはにやりと笑い、天井のファンを見上げた。「このなかはとんでもない暑さだな。まだ七月はじめなのに。この先どのくらい暑くなるか想像もつかないよ」テッドは純真な表情でいった。「ルーシーのためにエアコンを設置するつもりでいたけど、しなくてよかった。空気中にフルオロカーボンが加わると、きみが夜寝られなくなっていただろうからね。ビールはあるかい？」

メグは彼をにらんだ。「シリアルにかける牛乳にも事欠いているのよ」

「ここにただで住んでいるんだから」テッドは指摘した。「せめて客のためにビールぐらい用意しておけよ」

「あなたは客じゃないわ。侵入者よ。用件はなに？」

「ここはぼくの所有する建物だ、そうだろ？　用件がなくてもここに出入りする権利がある」テッドは踵《かかと》がすり減ってはいるが高級そうなローファーの爪先を床に広げたジュエリー類に向けた。「これはなんだい？」

「コスチューム・ジュエリーよ」メグはしゃがんで、それを集めはじめた。

「そいつをきみが実際金を払って購入したものじゃないと思いたいね。個人の意見として」

メグはテッドを見上げた。「ここに郵便住所はあるの？」

「当然あるさ。なにを知りたい？」

「自分がどこに住んでいるのか知っておきたいだけ」じつは実家のクローゼットの中身の一部をここ宛てに送ってもらおうと考えているのだ。メグは紙切れを見つけ、彼のいった住所を書きとめた。メグは教会の入口に顎を振った。「あなたがここにいるあいだだけでもお湯が出るようにしてもらえないかしら？　もう冷たい水のシャワーには飽きたの」

「そうかい」

メグは笑みを浮かべた。「ルーシーの三カ月間の性交渉延期の後遺症がいまでもあるの？」

「なんだい、女っておしゃべりだな」

「私もそれはばかげてるといったわ」ルーシーに新たな恋人が現われた事実を伝えるのは気

が答めた。

「ぼくらはある取り決めをしていた」彼はいった。

「それでもやっぱり……」メグはまたジュエリーを片づけはじめた。「あれこれ条件をつけなきゃ女に不自由しないはず。なぜセックスの相手を見つけることに難儀しているのか理由がわからないわ」

テッドはなんという愚かしい発言かとあきれたようにメグを見た。

「そうね。ここはウィネットだし、あなたはテッド・ビューダインよ。誰かと付き合えば、すべての女性のお相手をしなきゃならなくなるってわけね」

テッドは破顔一笑した。

メグとしては笑わせるためでなくいやみのつもりでいったので、続けて皮肉を口にした。

「トーリーとあなたの関係について誤解していたわ。既婚者の女性との密通ならあなたの抱える問題にふさわしい解決策になったでしょうに。ルーシーとの結婚もね」

「どういう意味だ？」

メグは脚を伸ばし、両手を床に置いて体をそらした。「精神的に面倒な関わりが省けるという意味では変わらないという意味よ。真の愛、純粋な情熱にはかならずそうしたものが絡んでくるからね」

テッドはいつもの謎めいた琥珀色の瞳で、束の間メグを見つめた。「ぼくとルーシーとのあいだには真の情熱がなかったというのか？」

「侮辱するつもりはないけど——いえ、やっぱり失礼は承知でいわせていただくわ。あなたはもともと情熱的な本質をそなえていないのではないかと私は本気で思っているの」

普通の人間ならきっと感情を害していただろうが、聖セオドア・ビューダインは違った。彼は考えこむような様子を見せただけだった。「ちょっと待ってくれ。このぼくがきみのような落ちこぼれに分析されているというのかい」

「新鮮な見解ね」

テッドはうなずき、沈思黙考した。そしてきわめてテッド・ビューダインらしい反応を示した。まぶたをなかば閉じ、メグの体を舐めるような視線で眺めはじめたのだ。頭のてっぺんから体をおり、途中口元や胸、太腿《ふともも》など、あちこちで視線をさまよわせ、メグの肌に熱い小さな刺激を残した。

そんな魅力的な刺激に反応を示さないでいる自信が揺らぐのが怖くなり、メグは床から立ち上がった。「無駄な努力はやめて、ミスター・B。お金を払ってくれれば話は別よ」

「お金を払う？」

「わかってるくせに。あとで、ドレッサーの上に二〇ドル札の分厚い札束が載っていたらってことよ。ああら、そういえばここにはドレッサーがなかったわ。思いつきとして無理があったかしら」

これにはテッドもさすがにむっとしたらしく、足音荒く奥の部屋に入り、給湯装置をオンにした。ひょっとしたら教会を爆破するつもりかもしれなかったが……。どうか給湯のためでありますように、とメグは心で祈った。それから間もなく勝手口の閉まる音がし、やがて車が走り去る音が聞こえた。メグは奇妙な失望感に襲われた。

翌日四人が二手に分かれて戦う試合が始まった。テッドとトーリー対ケニーとスペンスだ。

「昨日オースティンに行く用があってね」スペンスはメグにいった。「きれいな女性を見かけるたびにきみを思い出したよ」

「そりゃまたどうしてかしら？」

テッドがこっそりメグをつついた。スペンスはのけぞるように大笑いした。「きみはただ者じゃないね、ミズ・メグ。きみを見ているとある人物を思い出す」

「若いころのジュリア・ロバーツかしら？」

「思い起こすのはこの私自身さ」スペンスはパナマ帽をかぶり直した。「これまでの半生で多くの苦難に直面したが、そのたびに私は敢然と立ち向かってきた」

テッドがメグの背中をパンとたたいていった。「たしかにわが町のメグはたくましい」

三番グリーンに着くころ、メグは暑さにぐったりしていたが、外の空気を心地よく感じてもいた。キャディーとしての役目をぬかりなく果たそうと努めるかたわら、スペンスがなれなれしい態度を取るたびにテッドを愛おしげに見つめるようにした。

「いい加減にしてくれ！」まわりに誰もいないタイミングを選んで、テッドはいった。

「なぜ気にするの？」

「ただイライラするんだよ」テッドはぼやいた。「まるで平行世界《パラレルワールド》にはまりこんだようでさ」

「流し目なんてなれっこでしょうに」

「きみからの流し目はまた別だ」

やがて、トーリーがプロアスリート並みの実力の持ち主であることがメグのような素人目《しろうとめ》にもはっきりとわかった。しかし後半の九ホールでパッティングが急に乱れだした。テッドは余裕のあるにこやかな表情を保ちつづけていたが、メグと二人きりになるとトーリーのミスパットが故意だということを明かした。「わずか三フィートのパットだぞ」テッドはうなるようにいった。「それなのにボールはホールの縁で止まる。スペンスはこの先まだ何週間も滞在する。全試合スペンスに勝ちを譲るべきだと考えるのは狂気の沙汰《さた》だよ」

「トーリーがわざとパットをミスしたのはまさしくそう考えたからね」少なくともメグ以外にもう一人、スペンスの虚栄心を理解している人物がいるということだ。メグはゴルフクラブのカバーをかぶせ間違えていないか調べた。「壮大なプロジェクトに集中しなさいよ、町長さん。この計画で町の環境を破壊する決意がついているのなら、トーリーにならってスペンスのご機嫌取りに徹するべきだわ」

テッドはメグがキャディーであることを無視した。「スペンスのご機嫌取りなんてよくいうよ。きみこそもう少しスペンスに感じよく接するべきじゃないのか？　なんならきみの片思いがどれほど一方的なものか見せつけるために、人前できみに喧嘩をふっかけようかな」

テッドはグリーンでロングウェッジのショットを決め、大股で歩み去った。

　トーリーのおかげでスペンス・ケニー組がワンホール差の接戦を制した。少ししてメグは女性用のロッカールームに向かった。規則上従業員は使用を禁じられているのだが、情けなくも不足して困っているありとあらゆるケア用品が揃っているので利用している。ほてった顔を冷たい水で洗っているとトーリーも洗面台を使いにやってきた。メグと違いトーリーは日差しの影響を受けていないようで、バイザーをはずしてポニーテールを結び直しただけだった。やがてあたりを見まわし、誰もいないことを確かめた。「ところであなたとテッドの関係、実際はどうなってるの？」

「どういう意味かしら？　私がテッドを奪うためにルーシーを追いやったという噂を聞いていないの？」

「私は見かけよりは洞察力があるの。あなたは自分を憎む男に惚れる類いの女性じゃないわ」

「以前と比べると彼の恨みも薄らいだと思うわ。そこそこの嫌悪程度にはなったかも」

「面白い言い方ね」トーリーは長い髪を振り、まとめ直した。

　メグはシンクのわきから洗顔用タオルを手に取った。「あなたも私を憎んではいないみたいね。みんな私を嫌っているのに、どうしてなの？」

「私なりの判断よ」トーリーはふたたび髪をゴムで結わえた。「でもあなたがテッドにとって脅威であると判断すれば、あなたの目をえぐり取るかもしれないわよ」

「私は彼の結婚を阻んだのよ、忘れた？」

トーリーは曖昧《あいまい》に肩をすくめた。

メグはトーリーの様子をじっと観察したが、トーリーはそれ以上なにかを表明するつもりはなさそうだった。メグは冷たいタオルで首の後ろを拭いた。「こうして本音で語れる場面が訪れたからいうけれど、あなたが裸同然でテッドとホテルの一室にいたことをあなたのご主人が知ったらどう思うのか、興味があるわ」

「あら、主人は私が裸同然でいたことはまるで気にしていなかったわ。シャワーから出たばかりだったから。でもテッドがああして私にキスしたことは不快だったみたい。私は被害者なのと説明したんだけどね」トーリーは近くのトイレに入っていきつつ、なおも話しつづけた。「デックスは不機嫌な様子でキスは限界を超えた行為だと注意した。私はもっと別の見方で判断してほしかったと反論したわ。だって、あのキスはしょせん戯れでしかなかったもの。テッドとしては頑張ったつもりかもしれないけどね。そしてデックスは、戯れるにしてももっと身の丈に合ったものにしてほしいといったわ。もしあなたがデックスを知っていたら、そんなことをいう彼の言葉を聞いて笑っちゃったでしょうね。でもデックスがご機嫌斜めだったわけは、数週間前私が子どもたちを彼に預けて、テッドがトラックに取りつけた自作のGPSをテストするためにドライブに出かけちゃったからなの。夫は自分もテストランに出かけたかったのよ」

それはメグがトーリーとテッドを見かけた晩のことに違いない。メグはデクスター・オコナーという男性に少なからず興味をそそられた。「つまりご主人はあなたがテッドと二人きりでホテルの部屋にいたことを、知っているのね？」メグは日焼け止めローションを手に取った。「ずいぶん理解のあるご主人なのね」

トイレの水が流れる音がした。「二人きりってどういう意味？　デックスはシャワーを浴びていたの。あそこは夫婦で泊まっていた部屋なのよ。テッドはただ立ち寄っただけ」

「なぜ泊まるの？　ウィネットに自宅があるのに」

トーリーはトイレから出て、憐れむようなまなざしでメグを見た。「うちには子どもがいるのよ、メグ。こ、ど、も。心から愛する可愛い二人の娘たちだけど、始終面倒を見なければいけないことも確か。だから私たち夫婦は数カ月に一度は二人きりになる必要があるの」トーリーは自分の手をしげしげと見つめた。「たまには週末ダラスやニューオーリンズまで足を伸ばしてゆっくりすることもあるけど、たいていはそこらのホテルに泊まるわね」

メグはもっと質問したいことがあったが、テッドのゴルフクラブを片づけ、チップをもらいに行かなくてはならなかった。

メグはプロショップの近くでケニーと話しこんでいるテッドを見つけた。メグが近づくと彼はポケットに手を入れた。メグは息をひそめた。まあヘッドカバーは二つなくしてしまったが、ワンホール失うほどのミスは犯していない。もしそれほどのしみったれだとすると……。

「お望みのものはこいつだろ、メグ？」

それは一〇〇ドルの札束だった。「すごい」メグはささやいた。「ちょうど寝室用のドレッサーが必要だと思っていたところよ。こんな大金を手にできるなんて」

「こんなことが何度もあると思うなよ」テッドはいった。「今後きみにキャディーを務めてもらうことはないから」

ちょうどそのとき、スペンスが若い女性と一緒にプロショップから出てきた。ワーキングウーマンふうに、黒の袖なしシフトドレスにパールのネックレス、ダークグリーンのバーキンといったいでたちの女性だ。背が高くふくよかな体格だが、肥満にはほど遠い感じ。力強い面立ちで、顔は長く、眉はくっきりと濃く、鼻梁は尊大な印象を与え、ふっくらした唇は官能的である。顔を囲むようにレイヤーの入ったダークブラウンの髪は微妙に入ったハイライトのおかげで明るく見える。二十代後半といった年頃に見えるが、自信たっぷりのたたずまいは大人の女性を思わせ、同時に若さゆえの傲慢《ごうまん》ともいえる性的魅力もそなえている。

スキップジャックは女性の肩に腕をまわした。「テッドには前に紹介したと思うが、ほかのみんなはまだ私の美しい娘サニーを知らないだろう」

サニーはきびきびと握手をし、相手の名前を記憶にとどめようとするかのように繰り返した。最初はケニー、次にトーリー、メグを値踏みし、テッドの番になると立ち止まった「またお会いできて嬉しいわ、テッド」サニーは賞を取った馬肉でも見るようにテッドを眺めた。それがメグには不快だった。

「ぼくも嬉しいよ、サニー」

スペンスは娘の腕を握った。「ここにいるトーリーが七月四日のパーティにわれわれを招待してくれたんだ。もっとほかの地元の人と会い、実情を知るいい機会だろう」

サニーはテッドに微笑みかけた。「そうね」

「迎えにいってあげようか、メグ？」スペンスが訊いた。「トーリーはきみも招待している。サニーと私と連れ立って行けばいいだろう」

メグは浮かない顔で答えた。「ごめんなさい、私は仕事で行けないわ」

テッドはメグの背中をたたいた。それも特別強く。「クラブの従業員がみんなそれほど仕事熱心ならいいのにな」肩甲骨の下に親指を滑らせ、暗殺者しか知らないような致死圧点を見つけた。「幸いシェルビーのパーティは午後遅く始まるから、仕事を終えてから来ても充分間に合うよ」

メグは力なく微笑んだ。ただで食事ができるうえ、サニー・スキップジャックに対する好奇心もあり、テッドをじりじりさせるチャンスもあることを思えば、また一人の夜を過ごすよりましかなと判断した。「いいわ、でも自分の車で行くわよ」

サニーはその間もテッドに視線が釘付けだった。「立派に公務を果たしていらっしゃるのね」

「ベストは尽くしているつもりですよ」

サニーの歯は大きく、口元がほころぶと見事に整った歯ならびが見えた。「私が協力できることはオークションに入札することぐらいだわ」

テッドがはっと顔を上げた。「なんだって？」

「オークションよ」サニーは答えた。「私も絶対に入札するわ」

「まいったな」

サニーはバーキンのなかに手を入れ、鮮やかな赤いチラシを取り出した。「町で一度車を停めたら、レンタカーのフロントガラスの下にこれがはさんであったの」

テッドはチラシを見下ろし、メグには彼がたしかにたじろいだように見えた。

ケニーとスペンス、トーリーも近づき、テッドの肩越しにチラシを読んだ。スペンスは好奇のまなざしをメグに向け、ケニーは首を振った。「これはシェルビーの突拍子もない思いつきなんだ。おれも彼女がレディ・エマにその話をしているのをたまたま聞いてしまったんだが、ここまでやるとは思わなかった」

トーリーはやじるような声を発した。「私も絶対入札するわ。デックスがなんといおうとも」

ケニーは黒い眉を上げた。「レディEは間違いなく入札しない」

「さあどうかしら」妹はいい返した。トーリーはチラシをメグに差し出した。「これ、ちょっと見てよ。あなたもお金がなくて残念ね」

チラシは太い真っ黒な字で簡素に印刷されていた。


テッド・ビューダインとの素敵な週末を勝ち取りましょう

ウィネットの人気者独身町長とサンフランシスコでロマンティックな週末を。

観光、高級レストランでの食事
ロマンティックな夜の海のクルーズ
そしてそのあとは……

女性の皆さま、どうぞご入札を。
(最低入札額は一〇〇ドル)

既婚者、独身者、老いも若きも!
どなたでも歓迎します。
お好みしだいで週末がフレンドリーにも親密にもなります。

www.weekendwithted.com

オークション進行によって生じたすべての利益は
ウィネット町立図書館の再建に役立てられます。

テッドはメグの手からチラシをひったくり、まじまじと見入るとそれをこぶしで握りつぶした。「バカをやるにもほどがある！」

メグは彼の肩をたたき、ささやいた。「もし私があなたなら、ドレッサーを買うわ」

トーリーは顔をのけぞらせるようにして大笑いした。「この町って、こんなことがあるから楽しいのよ！」

10

その夜帰宅途中、メグは町のリセール・ショップの前を通り過ぎた。ビンテージの店に目がないメグは立ち寄ってみることにした。ここでもウィンドーに『テッド・ビューダインとの素敵な週末を勝ち取りましょう』コンテストのチラシが掛けてある。古臭い感じの重いドアを開けてみると、鮮やかな黄色でまとめられた店内は、リセール・ショップにありがちなほのかなかび臭さが感じられた。しかし商品はきちんと陳列され、アンティークのテーブルとチェストが陳列台と商品分別の役目を果たしている。ふと見ると、メグがホテルの勘定を払えなくて大恥をかいたあの日、ホテルのフロントにいたバーディの友人でブロンド美人のケイラが店番をしている。

ケイラの袖なしのピンクとグレーの迷彩柄ワンピースは間違いなくリセール品ではない。ケイラはその服にピンヒールの靴、房つきの黒のエナメルのバングルを合わせていた。もう間もなく閉店時間だというのに、彼女のメークはまったく崩れていなかった。アイライナーも頬紅も、モカ色のリップグロスもまさしくテキサスの美人コンテストの女王そのものだ。ケイラはメグを見て見ぬふりなどせず、いかにもこの頑迷な町の住民らしく、如才ないいいまわしなどとは無縁の言葉を発した。「スペンサー・スキップジャックがあなたに気があるそうね」ケイラはジュエリーのラックから離れながら、いった。

「こちらはなんの関心もないわ」商品を見渡すかぎりでは、ありふれたプレッピーなスポーツウェアやパステルカラーの教会用スーツ、高齢女性が着るようなハロウィーン・パンプキンやアニメキャラクターの柄が入ったスウェットシャツなどしか置いていない。とてもこのスタイリッシュな女性の扱う商品とは思えない。

「たとえ彼を気に入らなくても、せめて感じよく接してあげられないの？」

「あら、私としては感じよくしているつもりなんだけど」

ケイラは腰に手を当てた。「ゴルフ・リゾートが建設されたらこの町の雇用がどれほど活性化するかわかってる？ リゾートに関連してありとあらゆる事業計画も持ち上がるでしょうしね」

ここで生態系破壊の話を持ち出しても無駄というものだ。「おおよそはわかっているつもり」

ケイラはラックから落ちたベルトを拾いながらいった。「この町の住人がかならずしもあなたを歓迎していない事実は私も知っているけれど、それを理由にスペンサー・スキップジャックの件で私たちに復讐しようなんて考えないで。世のなかには些細《ささい》な怨み以上に大切なことがあるのよ」

「よく覚えておくわ」踵《きびす》を返して店から出ようとしたとき、メグはある商品に目を留めた。

グレーのメンズっぽいシャツ。揃いのブラトップとウエストシャーリングの短いショーツのセットで、一九五〇年代ふうの最新流行のアイテムだ。メグは近づいて商品をよく調べた。ラベルを見てもにわかに信じられなかった。「これはザック・ポーゼンだわ」

「そのとおりよ」

メグは目を見開いてプライスを見た。四〇ドル？　ザック・ポーゼンの三点セットが四〇ドル？　テッドのチップを入れても、現在は買う余裕がないが、それでもこれは信じられないほどのお買い得品だ。近くにはグリーンとメロン色のかっちりしたコルセット・トップのアヴァンギャルドなドレスがかかっている。新品なら少なくとも二〇〇ドルはするはずだが、一〇〇ドルの値札がついている。ラベルにはメグの叔父ミシェル・サヴァガーの名が刻まれていた。メグはラックにかかっていた別の服を見た。モディリアニの絵の長い顔の女がプリントされた薄い黄緑のタンクドレス、折り紙風ジャケットにグレーのパンツ、黒と白のミュウミュウのミニスカートもあった。メグはかぎ針編みの鮮やかな赤紫のカーディガンを手に取り、Tシャツにジーンズにチャック・テイラーズ（コンバースのバスケットシューズ）との組み合わせを頭のなかで思い描いてみた。

「なかなかの品ぞろえでしょ？」とケイラがいった。

「とても素敵だわ」メグはカーディガンをラックに戻し、ナルシソ・ロドリゲスのジャケットに手を触れた。

ケイラはメグのそんな様子をしめしめとばかりに見つめた。「ここにある服を着られる女性はめったにいないのよ。身長がすごく高くて痩《や》せていないと着られないから」

メグは母親の体型を受け継いだことに心の内で感謝しつつ、あれこれと頭をめぐらせた。十分後結局ミュウミュウのミニスカートとモディリアニのドレスを手にして店を出た。

翌日は日曜日で、ほとんどの従業員はキャディールームやキッチンのすみで手早く昼食をすませるのだが、メグはどちらも気が進まず、朝自分で作ったピーナッツバターのサンドイッチを持ってプールに向かった。内庭《パティオ》のレストランの前を通りかかったとき、スペンスとサニーとテッドが傘の下に設けられたテーブル席についていた。サニーはテッドの腕に手を置き、テッドも満足そうにサニーの親しげな態度を受け入れていた。テッドが一方的にしゃべり、スペンスは一心に聞き入っている。三人ともメグにまったく気づかなかった。

プールは連休の週末だからか家族連れで賑わっていた。一介の従業員という自分の立場を考え、メグはスナック・ショップから少し離れた芝生の上でメンバーの目につかないようひっそりと座った。地面に脚を組んで座っていると、カントリークラブのロゴ入りカップの飲み物を持ってヘイリーが現われた。「コークを買ってきてあげたわ」

「ありがとう」

ヘイリーは仕事上のきまりでまとめている髪をほどいてメグの隣りに座った。ヘイリーは黄色のスタッフ用ポロシャツの胸のボタンをすべてはずしているが、それでも胸のあたりはきつそうだ。「午後一時にクレメンタインさんと息子さんがプレーなさるの。ドクター・ペッパーとライトビールを用意しておいて」

メグも毎朝メンバーのコース出発時刻をチェックしている。メンバーの顔と名前、好きな飲み物を覚えて、より多くのチップをいただく算段だ。格別あたたかい態度で接してくれる人もいないかわり、ケイラの父親のブルース以外誰もメグを辞めさせろと主張することもなかった。どうやらサービスの質以上に、メグがかのスペンサー・スキップジャックの関心の的であることが理由のようだった。

ヘイリーはメグのいみ嫌うポロシャツの開いた襟元に飾ったペンダントに見入った。「素敵なジュエリーね」

「ありがとう。昨日の夜作ったの」貰い受けたコスチューム・ジュエリーの断片を組み合わせて小さく奇抜なネックレスに作り替えたのだ。ハロー・キティの腕時計のフェイスのシェルパール、片方しかないイヤリングからはずした細かいピンクのガラスビーズ、キーチェーンの一部だったと思しき銀の魚などを材料とし、接着剤とワイヤーを使って風変わりなペンダントトップに仕上げた。それが短い黒の光沢のある紐にぴったり合った。

「あなたって、とても独創的なのね」ヘイリーがいった。

「私はジュエリーが好きなの。買うのも、作るのも、身に着けるのも。旅行に行くとかならずその土地の職人を見つけて、仕事ぶりを観察するわ。そうして多くのことを学んだの」メグはふと思いついてネックレスをはずした。「これあげるわ」

「私にくれるというの?」

「そうよ」メグはペンダントをヘイリーの首にかけた。素朴なチャームがヘイリーの濃すぎるメークをやわらげた。

「とても素敵。ありがとう」

普段無口なヘイリーはプレゼントで心を開く気になったのか、メグが食べているあいだ、秋になったら地元のコミュニティ・カレッジに入学すると話した。「ママはテキサス大学に進学させたいらしくて文句ばかりいってるけど、私の気持ちは変わらないわ」

「大都市に出ていきたくないの？」メグはいった。

「ここも悪くないわ。ゾーイやケイラはいつもオースティンとかサンアントニオに移り住みたいっていってるけど、全然実行しないもの」ヘイリーはコークを飲んだ。「スキップジャック氏はあなたに夢中だって町じゅうの噂よ」

「彼はただ有名な私の家族が気になるだけ。すごくしつこくてまいっちゃう。誰にもいわないでもらいたいんだけど、スペンスにあきらめさせる口実として、私がテッドに片思いしていることになってるの」

ヘイリーは大きな目をさらに見開いた。「テッドに片思い？」

「まさか、そんなはずないでしょ。これでも分別はあるんだから。とっさにそれしか思いつかなかっただけよ」

ヘイリーは足首近くの草を引っ張り、黙った。しばらくして、ヘイリーはようやく口を開いた。「いままで恋をしたことはある？」

「恋に落ちたと思ったことは何度かあるわ。でもあれは恋じゃなかった。あなたはどう？」

「ずっと高校の同級生に思いを寄せているの。カイル・バスコムよ。彼も今度コミュニティ・カレッジに進学するの」ヘイリーはスナック・ショップの壁にかかった時計をちらりと見上げた。「仕事に戻らなきゃ。ネックレス、ありがとう」

メグはサンドイッチの残りを食べ、空のゴルフカートをつかみ、一四番ホールに戻った。四時ごろにはコースにひと気がなくなりはじめ、あとは手持ち無沙汰でつい思いは過去の過失に対する悔恨ばかりをさまよっていった。

夕刻教会に車を入れるとき、階段わきに見慣れない車が停まっていることに気づいた。車から降りると、サニー・スキップジャックが裏の墓地から出てきた。ランチのとき着ていたオレンジ色のドレスからショートパンツに白のトップ、チェリーピンクのサングラスといったいでたちに替えている。「こんなところに一人で住んで辛くない?」サニーは訊いた。

メグは墓地に向けて首を傾けた。「彼らはかなり邪気のない人たちよ。でもいくつかある真っ黒な墓標だけはぞっとするわ」

サニーはしなやかな動きでメグに近づいてきた。豊満な胸や腰がめだつ歩き方だ。彼女はスレンダーな肢体の持ち主ではないことを思い悩んだりしないタイプのようで、メグはサニーのそんな一面に好感を抱いた。好ましく思えないのは勇気をもって彼女に反論する人物がいたら、片っ端からなぎ倒してやるとでもいわんばかりの押しの強さだ。

「冷えたビールを出してくれても文句はないわ」サニーはいった。「さっきまで約二時間テッドや父と購入候補地をてくてく歩いてまわったの」

「ビールはないけどアイスティーなら出せるわ」

サニーは欲しいものがあるとそれ以下のものに妥協するタイプではないのだろう。やんわりと断わった。メグは泳ぎにいきたいので、手っ取り早くことをすませることにした。「ご用件はなにかしら？」ひょっとして……父親には関わるなとでもいいにきたのだろうか。

サニーは長すぎる沈黙ののちに答えた。「明日のパーティのドレスコードはなにかしら？あなたなら知っていると思って」

見え透いた口実だ。メグは階段に座った。「ここはテキサスよ。女性は着飾る傾向があるわ」

サニーはほとんどうわの空だった。「なぜジェイク・コランダの娘がこんな田舎町にやってきたの？」

メグにはここを『田舎町』とあざ笑う立派な理由があったが、サニーはただ上流気取りしているだけなのだ。「LAから休暇でここに来ているの」

「すごくかけ離れた生活ね」サニーがいった。

「人には変化が必要なこともあるわ。また違った角度で人生を見ることができるし」そして自分は悟りを開いたとでもいうのか。

「私は自分の人生をこれっぽっちも変えたくないわ」サニーは鮮やかな赤のサングラスを頭に乗せた。つるの部分が顔を包むレイヤーの入ったダークブラウンの髪を押しやったため、父親似の目鼻立ちがくっきりとめだった。同じように力強い鼻、ふっくらした唇、尊大さを感じさせる表情。「いまのままがいいわ。私は父の会社の取締役を務め、製品のデザインも担当しているの。素晴らしい人生よ」

「素敵」

「機械工学の修士号とMBAも持っているし」サニーは訊かれもしないのに、つけ加えた。

「立派ね」メグは自分自身がなに一つ修了していない大学の課程を思い浮かべた。

サニーは階段の一段上に腰かけた。「あなたはこの町に来て以来、騒動を巻き起こしているみたいね」

「こんな小さな町ですもの、すぐに騒ぎになってしまうのよ」

サニーは土地見学のおりについたらしい足首の汚れを払った。「父はあなたに夢中になっているみたい。自分より若い年代の女性といると楽しいらしいわ」

サニーはようやく今日の訪問の目的を明かした。メグはげんなりした。

「父はもてるの」サニーは続けた。「社会的に成功しているし、社交的だし、人生を楽しむすべを心得ているからね。父があまりにあなたのことばかり話すから、あなたに興味があるってわかったわ。私としても二人が親しくなることは大歓迎よ」

「そうなの?」メグにとって、これは予想外だった。味方は欲しいが、縁結びはお断わりだ。

メグはスニーカーの紐を結び直して時間稼ぎをした。「なんだか驚いたわ。娘のあなたはお父さんが女性にたらしこまれてお金を貢いだりしないか心配じゃないの？　あなたの耳にも入ったかもしれないけど、私一文無しなの」

サニーは肩をすくめた。「父は大人よ。自分のことは自分で判断できるはず。落としにくい相手であれば父はなおさら惹かれていくの」

メグとしてはスペンスの興味を掻きたてているつもりはもちろんなかった。彼女はスニーカーとソックスを脱ぎながら、いった。「年配の男性にはあまり興味がないの」

「年配者にもチャンスを与えるべきよ」サニーは階段から立ち上がり、メグと同じ段におりた。「あなたとは率直に話をするわ。父が母と離婚してもう約十年。ずっと懸命に働いてきた父にはここらで少し人生を謳歌《おうか》してもらいたいの。私はあなたの邪魔はしないから心配しないで。二人がお付き合いして楽しく過ごすのであれば、なんの問題もないわ。そうするうちにお付き合いが発展することだってありうるでしょう？　父は交際相手には物惜しみしない人よ」

「でも……」

「明日パーティで会いましょう」目的を果たしたサニーはレンタカーに向かった。

走り去るサニーの車を見ながら、メグはいくつかの事実をつなぎ合わせ、推測した。あの様子からみてサニーはメグのテッドへの思いについて耳にし、それを好ましく思っていないのだ。メグがスペンスとかかずらっているあいだに誰にも邪魔されずミスター・セクシーを自分のものにしたいのだろう。真実を知っていたら、こんな手間をかけて時間を無駄にすることにならなかっただろうに。

メグはシェルビーと夫のウォレン・トラベラーが住む邸宅になんなく行き着いた。噂によると、ケニーとトーリーは、当初三十歳年下でしかもトーリーの女子学生会《ソロリティ》の先輩《シスター》である女性と父親との結婚に反対していたらしい。腹違いの弟が生まれても、二人の気持ちがやわらぐこともなかったが、それから十一年の歳月が流れたいま、ケニーもトーリーも結婚し、すべてを受け入れているように見受けられる。

異国情緒溢れるタイル製の屋根で、ローズスタッコ造りの邸宅の前には印象的なモザイクの噴水があった。ケータリングサービスのスタッフがアーチ型の窓がついた木彫りのドアからなかへ案内してくれた。こうした特徴的なムーア式建築様式の家に英国田園ふうの装飾は意外な組み合わせだが、シェルビー・トラベラーが選んだチンツやハンティング・プリント、ヘプルホワイト様式の家具がなぜかある種の調和をもたらしている。

モザイクをちりばめた一対のドアを抜けると高いスタッコ造りの壁のあるテラスに抜け、そこにはジュエルカラーのプリント模様のカバーをかけた長いベンチがあり、タイル張りのテーブルに真鍮製のバケツに活《い》けた赤と白と青の花々に小さなアメリカ国旗を差してあった。来客たちが遅い午後の熱気のなかでも快適に過ごせるよう、日よけの樹木やミスト冷却システムが使われている。

バーディ・キトルとケイラが地元小学校校長で親友のゾーイ・ダニエルズと寄り添うように座っていた。カントリークラブの従業員の何名かが給仕の手伝いにきており、メグはオードブルのトレイを手渡しているヘイリーに手を振った。ケニー・トラベラーはハニーブラウンの巻き毛で、頬がふっくらした魅力的な女性と並んで立っていた。リハーサル・ディナーで会ったことがあるので、メグもそれがレディ・エマであることはわかった。

メグは女子用ロッカールームでシャワーを浴び、いうことを聞かないくせっ毛をまとめるのにヘアケア用品をなすりつけ、口紅を塗りアイメークを施し、リセール・ショップで買った青緑のタンクドレスを着てきた。モディリアニの長い女性の顔が前面のアクセントになっているのでネックレスをつける必要もなかったが、宋王朝のイヤリングにはクオーターサイズの紫のプラスチック製ディスクを取りつけずにいられなかった。モディリアニのプリントに古代と現代の要素をドラマチックなアクセントとして付け加えることで気品と低俗の融合に成功している。叔父のミシェルならそう評価してくれたことだろう。

招待客がメグの出現に振り向くかと思いきや、そうではなかった。もしかするとこの見事なイヤリングのためかもしれないと、メグは思った。女性たちの敵意は予想していたが、女性たちがドレスに見入り視線を交わし合ったのはメグにとっても意外だった。ドレスは体にもよくフィットし、似合っている自信はあったので、メグは周囲の視線など気にしないことにした。

「なにか飲み物でもいかがですか？」

そんな声に振り向いてみると、四十代前半と思しき痩せた男性が立っていた。ワイヤー縁のメガネのレンズを通してやや間隔の開いた灰色の瞳がきらめいている。男性の容姿はメグに大学時代の文学の教授を思い起こさせた。「ヒ素でもいただこうかしら」メグは答えた。

「あなたには必要ないのでは？」

「そうかしら？」

「ぼくはデクスター・オコナーです」

「まさか！」メグは思わずそう口走ってしまったが、この堅苦しそうな男性があの妖《あや》しい魅力をたたえたトーリー・トラベラー・オコナーの夫とはにわかに信じられなかった。こんな不釣り合いな夫婦がいるとは……。

デクスターは苦笑いした。「どうやらぼくの家内にお会いになったようですね」

メグはごくりと唾を呑みこんだ。「いえ……それはその――」

「トーリーはトーリー。まさか……とは？」彼は片方の眉を上げた。

「それはつまり……。私はその意外性が素敵だと思います。見方によっては」メグのこの言葉は思わず知らず彼の妻を侮辱することとなった。彼は我慢強くメグの答えを待っていた。

「トーリーの魅力を否定するつもりはありません……」メグは口ごもった。「トーリーはこの町で出会った人のなかで唯一私に感じよく接してくれましたが、なんというか――」言葉を連ねるほど深みにはまるようで、メグは降参した。「嘘です。私はLA出身なので、マナーがなってないんです。すでにご承知と思いますけど、私はメグ・コランダ。あなたの奥さまのこと、好きです」

メグの恐縮ぶりをいかにも可笑しそうに見ている彼の態度には狭量さは感じられず、むしろ好意のにじむものだった。「同感だね」

まさしくその瞬間、トーリーが姿を現わして二人に加わった。ノースリーブの刺繍《ししゅう》入りの赤いチャイナふうブラウスに、日焼けした長い脚を際立たせるロイヤルブルーのミニスカートを着たトーリーは目を見張るほど美しかった。なぜこんな強烈な個性を持つ女性がこの物静かな、哲学者然とした人物と連れ添っていけるのだろう。

トーリーは夫の肘をつかんだ。「ほらね、デックス。メグってみんなが噂するほど悪女じゃないでしょ？　少なくとも私にはそう思えないわ」

デックスは妻に寛容な微笑みを、メグには同情の微笑みを向けた。「トーリーの態度を勘弁してやってほしい。なにしろ思ったことはすべて口にしないと気がすまないんだ。とんでもなく、甘やかされて育ったもので」

トーリーは苦笑いとともにインテリ夫を愛おしげに見つめた。その視線にこもる愛情の深さに、メグは思いがけず感動で胸がいっぱいになった。「思ったままを話すのがいけないこととは思えないわ、デックス」

デックスはメグの手を軽くたたいた。「きみも同類かな」

メグはその瞬間、愚直なインテリという彼の第一印象が間違いだったかもしれないと感じた。物静かではあっても、なかなかどうして抜け目ない男性である。

トーリーは夫の腕を離し、メグの手首をつかんだ。「私、だんだん退屈になってきちゃった。そろそろあなたを何人かに紹介しようかしら。場の雰囲気が活気づくのは間違いないから」

「なんだか気が進まないわ――」

しかしトーリーはすでにメグの手を引いてケニー・トラベラーの妻のほうへ歩き出していた。レディ・エマの今日の装いは裾に花びら型の刺繍をほどこした赤みのあるオレンジ色のシフトドレスで、温かみのある色が琥珀色の瞳とバタースコッチ色のウェーブのある髪をよく引き立てている。

「レディ・エマ、あなたはまだ正式に紹介されたことがないでしょう？　こちらはメグ・コランダよ」トーリーがいった。そしてメグに向かって続けた。「ご承知と思うけど……レディ・エマの親友の一人がテッドの母親フランセスカで、彼女は私の親友でもあるわけだけど、私はなにしろ根がおっとりしててね。レディ・エマはご多分にもれずあなたを嫌っているわ」

レディ・エマはそんなトーリーのあけすけな物言いに怯《ひる》むことなくいった。「あなたのためにフランセスカがひどく苦しんだことは事実よ」レディ・エマは英国アクセントの感じられるきびきびした口調でいった。「とはいっても事情をすべて知っているわけではないので、『嫌っている』というのは強すぎる表現ね。なにしろトーリーは物事を大仰に語るのがお得意だし」

「彼女の話し方って魅力的でしょう？」トーリーは小柄な友人に明るい微笑みを向けた。

「レディ・エマは公平性にとてもこだわる人なの」

メグはこの歯に衣《きぬ》着せぬ物言いをする二人の女性たちに、同様のお返しをすることにした。

「もし私に対しても公平な見方をすることがそれほどむずかしいようでしたら、レディ・エマ、いっそご自身の主義をお棄てになったらいかが?」

レディ・エマはまばたき一つしなかった。「レディと呼んでいただく必要はありません。称号があるわけでなく、敬称ですし、この町の人びとはみなそれを承知しています」トーリーは寛大さをにじませた表情でいった。「レディでいいじゃないの。もし私の父親がウッドボーン伯爵五世だったら、間違いなくみずからレディを名乗るわ」

「そう何度も明言しなくてもいいわよ」レディ・エマはふたたびメグのほうを向いた。「スキップジャック氏があなたに関心を抱いているんですってね。あなたはそれを私たちへの復讐の手段に使うつもりはあるの?」

「ええ、そそられるわ」メグは答えた。

テッドがスペンスとサニーと連れ立ってパティオに出てきた。彼は平凡なベージュのショートパンツにこれまたありふれた〈商工会議所〉のロゴのついた白のTシャツ姿だ。予想どおり、木立の隙間から一条の陽光が差し、彼の体をきらめきで包みこんだ。ほんとうなら当人もばつの悪い瞬間のはずだった。

テッドの個人秘書としての任務に真剣に取り組んでいるヘイリーがトレイに載ったバッファロー・ウィング(鶏の手羽を揚げてスパイスの利いたソースに漬けた料理)に手を伸ばそうとしている年配男性を放り出して、テッドのもとに駆けつけた。

「あらまあ」エマはいった。「テッドが来たわ。私はプールにいる子どもたちの様子でも見てようかしら」

「シェルビーが三人もライフガードをつけたから大丈夫よ」トーリーがいった。「ただテッドと顔を合わせたくないんでしょ?」

エマは鼻を鳴らした。「〈テッド・ビューダインと週末を〉コンテストは完全にシェルビーの発案なのよ。でも彼は私を責めるわ」

「あなたは図書館再建委員会の委員長ですものね」

「私も最初は彼に打ち明けるつもりでいたの。ほんとうよ。まさかあんなに早くチラシが出まわるなんて予想してなかったの」

「聞くところによると入札額はすでに三〇〇〇ドルに達しているそうね」トーリーがいった。

「三四〇〇ドルよ」エマが少しうっとりした調子で答えた。「いつものチャリティの売り上げ十二回分より多いのよ。昨夜ウェブサイトの不調がなかったら、もっと高くなっていたはずよ」

トーリーが顔をしかめた。「ウェブサイトの話はテッドには伏せておいたほうがいいわ。きっと気分を害するでしょうから」

エマは際立ってふっくらした下唇を噛《か》み、やがてもとに戻した。「私たちは彼を利用しすぎているわね」

「いいのよ、彼は気にしないから」

「気にしないはずがないわ」メグがいった。「なぜ彼はあなたたちに対して本音を出さずににいるのかしら」

トーリーはそんなメグの発言を手を振って否定した。「あなたはよそ者だからね。ここに住んでみれば理由がわかるわよ」トーリーはパティオの反対側にいるサニー・スキップジャックの姿に見入った。サニーは白のスラックスに豊かな胸元を強調するキーホール型の襟ぐりの淡いブルーのチュニックでクール＆セクシーにキメている。「彼女は間違いなくテッドにモーションをかけているわね。あれ見てよ。彼の腕に胸をこすりつけているじゃないの」

「彼もまんざらじゃなさそうよ」エマがいった。

そうだろうか。ことテッドに関していえば、本心はどこにあるのか、一見してわからない。齢《よわい》三十にして彼はサニー・スキップジャックの胸の重みを腕に感じているだけでなく町全体の運命という重荷を背負っているのだ。

テッドは人波を眺め、ほとんど瞬時にメグの姿を発見した。メグは心のともしびが発光しはじめたのを感じた。

トーリーは肩にかかった長い髪を手で払った。「あなたは少し苦しい選択を迫られているわね、メグ。スペンスはあなたをものにしたくてジリジリしているし、同時に彼の娘はあなたの恋する男性に狙いを定めている。厳しい状況だわ」そしてエマが理解できないかもしれないと、言い添えた。「メグはスペンスに、テディ――に恋をしていると打ち明けたのよ」

「女ならみんな彼に恋するわよ」エマはなめらかな眉をひそめた。「やっぱり彼のところへ行ったほうがよさそうね」

しかしテッドはスキップジャック親子をシェルビー・トラベラーに預けてケニーの妻のもとへつかつかと歩み寄った。しかしその前に彼はメグを見つめ、ゆっくりと首を振った。

「なんなの？」メグはいった。

彼はトーリーとエマのほうを見た。「どちらが話す？」

トーリーは髪を振った。「ごめんだわ」

「私もよ」エマがいった。

テッドは肩をすくめ、メグに質問するいとまも与えず琥珀色の瞳で見据えた。「スペンスはきみに会いたがっているから、協力してほしい。微笑みながら彼の配管企業についてあれこれ尋ねてみてくれ。彼は〈クリーナー・ユー・トイレット〉という企業の辣腕《らつわん》オーナーだ」メグが眉を上げると、テッドはエマのほうに向きなおった。「きみについては……」

「わかっているわ。あなたには心から申し訳ないと思っているの。ほんとうに。コンテストの件はまずあなたに話すつもりでいたのよ」

トーリーがマニキュアをほどこした指先でテッドの肩をたたいた。「よくいまさら文句がいえるわね。入札額は三四〇〇ドルにまで達しているのよ。あなたは子どもがいないからこの町の幼い子どもたちにどれほど図書館の本が必要か、理解できないのよ。みんな新しい本が読めなくて泣きながら眠りについているんだから」

テッドはその手に乗らなかった。「三四〇〇ドルはすべて経費で消えてしまうはずだ。誰も経費のことを考慮しなかったのかい？」

「あら、もちろん経費については対策を立ててあるわよ」エマがいった。「ケニーの友人の一人がプライベートジェットを無償で貸してくれることになったからサンフランシスコまでの航空運賃は浮くわ。それにフランセスカのつてで一流ホテルの宿泊費もレストラン代も格安にしてもらえるでしょう。あとはフランセスカに頼むだけ」

「母が協力するとは思えないね」

「とんでもない。フランセスカもこのアイディアを気に入るはずよ……このコンテストであなたが過去の傷を忘れることができると説明しさえすれば……」

エマが言葉に窮しているあいだにメグは救援の言葉を差しはさんだ。「全国民の前で恥をかいたし、品位を低下させ、軟弱なイメージがついてしまったんですものね」

「あなたがいえた義理じゃないでしょ」トーリーがぴしゃりといった。「あなたのせいであなったんだから」

「彼を棄てたのは私じゃないのよ」メグはいった。「なぜ町の人たちはみんな揃いもそろってそれを認めようとしないのかしら？」

メグは反論の言葉が返ってくるものと覚悟した。やれ、メグがやってくるまでは万事順調だったとか、ルーシーのマリッジブルーをメグが利用したのだとか、メグがルーシーに嫉妬してテッドを略奪しようとしたのだとか。しかしテッドは手を振って取り合わず、エマに集中した。「こんな浮ついたコンテストにきみが賛同するなんておかしいよ」

「そんな顔で私を見ないでちょうだい。あなたが眉をひそめると私がどれほどみじめな気持ちになるか、知っているでしょう？　文句があるならシェルビーにいって」エマはパティオを見まわし、義理の母を探した。「当人は姿をくらましたみたい。卑怯《ひきょう》だわ」

トーリーはテッドの脇腹をつついた。「ああら……あなたの新しい被征服者がこっちへ向かってくるわ。父親同伴で」

メグには彼のしかめ面が目に見えるようだったが、実際に視界に入ってきたのはあまりにも予想どおりのにこやかな笑顔だった。しかしスキップジャックがテッドのもとに行き着く前に、パーティの喧噪《けんそう》を悲鳴が引き裂いた。

「すごいわ！」

客はみな会話をやめ、音源がなんだったのかと振り向いた。ケイラがメタリックレッドのスマートフォンの画面に見入り、ゾーイも爪先だって肩越しに覗きこんでいる。顔を上げたケイラのゆるくまとめたアップの髪がひと房はらりと落ちた。「たったいま、誰かが三〇〇〇ドルも入札額を上げたわ！」

サニー・スキップジャックの真っ赤な唇が満足げにほころんだ。そしてメグはサニーがチュニックのポケットに携帯電話を滑りこませるのを目撃した。

「いまいましい」トーリーがぼやいた。「あれを上まわる額で入札したら、私の裁量所得にそうとう響くからね」

「パパ！」ケイラは嘆きの声とともにゾーイのもとを離れ人波をかきわけて父親のところへ駆け寄った。メグはブルース・ガーヴィンにオレンジ・ソーダを出したことがあるが、チップはゼロだった。ケイラは父親の腕をつかみ、とうとうまくしたてた。

テッドの微笑みが揺らいだ。

「プラス思考でいきましょうよ」メグはささやいた。「ウィネットの幼い子どもたちがジョン・グリシャムの新作本を抱えて眠りにつくことが実現するかもしれないでしょ」

テッドはメグの発言を無視してトーリーにいった。「まさか本気で入札するつもりじゃないよな？」

「もちろん本気よ。私が子どもの世話から離れてサンフランシスコでの週末を楽しめるチャンスを見過ごすと思うの？　デックスはついてくるでしょうけどね」

温かすぎる腕がメグのウエストにまわされ、コロンの濃厚な香りがふっと漂った。「なにも飲んでないのかい、ミズ・メグ？　一杯飲《や》ろうよ」

トイレット業界の帝王は一九八五年ごろのジョニー・キャッシュに似ている。黒い髪に銀髪が混じり、いかにも高そうな腕時計が濃い手首の体毛の上できらめいている。ほとんどの男性がショートパンツ姿なのに、彼は黒のパンツを穿きデザイナーもののポロシャツの襟元を開け、胸毛がわずかに覗いている。スペンスはメグを巧みに誘い出しながら、彼女の背中をさすった。「今日のきみはまるで映画スターみたいだ。美しいドレスだね。トム・クルーズに会ったことはあるかい？」

「残念ながらないわ」それは嘘だったが、どんなスターに会ったかの話題に引き入れられるのは御免だった。視界のすみでサニーが大胆な微笑みをテッドに向け、テッドもすぐに微笑み返す光景をとらえた。二人の会話が断片的に聞こえてきた。

「……それとぼくのソフトウェアでは」とテッドがいった。「自治体単位で電力効率を上げることができるんだ。動力負荷のバランシングさ」

サニーが下唇を舐める様子は軽いポルノグラフィーを思い起こさせた。「現存のインフラを最大限に活用するということね。素晴らしいわ、テッド」

間もなく四人が集まった。メグの見るところ、サニーは条件が揃っている。セクシーで頭もよく、社会的地位もある。父親は見るからに娘を溺愛《できあい》しているようで、GRE（大学院入学前に受ける試験）のスコアから会社のために勝ち取ったデザインの受賞まで、くどいほど娘の業績を宣伝した。

テッドはスキップジャック親子をパーティ出席者全員に紹介した。それは思いがけず楽しいものとなった。なぜならバーディもケイラもゾーイもみなスキップジャックの手前メグにも慇懃《いんぎん》に接するしかなかったからだ。メグはハリウッドにいたころでさえ、ここまでのおべんちゃらを聞いたことがなかった。

「ウィネットはテキサス州の秘密の楽園ですわ」バーディはさえずるようにいった。「ここは間違いなく神の国です」

「道を歩いているとダリー・ビューダインやケニー・トラベラーにばったり会える町ですよ」ケイラの父親はいった。「ほかにそんな土地がありますか？」

「この町の景観の美しさはどこにも負けません」ゾーイは高らかにいった。「そしてウィネットの人びとは訪問者を心から歓迎するすべを心得ています」

メグはその発言の後半については大いに反論したかったが、スペンス以外の誰かの手が警告するかのように肘をつねった。

バーベキューが出されるころには、サニーは付き合いの長い恋人のようにテッドに接していた。「一度あなたもインディアナポリスに来てちょうだい。パパもそう思うでしょ？　きっと気に入るはずよ。あの町は中西部でどこより過小評価されている都市なの」

「インディアナポリスは素晴らしい町だと聞いているよ」町長は心からの賞賛をこめて答えた。

「サニーのいうとおりだよ」スペンスは愛しげに娘を見つめた。「これで私たち親子は町じゅうの人と知り合いになれたわけだね」

まずケイラがやってきてテッドにじゃれつき、オークションの入札額がさらに五〇〇ドル上がったと告げた。ご機嫌な様子から見て、それは「パパ」のおかげだとメグはにらんだ。サニーは入札額が上がったことにも、ケイラのブロンドの美貌にも怯まなかった。

ゾーイが加わり、テッドは彼女をスキップジャックに紹介した。ケイラほどあからさまではないものの、ゾーイのテッドを見つめる視線が心の内を物語っていた。メグはゾーイとケイラに現実を受けとめてとアドバイスしたかった。彼が二人に好意を持っていることは明白だが、同時にそれが恋愛感情に発展する可能性がないことは疑いようもないからだった。それでも二人に対してメグはちょっぴり同情を覚えた。テッドはメグ以外のすべての女性に、相手が異性として魅力的な存在であるかのように接している。だから彼女たちは彼への希望を棄てきれないのだ。

サニーが退屈しはじめた。「ここには美しいプールがあるそうね。案内してくれるかしら、テッド？」

「いいとも」テッドは答えた。「メグもここのプールを見たがっていたから、一緒に見にいこう」

メグもスペンスと二人きりにならずにすんでテッドに感謝したいところだったが、彼には秘めた動機があった。彼はサニーと二人きりになりたくなかったのだ。

結局みんなでプールに向かうことになり、メグはこのパーティの主催者《ホスト》であるケニーの父親ウォレン・トラベラーに会った。ケニーに年齢を加え渋くしたような面立ちである。彼の妻シェルビーはウィネットの町で聞いた噂ではおつむの軽い女性といった印象だったが、実際の印象は違っていた。それもそのはず、シェルビーはかつてエマが校長を務めていた英国寄宿舎学校の理事だということが判明した。

「私に食ってかかる前に聞いて」シェルビーはテッドにいった。「マーゴ・レッドベターがあなたのかわりにオーディションテープを作って〈ザ・バチェラー〉に送ってくれたの。あなたもローズ・セレモニー（新郎新婦が薔薇の花を交わす結婚式の儀式の一つ）の練習を始めたくなったかもしれないと思って」

テッドはたじろぎ、爆竹が鳴りやんだのでメグは耳元でささやいた。「あなた、ほんとにこの町を出たほうがいいわ」

見慣れつつある彼の顎の小さな筋肉がひきつりかけたが、テッドはメグの言葉など聞こえなかったように微笑んだ。

11

プールでメグはトーリーが未来の美人コンテストの女王たちをタオルで包む様子を眺めていた。愛娘の鼻にキスする幸福そうな様子を見ると、子育ての大変さを嘆くトーリーの態度はすべてうわべだけであることがよくわかる。ケニーはそのあいだに父親そっくりの黒髪をした二人の幼い息子たちの喧嘩を仲裁しており、母親似のバタースコッチ色のカーリーな髪の幼い女の子が誰かのものらしいゴムのいかだをこっそり後ろから盗んで、それを持ってプールに飛びこんだ。

結局メグはトイレに向かうために席をはずしたが、トイレから出ると廊下で新しいワインを手にしたスペンスが待っていた。「きみがソーヴィニオンの白を飲んでいたことを思い出したのでね」彼の子音の発音は英語以外受け入れたくない男性らしく強かった。スペンスはバスルームを覗きこんだ。「コーラーのトイレットだ」彼はいった。「でも水栓はわが社のだよ。毛羽立て加工のニッケル製だ。わが社のチェスターフィールド・ラインの一つだね」

「きれいだわ」

「サニーのデザインだ。あの娘は凄腕だぞ」

「見るからに有能そうね」メグはさりげなく離れようとしたが、スペンスは大柄な身体で通路をふさいでいた。彼はいつものようにぶしつけにメグの背中に手を置いた。「私は数日インディアナポリスに戻らなくてはならなくなった。その後ロンドンに飛んで、キャビネットの会社もチェックしなくてはいけない。きみには仕事があるのは私もよく承知しているが――」彼はウィンクした。「よければ数日間休暇を取り、同行しないかね？」

メグは吐き気を覚えた。「スペンス、あなたは素敵な男性だし……」バーベキュー・チキンのかけらを前歯にはさんだままの、「素敵な」男性だ。「お誘いいただいて光栄だけど……」メグはのぼせたような表情をつくろいながらいった。「私はテッドに思いを抱いているから」

スペンスは寛大そうな微笑みを浮かべた。「メグ、振り向いてくれない男性に恋しても自尊心が傷つくだけだよ。その事実と向き合うのが遅れれば遅れるほど、辛くなるからね」

メグはそう簡単にあきらめるつもりはなかった。「テッドが私に気がないとはかぎらないわ」

スペンスは背中に当てた手を肩に移動させ、今度はメグの肩をつかんだ。「テッドとサニーが一緒にいるところをきみも見ただろう？　二人のあいだには恋の火花が散っていた。どんなに鈍感なやつでも、あの二人の相性のよさには気づくはずだ」

それは間違いだ。火花はサニーのほうから一方的に放たれているだけだ。残りはビューダイン流の幻惑によってもたらされたものにすぎない。テッドの求める女性像を明確につかめではいないものの、ルーシーがそうではなかったようにスペンスの娘も彼にはふさわしくない。とはいえ自分がそこまで断言していいか、自信はない。高学歴で理系の頭脳を持ったサニーがテッドにはお似合いなのかもしれないではないか。

「テッドが婚約を解消したばかりなのは私も承知しているが」スペンスはいった。「サニーは気配りのできる娘だから、待つだけのゆとりはある。彼はすでに娘を誰よりも大切にしてくれているよ」

おそらくスペンスはテッドがすべての女性にそんな態度で接していることに気づいていないのだろう。「テッドとサニーが結ばれること」スペンスは含み笑いをもらした。「それが契約の締結を強固なものにするのは間違いのないところだな」

その瞬間、メグはウィネットの住民全員の疑問が解けた気がした。なぜスペンスはウィネットの件で心変わりしたのか、という疑問である。

春先にスペンスは建設予定地をサンアントニオ一本にしぼるため、ウィネットを候補地からはずした。だが一カ月ほど前になってスペンスはふたたびウィネットに現われ、この町が再度候補地になったと告げた。その理由はサニーのためだったのだ。サニーが初めてテッドに会ったとき、彼はまだルーシーと婚約中だったが、現在は独身だ。可愛い娘の望みをかなえるためにスペンスは全面的にバックアップするつもりでいるというわけだ。

「〈クリーナー・ユー・トイレット〉について話していただきたいわ」メグはいった。「詳しく知りたくてうずうずしているの」

スペンスはユーザーのおしりを洗う機能のついたトイレについて、熱く語りはじめた。話題はしだいに彼が二番目に興味の対象としているメグのハリウッドでの生活に移った。「ハリウッド・セレブの邸宅に行ったことがあるだろうから……きみも立派なバスルームはいくつも見ただろうね」

「私は主にコネチカットで育ったし、旅行に出ることも多いの」

それでもスペンスはなおもしつこくスターの話題について語り、お気に入りのスターの名前を連ねはじめた。そのリストにはキャメロン・ディアスやブラッド・ピット、ジョージ・クルーニー、そしてなぜかトーリー・スペリングの名前があった。

日が落ちると花火が始まった。客たちは裏庭に集い、十一歳になるシェルビーとウォレン・トラベラーの息子ピーター・トラベラーが友人たちと一緒に庭のまわりを駆けまわった。疲れて眠くなったもっと幼いほかの子どもたちは両親のそばに敷いた特大サイズのビーチ・タオルの上で寝転んでいた。トーリーの娘たちの一人が母親の髪に指を巻きつけ、ケニーとエマの三人の子どもたちは両親の膝にまたがるようにして大の字に寝転び、末っ子は父親に抱かれている。

メグ、スペンス、テッド、サニーの四人はシェルビーが用意してくれた毛布の上に座った。スペンスが座る位置をつめてくるので、メグは少しずつ芝生のほうへ移動した。テッドは両肘で体を支え、花火に使われる特殊な化合物の名称を次つぎと挙げるサニーの話に聞き入っている。見たところ話に魅了されているようだが、心はどこかほかのところにあるのではないかとメグには思えた。

夜空に花火が上がり、客たちから歓声が上がった。スペンスは毛むくじゃらの熱い手をメグの手に重ねた。湿った夜風がきつい彼のコロンの香りを運び、メグの鼻孔を刺激した。ロケット花火が上がったとき、彼のピンキーリングの黒い石が悪魔の目のように光った。

メグは熱気とコロンの匂い、ワインの飲みすぎで気分が悪くなった。「失礼」と小声でいい、席をはずした。毛布やビーチタオルが敷かれた芝生を抜けて広々としたファミリールームに入った。ふんわりとしたクッションを置いたカウチや安楽椅子を引き立てる英国田園風の装飾。テーブルの上には雑誌類や家族写真が並び、本棚には模型飛行機やボードゲーム、ハリー・ポッター全集などが置かれている。

後ろでドアが開く音がして、スペンスが後ろからついてきたことがわかり、メグはげんなりした。疲れて本調子ではなく、これ以上我慢できそうもなかった。「私はテッド・ビューダインに恋しているの。それも熱烈に」

「それにしては妙な態度だな」

最悪。スペンスなんて絶対にいや。メグが憤然と振り向くと、テッドがフランス窓の内側に立っている姿が目に飛びこんできた。闇を背に彼のすらりと高い体型が影絵のように浮かび上がった。彼の背後の上空でロケット花火が上がり、金色の星屑《ほしくず》となって飛び散った。それが腹立たしいほど予想どおりの光景だったので、メグは叫びたいくらいだった。「ほっといてよ」

「なにかに情熱を注いでいると、人は意地を張るもんだ」彼がフランス窓から離れると、金色のスパークが転がり、滝のように落ちていった。「きみの様子を見にきただけさ。なんだかやつれて見えたんでね」

「コロンの匂いに気分が悪くなっちゃったのよ。あなたのいったことは嘘っぱちね。ほんとはサニーから離れたかったんでしょう？」

「まるで見当違いだね。サニーは頭の切れる女性だし、セクシーでもある」

「たしかにあなたにはふさわしい女性だけど、あなたは彼女のことを好きになれない。じつは私以外誰のことも好きじゃない。ただしサニーを好きになるように努力すれば、ゴルフ・リゾート建設は簡単に実現できるはずよ。あなたとサニーが結ばれれば契約成立だとスペンス自身が語っていたわ。彼がふたたびウィネットにやってきた理由はまさしくそこにあるの」メグはテッドをにらんだ。「あなたもそこのところはよく承知しているみたいね」

テッドもあえてそれを否定しなかった。「ウィネットにはリゾートが必要だし、それを実現するためにはぼくとしても最大限の努力をするさ。リゾート建設が現実のものとなれば、すべての町民がその利益を受けることになるんだから」

「だったらサニーと結婚するしかないわね。大衆の幸福のためには一人の男の幸福なんてたいした意味はないでしょう」

「でもサニーとはまだ知り合ったばかりだ」

「ご心配には及ばないわ。サニーは狙った獲物はかならずものにする女性よ」

テッドは鼻梁の上をこすった。「サニーは楽しんでいるだけだよ」

「とんでもない。あなたはテッド・ビューダインという特別な存在なのよ。どんな女性でも一目あなたを見たら——」

「黙れ」彼は声を荒げることなく、厳しい言葉を発した。「いい加減にしろよ」

テッドも疲れているようだった。メグはダマスク織のカウチにぐったりと座りこみ、膝の上で肘をつき、両手に顎を乗せた。「つくづくこの町が憎たらしい」

「そうかもしれないが、この町が与える試練は嫌いじゃないはずだ」

メグははっと顔を上げた。「試練？　私は冷房も家具もない教会に寝泊まりして、缶をリサイクルする気もない甘やかされたゴルファー相手に飲み物を売っているわ。そう、これこそ試練というやつよ」

メグはテッドに心のなかを見透かされている気がした。「だからこそ楽しいんじゃないか。きみはようやく自分を試すチャンスに巡り会えたんだ」

「ようやくですって？」メグは勢いよく立ち上がった。「私はカヤックでメコン川を上ったし、ケープ・タウンからダイビングしてホオジロザメと泳いだのよ。試練なんて経験し尽くしているわよ」

「それは試練ではない。ただのお遊びだ。しかしここウィネットで起きていることは違う。両親の援助なしにどこまでやれるかやっと証明できるんだ。きみの名字にスキップジャック以外誰も注目しない、しかもみんながきみを憎んでいる、そんな土地で生き残れるか試されているんだよ」

「トーリーだけは私に好意を示してくれたわ。それにヘイリー・キトルも」テッドに見つめられているのがきまり悪くなり、メグは本棚のほうに移動し、タイトルを調べるふりをした。

テッドはメグの後ろにやってきた。「きみの様子を見ていると楽しいよ。メグ・コランダは自分の才覚だけを武器に生き残れるか？　これこそきみにとっての試練そのものじゃないのか？」

彼の言い分は完全に正しいとはいえなかったが、完全に間違ってもいなかった。「あなたになにがわかるというの？　あなたほど運に恵まれた人に。裕福な両親に養育され、恵まれた環境で育ったあなたは私同様甘やかされただらしない人間になってもおかしくないのに、そうはならなかった」

「きみはだらしない人間じゃない。自分を卑下するな」

彼はやはり私という人間を理解している。メグは並んだ調査用の資料をまじまじと見つめた。「なぜそんなことがわかるというの？　人生で一度もしくじったことのないあなたに？」

「そうでもないさ。子どものころ、自由の女神を壊したことがある」

「マジックペンでいたずら書きしただけでしょ」メグは親指の腹で辞書の背表紙をなぞった。

「いやいやそんなものじゃない。冠のなかに上り、窓を壊し、『反原発』の旗を投げ捨てた」

その話があまりに意外で、メグはようやく振り向いた。「そんな話、ルーシーから聞いたことないわ」

「そうかい？」彼が首を傾げたのでメグは彼の瞳を直視できなかった。「きっとそんな話をするほど打ち解けていなかったんだろうな」

「そんな大事なこと、なぜ話さなかったの？」

テッドは肩をすくめた。「そういう類《たぐ》いの話題には触れなかったということかな」

「それって多少なりともトラウマになりそうな経験よね」

テッドの表情がゆるみ、微笑みに変わった。「あれは子ども時代のなかでも最悪の瞬間であり、同時に最高の瞬間でもあったね」

「どうしてそれが最高の瞬間なの？　補導されたでしょう？」

「ああそうだよ」テッドは暖炉の上にかかった英国の風景画をじっと見つめた。「ぼくは九歳まで父親に会ったことがなかった。話せば長くなるけど、初めて父に会ったとき、おたがいにぎこちなくなってしまった。父は子どもに違うイメージを抱いていたし、ぼくはぼくで違う父親を思い描いていた。二人ともおたがいに失望し合っていた。自由の女神像の事件の前までは」

「なにが起きたの？」

テッドはふたたび微笑んだ。「ぼくは父を信頼できるようになり、おたがいの人生が変わった。それ以来父と息子としてたがいに成長してきたように思う」

きっとワインのせいだろう。長い一日、スペンスとサニーとのやりとりに神経をすり減らし疲れきっているせいなのだろう。気づけばじっと見つめ合い、次の瞬間なぜか体が動き、二人の体が触れ合っていた。メグは首を傾け上を向き、テッドはまぶたを閉じて下を向いた。そして突如二人の唇が重なった。

メグはショックのあまり腕を振り上げ彼の肘にぶつけた。しかしそんなぎこちない動きにも、二人のキスは止まらなかった。彼はメグの顔を両手で包み、正しい角度に調整した。メグは好奇心と欲望の高まりで体を離すことができずにいた。

彼はビールとバブルガムのように美味《お》しかった。彼の親指が耳たぶの後ろの敏感な部分をたどり、もう一方の手は髪のあいだをまさぐった。メグはその瞬間確信した。これこそ人生でもめったにないほど上質なキスなのだと。激しすぎることもなく、優しすぎることもない。ゆったりとした文句のつけようのないキス。それもそのはず、テッド・ビューダインはすべてを完璧にこなす男だった。

メグは知らず知らずのうちに彼の肩に腕をまわしていた。しかし間違いなく二人は抱擁しあっていた。なめらかな彼の舌の動きにメグはうっとりとした。

まずテッドがゆっくりと体を離した。メグがまばたきしながら見上げると、そこにはメグ同様驚きの表情を浮かべた彼の目があった。なにかが起きたのだ。思いがけない出来事が。気まずい空気が流れ、彼はゆっくりと後ろに下がった。

物音がした。テッドは姿勢を正した。彼は正気を取り戻した。メグが髪の毛を耳にかけて振り返ってみるとサニー・スキップジャックがフランス窓の内側に立っていた。喉元に手を当てたサニーの様子はいつものように自信たっぷりではなかった。このキスが彼にとっても衝動的な行動なのか、それとも最初からサニーがいることを意識したうえで彼女の自信をくじくために無謀にもキスをしかけてきたのかはメグにもわかりかねた。どちらにしても彼は悔やんでいる。それはメグの膝の震えと同じぐらい明瞭だった。テッドは疲れ、束の間自制心が働かなくなりとてつもないヘマを働いたことを自覚していた。

サニーは必死で平静を保とうとしていた。「まあたまにはこんなきまりの悪い瞬間に出くわすこともあるわよね」と彼女はいった。

もしサニーがこのために立ち去ってしまったら、ウィネットの住民はメグを責めるだろう。そうでなくとも問題を抱える身だ。メグは彼を見上げながら、悲劇のヒロインを演じた。「ごめんなさい、テッド。こんなふうに自分から抱きついたりして申し訳なかったわ。迷惑かけたことはわかっているわ。ただあなたがあまりに……あまりに魅力的で我慢できなかったの」

テッドは黒い眉を片方だけ上げた。

メグはサニーの後ろにいる友人たちに視線を向けた。「ワインを飲みすぎたわ。こんなこと、二度としない」さらにメグは思いやりを示した。「彼はいまとても無防備になっているの。ルーシーとのことで悩み、気持ちが弱くなっているの。私はそんな弱みにつけこんだのよ」

「ぼくは無防備でもないし、心が弱くなってもいない」テッドはきっぱりといった。

メグは人差し指を彼の唇に押しつけた。「傷口がまだふさがっていないのよ」メグは報われない愛に苦しむ女でもそれなりのプライドはあるのよとばかりに胸を張ってサニーの前を通り過ぎ、パティオに向かった。パティオでバッグをつかんだメグはそのまま仮の住まいにしている教会に戻った。

顔を洗い、〈ハッピー・プリンティング〉のロゴが入ったTシャツをかぶると、外で車の音が聞こえた。どこかの連続殺人犯がたまたま姿を現わした可能性もあったが、訪問者はおそらくサニー・スキップジャックのはずだった。メグはゆっくりとモディリアニのドレスを聖歌隊ロフトの古い簞笥《たんす》のなかに入れ、祭壇わきのドアを出て教会の中央に向かった。

ところが訪問者はサニーではなかった。

「パーティのおみやげを忘れて帰ったぞ」内陣の後ろに立っているテッドを見て覚えた湧き上がるような昂揚感にメグは戸惑った。彼が抱えていたのはアメリカ国旗が刻まれた木製のパドルボールだった。

「シェルビーはヨーヨーも持っていたけど、きみならパドルボールのほうを選ぶだろうと思ってね。それが必要だというのはぼくの勝手な思いこみだったかな?」彼はそういってパドルで自分の手をたたいた。

かろうじて〈ハッピー・プリンティング〉のTシャツこそ着ているものの、その下にはスキャンティしか身に着けていない。もっと堅固な衣服を身に着けていないとまずいのに。彼はゴムのボールをパドルでたたきながら、メグから目を離すことなく進んできた。「サニーのことでは窮地を救ってくれてありがとう。でも自分でなんとか切り抜けるつもりだった」

メグはパドルを眺め、彼の顔を見た。「あなたが仕掛けたことじゃないの。私にキスするなんて大間違いなのよ」

テッドは憤慨したように眉をひそめてみせた。「なにをいうか。自分からキスしておいて」

「違う。あなたのほうから抱きついてきたのよ」

「勝手なことというなよ」テッドはパドルボールを強烈にたたいた。メグは顔を上げた。「それで窓を割ったら、大家さんにいいつけるわよ」

テッドはボールをつかみ、メグの下半身を見つめ、親指でパドルのラインをなぞった。「たったいま、妙案を思いついたよ」天井のファンが彼の髪を乱した。彼はふたたびパドルでてのひらをたたいた。「それをきみに伝えてもいいけど、きみはきっと怒るだろうな」

二人のあいだで性のエネルギーが夕刻の花火のようにパチパチと火花を散らしていた。誰が最初にキスを始めたかはどうあれ、二人の関係に不可逆的な変化が訪れたのだ。そして二人はそれを自覚していた。

駆け引きはもうたくさんだ。テッド・ビューダインの次なる性的被征服者になると考えるとこのうえなく厭《いと》わしいが、彼を自分の性的被征服者と考えるのなら考慮の余地がある、とメグは考えた。「あなたならこの町のどんな女性でも手に入るはずよ。きっとこの州のどんな女性でもね。私にはかまわないでよ」

「なぜ？」

「なぜって訊くの？　私がここに着いて以来ずっと苛《いじ》めているくせに」

「それは違うね。ぼくはリハーサル・ディナーのときは完璧に感じよく接した。ルーシーが行方をくらますまでは」

「ルーシーが消えたのは私のせいではないわ。認めなさいよ」

「そんなのごめんだね。たしかに自分にも責任はあるかもしれないけど、認めて誰のためになる？」

「あなたのためになるわよ。でも公平に見て、ルーシーもあそこまで話が進む前に自分の気持ちに気づくべきだったとは思うわ」

テッドはパドルボールを数回殴った。「ほかにどんな不満があるんだ？」

「私を無理やりバーディ・キトルのところで働かせた」

テッドはパドルを茶色の椅子の上に落とした。まるでそれを使いたい衝動を抑えきれなくなったかのように。「そうしたからきみは拘置所に入れられずにすんだだろ？」

「おまけにほかのメイドより報酬を少なくするようにしたわ」

テッドはとぼけた。「覚えてないね」メグは不当な扱いを丁寧に指摘した。「ホテルであの日私が部屋の掃除をしていたとき……私がマットレスの下敷きになって死にそうになっているのに戸口に立ったまま傍観していたわ」

テッドはにやりと笑った。「正直、あれは見ていて面白かった」

「それから十八ホールもあなたのゴルフクラブを運びつづけたのに、一ドルしかチップをよこさなかった」

ゴルフの件を持ち出したのはまずかった。テッドはまだあのことを恨んでいるからだ。

「きみのおかげでぼくは負けるはずのない三ホールを失った。それと、ぼくのヘッドカバーが行方不明になったことにぼくが気づいていないと思っているのなら、そいつは大間違いだよ」

「あなたは私の親友のフィアンセだったのよ！　それでも足りないというのなら、私が基本的にあなたを嫌っていることを思い出して」

彼は金茶色の瞳で鞭《むち》のような厳しい視線を投げた。「きみは基本的にぼくに好意を抱いている。きみのせいじゃない。たまたまそうなっただけだ」

「好意はなかったことにするつもりよ」

彼の声はかすれてきた。「双方がこれほど次のステップに進むことを望んでいるというのに、なぜそんなに逆らうんだい？　ぼくにいわせればあとは服を脱げばいいだけなのに」

メグはごくりと唾を呑みこんだ。「あなたはそのつもりでも、こっちはまだそんな心境じゃないわよ」かまととぶるのは性に合わないし、彼のがっかりした表情も気になった。メグは両手を振り上げた。「わかったわ。そりゃ私だって好奇心は掻きたてられているわよ。だからなに？　その結果どうなるか、火を見るより明らかじゃない。見世物になるだけよ」

彼は微笑んだ。「ひょっとすると楽しい展開が待っているかもしれないよ」

メグはこんなばかげた提案を本気で検討しようとしている自分がいやだった。「こんな話、ばかばかしくて考える気もしないけど、もし考慮してみるにしても条件があるわ」

「どんな？」

「まず第一にたんなる性的関係にとどまること。愛称で呼び合ったり、夜中の打ち明け話はなし。絶対に」メグはそんな状況を思い浮かべて顔をしかめた。「友情はなしね」

「もうすでにある種の友情はあるよ」

「それは例外なく誰とでも良好な友好関係を築かなくては気がすまないあなたの屈折した心理のせいよ」

「それのどこがいけない？」

「そんなこと不可能だからよ。もし私たちの関係がこれ以上進展しても、誰にも明かせないわよ。だってウィネットはゴシップが世界一広まりやすい町だもの。そうでなくても私は難題を抱えているし。あくまで秘密にしなくちゃいけないわ。人前では私を嫌いなふりをしてもらいたいの」

テッドはなにをいうかという顔をした。「そんなことなら朝飯前さ」

「それと、サニー・スキップジャックの気持ちを遠ざけるために私を利用しないで」

「それは議論の余地があるね。彼女は手ごわい女性だから」

「手ごわいはずないわ。あなたは彼女と関わるのが面倒なだけ」

「条件はそれだけか？」

「いいえ。まずルーシーに話をしなくちゃ」

それを聞いてテッドは驚きの表情を見せた。「なぜそんなことをする必要がある？」

「そんなことを訊くのが私という人間を理解していない証拠ね」

テッドはポケットに手を入れ、携帯電話を出し、投げてよこした。

メグはそれを投げ返した。「自分のを使うわ」

彼は電話をしまい、待った。

「いまかけるわけじゃないわ」メグは意に反してどっと疲れを感じた。

「いまかけろよ」テッドはいった。「さっきこれも前提条件の一つだといっただろ」

テッドを追い出そうとも考えたが、彼を求める気持ちが強すぎてできなかった。どうせ自分は男に関して間違った選択をしてしまう運命《さだめ》にあり、だからこそ女性の友人の存在が大切なのだ。メグは虚勢を張ってテッドをにらみ、キッチンに向かって、ドアを勢いよく閉めた。携帯電話を握りながら、もしルーシーが応答しないときはそれを神のお告げだと受け止めようとみずからに言い聞かせた。

しかしルーシーは電話に出た。「メグ？　どうしたの？」

メグはリノリュームの床に座り、冷蔵庫のドアにもたれた。「ねえルース、まだ寝てなかったでしょ？」そういいながら、朝落としたチェリオのかけらを拾う。もしかしたら先週あたりに落としたものかもしれないと思いつつ、それを指でつぶした。「で、そっちはどうなの？」

「もう午前一時よ。どうもこうもないでしょ？」

「ほんと？　ここはまだ十二時よ。でもあなたがどこにいるのかさっぱりわからないから、時差なんてピンとこないわよ」

メグはルーシーの溜息を聞いて、自分のつっけんどんな物言いを悔やんだ。「そのうち話すわよ。話せる時期がきたらね。いま現在は少しばかり……なにもかもが混乱している状態よ。なにかあったの？　心配ごとでもある？」

「そうなの、ちょっと問題があってね」こんなことを打ち明けるのは、どんな表現を使っても簡単ではない。「あなたの意見を聞いておかなくてはならなくなったの。じつは――」メグは両膝を体に引き寄せ、深く息を吸った。「もし私がテッドと付き合うようになったら、あなたはどう思う？」

長い沈黙があった。「付き合う？　それは――？」

「そう」

「テッドと？」

「あなたの元フィアンセと」

「誰のことかわかってるわよ。あなたとテッドが……カップルになるの？」

「違う！」メグは床に膝をついた。「カップルになんてならないわ。絶対に。たんなる性的な関係を指しているの。もう忘れて。私もいま思考力が鈍っているし、こんな電話するんじゃなかった。ほんとに、私、なにを考えてたのかしら。これは完全に友人への裏切り行為よね。私ったら――」

「ううん、私、あなたが電話をくれて喜んでいるの」ルーシーの声は事実弾んでいた。「ああメグ、素晴らしいわ。テッド・ビューダインは女性にとって理想的なベッドパートナーですもの」

「それはどうだか知らないけれど――」メグはふたたび膝を引き寄せた。「ほんとうに？　かまわないの？」

「ばかいわないでよ」ルーシーはほとんど有頂天のように明るい声でいった。「私はいままで罪悪感に苦しんでいるのよ。彼がもしあなたとベッドをともにしてくれたら……。彼が私の親友と深い仲になってくれたら！　それはローマ法王から正式に赦罪《しゃざい》されたようなものよ！」

「そんなに嬉しそうにいわなくてもいいのに」

ドアが開いた。テッドがゆったりとした歩調で入ってきたので、メグは膝を床についた。

「ルーシーにぼくからもよろしく伝えてくれ」と彼はいった。

「私はあなたのメッセンジャーボーイじゃありません」メグはいい返した。

「彼がそこにいるの？」ルーシーが訊いた。

「イエスと答えるしかないわね」メグが答えた。

「だったら私からテッドによろしくと伝えてちょうだい」ルーシーの声は心苦しさのためか、またか細くなった。「それからごめんなさい、と」

メグは携帯電話を手でふさぎ、テッドを見上げた。「ルーシーは絶好調だそうよ。次から次へと男を変えてるらしいわ。あなたと別れたのは人生最高の行動だったって」

「聞こえたわよ」ルーシーがいった。「そんなの嘘だって彼にはすぐわかるはずよ。彼、鋭いから」

テッドは手の付け根をキャビネットの上に置き、お得意のまなざしをメグに向けた。「嘘つきだな」

メグは彼をにらみつけた。「あっちへ行って。気持ち悪くてあなたを嫌いになるから」

ルーシーははっと息を呑んだ。「テッドに『気持ち悪い』っていったの？」

「いったかも」

ルーシーは長々と息を吐いた。「なんてことなの……」その声には呆然とした響きがあった。「まさかこんなことが実現するなんて思わなかった」

メグは眉をひそめた。「実現？　なにいってるの？」

「なんでもない。あなたが好きよ。楽しんでね！」ルーシーはそういって、電話を切った。

メグは電話を閉じた。「どうやらルーシーがようやく罪悪感から解放されたみたい」

「つまりルーシーはぼくたちの関係を祝福してくれたということかい？」

「私をね。ルーシーは私のために喜んでくれたのよ」

テッドは遠くを見つめるようにして、いった。「彼女のことが懐かしいよ。賢くて、ユーモアがあって、優しかったな。一度もぼくに面倒をかけることはなかった」

「ご愁傷さま。さぞ退屈だったことでしょうね。でも最悪というわけじゃない」

テッドは微笑み、手を差し出した。メグも逆らわず立ったが、彼はそこで止まらなかった。なめらかな動きでメグを引き寄せると、息つく間も与えず唇を重ねた。身長のおかげで二人の体は驚くほどぴたりと合って心地よかったが、激しく官能的なキスは心地よさとはほど遠いものだった。

彼のキスはいい香りがして、味わいも素晴らしく、このうえなく甘美だった。彼の肌のぬくもり、たくましい筋肉、引き締まった腱《けん》。こんな感覚は久しぶりのことだった。

彼はシャツの下に手を入れもせず、華奢《きゃしゃ》なスキャンティしか着けていないほぼむきだしの下半身をつかみもしなかった。ただ一心に彼女の口や顔、髪に集中していた。愛撫しながら肌を探るようにして、指先でカールした髪の毛を撫で、親指で耳たぶをもてあそんだ。まるで曖昧《あいまい》な性感帯の位置を記憶しようとでもするかのように。それはとても魅力的で、スリリングで欲望を掻きたてる愛撫だった。

二人の口が離れた。彼はひたいとひたいを合わせ、ささやいた。「ぼくのうちにきみを連れていきたいけど、途中できみの気が変わるリスクがあるから、ここでしよう」彼はメグの下唇を噛んだ。「聖歌隊ロフトで二人一緒に寝たのは初めてとはいわないが、まさか大学卒業後にまた折りたたみ式マットレスの上で格闘するなんて夢にも思わなかったね」

メグがはずむ息を整えていると、テッドに手首をつかまれ、教会のなかに連れこまれた。「待って」メグの踵が古い松の床の上で横滑りした。「マットレスの上に転がる前に確認するべきことがあるわ」

彼は鈍感ではなかった。うめきつつも歩みを止めようとしなかった「病気はないよ。それにルーシーとの破局以降誰とも接触はない。もう四カ月たつんだから、ぼくが少々急いでも理解してほしい」

「ルーシーのあとは誰もいなかったというの？　ほんと？」

「四カ月間のうちいつそんなチャンスがあったというんだよ」テッドは喧嘩でもするようにメグをにらみつけた。「それにどこへ行くにもコンドームは持ち歩いている。それを聞いてどう判断するかはきみの勝手だ。ありのままを話しているんだから」

「テッド・ビューダインだから当然ね」

「事実をいったまでだ」

「でも四カ月って？　この私だってそこまで長くご無沙汰じゃないわ」それは嘘だった。オーストラリアのいかだ舟のガイド、ダニエルとのみじめな関係が終わったのは八カ月前のことだった。母の性教育の影響もあって、彼女は一夜かぎりの情事は慎んでいる。しかし残念ながら、せっかく母から学んだにもかかわらず、選択を誤ることが多い。自分が大人になりきれていないからこそ意図的にいい加減な男ばかりを選んでいるのだと指摘した友人は一人だけではなかった。

「私も病気はないわ」メグは高慢な感じでいった。「それにピルを飲んでる。でも間違いなく大量購入しているはずだから、コンドームはちゃんと使って。ここは武器使用の制限がゆるやかなテキサスよ。万が一妊娠したらあなたの頭をぶち抜くわよ。前もって警告しておくわ」

「よし、これではっきりした」彼はメグの手首をつかみ、湾曲した聖歌隊ロフトへの階段を上りはじめた。彼女も無理強いされずともついてきた。

「私は一夜かぎりの情事も慎んでいるわ」メグは階段を上りきるといった。「だからこれは短期間の性的関係の始まりと考えて」

「異存はないよ」テッドはTシャツを素早く脱いだ。

「それと、私をカントリークラブから辞めさせないでもらいたいの」

彼は動きを止めた。「待ってくれ。こっちはきみがクビになるのは大歓迎だからさ」

「そうでしょうとも」メグはいった。「でもセックスは単純なほうがいいでしょう?」

「そりゃそうだ」テッドはTシャツを落とした。

気づけば二人は大きな折りたたみマットレスの上でキスをしていた。彼の手がメグのあらわな尻を包み、親指は彼女の股に食いこんだ光沢のある細紐《ひも》の上部に滑りこんだ。「ぼくはセックスに関してとことん楽しむタイプだ」そそり立つものが彼女の秘めた部分に寄り添っていた。「なにか怖いと感じたら、かならず伝えてほしい」

いつもは脳をめぐっている血流が体のほかの部分に集中しているせいで、メグは彼がからかっているのか、本気なのか判断がつかなかった。なので「それより自分の心配したら」といい返すしかなかった。

彼はゆっくりと時間をかけてスキャンティの紐の部分をもてあそんでいたが、やがて親指で竜のタトゥーを擦りはじめた。メグは男からゆっくりと服を脱がされる様子を空想するのは好きだったが、実際にそれをこれほど素晴らしくやってのける男性がいるとは思っていなかった。だがメグは彼に脱がされる前にと、彼の横の狭いスペースで上半身を起こし、頭からTシャツを脱いだ。

シリコン豊胸手術の時代にあって、メグの胸は特別豊かではなかったが、彼はそれをけなすような無礼な男ではなかった。乳房に注目はしても、ぎこちなくつかんだりはせず、指先であばらを愛撫し、腹部のあたりをキスしながら、見事な腹筋だけで自分の体重を支え、彼女の胴に沿ってキスを続けた。

メグは鳥肌の立つような興奮のなかで、冷静さを取り戻そうとしていた。自分は小さな下着一枚しか身に着けていないのに、彼はまだカーキのハーフパンツとおそらくは下着を穿いたままなのだ。メグは彼のファスナーのタグを引っ張った。

「まだだよ」彼はささやき、彼女を寝かせた。「まずきみの体を温めようよ」

温める？　いまにも燃え上がりそうなのに。

彼は寝返りを打ち、彼女の肉体に全神経を集中させた。彼の視線は喉のくぼみのあたりをさまよい、乳房の描く曲線を愛《め》で、乳首のしわから下腹部に茂る淡い色の草むらに移動した。だがそこに手を触れることはなかった。

メグは手を触れてほしいとばかりに背骨を反らせて燃え上がりそうな欲望の発散を求めた。彼は乳房のあいだに顔を埋めた。メグは期待をこめて目を閉じたが、彼はただ肩を噛んだだけだった。この男は女性の体の構造を学ばなかったのか？

しばしのあいだ、そんなことが続いた。彼は彼女の肘の内側の敏感な部分や、手首の脈のポイント、乳房の下のカーブをつぶさに観察した。だが下のカーブのみだ。腿の内側のやわらかい皮膚に彼が手を触れるころには、メグの体は欲望でぶるぶる震え、彼のいたぶりに疲れていた。興奮を鎮めようと背を向けてみても彼はそれを追うようにして官能的なキスで攻めてくる。四カ月間も禁欲していた男性がどうしてここまで抑制できるのだろう。それはもはや人間の限界を超えているようでもあり、まるで彼が発明の能力を駆使してある種の性的能力にたけた化身《アヴァター》を作り出したように思えてくる。

そしてそそり立つものの逞《たくま》しさは類いまれといってもいいほどだ。

彼の焦《じ》らしの技はその後も続き、愛撫はメグの求める場所を避けるかのように続けられた。メグはうめきがもれないよう努力したが、ついなまめいた声が出てしまう。これは復讐なのだ。彼はどこまでもこうした前戯を続けようとしているのだ。

メグは無意識に手を伸ばし、手首を彼につかまれた。「まだそれは許可できない」

「許可？」欲望に駆られたメグは勢いよく彼の体の下から抜け出た。そして片脚を彼の腰に当て、彼のショートパンツのスナップボタンをはずした。「止められるものなら止めてみて」

彼はメグの手首をつかんだ。「いつ脱ぐかは自分で決める」

「なぜ？　私に笑われたくないから？」

抱擁の名残りで彼の髪は乱れ、メグが噛んだためか下唇が少し腫《は》れている。彼は少し悔やむような表情を見せた。「ぼくはまだこのまま続けていたかったけど、きみはぼくに選択の余地を与えるつもりがなさそうだね」テッドはそういってメグの体を自分の下に引きこみ、体重をかけながら乳首をしっかりと口に含み、痛いほど強く吸い上げた。同時に彼女の股《また》に食いこんだ紐状の布地に指先を滑りこませ、そのまま秘部の奥に入れた。メグはうめき、踵をベッドの高い位置に置き、われを忘れた。

ぐったりと刺激の余韻に浸っていると、テッドが耳たぶにキスをした。「きみってもう少し抑制できるタイプかと思っていた。でも努力は認める」レースの紐状のベルトを引っ張られる気がしたと思ったら、彼の体がスライドするように重なり両脚を大きく開かせた。彼の無精ひげが太腿の内側を刺激し、やがて彼の口が彼女の秘めた部分を覆った。

メグの体は二度目のオーガズムの大波に呑みこまれた。しかし彼はそれでもなかに進入せず、なおも焦らしを続けた。三度目のクライマックスに達したあと、彼女はまるで人形のようにぐったりとしていた。

テッドはようやく裸になり、彼女がゆっくりと彼を受け入れられるよう、時間をかけ、完璧な角度を見いだした。手探りしたり、誤ってどこかを引っ掻いたり、肘をぶつけたりするようなことはいっさいなく、すべてスムーズだった。一定のアングルのストロークをしばらく続けたあと、強いひと突きを織り混ぜるといった、最高の快楽を得るために必要な申し分ないオーケストレーションだった。メグはかつて体験したことのない愉悦に身をゆだねた。自身のオーガズムに彼が目指しているものは彼女の愉楽だけなのではないかとさえ思えた。

際しても、相手が体の重みで苦しくないようにとみずからの体を支えていたほどだ。

メグは眠りに落ちた。二人は目覚め、ふたたび愛し合った。その後ふたたび交わり、朝になる前にテッドはメグの体にシーツをかけ、唇に軽くキスして帰って行った。

メグはすぐに眠りに戻れなかった。ルーシーから聞いた言葉が心によみがえった。〝すべての女性にとって理想的なベッドパートナー〟とルーシーは表現した。

まさしくそのとおりだと思わずにいられなかった。メグもあれほど徹底的に、献身的に愛されたことはかつて一度もなかったからだ。まるで性の手引書をまるまる覚えてそれを実行しえた――といった感じさえした。彼が名に聞こえた男性であるのも不思議はないとも思った。女性が愉悦の極みに達するすべをたしかに彼は知っている。

それなのにこの胸に広がる失望感はいったいなんなのだろう。

12

クラブは翌日休業なので、メグは洗濯をし、古い物置小屋の近くで見つけた錆《さ》びた道具を使い、墓地の草刈りをした。墓石を磨きながら、極力テッドについて思い悩むまいとした。電話が鳴っても応答しなかったが、彼のメッセージは聞かずにいられなかった。金曜日の夜にラウスタバウトでディナーを一緒にしようという誘いだった。サニーとスペンスのスキップジャック親子も間違いなく一緒だと思うと、メグは返事を返す気になれなかった。

だが彼が簡単に引き下がると思ったのは甘かったようだ。三時ごろ、彼の淡いブルーのトラックが教会の前につけた。彼の前ではこの町のどんな女性もめかしこむのが当たり前になっているので、メグはむしろ泥だらけの腕にむきだしの脚、女子用ロッカールームの忘れものから貰い受けたぴったりしたTシャツというこのうえなくだらしない格好でよかったと思った。Tシャツは袖や襟の部分を切り落としてしまってある。全体として狙いどおりの服装になっている。

テッドが運転席から降りるとき、楓《かえで》の枝にとまっていたルリノジコというつがいの鳥が楽しげに鳴きはじめた。彼は野球帽をかぶり、どれもこれも似かよったチノパンタイプのよれよれのショートパンツの一枚を穿き、これまたよれよれの褪《あ》せたハワイアンプリントの緑のTシャツを着ている。思いつくままにみすぼらしい衣服を身に着けているというのに、なぜこうも格好よく見えてしまうのだろう。

昨夜の記憶がふとよみがえった。あの恥ずかしいうめき声、要求の数々。そんな恥じらいを隠すために、メグは体を揺らしながら近づいた。「服を着ているあなたに用はないわ」

「きみたちカリフォルニアの女はどうにも図太すぎる」彼は墓地を仕草で示した。「一カ月に一度手入れを依頼しているから、あんなことしなくていいよ」

「私は外にいるのが好きなの」

「ハリウッドセレブのジュニアにしては一風変わった趣味の持ち主だね」

「あなたのゴルフクラブを運んでいるよりはましだわ」メグは野球帽を脱ぎ、汚れた腕の裏で汗ばんだひたいを拭いた。乱れた髪のカールが目に入り、うなじにも貼りついている。ヘアカットの必要があるが出費は抑えたい。「金曜のディナーはお断わりしたいの。スキップジャック親子と一緒だなんて気が滅入るから」メグはそういって帽子をかぶり直した。「それに私たち、人前でできるだけ一緒にいないほうがいいと思うから」

「スキップジャック親子と一緒だとはいってない」

「でもあの二人が来ないともいわなかった。もうあの人たちと過ごすのはたくさん」メグは暑さで気が立っていたせいもあり、いいにくいことをきっぱり口にすることにした。「正直に答えてよ、テッド。そもそもゴルフ・リゾートの建設についてどう思っているの？　あなたはスキップジャックにこの豊かな大自然を破壊させたいの？ 愚か者たちがばかげた白い球を打ちまわる場所を提供するだけの目的で？ カントリークラブならもう充分にあるじゃないの。まだ足りないとでもいうの？ 地元の経済が潤うことは理解しているわ。でも町長ほどの地位にある人なら、長期的影響という観点から検討するべきじゃない？」

「ずいぶんといやなことをずけずけというんだな」

「おべっか使いとは正反対でしょ？」

これにはテッドも本気で腹を立てたらしく、足音荒くトラックに戻っていった。だがそのまま走り去るのかと思えば、助手席のドアを開けて、「乗れよ」といった。

「外出できるような格好じゃないからだめよ」

「誰にも会わせないよ。ひどいなりをしているだけでなく、臭いだろうから」

そのことに気づいてくれて、メグはむしろほっとしていた。「あなたのトラックはエアコン付きなの？」

「乗ってみればわかる」メグはここに残って草取りを続けるために、不可解な外出への誘いを断わるつもりはなかった。それでもわざとゆっくりとトラックに向かった。トラックに乗りこんでみると、ダッシュボードがなく、変わった感じの制御装置があり、ダッシュボードの小物入れのあった場所にいくつかの回路基板が並んでいることに気づいた。

「ワイヤー類には手を触れるなよ」テッドは運転席に座りながら、いった。「感電死したくないなら」

メグは当然ワイヤーに手を触れ、彼は不機嫌な顔をした。「なんでも冗談だと思ったら大間違いだぞ」彼はいった。「大胆なまねをするなよ」

「私は危険な生き方が好きなの。それがカリフォルニア・スタイルよ。それにここは真実が都合よく解釈されてしまう町じゃないの」メグはトラックのドアを閉めながら、汚れた指先をハンドル近くの一連のダイヤルに向けた。「それはなんなの?」

「太陽光発電によるエアコン・システムの制御盤だけど、なかなか思いどおりには働かなくてね」

「すごい」メグは低い声でいった。「さすがね」車が教会から遠ざかると、メグは座席のあいだの小さなスクリーンを調べた。「これはなに?」

「新種のカーナビの試作品さ。でも正しく作動していないから手を触れないでくれよな」

「このトラックに正しく作動するものはあるの?」

「最新の水素燃料電池にはかなり満足してるよ」

「太陽光発電のエアコンに、カーナビ、水素燃料電池か。あなたって、ほんとうにプログラミング界のエリートなのね」

「じつのところ、きみって創造性のある人間に嫉妬しているんだな」

「それは私が人間で、人間らしい感情に支配されているから。いいわよ。どうせあなたには理解できないでしょうから」

テッドは微笑んで、車をハイウェイに進入させた。彼の指摘は正しかった。太陽光発電のエアコン・システムは彼の思いどおりに作動していなくとも、トラックの運転室は猛烈な外の暑さと比べればかなり涼しかった。トラックは川沿いに数マイル走り、二人は無言のままだった。車は葡萄《ぶどう》畑を過ぎ、ラベンダーの畑にさしかかった。メグは昨夜彼の愛撫に身をゆだねて、甘ったるいうめき声を上げたことをいやでも思い出さずにいられなかった。

テッドは左に急ハンドルを切り、でこぼこしたアスファルト舗装の狭い道に車を進めた。なにかごつごつした路面の上を通り過ぎ、石灰岩の崖をまわると、目の前にまわりより不自然なほど高く盛り上がった樹木の生えていない岩石丘が広がっていた。彼はイグニッションを切り、トラックから降りた。メグも彼に続いた。「これはなに？　妙なところね」

テッドはズボンの後ろのポケットに親指を入れた。「五年前ここに覆いをかぶせる以前の様子を見せたかったね」

「『覆いをかぶせる』ってどういう意味なの？」

彼はメグが見落としていた錆びた標識を仕草で示した。その標識は風化した金属柱のあいだに歪んでぶらさがり、その先にタイヤが数本棄《す》てられている。「インディアン・ガラスソリッド埋立地」メグは雑草の生い茂る低木林を見渡した。「ここが町のゴミ捨て場なの？」

「きみが案じている開発を逃れた手つかずの自然が残る土地でもある。ゴミ捨て場じゃない、埋立地だ」

「同じことじゃない」

「まるで違うよ」テッドは粘土凝縮、土壌の分離・成型などに用いる織布《ジオテキスタイルマット》などの現代的埋立の手法と昔ながらのゴミ捨て場との違いについて簡略かつ見事に解説してみせた。こんな話題が楽しかろうはずもなく、おそらく大多数の人にとっては退屈なものだろうが、これはメグが大学四年で中退してしまった大学で学んでいた分野だった。いや、もしかするとそれを語る彼の表情と野球帽のつばのまわりにはみ出ている彼の巻き毛をただ見つめていたかっただけなのかもしれない。

彼は広がる土地を仕草で示した。「数十年間、郡は町から土地を借りていたが、二年前に埋立地の限界量に達して永久閉鎖されたんだ。その結果として町の歳入が減り、五〇エイカーもの劣化した土地と、さらには一〇〇エイカーの緩衝地が残った。念のために説明しておくと、劣化した土地とはどんな目的にも適さない土地のことだ」

「ゴルフコース以外は？」

「あるいはスキー場かな。しかしテキサスのどまんなかでは無理だ。もしゴルフコース建設が適切に行なわれれば、野生動物の保護という観点からも大きなメリットがある。自生植物を守り、大気の質も向上し、温暖化さえやわらげるんだ。ゴルフコースはただ愚か者が球を追いかけるだけの場所ではない」

テッドほどの理知的な人物なら当然こうしたことを考えているはずで、メグは独りよがりだった自分の態度を悔やんだ。

テッドは地面から突き出ているいくつもの管を指さした。「埋立地からはメタンガスが発生するから、管理が必要だが、メタンは採取して発電に利用できるので、実用化に向けて計画中だよ」

メグは野球帽のつば越しに彼を見上げた。「話ができすぎているように思えるわ」

「ここは未来のゴルフコースなんだ。オーガスタ・ナショナル・ゴルフクラブみたいなものはもう造れない。あそこは手入れの行き届いたフェアウェイにしても短く刈りこまれたラフにしても大量の水を必要とする巨大な恐竜だ」

「スペンスはいまの話を信じたの？」

「ほんとうの意味で環境に配慮したゴルフコースを建設することを世に広く知らしめることで、彼がゴルフ界のみならず一般社会においても実力を高く評価されるであろうことを話しはじめたら、彼はおおいに興味を持ったよ」

メグもそれは素晴らしい戦略だと認めざるをえなかった。『環境保護の先駆者』と報道されることはスペンスの巨大な虚栄心を満たすことだろう。「でもスペンスが環境保護の話題について触れた記憶がないわ」

「彼はきみの体を見ることで手一杯だからさ」

「そうかしら？」メグはそういって、トラックのフェンダーにもたれた。腰を少し突き出したためにショートパンツが下にずれ、メグはそうやって時間稼ぎをしてテッド・ビューダインの新しい一面について思いをめぐらせた。

「そうだよ」テッドはチャーミングな苦笑いを見せながら、答えた。それはほぼ本心からの笑みに思えた。

「私、汗臭いわ」メグはいった。

「気にしないよ」

「それならいいわ」メグは彼の落ち着き払った自信を打ち砕き、自分と同じような気持ちの乱れを覚えさせたかったので、野球帽をはずし、ぴたりと体に沿ったTシャツを脱ぎ捨てた。

「女たらしの理想を私が実現させてあげるわ。あなたの嫌いな、面倒くさい感情の絡みがいっさいないセックスよ」

テッドは肌にじっとりと貼りついた紺色のデミ・ブラに見入った。「男はみんなそうだよ」

「でも特別嫌っているわ」メグはシャツを地面に落とした。「あなたって情緒の振幅がないタイプね。昨日のことに不満をもらしているわけじゃないのよ。絶対に」余計なことはいわないで。メグは勝手に動く自分の口がうらめしかった。

テッドは片方の眉をわずかに上げた。「ではなぜそんなふうに聞こえるのかな？」

「そうなの？　ごめんなさい。あなたはあなただからいいのよ。早くパンツを脱いで」

「いやだ」

またしても余計なひと言を口にしてしまった。いったい自分はなにに不満があるというのだろう？「あんなに服を脱ぎたがらない男って、会ったことがないわ。どうしてなの？」

けっしてムキになることのない男が食ってかかった。「昨日の夜おれはきみの不満を見逃したとでもいうのかい？　満足しなかったのか？」

「満足しないはずがないでしょう？　女体に関するあなたの知識は売りものになるわよ。私、少なくとも三回はいったもの」

「六回だ」

彼はオーガズムの回数を数えていたのだ。それは意外ではなかった。それにしてもなぜ自分が、かつて味わったことのない相手への思いやりにあふれた愛し方をしてくれた彼を侮辱しようとするのかまるで理由がわからなかった。どうやらセラピストに診てもらう必要がありそうだ。

「六回？」メグは素早く背中に手をまわし、ブラをはずした。両手でカップを押さえながら、肩紐を肩からずらした。「だったら今日はお手柔らかにお願い」

欲望が彼の憤りに勝った。「あるいはもっとゆっくり攻めればいいってことかな」

しかし結局メグの言葉は彼の伝説的な愛の技法にケチをつけたわけで、険しい彼の表情には決意のほどがうかがえた。彼はすっとひと跨《また》ぎで二人の距離をつめた。気づけばブラは地面に落ち、乳房は彼の手のなかにあった。ここは圧縮された槽のなかで何十年分ものゴミの腐敗が進む埋立地の境界線の上。メタンガス検知器が設置され、有毒な浸出液が地下の管を巡っているそんな場所でテッド・ビューダインはすべての妨害物を取り払った。

それは昨夜のゆるやかな焦らしのテクニックからは予想もつかない細心の計算にもとづいた誘惑だった。完全に満足できなかったことを匂わしてしまったのは不覚だった。彼は絶対に前言を取り消させてやるという固い決意に燃えているからだ。体を屈めて彼女のショートパンツと下着を脱がせながら、テッドはメグの尻の竜のタトゥーにキスをした。そして彼女の体の向きを変えた。彼は発明者らしい器用な指先で肌をさすり、愛撫し、女体を探索した。ふたたびメグは彼の意のままに反応していた。彼の抑制を解くためにはそれこそ手枷《かせ》足枷が必要だろう。

熱いテキサスの太陽が照りつけるなか、気づけば彼の衣服は消えていた。テッドは背中から汗をしたたらせ、眉間にしわを寄せながら差し迫った肉体的欲求を抑え、ただひたすら彼女からAプラスの評価を獲得することに没頭している。メグはもういいから自分も楽しんでと叫びたかったが、現実にはみずからの欲求を叫ぶことで手一杯だった。

彼はトラックの運転室のドアを乱暴に開け、彼女の体をシートに移し、脚を開かせた。みずからは大地に足を踏ん張り、指を誘惑の甘美な手段として使い、彼女の肉体をもてあそび、いたぶった。当然一度の絶頂感を味わせるだけで満足するはずもなく、ぐったりとした彼女を今度はトラックからひきずりおろし、体の前面をトラックのサイドに押しつけた。すでに刺激を受けた乳首を、熱された金属がまるで性具のように刺し、彼の手が背後から愛撫を続ける。最後に彼女の体をまわし、今度は前面を攻める。

メグは彼をようやく迎え入れるころ、自分が何度絶頂に達したのか数えきれなくなっていた。しかし彼はきちんと数えているはずだった。トラックのサイドに一見軽々と彼女の体を当てて支え、彼女の脚を腰にまわさせ、両手で尻をつかんだ姿勢で、彼女の体重を支えているのだから楽なはずはないのだが、気張っている様子はいっさい見えない。

彼のストロークは深く、抑制された動きで、彼が背中を反らし太陽を仰ぎながら抑制を解いた瞬間もメグは愉楽の極みを味わっていた。

恋人にこれ以上のものを望む女がどこにいるだろう。教会に戻る道すがら、メグは何度もみずからに問いかけた。彼は自発的で、寛容で、創意に富んでいる。素晴らしい肉体の持ち主で、素敵な香りもする。彼はほんとうに完璧な男性だ。ただし彼には情緒の面で欠けた部分がある。

ルーシーと結婚して生涯をともにするつもりでいたというのに、そのルーシーに棄てられても心はかすり傷一つ負ってはいないように見える。これは、いつの日か彼との未来を思い描く兆しが自分に現われたとき、ぜひとも思い出すべき要素だ。唯一彼が深く感じるのは責任だけである。

車が教会に通じる道に入ると、彼はトラックの不可思議な制御盤をいじりはじめた。ひょっとして今日の評価を待っているのではないかとメグは感じた。Aプラス以外の評価を出すはずもないのに。打ち消しがたい失望の原因はこの自分にあるのだ。完璧に愛の任務をこなしてくれた男性をけなすのは根性のねじくれた女だけ――でもやっぱり満点はあげられない。

「あなたは素晴らしいベッドパートナーよ、テッド。ほんとうに」メグは誠意をこめていった。

テッドは硬い表情のまま、ちらりと横目で見た。「なぜわざわざそんなことを?」

「感謝の気持ちをわかってほしいから」

それはどうやら余計なひと言だったらしく、彼の琥珀色の瞳を激しいものがよぎった。

「きみから感謝されるいわれはない」

「ただ……素晴らしいといいたかっただけ」これまたいらざるひと言だったようで、ハンドルを強く握りしめる反応を見るかぎり、大らかで鷹揚《おうよう》な人という評判がいかに見当違いだったかがよくわかる。

「わざわざとってつけたようにいうな」そんな彼の言葉は鋭く、棘《とげ》があった。

「素直に受け取ってほしいわ」

テッドはブレーキを踏みしめた。「いったいきみはどうなってる？」

「ただ疲れているだけ。いまいったことは忘れてちょうだい」

「いわれなくても思い出したりしないさ」彼は手を伸ばし、助手席のドアを開けてくれた。

なんとかなだめようという試みは無残な失敗に終わったので、メグは本来の自分に戻ることにした。「これからシャワーを浴びるから、お招きはしないわ。ついでにいっておくけど、今後は私に手を触れないで」

「こっちから願いさげだよ」彼はいい返した。「世のなかには面倒な女っているもんだな」

メグは彼に対してというより自分自身にいやけがさした。「そうね」

彼は長い指を彼女の頭のほうに向けた。「金曜の夜は七時に迎えに来るから、用意しておけよ。それまではサンタフェに出張で会えないからそのつもりで。電話もしないよ。重要な任務が山積みで、頭のおかしい女性にかかずらっている暇はない」

「金曜の夜はなし。さっきもいったけどスキップジャック親子とこれ以上関わりたくないの。あなたとも」メグはトラックから跳ねるようにして降りたが、脚はまだふらついていた。「よくもそんなに心にもないことばかりいい連ねられるもんだ」彼は反駁《はんばく》した。「そんな言葉、いっさい本気で聞く気はないよ」テッドはトラックのドアをバタンと閉め、エンジンをかけ、星屑のなかに消え去った。

メグは体のバランスを整え、階段のほうを向いた。静まり返った教会の壁を凝視するより、スキップジャック親子と一緒に過ごすほうがましだということは、彼にいわれるまでもなく自覚していた。さらに、おたがい反発し合ってみせはしたものの、そうも簡単にこの情事にピリオドが打てるはずもないこともわかっていた。

その後二日間はクラブでの仕事が忙しかった。シェルビーのパーティ以来、スペンスがメグに夢中だという噂が広まり、ひょっとするとトイレット業界の帝王に影響力を及ぼすかもしれないという思惑が働くのか、メグへのチップは大幅にふえた。ケイラの父親ブルースですら一ドルのチップをよこした。メグは礼を述べつつも、びんや缶のリサイクルにご協力くださいといい添えていた。返ってくる言葉は、これからもきみを注目しているからねというものが多かった。

木曜日にLAの実家の家政婦に頼んで送ってもらった荷物が届いた。これまでも旅行ばかりしていたせいで、まともな衣類はそう多くないうえ、買っても手放すことが多かったので取り寄せるものもたいしてないが、靴だけは必要だった。なにより大切なものは世界じゅうを旅して各地で手に入れた骨董品を主としたビーズや、魔除けのお守り、コインなどの旅の記念品が入った大きなプラスチックの容器だった。

テッドはサンタフェから電話をよこさず、メグもそれを期待してはいなかったが、会えないと寂しさがつのった。金曜日の午後ゴルフのラウンドの途中テッドとケニーがカートに立ち寄った際、メグの心臓は奇妙なほどときめいた。ケニーはメグに、スキップジャック親子がインディアナポリスから戻ってきて、今夜〈ラウスタバウト〉で合流する予定になっていると告げた。メグは自分の車で行くので迎えはいらないとテッドにいった。テッドはそれが気に食わない様子だったが、ケニーのいる前でいい争うわけにもいかず、ボールウォッシャーまで悠然と歩いていき、汚れてもいないタイトリストの球を力いっぱい押しこみ、必要以上の力を込めて取っ手を押した。

彼が第一打を打ち出すと、金色の日の光が降り注ぎはしたが、鳥たちのさえずりは始まらなかった。さすがの彼も抑制できなくなっているのだろうか。平静を取りつくろっているが、ダークな感情が心に渦巻いている様子をメグは想像してみた。ときおり、穏やかな彼の微笑みの合間にふと翳《かげ》りがうかがえる瞬間が見えた気もするのだが、たちまち輝くようないつものにこやかさに変わってしまう。

その夜〈ラウスタバウト〉に最後に姿を現わしたのはメグだった。リセール・ショップで買ったミュウミュウの白黒のミニスカート、刺激的な黄色のタンクトップに、細かいビーズ飾りのついたプラットフォームを刺繍のキャンバス地でできたお気に入りのサンダルに合わせている。しかしテーブルに向かう途中周囲の視線を集めたのは素敵な靴ではなくミニスカートのほうだった。

テッドとスキップジャック親子のほかに、トラベラー一家も大きな木のテーブルを囲んでいる。トーリーとデクスター夫妻、エマとケニー夫妻、ウォレンとシェルビー夫妻だ。サニーはテッドの注目を効果的に得やすいよう、彼の右に席を取っていた。メグが近づくとテッドはミニスカートに見入り、いかにも自分の左の席に座れと命じるような意味ありげな表情を浮かべた。二人の仲はあくまで秘密にしておきたいメグはトーリーとシェルビーのあいだで、エマの真向かいの席に座った。

トーリーとシェルビー、エマのなごやかな親密さに触れていると、メグは自分自身の友人たちが恋しくなった。ルーシーはいったいどこにいて、どうしているのだろう。ほかの友人たちは……。ここ数週間メグはジョージーやエイプリル、サーシャからの電話に出ていない。安定した生活を送る友人たちに自分の現在の厳しい状況を知らせたくないからだ。しかし友人たちはメグと連絡が取れないことに慣れており、心配はしていないようだ。

抜け目ないトラベラー一家の面々は度が過ぎるほどスキップジャックをおだてていた。シェルビーはスキップジャックの会社の新商品について詳しく知りたいと質問を繰り返し、トーリーはサニーの艶やかな黒髪やクラシカルな服のセンスを褒めちぎり、ケニーはスペンスはパッティングの実力があると称賛した。場の雰囲気は盛り上がり、みな寛いでいた。メグがケニーの妻を「エマ」と呼ぶまでは。

テーブルに着いていた地元民は一人ずつ黙りこんだ。「私がなにをしたの?」みなに振り向かれ、メグはいった。「エマと呼んでほしいとご本人にいわれたの」

エマはワイングラスをつかみ、飲み干した。

「実際にそう呼ぶ人は誰もいないわ」シェルビー・トラベラーが感心しないというように口をつぼめていった。

エマの夫は首を振った。「誰一人いないね。夫のぼくでさえ、レディを付けているぐらいだから。少なくとも彼女が服を着ているあいだは」

「失礼だもの」トーリーが長い黒髪をはらりと揺らしながらいった。

「無礼だよ」トーリーの父親がうなずいた。

テッドは勢いよく背もたれに寄りかかり、厳しい表情を浮かべた。「きみがよく知らない相手を呼び捨てにするような人とは思わなかったね」

エマはゆっくりとうなだれ、三度テーブルに頭をぶつけた。

ケニーは妻の手をさすり、微笑んだ。テッドの目はそれを見て愉快がっているような輝きがあった。

メグはサニーとスペンスがケニーの妻を「エマ」と呼び捨てにしていたことを明瞭に記憶していたが、こんな状況でそれを指摘してもせんないことだった。「心からお詫び申し上げますわ、レディ・エマ」メグは南部風にゆっくりといった。「これは討ち首に値する罪ですね」

トーリーが鼻を鳴らした。「皮肉をいう必要はないわ」

エマはテーブル越しにメグを見つめた。「この人たちになにをいっても無駄よ。ほんとに」エマの夫が満ち足りたような様子で妻の唇にキスし、スペンスの会社の新製品の話題に戻った。テッドも加わろうとしたが、自分だけに注意を向けさせたいサニーは巧みに切り出した。「あなたの新しい燃料電池のタンクから車輪への動力効率性はどうなの?」

メグにはそれがどんな意味なのかも理解できなかったが、テッドはいつものように協調性のある態度を保った。「負荷によるけど、三八ないし四二パーセントかな」

サニーはうっとりとした様子でテッドを見つめ、さらに近づいた。

スペンスがメグをダンスに誘い、彼女が断わろうとすると、二人の女性に腕をつかまれ、無理やり立たされた。「まさか誘われるとは思っていなかったみたい」シェルビーが愛嬌たっぷりにいった。

「夫のデックスもあなたのように身軽だといいのに」トーリーが優しくいった。

テーブルの反対側に座るエマは鮮やかなひまわり色のトップを着ているというのに浮かない顔つきをしている。それはきっとテッドが束の間不快感をにじませたからにほかならないとメグはにらんだ。

幸い最初の曲はアップテンポで、スペンスは無理やり会話を交わそうとはしなかった。しかし間もなく曲はケニー・チェズニーの〝オール・アイ・ニード・トゥ・ノウ〟に変わり、スペンスはメグを引き寄せた。彼の選んだコロンは年齢に合わない若い香りで、メグはアバクロンビー&フィッチの店内にいる気分になった。「私は自分でもあきれるほどどきみにのぼせているよ、ミズ・メグ」

「私のせいでそんな気持ちになる人がいるなんて困るわ」ただしテッド・ビューダインは別だ。

メグは視界のすみで、バーディとケイラとゾーイがバー近くの席にいるのを確かめた。ケイラは品よく胸にフィットしたワンショルダーの白いトップに形のよい脚をめだたせるトロピカルプリントのミニスカートというでたちだ。バーディもゾーイもそれよりはカジュアルな服装で、三人はみなメグの様子を熱心に見守っている。

スペンスはメグの体に手をまわし、自分の胸に引き寄せた。「シェルビーとトーリーからきみとテッドについて聞かせてもらったよ」

メグは内心どきりとした。「どう聞いたのかしら?」

「きみはやっと気骨を見せてテッドが自分にふさわしくない相手だと判断したと。きみは偉いね」

メグは心のなかで二人の女性を罵《ののし》りながら、一歩下がった。

スペンスは指に力を込めて、メグを抱き寄せた。彼としてはメグを慰めるつもりなのだろう。「サニーと私はなんでも打ち明けあう親子でね。娘はきみがシェルビーのパーティで自分からテッドに抱きついたといっていた。彼に拒まれたことできみも真実に目覚めたんだろうね。現実に直面することを選んだきみを誇らしく思うよ。彼への片思いをやめたんだから、もっと自分に自信が持てるようになるさ。シェルビーはそう思うそうだ。トーリーは――トーリーの言葉はやめておこう」

「いってちょうだい。きっとそれも私の……人としての成長の糧《かて》となるでしょうから」

「だったらいうが……」スペンスはメグの背筋を撫でた。「振り向いてくれない男に夢中になると女は魂が死ぬと」

「読みが深いわね」

「私も同じように感じた。トーリーはどうやら変わった感性の持ち主らしい。きみが私の名前のタトゥーを足首に入れるつもりでいる、なんていってたが、さすがにそれはないよね」

スペンスはためらった。「まさかそうじゃないよな？」

メグが首を振ると、スペンスは失望の色を見せた。「この町には変人めいた人物がいるね」

彼はいった。「きみは気づいたかな？」

彼らは変人なのではなく、狐のように悪賢く、知恵がまわるだけなのだ。メグは堅く締めた膝をゆるめた。「あなたにいわれて気づいたわ」

トーリーが夫をダンスフロアに引っ張り出し、巧みにスペンスとメグの会話を立ち聞きしようとばかりに近づいた。メグはトーリーをにらみつけ、スペンスから離れた。「ちょっと失礼。トイレに」

トイレに入った途端トーリー、エマ、シェルビーの三人が待ち受けていた。エマがトイレを仕草で示した。「先にすませて。待っているから」

「かまわないで」メグはくるりとシェルビーとエマのほうを振り向いた。「なぜ私がもうテッドへの片思いから覚めたなんてスペンスにいったの?」

「だって、恋なんてしてないもの」シェルビーは手首のカラフルなエナメルのバングルを揺らしながらいった。「少なくとも私はそう思ってる。でもテッドはテッドだし……」

「あなたは女だし……」トーリーは腕組みをした。「でもあなたがスペンスを避けるために全部でっち上げたことは間違いないと思う。サニー・スキップジャックさえ現われなければ、それはそれでよかったんだけどね」

トイレのドアが勢いよく開き、まずバーディが、続いてケイラとゾーイも入ってきた。

メグは両手を振り上げた。「これは集団リンチなのね」

「真面目な話をしようという場合に冗談を口にするなんて、おかしいわ」ゾーイがいった。白のクロップドパンツに〈ウィネット町立小学校優等生名簿〉と書かれた紺色のTシャツに飲み物用のストローでできているらしいイヤリングを合わせている。

「こういうのがハリウッド流なのよ」バーディがいった。「あの町は特殊な道徳観があるからね」そしてシェルビーに向かって声をかける。「サニーがテッドに夢中だから、身を引けと伝えた?」

「いま伝えようとしていたところよ」シェルビーが答えた。

エマがこの場の指揮を執った。明るいバタースコッチ色のカールした髪の小柄な女性にしては確たる存在感があった。「あなたの置かれた状況を誰一人理解してくれないなんて思わないで。私もかつてはよそ者だったから――」

「いまでもよそ者よ」トーリーがよく聞こえるささやき声でいった。

エマはそんな言葉を無視した。「――あなたに同情していないわけではないの。それに魅力を感じない男性にいい寄られる気持ちがどんなものかも知っている。ベディントン男爵はスキップジャック氏より何倍も不快な男性だったけれど、男爵はこの町の経済的命運の鍵を握る人物ではなかった。でも私は男爵にあきらめさせるためにテッドを利用したりはしてないわよ」

「利用したようなものよ」トーリーがいった。「でもテッドは当時二十二歳だったし、ケニーはあなたの本心を見抜いていたもの」

エマが幅広の唇をきゅっと固く結んだので、下唇がいっそうふっくら見えた。「あなたはただでさえ微妙な立場だったのに、さらに複雑な状況に追いこまれてしまったのよ、メグ。あなたがスペンスの関心をうとましく感じているのは明らかだし、その気持ちは私たちも理解できるわ」

「私には無理」ケイラは縁なしのバーバリーのサングラスの位置を直しながらいった。「だってスペンスって途方もない大金持ちなのよ。髪も薄くないし」

「スペンスの気を削ぐためにテッドの名前を持ち出すのも」エマはいった。「サニーさえ現われなければ、悪くはない方法だったでしょうけどね」

バーディはコットンのスカートに合わせたトマトレッドのトップを引っ張りながらいった。

「スペンスがどんなに親ばかかは誰の目にも明らかよ。スペンスを振るのは自由だけど、彼の愛娘の恋する男に自分から抱きつくのは許されないってことよ」

トーリーがうなずいた。「サニーは欲しいものはかならず手に入れるわね」

「テッドを手に入れることはできないわ」メグは答えた。

「土地の売買契約書が交わされるまで、テッドは態度をはっきりさせないはずよ」エマはきっぱりといった。

メグはうんざりしていた。「ちょっと考えてみて。もし愛しの町長があなたたちを犠牲にしたまま、自分だけのうのうとしていたら、どう?」

ゾーイは校長らしい厳しさをもってメグを指さした。メグとたった一歳しか違わない同世代の女性にとって、それは有効な仕草なのだった。「あなたには、これは冗談の種でしかないんでしょうけど、わが校の子どもたちは一クラスの定員がふえて苦労することになるのよ。財政援助をカットされて新しい教科書を使えなくなってしまうわ」

「私だって笑って見過ごせないわね」ケイラは鏡で自分の姿をこっそり見た。「うちのリセール・ショップにシニア向けの衣類しか置けないのはすごくいやだけど、私が本来扱いたかった類いの衣服を買える女性なんてこの町にはひと握りしかいないんだもの」ケイラはメグのスカートをちらりと見た。

「あのホテルを引き継いだときから、私は隣りに喫茶店と書店を併設したかったの」バーディがいった。

シェルビーがブロンドのボブを耳にかけ、小さなゴールドの輪型イヤリングが現われた。「夫は自分の会社が町の経済が成り立つだけの雇用を生み出せないことに気が咎めて、夜もろくろく眠れないでいるわ」

「デックスも同じ気持ちでいるわ」トーリーがいった。「この規模の町が一企業だけに経済基盤を求めるのは無理なのよ」

メグはエマのほうを振り向いた。「あなたはどうなの？　どんな理由があってスキップジャックに身を売ることを私に求めるの？」

「もしこの町が破綻《はたん》しても」エマは静かにいった。「ケニーと私は困らないだけの資産を持っているわ。でも友人のほとんどはみんな影響を受けるの」

トーリーは鋲《びょう》飾りのついたTストラップのサンダルの爪先で床を鳴らした。「スペンスとサニー、テッドにあなたが絡むことでことがひどくややこしくなっているの。メグ、この町から去るべきよ。私は例外的にあなたのことがとても好き。だからこれは個人的な気持ちではないわ」

「私もあなたを嫌いではないわ」エマがいった。

「私は嫌いよ」バーディがいった。

「私もあなたを嫌いじゃない」とシェルビー。「あなたの笑い声は爽快《そうかい》だわ」

ケイラはメグが数時間前に作り上げたスケルトンキーのネックレスを仕草で示した。「ゾーイとあなたのネックレスが素敵だと話していたところよ」

バーディはふくれっ面をした。「なぜみんな彼女におべんちゃらをいうわけ？　ルーシーのことは忘れちゃったの？　メグのせいでテッドが失恋したのよ」

「彼は立ち直ったらしいわ」エマがいった。「だからそれは大目に見ようと思うの」

シェルビーがピンクとブラウンのペイズリーのバッグの口金を開きなかから折った紙切れを取り出した。メグにはそれが小切手だとすぐにわかった。「あなたはお金に困っているようだから、これを役立ててどこかほかの町で再出発を図ってもらいたいの」

出会って初めて、トーリーがばつの悪い様子を見せた。「もしこれが不快だと感じるなら、借金と考えてくれてもいいわ」

「できれば受け取ってもらいたいの」エマは思いやりのこもった言い方をした。

メグがバカいわないでとはねつけようとしたちょうどそのとき、化粧室のドアが開き、サニーが悠然と入ってきた。「こんなところで井戸端会議かしら？」

シェルビーは慌てて小切手をバッグに戻した。「そんなつもりはなかったけど、みんなで話し合う話題が出てきたの」

「あなたの意見も聞かせてほしいわ」トーリーはわざと鏡に向かい、マスカラのにじみを調べるふりをした。「シャーリーズ・セロンとアンジェリーナ・ジョリー、同性愛の対象としてどちらが好き？」

「私はアンジェリーナ・ジョリーよ」ケイラはリップグロスを出した。「彼女を選ばない女は嘘つきか本心を抑えているかどちらかよ。セクシーさがにじみ出てるわ」

「人によって見方は違うわよ」先刻まで道徳を重んじる発言をしていたゾーイが髪をとかしはじめた。「私はケリー・ワシントンがいいわ。逞しい黒人女性だから。あるいはアン・ハサウェイ。理由はヴァッサー・カレッジ出身だから」

「あなたがアン・ハサウェイにレズ的好意を抱くはずないわよ」バーディが反論した。「アン・ハサウェイは名女優だけど。性的にあなたの好きなタイプじゃないもの」

「私はレズじゃないんだから、性的に惹《ひ》かれるタイプなんてどうでもいいじゃないの」ゾーイはケイラのリップグロスをつかんだ。「仮定の話だけど、もし私がレズだとして、パートナーには美貌より頭脳や才能を求めたい」

エマはひまわりのシャツの着くずれを直した。「じつはケイラ・ナイトリーに妙に惹かれているの」

ケイラがリップグロスを取り戻した。「いつも英国人に注目してるのね」

「エマ・トンプスンに夢中だったのはたしかよ」トーリーがペーパータオルを引き抜きながらいった。「メグ、あなたはどうなの？」

メグはこれ以上心理的に操られるのはごめんだと思った。「私は男のほうが好き。とくにガタイの大きいテキサス男が。みんなどうなの？」

周囲でおかしなウィネットの女たちが、これにどう反応すべきか素早く思考をめぐらす音が聞こえてきそうな気がした。メグは考えこむ女たちを尻目に、ドアに向かった。

席に戻るころには結論が三つ出ていた。テッドがサニーを持て余している件についてはあくまで本人の問題であること。スペンスについては、とりあえず当日どうすべきかだけ考えること。そして、誰になんといわれようと、自分が納得しないかぎりこの最低な町を出ていかないこと。

13

翌日メグはコースでテッドの姿を見かけたが、スペンスとサニーが一緒なので、彼はドリンクカートを避けていった。夕刻教会に戻ったメグは正面入口の階段前に配送トラックがメグの帰りを待ちかまえているのを知った。そして十分後、家具を積んだトラックを返した。熱く換気の悪い教会内部に入った。この町の町民は強引にこちらの望みもしない金品を一方的に押しつけてくる。昨夜はシェルビーが立ち退き料ともいうべき小切手を握らせようとした。今度は家具だ。先刻のトラックの荷物のなかにポータブルのエアコンがあるのに気づいたときは、すんでのことで自分の主義を棄てそうになったが、なんとか守りとおした。

教会の窓を大きく開け放ち、ファンをまわし、冷蔵庫のアイスティーをグラスに注いだ。町から立ち去れと誰かに迫られたのは今週になって二度目。深く考えると気が滅入るし、落ちこみたくなかった。むしろ怒りを覚えたかった。メグはシャワーを浴び、ショートパンツにタンクトップを着てゴムぞうりを履き、教会を出た。

大きな柱がビューダイン邸の入口であることを示していた。さらに広葉樹の林を抜けるカーブに沿って車を走らせると石の橋があり、そこを渡ると車道はいくつかの曲がりくねった道へと枝分かれしていた。母屋はたやすく見いだせた。低く横に広がるような、テキサスふうの大牧場スタイルの家で、石灰岩にスタッコを使用し、アーチ型の窓とドアは黒い木材の枠になっている。低い壁の向こうに広々としたプールやプールハウス、中庭や庭園と母屋と同じスタイルのゲストハウスらしき小ぶりの家などが見えた。邸宅としてはさほどに豪奢《ごうしゃ》ではないものの、目の前には息を呑むような素晴らしい景観が広がっていた。

車道は迂回路になっていたため、メグは別のレーンに入ったが、行った先にはパッティング・グリーンと管理用の建物があるだけだった。メグはふたたび分岐点に戻り、別のレーンに進んだ。すると小ぶりの石とレンガでできた牧場スタイルの家があった。開いたガレージドアの奥にスキート・クーパーのピックアップトラックが見えた。専任のキャディーを住まわせているといった感じではなかった。

最後のレーンはうねる上り坂で、進んでいくと岩の崖に出た。目指す家はそこに建っていた。完璧にバランスのとれたクリーム色のスタッコ造りの長方形の建物はきわめて現代的なイメージを醸《かも》しだしている。屋根はV字型のバタフライ屋根。南側は全面大きなガラス窓になっており、日よけ用にシャープな張り出し部分が設けてある。屋根の上にあるしゃれた感じの風力タービンを目にする前に、これがテッド・ビューダインの家であることは一目瞭然だった。その美しさ、独創性、機能性がこの家の所有者の資質を物語っていたからだ。

メグがベルを鳴らす前に玄関のドアが開き、テッドが玄関先に立っていた。黒のTシャツにグレーのアスレティック・ショートパンツにはだしといういでたちだ。「見学は楽しかったかい?」

誰かがこっそり知らせたか、防犯カメラのモニターを彼が見たか、どちらかだろう。機械が好きな彼のこと、おそらく後者だろう。「ビューダイン王国の強大な支配者はさすがなんでもご存知ね」

「できるかぎり目配りはしているさ」彼はそういいながら、後ろに下がり、メグをなかへ通した。

室内は広々として、風通しがよく、室内装飾はグレーと白でまとめられていた。夏の強い日差しと同様に強いテッド・ビューダインの存在感をやわらげる色調だ。家具類はどれも低く、穏やかで押しつけがましくない、心地よさの感じられるものばかりだった。もっとも目を引くのは広いリビングの上に吊るすように造られたガラスの部屋である。

室内はまるで修道院のように無駄な飾りがなく、角に彫像が置かれてもおらず、壁に絵がかかってもいない。芸術は川に面した絶壁や花崗岩の丘、遠くに見えるほの暗い谷といった景観に存在していた。

メグは大きな家で育った。四方八方に広がったコネチカットの農家、ベル・エアの家、キューバのモロ湾にある別荘。だがそんなメグの目にもテッドの家は別格に映った。「素敵なお住まいね」メグはいった。

テッドが竹の床を渡ると、先刻メグが玄関から入る際に点灯していたロビーの照明が自動で消えた。「セックスが目的の訪問なら、おあいにくさま。もうきみには飽きた」彼はいった。

「配達トラックの荷台にあった大型ベッドに男性向きの安楽椅子の理由としては充分ね」

「カウチもあったはずだ。気を悪くしないでほしいんだが、教会の居心地はいいとはいえない。しかしいましがた受けた電話によると、きみは現状のまま暮らしたがっているという。なぜトラックを返した?」

「私があなたからのプレゼントを受け取るなんて本気で思ったの?」

「あれは自分用に調達したものだ。きみのためじゃない。もう二度と折り畳みマットレスの上で寝たくないからさ」

「私に飽きたといいながら、よくいうわ」

「ひょっとすると気持ちが変わるかもしれないからと思ってね」

「私の滞在先に家具を置くことはあなたの役目じゃないわ」メグはいった。「余裕ができたら、自分でするわよ。正直エアコンにはかなり気持ちが傾きかけたけどね。私って頑迷なほど自尊心だけは発達してるのよ」

「損な性格だね」

「気にかけるべき相手はいやというほどいるはずよ、町長さん。私なんかの面倒を見なくていいから」

メグはようやくテッドの気持ちを乱すことに成功した。テッドは奇妙な表情を浮かべた。

「そんなつもりでしたわけじゃない」

「認めなさいよ」メグはありったけの優しさをこめていった。「あなたの頭の皮を剝《は》がしてやろうとここへ乗りこんできたけど、この家を見て義憤も吹き飛んでしまったわ。なにか食べるものはある？」

彼は首を傾けた。「あっちにあるよ」

見事なステンレスのキッチンは広くなかったが、気が遠くなるほど機能的だった。リムジン一台分ほどの長さがある調理作業のためのセンターアイランドからディナーパーティが開ける大きさのなめらかなテーブルに背がワイヤーでできた四脚の椅子までが、見事に調和している。「ダイニングルームが好きじゃなくてね」彼はいった。「キッチンで食事するほうがいい」

「それには理由があるのよ。あなたも気づいているはず」

メグは空腹感を忘れ、この部屋のもっとも印象的な特徴であるこれまたガラス製の壁に向かってゆっくりと歩いていった。ここからは川がブルーグリーンのリボンのようにとがった花崗岩の棚状地層に向かって流れこんでいるピーダーネールズ・ヴァリーが見渡せる。谷の向こうで沈みゆく太陽が紫色の丘陵地を鮮やかなオレンジ色に染めている。「なんとも個性的だわ」メグはいった。「ここはあなたが設計したのよね？」

「ゼロ・エネルギーの実験のために建てたんだ」

「つまり？」

「この家は消費を上まわるエネルギーを生産している。現在はプラス四〇パーセントかな。屋根には光起電性の太陽光パネルが設置されているし、雨水をためる装置もある。排水浄化システム、地熱を使った冷暖房システムも利用している。オフモードの際、無駄な電力を消費しないように自動で電源をオフにする器具も使っている。基本的に自家発電で生活しているってことさ」

テッドは自治体の電力を最大限に活用するシステムを発明して財を成した人物だから、この家もそうした仕事の延長線上にあるのだろうが、それにしても見事だ。

「この国はエネルギーを消費しすぎている」テッドは冷蔵庫の扉を開けながらいった。「ローストビーフの残りがあるし、冷凍庫にも食品が入っているよ」

メグは驚嘆を言葉にせずにはいられなかった。「あなたにできないことなんてあるの？」

テッドは冷蔵庫の扉を閉め、勢いよく振り返った。「どうやらぼくのベッドテクニックはきみの基準には達しないみたいだ。どんな基準なのかはよくわからないけど」

メグはまたしてもうっかりと致命的部位に触れてしまったようだった。「あなたの気分を害するつもりはなかったの」

「女から不合格といわれてがっかりしないやつはいないさ」

「不合格だなんていってない。それどころか非の打ちどころがないわ。それは私だってわかる」

「じゃあ、なにが不満なんだ？」

「なんだっていいでしょ？」メグはいった。「それは私に問題があるからだと考えたりしないの？」

「そのとおり。きみの問題だよ。それから、ぼくは完璧じゃない。いい加減にそんな言い方はやめてもらいたいね」

「そうね。あなたは責任感が強すぎるし、本心を隠すのがうますぎて自分自身の感情がどうなのかわからなくなっているんじゃないかとさえ思えるほどよ。そのいい例が、ルーシーのこと。花嫁が祭壇の前から逃げ出したというのに、その現実を把握できていないし」

「ちょっと待ってくれ」テッドはメグを指さした。「仕事に就いたこともなく、将来への展望もなく、家族にも見かぎられたきみなんかに──」

「見かぎられたわけじゃないわ。ただ──よくわからないけど──様子を見ているだけよ」

メグは両手を振り上げた。「わかったわよ。あなたのいうとおりよ。私はあなたがあまりになにもかも手にしているからやっかんでいるの」

テッドの語調が少しやわらいだ。「きみは羨んでなどいない。自分でもわかっているはずだ」

「少し羨ましいわよ。あなたは誰に対しても本心を絶対見せない。私は誰に対しても本心を見せずにいられないんだもの」

「度が過ぎるほどにね」

メグは反論せずにいられなかった。「あなたはもっと素直になるべきよ」

テッドはあきれたようにメグを見た。「ドリンクカートを運転しているやつがよくも」

「それを自覚したうえでいってるの。悲しいことに、私はあんな仕事が大嫌いときてる」テッドはあほらしいというように鼻を鳴らし、また冷蔵庫のドアを開けた。メグははっと息を呑んだ。一歩近づき、彼の手をつかみ、てのひらにしげしげと見入った。「すごいわ、これはキリストの聖痕《スティグマータ》ね」

テッドはつかまれた手を離した。「マジックペンがたまたまついただけだよ」

メグは心臓を押さえた。「呼吸を整えるから待って」

「それからほかの部屋も案内して」

テッドはてのひらについた赤い汚れをこすり、不機嫌な顔をした。「案内するどころかさっさと追い出したいね」

「そんな度胸もないくせに」

テッドは荒々しい歩調でキッチンを出たので、ほんとうに追い出されるかとメグは思ったが、リビングの中央に進むと、彼は玄関に背を向け、宙に浮かんだガラス張りの部屋への階段を上りはじめた。メグも彼の後ろから彼の書斎に入った。

それは設備の整ったツリーハウスに入ったような感覚だった。居心地のよい椅子のまわりには書棚があり、奥の壁の先にはガラス張りの解放廊下になっていて、その先には丘陵地に面した小さな離れが見えた。「防空壕?」メグは訊いた。「それとも女たちから身を隠すための隠れ家?」

「オフィスだよ」

「かっこいい」メグは彼の許可を待たず、廊下を渡った。一対のシーリング・ライトが自動的に点灯し、メグは階段を二段おりて高い窓のある広い部屋に入った。強化ガラスとスティールでできた大きなコンピュータのワークステーション。人間工学的に作られた椅子がいくつかと、機能的な作り付けの保存用キャビネット。オフィスは無菌状態に近いくらい整然としていた。所有者の効率性のよさだけを表わした造りだ。

「ヌードのカレンダーや『ウィネット大好き』のコーヒーマグもなし？」

「仕事をする場所だからね」

メグはふたたび廊下を渡って書斎に戻った。「『ナルニア国物語』か」彼女は書棚に並ぶ児童文学書を見ながらいった。「私も大好きだったわ。ジュディ・ブルームの『愉快な本シリーズ』も繰り返し愛読した」

「おにいちゃんのピーターと弟のファッジの物語さ」メグの後ろから書斎に戻ったテッドがいった。

「まだこんなのを保存しているなんて、信じられないわ」

「昔の友だちを棄てられなくてね」

メグは、彼にも友だちなぞいたのかという気がした。テッドは全世界のことを思ってばかりいる。なのにその世界に心を開ける相手が、どれだけいるのか。

メグは彼の蔵書をつぶさに見て、文学作品から風俗小説、伝記からノンフィクション、眩暈《めまい》を覚えるほど多岐にわたるありとあらゆる類いの書物や科学技術に関する解説書が揃っていることを知った。地球汚染や地球環境の危機に関するもの、地球生物学、農薬使用や公衆衛生についての本。土壌管理、安全な水、動植物の生息地や湿地帯保護についての解説書。

まさしく腑《ふ》に落ちなかった。「私がゴルフコースは地球環境の破壊につながると力説していたとき、あなたにはこういった本から得た充分すぎる知識があったわけね」メグは本棚から『新しいエコロジー』という本を抜き取った。「たしかこれは大学時代の必読書のリストにあった本だわ。借りてもいいかしら？」

「どうぞ」テッドは低いカウチに腰かけ、足首を組んだ。ルーシーから聞いたけど、きみは大学四年で退学したらしいね。でも理由は話してくれなかったよ」

「授業についていけなくなったから」

「いい加減なことはいわないでくれ」

メグは本の表紙を撫でた。「なんだか落ち着かなかったの。分別がなかったといまでは思う。自分の人生が始まるのが待ちきれなくて、大学にいるのが時間の無駄に思えたのよ」つい自嘲《じちよう》的な口調になってしまうのが自分でもいやだった。「やっぱりあなたのいうとおり、恵まれた環境に甘えた生意気なセレブ二世なのよ」

「いやいや、そうじゃないだろう」

メグはテッドの見透かしたようなまなざしがいやだった。「昔もそうだし、いまだってそういうところが抜けてないわ」

「そんなことというなら、ぼくだってセレブ二世だぞ」

「そうね。あなたもルーシーも。同じように抜きんでて成功を収めた両親を持ち、恵まれた環境に育ちながら、あなたたちはまともに成長した」

「それはぼくらが早い時期に情熱を注げる対象を見出したからにすぎない」テッドは落ち着いた声でいった。

「それをいうなら、私だって見出したわよ。世界じゅうを楽しく放浪してまわる生活よ」

テッドは床から拾い上げたペンを手でもてあそんだ。「若者っていうのはたいていそうやって人生に目覚めていくんだよ。ぼくらのような成功した両親のもとで育つセレブ二世には確たる人生の指針は与えられていない。両親が誇りに思ってくれるような成功を手にしたいのは誰しも同じ。しかしそれぞれの分野で目覚ましい成功を収めた両親を持つ子どもにとって、それは少しハードルが高い」

「あなたとルーシーはちゃんとそれを成し遂げたじゃない。私の弟たちもね。クレイだってそう。まだ大金を稼いでいるわけじゃないけど、とてつもない才能を持っているから、いまに稼ぐようになるわ」

テッドはペンをクリックした。「裕福な家庭に生まれたやつのなかにはのらくらとクラブ三昧で定職にも就かないのがごろごろいるけど、少なくともきみはそこまで最低じゃない」

「たしかにね。でも……」ようやく発した言葉だったが、その声はか細かった。「私も情熱の対象を見つけたい」

「見当違いの方向で探していたのかもしれないよ」テッドは静かにいった。

「私が世界じゅうを巡っていたことを忘れないで」

「世界じゅうを旅するのは自分の心を旅するよりずっと楽しいからね」彼はペンを置き、カウチから立ち上がった。「きみはなにをしているとき幸せを感じるのかな、メグ？　きみに必要なのはその答えだよ」

あなたといると幸せを感じるわ。あなたを見て、あなたの声を聴いていれば。あなたが頭脳を働かせる様子を観察すること。あなたにキスすること。あなたの体に触れること。私の体に触れてもらうこと。「戸外で過ごすことね」メグは答えた。「素敵な服を着たり、ビーズやコインを収集すること。弟たちと喧嘩したり鳥の声に耳を傾け、大気の香りを嗅ぐこと。そういう有意義なことが好き」

それを聞いてもイエス・キリストは鼻で笑ったりしないだろう。テッドもそうだった。

「それなら、そのなかに答えがあるということさ」

話題があまりに深くなりすぎていた。相手の精神分析をしたいのは彼女のほうだったのに、逆になっていた。メグは空いたカウチの上に腰をおろした。「ところで、あの素敵なオークションはどうなっているの？」

テッドの表情が曇った。「知らないし、知りたくもない」

「私が最後に聞いたとき、入札は七〇〇〇ドルを超えていたわよ」

「そんなこと知らないし、どうでもいい」

メグは話題を自分の欠点からそらすことに成功し、足をフットスツールに乗せた。「昨日クラブで〈USAトゥデー〉を読んで、こんな地方の出来事が全米の関心を集めていることに興味を覚えたわ」

テッドは幅の狭いテーブルに置かれていた数冊の本を本棚に戻した。

「生活セクションの見出しが秀逸だったわよ」メグは空にそれを描いてみせた。「『失意のジョリックの元フィアンセを落札しよう』だって。あなたをそうとうの博愛主義者のように書いてたわ」

「もうその話題はやめてくれないか?」テッドは怒鳴るようにいった。

メグは微笑んだ。「あなたとサニーはサンフランシスコで素敵な一夜を過ごすことになりそうね。ぜひ彼女をヤング美術館に案内してね」彼が怒鳴る前にいい添える。「別室を見せてくれる?」

またしても怒鳴り声。「なにかに手を触れるつもりか?」

どこまでも人間らしいメグは立ち上がりながら、彼に視線を向けずにいられなかった。

「そのつもりよ」

たったそのひと言で嵐のようなテッドの瞳が晴れた。彼は顔を上げた。「それじゃあ、寝室に案内しようか?」

「いいわ」

彼はドアに向かい、急に立ち止まって振り返り、メグをにらんだ。「また批評するつもりかい?」

「前回は気分が落ちこんでいたから。それだけ。気にしないで」

「しないさ」彼は一定量の悪意をこめて、そう答えた。

寝室には読書にぴったりの四角い椅子が一対置いてあった。丸めた金属のシェードがついたランプ、明かりは入るがほかの部屋のようにたっぷりの景観が臨めない高い窓がプライバシーをしっかり守ってくれている。マットレスを載せただけのプラットフォーム・ベッドを覆うグレーのキルト。彼はそのベッドカバーを服を脱ぐ前にはがし取り、竹の床に落とした。

メグは彼が前回のミスを挽回しようと決意しているのをすぐに感じた。とはいえ彼はそれがどんなミスだったのかはわかっていない。メグは過去にこれほど完璧なキスをされたことも、これほど細心の注意を払って愛撫されたことも、これほどうっとりとする刺激を受けたこともなかった。どうやら彼はあと少し激しくすればそれでいいと確信しているようだった。メグのほうがリードしようとしても、それを受け入れた。しかし彼は奉仕されるより奉仕したい人間なので、あまり没頭できなかったようだ。大切なことは彼女の満足であり、彼女の肉体に対して最高レベルのパフォーマンスを示すために自分の快楽は先延ばしにしていた。注意深く研究し、完璧に実行する。まるで性の指南書に書かれた内容をそのまま実行しているかのように。これまで愛を交わした女性たちにしてきたそのままに。とはいえそんなプロセスによって評価を上げるわけにはいかない。今度はそうした思いを胸にしまっておくつもりだったが、ようやく考えて片肘をついて彼と向かい合った。

彼はいまだ息を弾ませている。あれだけ頑張ったのだから当然だ。メグは体毛処理とは無縁の汗ばんだ胸板を撫で、自分の唇を舐めた。「素敵だった。星が見えたほどよ」

テッドは眉根を寄せた。「まだ満足できないのか？」

こうも心を読まれてしまうと手に負えない。メグは大袈裟《おおげさ》に溜息をついた。「冗談いわないで。私ほど幸運な女はいないわ」

彼はただメグの顔を見つめるばかりだった。

メグは枕にもたれ、うめいた。「あなたを市場に出せれば、私もひと財産作れるのに。そうよ、それを私の人生の目標にすればいいのね。ただ――」

テッドはベッドからおりた。「なんだよメグ！　きみはいったいどうしてほしいんだ？」

あなたに求められたいの。私の情熱をかきたてるだけじゃなく、みずから求めてほしいの。しかしそんな言葉を発したら、ただのビューダイン・グルーピーの一人に成り下がってしまう。「ばかにこだわるわね。それよりなにか食べさせてくれないの？」

「こだわってるわけじゃないし、食わせるつもりもない」

「そんなはずないわ。他人の面倒を見ずにはいられないたちだもの」

「いつからそれが欠点扱いされるようになったんだ？」

「欠点なわけないでしょ」メグは弱々しく微笑んだ。

彼がバスルームに向かったので、メグは枕にもたれた。テッドは他人を思いやるだけでなく、それを行動で示す。彼は優れた鋭敏な頭脳の持ち主でありながら、その恩恵に浴するどころか自分の関わるすべての人びと、すべての事柄に対する責任感に支配されている。こんな優れた人間はどこを探してもいるものではない。またこれほど孤独な人間もそうそういないだろう。こんな重荷を背負うのはさぞ辛いことに違いない。彼が本音を隠しているのもうなずけるというものだ。

　ひょっとすると自分はテッドが精神的な距離を置いていることを無意識のうちにもっともらしく解釈しているだけなのかもしれない。ほかの性的被征服者たちと同様に扱われていると思うと不愉快だったが、テッドはルーシーに対してこんなふうに粗暴なふるまいはしなかったのではないかとも思えた。

　メグはシーツを蹴《け》り、ベッドをおりた。テッドは誰に対してもこれは特別な関係なんだという感じを抱かせる。それが彼の見事な手品なのだ。


　スペンスとサニーはなにも決定することなくウィネットを去った。町民たちの思いは二人がやっといなくなったという安堵感と、もう姿を現わさないのではないかという懸念とのあいだで揺れていた。しかしメグは案じていなかった。サニーがテッドに狙いを定めているかぎり、彼女はまた戻ってくるだろうと思うからだった。

　スペンスは毎日メグに電話をよこした。また豪華なティシューカバーや石鹸《せっけん》入れ、彼の会社ヴァイスロイ・インダストリーズ製の高級タオル掛けを贈ってきた。「今週私とLAに旅行しよう」スペンスはいった。「あちこち案内したり、きみの両親や友人に私を紹介してくれないか。きっと楽しいぞ」

　スペンスは自惚《うぬぼ》れの強すぎる人物なので、誘いを断わられることが理解できず、彼の機嫌を損なうことなく関係に一定の距離を置くことが日増しにむずかしくなるいっぽうだった。

「あら残念ね、スペンス。あいにくとみんな町にいないのよ。来月あたりなら大丈夫かも」

テッドも出張中で、メグは彼が恋しいと感じる自分の気持ちがいやだった。ゴルファーがプレーを終えるまでドリンクカートも出番がないので、メグはその時間を利用して気持ちを切り替えたり、銀行口座を設ける計画を練ったりした。インターネットで送料が無料のアクセサリーの素材業者のサイトを見つけ、このところそこで買った道具と材料に手持ちの工芸品を使い、ネックレスとイヤリングを制作している。

それを作り上げた翌日さっそく身に着けていると、午前中のコンペに来た女性プレーヤーがすぐに注目した。「こんなイヤリング見たことないわ」グループで唯一ダイエット・ペプシを愛飲しているプレーヤーはいった。

「恐れ入ります」メグはイヤリングを耳からはずし、差し出した。「ビーズはチベットのシェルパ族のサンゴなんです。古代のもので、色が褪せている感じが気に入ってます」

「ネックレスも見せてよ」別の女性がいった。「すごく個性的なデザインね」

「これは中国の針入れなんです」メグは答えた。「東南アジアの華僑《かきよう》から買いました。百年以上昔のものです」

「そんなものを所有しているなんてね。あなたの作品を売るつもりはないの？」

「まあ、そんなこと考えたことなかったわ」

「そのイヤリングが欲しいわ」ダイエット・ペプシがいった。

「そのネックレスはいくら？」別のゴルファーが訊いた。

そうして商売が始まった。

女性たちは歴史のある工芸品を使った美しいアクセサリーがとても気に入り、翌週の週末までに追加で三点を購入した。真正さには愚直なほどこだわりを持つメグは、それぞれのデザインに来歴を記したカードを付けた。どの素材が本物の骨董品で、どれがコピーかを記し、それにしたがって値段を決めていた。

ケイラがメグの商売の噂を聞きつけ、リセール・ショップの委託販売品として数点注文してきた。あまりに上出来すぎるスタートだった。

長い二週間が過ぎ、ようやくテッドが教会にやってきた。彼がドアの内側に入った瞬間、二人はたがいの衣服を剝ぎとっていた。暑い聖歌隊ロフトにたどり着くまでも待てないほどで、もつれるようにしてメグがクラブのゴミ集積場から拾ってきたカウチに倒れこんだ。テッドは籐《とう》のアームに体がぶつかるのが気になるようだったが、そんな不快感もすぐに忘れ、性愛のテクニックの不可解な欠点をなんとしても解明しようと全知力を駆使することに集中した。

メグはいつものように彼に屈服した。二人はカウチから床に落ちた。ファンの風が二人の裸体の上でそよぎ、彼はセックス指導ビデオのすべてのステップを実行することに熱中していた。煌々《こうこう》とした光が錫《すず》の天井を横切るように照らした。メグは彼にしがみついた。そして乞い、命じ、屈服した。

二人がようやく果てたとき、彼は気力を絞り出すようにして、不機嫌な声で訊いた。「今日は合格かい？」

「もちろんよ！」

「当然だ。五回もいかせたんだから。否定するなよ」

「私のオーガズムを数えるのはやめてよ」

「ぼくは理数系だから、数値にはこだわるよ」

メグは苦笑いして、彼をつついた。「ベッドを階下《した》におろすのを手伝ってよ。あそこは暑くて眠れないの」

どうやらこれは触れてはならない話題だったようで、彼はカウチから勢いよく立ち上がった。「ここはどこもかしこも暑すぎる。それにあんなのはベッドとは呼ばない。ただのマットレスだ。おれたちがまだ十代ならそれでもいいが、もう大人だからさ」

そんなテッドらしくない暴言を聞きながら、メグは思う存分彼の肉体を観賞した。「ようやく家具を手に入れたんだから、文句はいわないで」

最近女子用ロッカールームが改装され、廃棄処分のものを貰い受けることができたのだった。古びた籐のカウチやランプは教会にぴったりだった。しかし彼は気に入らないようだった。ふとある記憶が脳裏をよぎり、メグは床から立ち上がった。「そういえば光が見えたの」

「それはよかったな」

「違うの。ちょうど二人がいましも昇りつめようとしていたときよ……」ちょうどあのタイミングに。「あれは車のヘッドライトだったわ。誰かが教会に車でやってきたんだと思う」

「なんの音もしなかったけどな」そういいながらも彼はショートパンツを穿き、外を見にいった。メグも彼のあとに続いたが、見えるのは彼のトラックとメグの車だけだった。

「誰かがやってきたにしても」彼はいった。「立ち去るだけの配慮があったということさ」

誰かにテッドと一緒のところを見られたかもしれないと思うと、メグは不安になった。テッドに片思いをしているふりをするのは許される。けれど、現実はそれ以上の関係だと他人には知られたくない。


性愛テクニック抜群の相手とのセックスに思ったほどの満足感はなかったが、二日後もっとも高価な作品が売れた。ローマ時代の青のカボションをネパールの銀職人から習った手法を使って上質のシルバーで包んだものだ。なにもかもが気味の悪いほどうまく運んでおり、翌日の夕刻クラブから出るころには心はほとんど安堵感で満ちていた。しかしそのとき、誰かが彼女のポンコツ車にいたずら書きをしたことがわかった。

ひっかき傷は長く深く、フロントのフェンダーからトランクまで続いていたが、車のみすぼらしさを考えると、たいした被害ではないように見えた。そのときほかの車がなぜか警笛を鳴らしはじめた。はじめはわけがわからなかったが、よく見ると車のむきだしのバンパーにステッカーが貼りつけられてあるのだった。

私はすぐ寝る女

意地悪されても気にしない

テッドは従業員用の駐車場でうずくまっているメグを見つけ、悪意に満ちたステッカーを剝がそうとした。メグはわめきたくはなかったがこらえきれなかった。「なんでこんなことをする人がいるの？」

「陰湿だからだよ。いいからぼくが剝がしてやるよ」

そういいながら車から剝がそうといるテッドの優しさにメグは思わず泣きそうになった。バッグのなかからティシューを探し、鼻をかんだ。「これは私がしかけたジョークじゃないのよ」

「わかってる。ぼくのいたずらでもない」彼は答えた。

メグが顔をそむけているあいだに、テッドは几帳面に二枚目のステッカーを剝がしはじめた。「この町の人たちは卑劣だわ」メグはいった。

「これは子どものいたずらだろう。だからといって許されるわけじゃないが」

メグは自分の体を包むように胸の前で腕を交差させた。花壇でスプリンクラーがまわっていた。彼女はふたたび鼻をかんだ。

「おい、泣いているのか？」彼が訊いた。

泣いてはいなかったが、メグはいまにも泣き出しそうになっていた。「私は泣き虫じゃない。昔もこれからも」かつては泣くほど悲しい思いをしたことがなかった。この数カ月を除けば。

そんな強気の言葉が信じられなかったのか、テッドは立ち上がって彼女の肩に手を乗せた。

「あのアーリス・フーバーの仕打ちにも耐えた。このぼくにも。だからこんなこと、乗りきれるよ」

「あまりにも……たちが悪すぎるわ」

テッドはメグの髪に軽くキスをした。「こんなことをした子どもが誰か、そのうちわかるよ」

「子どもとはかぎらないわ。この町には私を嫌う人が多すぎるから」

「そんな人はどんどん少なくなっているよ」テッドは静かな声でいった。「きみが毅然《きぜん》と自分の意見を主張するうち、きみに敬意を払う人がふえた」

「そんなことを気にする自分が解せないわ」

彼の表情があまりに優しいので、メグは嗚咽《おえつ》をもらしそうになった。「それはきみが自分の人生を切り拓《ひら》こうと孤軍奮闘しているからだよ」

「あなたは力を貸してくれてるわ」

「そうかな？」テッドは肩に置いた手をおろし、またしても苛立《いらだ》ちの表情を見せた。「きみは手を差し伸べようとしても拒んでいるじゃないか。夕食への誘いさえも」

「サニー・スキップジャックの件は別にしても、私のように罪深い女が町民の崇める町長と性的関係にあることを誰にも知られたくないからよ」

「思い込みが激しいな。ぼくが会いにこなかったのは二週間留守にしていたからにすぎない」

「こうして戻ってきたんだから、なにも変わらないわよ。私たちの束の間の関係はあくまで秘密にしておくわ」

彼は問題を一時棚上げにし、自宅で一緒に夕食でもどうかと誘った。メグはその誘いを受けることにしたが、彼の自宅に着くとすぐ二階に連れていかれた。そして正確で計算された性のゲームが始まった。それが終わるころにはメグも体のすべての細胞が満ち足りるような愉悦を味わった。ただし魂まで陶酔することはなかった。それが肝心なのに、とメグは密かに思った。

「まるで手品師だわ」メグはいった。「こんなに甘やかされるとほかの男を相手にできなくなるじゃないの」

テッドはベッドカバーを剝がし、ベッドサイドに足を振りおろし、姿を消した。

少ししてメグが行ってみると、テッドはキッチンにいた。メグは彼の脱ぎ捨てた黒のTシャツをパンティの上からはおっているが、残りの衣類は彼の寝室のキルトの上にまるめたままになっている。メグが指でまさぐったせいで彼の黒褐色の髪は乱れている。胸はあらわで裸足のまま。身に着けているのはショートパンツのみ。ボクサーパンツは、たまたま目に入っただけだが、シーツの上にあった。

テッドはビールを手にしていた。カウンターにもメグのためにビールが置かれていた。

「炊事は苦手なんだ」彼は美しい面立ちを不機嫌に歪めて、いった。

メグはどうしても視線をそそいでしまう彼の胸板から目をそらした。「嘘よ。あなたは万能だもの」彼女は失望のせめてもの埋め合わせにと、無遠慮に彼の股間を見つめた。「すべてにおいて」

テッドは彼女の心が読めたのか、鼻で笑った。「もしぼくがきみの基準に達しないのであれば、謝るしかない」

「それは思い違いよ。おなかが減ったわ」

彼はむっつりした顔のままシンクに腰でもたれた。「冷凍庫にあるものから好きに選べよ。解凍してやるから」

こんな粗暴な口のきき方をほかの女性にはしないと思ったとき、メグの気持ちは高揚した。センター・アイランドに向かいながら、町長とデートのオークションの話題を持ち出そうと思ったが、全国紙でも入札額が九〇〇〇ドルを超えたと話題を煽り立てているというのに、いまさら訊くのも気が引けた。

男性の冷蔵庫の中身は持ち主をよく表わすものだ。扉を開くとピカピカのガラスの棚にはオーガニック・ミルクやビール、チーズやサンドイッチ用の肉類、きちんとラベルを貼った食品保存容器が整然と並べられていた。冷凍庫を覗いてみると、そこにはより多くの食品があった。値段の高そうなオーガニックの冷凍ディナーやチョコレート・アイスクリームもある。メグは彼のほうを向いていった。「えらくシックな冷蔵庫ね」

「きみの冷蔵庫みたいに?」

「全然。でも私がもっとましな女なら、こんなふうだったでしょうね」テッドは唇の端を片方つり上げた。「わかっているくせに。冷蔵庫の掃除をしたり、食品を買い揃えたりしているのがぼくじゃないことを」

「ヘイリーが食料品の買い出しをやっていることは知っているわ。私もパーソナル・アシスタントが欲しい」

「あの子はぼくのパーソナル・アシスタントじゃない」

「彼女にそんなことといわないであげて」メグは日付とラベルのついた容器を取り出した。ハムとスィートポテトだ。メグも料理が得意ではないが、少なくとも両親よりはできる。ひんぱんにキッチンに侵入してくるコランダ家の子どもたちを叱りもせず、料理を手ほどきしてくれた家政婦たちのおかげだ。

メグが一番下の段の加湿器の奥にサラダ用の野菜がないかと探していると、玄関のドアが開き、竹の床を歩く靴のヒールの音が聞こえた。メグは刺すような不安が全身を駆け抜けるのを感じた。そして急いで体を起こした。

フランセスカ・デイ・ビューダインがつかつかと入ってきて、腕を広げた。「テディ!」

14

テッドの母親は五十代半ばに達しようとする女性には似つかわしくない黒のスキニーパンツにホットピンクのコルセット型トップを着ていた。艶やかな栗色の髪にはしらがは一本もなく、よほど運がいいか腕のいいカラリストがついているのだろうと思えた。耳たぶと首の付け根、指にはダイヤモンドが輝きを放っていたが、けっして過剰な装飾には見えなかった。それどころか、美貌と実力、独自のスタイルを持つ、みずから人生を切り拓いた女性の気品が漂っていた。フランセスカは愛する息子が胸をむきだしにしていることに気を取られ、いまだメグの存在に気づいていない。

「ずっと会えなくて寂しかったわ！」背の高い息子の腕に包まれたフランセスカがあまりに小柄で、この男性をこの世に産み落としたことが信じられないほどだった。「ベルを鳴らしたけど、ベルが壊れているわよ」

「接続をはずしてあるんだよ。指紋検知ができる玄関の錠を製作中だからね」テッドは母親に抱擁を返し、しばらくして離れた。「ヒーロー警官のインタビューはうまくいったのかい？」

「彼らは素晴らしかったわ。インタビューはどれもうまくいったんだけど、あの野蛮な俳優だけは別。名前を口にするのもおぞましいぐらい」フランセスカは両手を振り上げ、そのときメグの存在に気づいた。

外に停めてあるメグの車を見ただろうに、猫のような緑の目を見開いたショックの表情を見るかぎり、車はなにかの業務用車か普段と違う友人の車と思ったようだ。メグとテッドの乱れた服装から判断して、二人がなにをしていたかはあまりに明白であり、フランセスカは総毛立った。

「母さん、メグを覚えているだろう?」

もしフランセスカが動物だったら、うなじの毛が逆立っていたことだろう。「ええもちろん」

あまりにあからさまな敵意は見ていてコミカルなほどだったが、あいにくとメグは吐き気を覚えていた。「ミセス・ビューダイン」

フランセスカはメグから目をそむけ、いとしい息子に焦点を当てた。メグは他人の目に浮かぶ怒りの色に慣れていたが、テッドにもその一部が及ぶのは耐えがたかったので、フランセスカがなにかいう前に口をはさんだ。「私もこの世のすべての女性の例にもれず、自分から彼に抱きつきました。彼はそれを止めることができませんでした。こんな光景、見慣れていらっしゃるでしょう?」

フランセスカもテッドもメグを凝視するばかりだった。フランセスカは敵意で、テッドは信じがたいというように。

メグはテッドのTシャツの裾を引っ張り、できるだけ下半身を隠そうとした。「ごめんなさいね、テッド。もう……二度としないわ。私はそろそろ――失礼するわね」ただし、ショートパンツのポケットに入れた車のキーを取り戻す必要があり、そのためには寝室に戻るしかなかった。

「どこにも行くな、メグ」テッドは落ち着いた口調でいった。「母さん、メグは自分から身を投げ出したわけじゃないんだ。それどころかぼくを受け入れられないほどだ。それから、母さんはこの件に口出ししないでもらいたい」

メグははっと顔を上げた。「お母さまにそんな言い方すべきじゃないわ」

「ごますりなんかやめろ」とテッドがいった。「そんなことしても、なんの効果もない」

しかしメグは最後にもう一度試みた。「私が悪いんです」メグはフランセスカにいった。「私の悪影響なんです」

「やめろ」彼はカウンターの上の食品保存容器に向けて顎をしゃくった。「ぼくら、これから食事をするところだったんだ。母さんも一緒にどう?」

そんなことが起きるはずもなかった。

「遠慮するわ」きびきびした英国アクセントの言葉はいっそう冷酷に響いた。フランセスカはストラップ付きのヒールを履いた足で一歩下がり、息子を見上げた。「この件についてはのちほど話し合いましょう」彼女は床に怒りを刻み付けるように足音をたてながらキッチンから出ていった。

玄関のドアは閉まったが、香水のドクニンジンのやや強い匂いがあとに残った。メグは暗い顔でいった。「ママだって、こんなに大きくなった息子に罰として外出禁止をいい渡すこともできないでしょうよ」

「あの母ならやりかねないけどね」彼は苦笑いしてビール瓶を持ち上げた。「やっぱり町一番の嫌われ者と付き合うのはしんどいね」

「テディったら、あんな娘とできていたのよ!」フランセスカは声を張り上げた。「こんなことになってるなんて、あなたも知っていたの？　うちの息子が彼女と寝ていることを？」エマはちょうど夫のケニーや子どもたちと一緒に朝食をとろうとテーブルに着いたばかりだった。ケニーはフランセスカの顔を見るなり、マフィンのバスケットをつかみ、子どもたちを抱き上げていなくなった。エマはお気に入りの場所であるサンポーチに友人を案内した。ここならフランセスカの気持ちもやわらぐのではないかと思ったのだ。しかしかぐわしい朝の風、美しい牧草地の眺めでさえ彼女の気持ちを静めることはできなかった。

フランセスカはいましがた座ったばかりの黒い籐の椅子から勢いよく立ち上がった。素顔でも充分美しいが、普段と違い化粧もしていない。小さな足に履いているのは、どうやらガーデニングのときしか使わない底が木のサンダルだ。「あの娘はこうなるように、最初からたくらんでいたのよ」フランセスカは小さな手を振り上げた。「私がダリーに話したとおりになったわ。まずルーシーを追い払い、テディに近づく。でもあの子は人を見る目は確かなのよ。まさかあんな娘にたらしこまれるなんて思いもしなかった。どうしてこんなに洞察力をなくしてしまったのかしら？」彼女は古びた『ファンシー・ナンシー』シリーズの本をまたいだ。「きっとルーシーのことでショックから立ち直っていないんだわ。そうでもなくちゃ説明がつかない。あの娘は性悪よ、エマ。テディをものにするためならどんな手段でも使うわ。ダリーはまるで使いものにならないの。だってテッドはもう大人だからおまえは口出しするな、なんていうんですもの。でも息子の心が病んでいると知ったら、口出ししないわけにいかないわ。ええ、こんなときこそ大いに口出しするわよ」フランセスカは『ファンシー・ナンシー』の本を拾い上げ、エマに差し出した。「あなたは知っていたはずよ。なぜ連絡してくれなかったのよ」

「私だってまさかこんなことになっているとは知らなかったわよ。マフィンはいかが、フランセスカ？　お茶も淹《い》れるわ」

　フランセスカは本を椅子の上に投げ出した。「誰かが気づいていたはずよ」

「あなたはここを留守にしていたから、スキップジャック親子をめぐって事情が込み入ってしまったことを知らないのよ。スペンスはメグにご執心だし、サニーはテッドに夢中なの。結婚式が中止になったあとにスペンスがまたウィネットに戻ってきた理由はまさにそれよ」

　フランセスカはスキップジャック親子など問題にしていなかった。「トーリーからサニーの話は聞いたけど、あの子ならうまくあしらえると思うわ」その瞳が悲しげに翳った。「あなたかトーリーから連絡してほしかったわね」

「ほんとうに面倒なことになってしまったの。メグが一部の人たちに自分がテッドに片思いをしていると打ち明けたことは事実だけど、スペンスを近づけないための口実にしているだけじゃないかと私たちは見ているの」

フランセスカは驚きで緑の目を見開いた。「彼女がなぜテッドに恋していないと思うのよ？」

「態度を見ていればわかるわ」エマは辛抱づよく説明した。「トーリー以外にあれほどずけずけと彼に物をいう女性なんて見たことがないもの。彼のそばにいてもうっとりした顔もしないし彼の一語一句に聞き入ったりしないの。あからさまに反論するしね」

「思ったより知恵がまわるのね」フランセスカはすでに乱れた髪をかき乱した。「テッドは自分を困らせる女性と付き合ったことがないの。彼の気を惹くには有利なやり方だわ」フランセスカは力なくカウチに座りこんだ。「メグがドラッグ中毒でないことを祈るわ。ハリウッドではドラッグを楽しむのは普通のことになってしまっているから、大いにありうることよ」

「メグはドラッグなんてやる人じゃないと思うわ、フランセスカ。私たちも彼女にこの町から出ていくようずいぶん説得したのよ。サニー・スキップジャックはライバルの存在を快く思わないでしょうし、スペンスは娘を溺愛しているから。どんどん事情は混乱していくばかりよ。メグはお金に困っているらしいので、小切手を渡そうとしたの。町の経済状態はよくないのは重々承知よ。でも受け取らなかったわ」

「当然じゃないの。これからテッドと彼の財産を手にしようともくろんでいるのに、けちな額の小切手なんか見向きもしないでしょうよ」

「メグはそんなにわかりやすい女性じゃないかもしれないわよ」

「そうに決まっているわよ！」フランセスカは激しく反論した。「あの娘は親から勘当されたのよ。そこまでされるにはそれなりの理由があったに違いないわ」

ここは慎重に対処すべきだとエマは感じた。フランセスカは知性も理性もある女性だが、息子や夫に関してはかならずしも理性的ではない。家族を思う気持ちは激しく、彼らを守るためなら軍隊さえも蹴散らしてしまう。夫や息子がたとえ保護を望まなくても。「なかなかむずかしいでしょうけど、あなたもメグのことをもう少しわかってあげたらどうかしら……」

フランセスカは椅子の上で踏みつけていたスター・ウォーズのフィギュアを拾い上げ、わきへ投げた。「夫をふくめ、誰がなんといおうと、私は息子がたらしこまれるのを黙ってみているつもりはないわ……」フランセスカは目をしばたたいた。がっくりと肩を落とした彼女は気力が萎《な》えてしまったようだった。「なぜいま、こんなことになったの？」彼女は小声でいった。

エマはフランセスカと並んでカウチに座った。「あなたはまだルーシーが戻ってくることを願っているのね？」

フランセスカは目をこすった。目の下にできた隈《くま》を見ても、夜もよく眠れていないことがうかがえる。「ルーシーは失踪後も、ワシントンに戻っていないの」

「そうなの？」

「ニーリーと話したのよ。彼女も私もこれはいい兆候だととらえているの。実家にも戻らず、仕事にも復帰せず、友人に連絡もせずにいれば、自然と自分自身について深く考え、自分が棄てたものの価値にも気づくでしょうから。ルーシーとテッドが一緒の様子をあなたも見たでしょう？　二人は愛しあっていたのよ。愛で結ばれていたの。テッドはルーシーのことをけっして話題にしようとしない。それを見れば、彼の気持ちがわかるわよ」

「もうあれから二カ月よ」エマは慎重に言葉を選んだ。「長い時間が流れてしまったわ」

フランセスカはまったくそう思っていないようだった。「私はこのゴタゴタをすぐにでも収束させたいの」彼女はふたたびカウチから立ち上がり、歩きまわった。「時間をかけてもルーシーには考え直してもらいたいわ。もしルーシーがようやくウィネットに戻ってきて、テッドが親友と深い仲になっていると知ったらどうなると思う？　考えるだけでも耐えがたいことだわ」彼女はエマのほうを振り向いた。口元は堅い決意に結ばれていた。「この私がそれを阻止してみせるわ」

エマはふたたび説得しようとした。「テッドは自立した大人よ。くれぐれも――くれぐれも早まった行動に走らないでちょうだいね」エマは懸念に満ちた視線で友人を見つめ、お茶を淹れようとキッチンに向かった。やかんに水をくみながら、ウィネットでもっとも頻繁に話題に上る伝説の一つを思い起こした。伝え聞くところによると、フランセスカは愛する息子を守る決意を示すため、四カラットのダイヤを砂利の採石場に投げ出したという。メグはよほど用心しないとたいへんな目に遇うことになる。

メグはフランセスカ・ビューダインと遭遇した翌日、事情説明のために事務所に呼び出された。プロショップの前をドリンクカートに乗って通り過ぎようとしたとき、テッドとサニーが姿を現わした。サニーはブルーと黄色のハーレクイン柄のゴルフ用ミニスカートとノースリーブを着て、ポロシャツの開いた胸元に四葉型ダイヤのペンダントを飾っている。いかにもこぎれいで、自制心や有能さを持ち合わせた自信にあふれていた。二人はハーフのナインホールをまわるため、コースに出ていった。

テッドはサニーとおそろいの淡いブルーのポロシャツを着ていた。二人ともハイテクのゴルフ・シューズを履き、サニーは黒髪に黄色のクリップ式サンバイザーを、テッドは野球帽をそれぞれかぶっている。ゴルフ・リゾートとコンドミニアム建設との交換のためにいわば人質として押さえつけられているというのに、テッドが完璧に悠然とした態度でサニーに接していることにメグはあらためて感心した。

メグはカートを駐車し、クラブのなかを抜け、アシスタント・マネージャーのオフィスに向かった。数分後、メグは机越しに怒鳴っていた。「解雇は不当です！　二週間前、私をスナック・ショップのマネージャーに昇格させてやると申し出たくせに」メグは室内にこもるのがいやで、その申し出を断わっていた。

アシスタント・マネージャーは軽薄な感じのピンクのネクタイを引っ張った。「きみはドリンクカートで内職をしている」

「それは最初から話しているでしょう？　あなたのお母さんにもブレスレットを作ってあげたのよ！」

「クラブの方針に反する行為だ」

「先週まで問題にしなかったくせに。なぜいまになってそんなことを？」

彼は目を合わせようとしなかった。「悪いね、メグ。ぼくにはどうにもならない。上層部からのお達しなんだ」

メグは思考をめぐらせた。いったい誰がメグが辞めたとスペンスに告げるつもりなのか、ぜひ尋ねたかった。テッドや、毎週火曜日にプレーする年金生活者たちにはどう説明するのか。彼らはカートにコーヒーを冷やしておくと喜んでくれるのだ。メグがけっしてドリンクの注文を間違えないと感心しているほかのゴルファーたちはどんな顔をするだろう。

しかしメグはなにもいわなかった。

車に戻ってみると、誰かがフロントガラスのワイパーをもぎ取ろうとした形跡があった。運転席に座ると熱いシートカバーで太腿《ふともも》が焼けそうだった。アクセサリーが売れたので、LAに戻る資金は貯まった。なのになぜこんなクソ面白くもない仕事に執着するのか？

それは自分がこのクソ面白くもない仕事が気に入っているからだ。住まいにしている教会にも、あんなに小汚い間に合わせの家具にも愛着を感じているからだ。大きな問題を抱える変わり者だらけの妙ちきりんなこの町に愛情を覚えているからなのだ。テッドの指摘は正しい。なにより自分はがむしゃらに自力で生活するしかないこの状況が好きなのだ。

メグは車で教会に戻り、シャワーを浴びて、ジーンズを穿き、ボヘミアンふうのトップにピンクのキャンバス地の厚底サンダルを合わせた。十五分後、ビューダイン家の敷地の柱の門をくぐり抜けたが、向かう先はテッドの家ではなかった。彼の両親の住まいである、横に広がる白いスタッコ造りの邸宅の循環式車寄せに車を停めた。

ダリーが玄関を開けた。「メグ？」

「奥さまはご在宅ですか？」

「書斎にいるよ」ダリーはメグの来訪にあまり驚いていないようで、一歩下がって彼女をなかに通してくれた。「書斎に行く近道は、この廊下を端まで進み、ドアを出て、中庭を通ればいい。右側に棟があって、大きな一対のアーチがあるからすぐわかるよ」

「ありがとうございます」

無造作に壁紙を貼りつけた壁、梁《はり》のある天井、ひんやりしたタイル張りの床。中庭には噴水があり、夕食の準備でグリルを焼いているらしい匂いがかすかに漂ってくる。アーチ型のポルチコ柱廊の奥にフランセスカの書斎はあった。窓枠を通してフランセスカが机に向かっているのが見えた。小さな鼻に読書用のメガネをかけ、目の前の新聞を読んでいる。メグがノックすると、フランセスカは顔を上げた。訪問者が誰かわかると、椅子の背にもたれて考えこんだ。

床のオリエンタルふうの敷物や彫りを入れた木の家具、フォークアートや額に入れた写真はあっても、二台のコンピュータとフラットテレビ、フォルダー、バインダーが並ぶ本棚を見ると、ここはやはり書斎なのだと思える。フランセスカはようやく立ち上がり、レインボーカラーのゴムぞうりで床の上を歩いてきた。髪を後ろにまとめている小さなシルバーのハート型のバレッタがシニアふうのメガネと釣り合っている。ぴったりしたTシャツにはテキサス農大のロゴが入り、彼女がチームを応援していることがうかがえ、デニムのショートパンツからはいまだ健在の美脚が見える。しかしそんなカジュアルな服装をしていても、ダイヤははずせないようである。耳たぶにも細い手首にも指にも輝きを放っている。

フランセスカはドアを開けた。「はい」

「あんなことをなさったお気持ちは理解しています」メグはいった。「撤回をお願いにきました」

フランセスカはメガネをはずしたが、身動きしなかった。解雇はひょっとするとサニーの仕組んだことかともメグは考えたが、これは冷静な計算によるものでなく、感情がらみである。「仕事中なの」フランセスカはいった。

「あなたのおかげで、私は仕事したくてもできません」フランセスカの緑の瞳が冷ややかにきらめくのをメグは上から見つめた。「いうのも恥ずかしいけれど、私はあの仕事が好きなんです。とても自慢できるキャリアとはいえなくても」

「それはそれは。でも私は仕事中なの」

メグは退《ひ》かなかった。「提案があります。復職の条件として、息子さんについてあなたとの約束は守ります」

フランセスカはついにかすかな疲れの色を見せた。少し間を置いて、フランセスカは一歩下がってメグを室内に入れた。「取引したいの？　わかったわ。話し合いましょう」

書斎は家族写真でいっぱいだった。もっともめだつのは、若き日のダリー・ビューダインがトーナメントの優勝を祝っている写真だ。高く抱きあげられたフランセスカの髪が頬にかかり、シルバーのイヤリングは顎に垂れ、靴も脱げてしまっている。赤いとても女らしいサンダルが片方、ダリーの靴の上に絶妙なバランスで乗っている。さらにはダリーの最初の妻で女優のホーリー・グレイス・ジャフの写真もある。だが、写真のほとんどは子ども時代のテッドだ。瘦《や》せたごく平凡な少年。大きすぎるパンツは腋《わき》の下近くまで引っ張り上げられ、理科の宿題のモデルロケットのそばで父親とともにポーズをとる少年の顔には真面目くさった、優等生らしい表情が浮かんでいる。

「ルーシーがその写真をとても気に入っていたのよ」フランセスカは机に向かいながらいった。

メグはここでショック療法を試みることにした。「あなたの息子さんと寝る前に、私はルーシーから許可をもらったんです。そして彼女の祝福も。ルーシーは私の親友です。彼女に隠れてなにかするなんて考えられなかったので」

フランセスカにはよほど意外な言葉だったのか、しばし意気消沈したような表情を見せたが、やがて顎《あご》を上げた。

メグはさらに続けた。「あなたの息子さんの性生活についてこれ以上明かすつもりはありませんが、これだけははっきりさせておきます。私は息子さんにとって安全な相手です。私は結婚や、子ども、ウィネットでの永住など思い描いていないからです」

これを聞き、フランセスカはほんとうなら安堵するはずなのに、眉をひそめた。「あなたなら当然そうでしょうね。刹那《せつな》主義の人みたいだから」

「ある意味ではそうかもしれません。昔ほどではないですけど」

「テッドはそうでなくとも充分傷ついているのよ。いままたあなたに人生を混乱させられるのはたくさんのはず」

「この町の多くの人びとは勝手にテッドに必要なものといらないものを決めつけてしまっています」

「私は彼の母親よ。彼のことなら誰よりわかっているわ」

会話の滑り出しもすんなりいかなかったが、ここへきてさらに面倒な話題に踏みこんでしまった。「長いあいだの知り合いより先入観を持たない外部の人間のほうがその人のことを違った角度から見られることってあると思うんです」メグは自由の女神像を背にして写っている幼いテッドの写真を手に取った。「テッドは頭脳明晰《めいせき》です」彼女は続けた。「いまさらいうまでもないことですし、加えて抜け目なさもそなえています。そうした一面もよく知られています。また、責任感が強すぎるともいえます。これは性分で、しかたがないようです。でも一つだけ、ほとんどの人、とくに彼に首ったけの女性がまるで気づいていない特質があるのです。テッドは普通の人が感情的にとらえる部分を理性でとらえる人なんです」

「なにがいいたいの?」

メグは写真をおろした。「彼はほかの人のようにロマンティックな情緒に流されることがありません。心の台帳で差引計算をして、それに沿った行動をとります。ルーシーとの関係はそんなふうにして成り立っていました。彼の台帳のなかで、ルーシーと自分はよく適合する、と結論が出たわけです」

フランセスカは憤慨のあまり立ち上がった。「あなたはテッドがルーシーを好いていなかったといっているの? 彼の感情が浅くて表面的だとでもいいたいわけ?」

「彼の感情はむしろとても深いといえます。不正や、忠誠心、責任感においてはとくに。あなたのご子息はきわだって賢明で、道徳的に高潔な人柄の持ち主です。でも他人との心情的な関係においては極端な実利主義者です」メグは話せば話すほど憂鬱《ゆううつ》になった。「そこは女性には理解しがたい一面ですね。女性は彼が理性を忘れるほど夢中になることを望みますが、彼が自分を見失うことはありません。ルーシーのことで母親のあなたが心痛めているほど彼は傷ついてはいないんです」

フランセスカは机の向こうからメグのほうまで近づいてきた。「それはあなたに都合のいい解釈にすぎないわ。考え違いもはなはだしいわよ」

「私は危険な存在ではありませんよ、ミセス・ビューダイン」メグはさらに穏やかな声でいった。「私は彼を悲しませたり、結婚を迫ったりしません。彼にしがみつくつもりもありません。いわば次にふさわしい相手が現われるまでの安全な隠れ家みたいなものです」そういいながら胸が思いがけず痛んだが、どうにか屈託なく肩をすくめてみせた。「母親のあなたにとっても好都合な存在じゃないでしょうか？　どうか私を復職させてください」

フランセスカは理性を取り戻した。「小さな町のカントリークラブで頭脳労働しても未来は開けないのではないかしら？」

「私はあの仕事が気に入っているんです。いけませんか？」

フランセスカは近くにあったメモパッドを手に取った。「あなたが望むならLAでもニューヨークでも、サンフランシスコでも仕事を見つけてあげられるわ。あなたの行きたい街でね。それも立派な仕事を。あなたの決断によっては」

「ありがとうございます。でも私もようやく自立への道を歩みはじめたので」

フランセスカはノートパッドを置き、ついに不安な様子を見せ、結婚指輪をひねりはじめた。しばし沈黙が流れた。「なぜあなたは仕事を辞めさせられた不満をテッドにじかに伝えなかったの？」

「自力で戦うのが好きだからです」

フランセスカが束の間見せた脆弱《ぜいじゃく》さは消え、彼女はふたたび毅然とした態度を取り戻した。「もうゴタゴタはたくさんなの。息子にこれ以上辛い思いはさせたくないのよ」

「ご心配には及びません。私はそこまで重要な存在じゃありませんから」こういいながら、また心が痛んだ。「私は彼にとって立ち直りの過程でしかないんです。それにトーリー以外で唯一不機嫌な態度を見せられる相手でもあるんです。きっと気の置けない存在なんでしょう。私にとっても……これまでろくでなしの男たちとばかり付き合ってきたので、新鮮な気分ですよ」

「あなたって現実主義者なのね」

「いったでしょう？　お母さまにとっても私みたいな女が一番ですよって」メグはどうにか気取った笑顔を作った。しかし書斎を去り、中庭を通りながら、メグの虚勢はみるみるしぼんでいった。そして自分の卑屈さに吐き気さえ覚えた。

翌日メグが仕事に出ても、誰も前日彼女が解雇されたことを覚えていない感じだった。テッドはドリンクカートのそばで立ち止まった。メグはフランセスカに話したとおりに、彼の母親が今回の件に関わったことをおくびにも出さなかった。

その日はことのほか暑く、帰宅するころには汗をびっしょりかいていた。一刻も早く川で泳ぎたくて頭からポロシャツを脱ぎながらアクセサリーの材料を置いている古いテーブルに向かった。テッドから借りたエコロジー関係の本がくたびれたカウチの上に広げたまま置いてあった。キッチンではシンクに汚れた皿が何枚もそのままになっていた。メグはスニーカーを脱ぎ、バスルームのドアを開けた。

どす黒い赤の口紅で鏡になぐり書きされた文字が目に飛びこんできたとき、メグは顔から血の気が引くのを感じた。

出ていけ

15

文字を消しながらも、メグの手は震え、喉から奇妙な音がかすかにもれた。

出ていけ

鏡に口紅のメッセージを残すのはいかにも陳腐なやり方で、想像力の欠如した人物の仕業であるように思える。しっかりしなくてはと思ういっぽうで、自分が留守のあいだに誰かがここに侵入し、私物にさわったと思うと吐き気がしてくる。悪意に満ちた言葉を消すまで、体の震えは止まらず、メグはほかにも侵入の痕跡がなにか残っていないかと探したが、なにもなかった。

パニックがおさまると、誰がこんなことをしたのかと想像をめぐらせてみたが、可能性のある人物が多すぎて絞りきれなかった。入口のドアはロックされていた。裏のドアもロックされている。しかし朝出がけにチェックしたかどうか定かではなかった。つまり侵入者は裏口から入り、最後にまたロックしていったことになる。メグはふたたび湿ったポロシャツを着て外へ出た。そして教会のまわりを調べてみたが、なにも変わったことはなかった。

メグはようやくシャワーを浴びた。体を洗いながらも、開け放ったドアから目が離せなかった。びくびくと怯《おび》えている自分にいやけがさすほどで、なんの前ぶれもなくテッドが戸口に現われたとき、メグは悲鳴を上げた。

「なんだよ！」彼はいった。「いったいどうしたっていうんだよ？」

「そんなにこっそり入ってこないで！」

「ノックしたよ」

「聞こえるはずないでしょう？」メグは水道の蛇口をしめた。

「なにをそう怯えているんだ」

「不意に現われるからびっくりしたのよ」まさか彼に話すわけにはいかない。それは瞬時に判断できた。スーパーヒーローで名高い彼がそれを知ったら、今後ここに一人で住むなというに決まっているからだ。彼にどこかの家賃を払ってもらうわけにもいかないし、なによりこの教会に愛着を覚えている。この瞬間こそおどおどしているが、ここを愛していることに変わりはない。

テッドはまっさらのヴァイスロイ社のタオル掛けからタオルを手に取った。最近メグが自分で取り付けた〈エジンバラ〉のタオル掛けだ。しかし彼はそのタオルを手渡すことなく、自分の肩にかけた。

メグは成り行きがどうなるのか大方の予想はついていたが、両手を差し出した。「それ、メグはそんなたわむれに興ずる気分ではなかった。それでもこうして落ち着いて目の前に立っているセクシーで才気あふれる彼を目にすると、やはり性的に刺激された。なにも思い悩まずにただ愛の行為に身をゆだねれば、残りの恐怖感も薄れていくはずだ。

メグはシャワーから出て濡れた体を彼に擦り寄せた。「ベストを尽くしてね、愛人くん」

テッドはにやりと笑ってメグの要望に応えた。それはもう、想像を超えた素晴らしさだった。回を重ねるごとに、念入りに愛撫を続け、自分の欲望の満足は先延ばしにした。すべてが終わると、メグは結婚式のリハーサル・ディナーのとき着ていたシルク素材のサロングを身にまとい、彼が冷蔵庫に入れた一ダースのビールのうちの二本を抱えて彼のところに戻った。彼はすでにショートパンツを穿いており、ポケットから折った紙切れを出した。

「今日、こんなものが送られてきたよ」テッドはカウチの背もたれに腕をだらりと置き、メグがコーヒーテーブルがわりにしているワインの木箱の上で足首を組んだ。

メグは彼から紙を受け取り、差出人のレターヘッドを見下ろした。『テキサス保健省』とある。彼は普段面白みのない町長職について、あまり話してくれない。彼女は褪せたトロピカルプリントのクッションを貼った籐の椅子に腰かけ、内容に目を通した。数秒後立ち上がった彼女の膝はふらついていた。仕方なくまた椅子に座りこみ、もう一度もっともらしい文面を読み返した。

「欲しいんなら取ってみろ」

よこしなさいよ」

テキサス州の法律により、クラミジア、淋病、HPV、AIDSなど性的交渉を通じて感染する病気に陽性の反応が出た患者は直近の性的パートナーのリストの提出を求められます。このお知らせはメグ・コランダのパートナーリストに貴方の氏名が書かれていたことをお伝えするものです。至急医療機関を受診なさってください。また、上記の感染者との性交渉はただちにおやめになることを強くお勧めします。

メグはおぞましさを覚え、目を上げた。「感染者?」

「〝淋病〟はスペルが間違っている」彼は指摘した。「それにレターヘッドも偽物だ」

メグは紙をこぶしで握りつぶした。「なぜもっと早く見せてくれなかったの?」

「そんなもの見たら、ムードがぶち壊しだから」

「テッド……」

彼は寛《くつろ》いだまなざしでメグを見た。「誰の仕業かな?」

メグはバスルームの鏡に残されたメッセージを思い出した。「あなたに欲望を覚えるあまたの女たちの一人」

テッドはそんな言葉を無視した。「手紙はオースティンで投函されている。しかしそんなことは無意味だ」

いまこそカントリークラブの仕事を辞めさせようと手をまわした彼の母親の仕打ちを彼に

打ち明けるべきだとメグは思ったが、フランセスカ・ビューダインがこんな偽の手紙を送りつけるような卑劣なまねができるとはとうてい思えなかった。それに彼女なら最後にスペルチェックぐらいはするはずである。サニー・スキップジャックもミススペリングなどするはずはないが、焦点を絞らせないようわざとミススペリングを織り交ぜた可能性ならありうる。テッドとの交際を夢見ているケイラやゾーイ、そのほかの女性たちについては……敵意のこもる表情をするからといってそのなかの誰かに罪をかぶせることはできない気がした。メグは紙きれを投げ出した。「なぜルーシーはこんな最低なことを我慢できたの？」

「ぼくらはほとんどワシントンで会っていたからね。それに正直いって、ルーシーはきみみたいに人を苛立たせなかった」

メグは椅子から立ち上がった。「あなたのお母さんしか私たちの関係を知らないはずよ。お母さんが誰かに話さないかぎりは」

「親父とレディ・エマ。エマはケニーに話すだろうし」

「ケニーはトーリーに話すでしょうね。おしゃべりなトーリーが知ったら――」

「トーリーが知ったら、さっそく電話をかけるさ」

「それが三日前の訪問者に伝わったということ？」メグはいった。テッドのまなざしで、彼女のサロングがずり落ちているのがわかったので、彼女はそれを締め直した。「窓から誰かが覗き見していたかと思うと……」

「そのとおりだ」彼はビール瓶をワインの空き箱に置いた。「きみの車にステッカーを貼った犯人は子どもじゃないかもという気がしてきた」

「誰かが私のフロントガラスのワイパーを壊そうとしていたしね」

テッドが眉をひそめ、メグは鏡に残されたメッセージのことを彼に告げるべきかと迷ったが、ここから締め出されるのはいやだった。話せばきっとそうなる。「この教会に入る鍵を持っているのは何人？」彼女は訊いた。

「なぜ？」

「もっと神経質になったほうがいいかなと」

「ぼくはここを譲り受けた際に、錠を交換している」彼はいった。「外に置いた鍵はきみが持っている。ぼくが一つ持っている。ルーシーはいまでももう一本の合鍵を持っているはずだ。それに自宅にもう一本合鍵がある」

つまり侵入者はおそらく施錠していない戸口から入ったことになる。ロックをし忘れていたのが間違いだったのだ。二度と繰り返さないようにしなくては。

大事な質問をしなくてはならなくなったので、メグは裸足の爪先でまるめた紙切れをついた。「レターヘッドは本物らしかったわ。それに国家公務員といっても、スペルを間違える人だっているでしょうし」メグは唇を舐めた。「手紙が本物かもしれないのに」彼女はようやく彼の目を直視した。「なぜすぐに私に事実を問いただささなかったの？」

驚いたことに、その質問に彼は苛立ったようだった。「どういう意味だ？　もしなにか問題があれば、きみはもっと前に話してくれていただろう？」

メグは彼に足元の床板を剝がし取られたような気がした。彼はこんなにも……私の清廉さを信頼してくれている。その瞬間メグは最悪の事態におちいったことを自覚し、愕然《がくぜん》とした。私は彼に恋をしている。

メグは自分の髪を剝ぎ取りたかった。彼に恋をするのは当然ではないのか？　テッド・ビユーダインに恋をすることがウィネットに住む女性のしきたりなのだから。自分もビユーダイン教婦人伝道会の仲間入りをしただけなのだ。

メグは呼吸が速くなったのを感じ、追いつめられたときの常で、こういい放った。「もう帰って」

テッドは薄いサロングをしげしげと見下ろした。「もしいわれたとおりに帰ったら、このあとの素敵なおまけはなくなるけどいいかな？」

「わかったわよ。私の好きなのは極上の肉体と必要最低限の会話よ」

「なんだか男娼にでもなった気分だよ」

「大人になるための体験と思えばいいじゃないの」

彼は微笑んでカウチから立ち上がり、彼女を腕に抱き寄せ、恍惚《こうこつ》とした状態になるまで熱いキスを続けた。さらに次なる陶酔感へと誘おうという直前に、彼は離れた。「ごめん。もしぼくから多くのものを得たいと思うのなら、今日はデートしてほしい。服を着ろよ」

メグは現実に引き戻された。

「それこそあなたの口から発してほしくない言葉だわ。いったいどうしちゃったの？」

「夕食に出かけたい」テッドは平然といった。「二人でね。普通のカップルのように。本物のレストランへ」

「愚かしい思いつきよ」

「スペンスとサニーは国際貿易展示会の開催中で、しばらく帰国しない。その間にぼくは軽視されてきたビジネスの遅れを取り戻そうと思っている」彼はメグの髪を耳にかけた。「そのために二週間はこの町を留守にする。だから発つ前に、一度出かけたい。それにもうこそこそするのにうんざりしてきたんだ」

「無理よ」メグはいい返した。「わがままいわないの。あなたの大切な町のことを考えてよ。私たちのことをサニーが知ったら、どんな顔をするか想像してみてよ」

テッドの冷静な表情が一変した。「町とサニーの件はぼくの役目だ。きみの考えることじゃない」

「そんなに自己中心的な態度を取っていると、再選されないわよ、町長さん」

最終的にメグが折れてテキサスふうメキシコ料理の店に行くことになったのだが、店に着くとメグは巧みな誘導でテッドを壁向きの席に座らせ、自分が店内を見張る位置に席を取った。テッドはそのためにますます怒り、勝手に注文を決めてしまった。「けっして怒りを見せないくせに」メグはいった。「私にだけは違うのね」

「そんなことはない」テッドは厳しい表情でいった。「トーリーにも腹を立てることがある」

「トーリーは勘定に入らないわよ。あなたはきっと前世で彼女の母親だったのよ」

テッドはチップの入ったバスケットを独り占めすることで仕返しした。

「あなたがそんなにすねる人だなんて思いもしなかった」メグは長い沈黙のあと、いった。

「でもみっともないわよ」

テッドはチップを一番辛いサルサソースに浸した。「おれはこそこそするのが嫌いなんだ。もう我慢できない。二人の関係をオープンにしよう」

彼の不機嫌さにメグは不安を覚えた。「やめたほうがいいわ。スペンスはサニーや自分の欲しいものはなんでも手に入れるのが当たり前になっているわ。そう思っていなければ、あなただって私に彼と仲よくしてほしいなんていわなかったはずでしょう?」

テッドはチップを二つ割りにした。「それも今後いっさい取りやめだよ」

「いいえ、そうはいかないわ。スペンスのことは私に任せて。あなたはサニーを担当して。二人の関係については……最初に私が宣言したとおりよ」

「おれにもひと言いわせてもらうよ……」彼は割ったチップを彼女の顔に向けて突き出した。「おれは生まれてこのかた人目を忍んでなにかをしたことなど一度もない。だから今回のことでもそのやり方を貫き通す」

メグはこんなことをいいだした彼が信じられなかった。「つまらない色事のために重要な事柄を台なしにしないで。これは束の間の関係なのよ、テッド。かりそめのね。私はもういつでもLAに戻れるだけの資金を得たわ。まだこの町にぐずぐずと居つづけているのが自分でも意外なぐらいなの」

彼が二人の関係はそんなに無意味なものじゃないと主張してくれるものと望んだのなら、みずから失望の種をまいたことになるだろう。彼はテーブルの上で身を乗り出した。「かりそめの関係だからじゃない。そうしないと気がすまない性分なんだ」

「私の性分はどうしてくれるのよ。私はこっそりやるのが好きなの」

「くどい」

メグは落胆の表情を浮かべてテッドを見つめた。これは名誉を重んじる男を愛人にすることによって生じるありがたくない結果なのだ。少なくとも彼の信じる名誉を。メグには大惨事か失恋かの選択肢を迫られる悪しき兆しにしか見えなかった。


テッドへの恋心を忘れようとすると、今度いつまた謎の侵入者が現われるかとつい考えてしまい、メグはよく眠れず、メグはそんな眠れない夜をジュエリー作りに没頭することで過ごした。わずかにいるメグの顧客にはコピーではなく真正の歴史的遺物を使ったジュエリーを好むはっきりした傾向が見られるため、より複雑で細かい作業が必要になってきていた。メグはインターネットで自分が使いたい過去の文明の工芸品を扱う業者を探し、なけなしの資金のほとんどをはたいてボストン地域で信頼できると評判の人類学教授の詳細な解説付きの素材を仕入れた。

中近東のコインやローマ時代のカボションカットの石、紀元二世紀ごろの細かく貴重なモザイク仕上げのビーズなどの入った包みをほどきながら、メグはジュエリー作りは仕事なのか、それとも生涯身を捧げるべき仕事はなんなのか見きわめを先延ばしにして気晴らしして いるだけなのかと考えたりしていた。

テッドが町を発《た》って一週間後、トーリーが電話をよこして翌朝一時間早く仕事に出てくれ ないかともちかけた。メグが理由を尋ねると、トーリーはあきれ返ったようにいった。「デ ックスが帰宅して娘たちの面倒を見てくれるからに決まっているじゃないの」

メグは翌朝クラブに着くなり、トーリーにプラクティスレンジに連れていかれた。「ウィ ネットに住むのならゴルフクラブの持ち方ぐらい知らないとね。一応町の法令に定めてある のよ」トーリーはファイブ・アイアンを手渡しながらいった。「打ってみて」

「私はあといくらもここにいないんだから、覚えても仕方ないわ」メグは胸がチクリと痛む のを無視した。「それにゴルフなんてする経済的余裕はないし」

「ただその棒を振ればいいの」

メグはいわれたとおりにやってみたが、空振りだった。もう一度やってみたが、次もまた ボールに当たらなかった。しかし何度か試すうちに、ボールは見事なアーチを描いて飛び、 プラクティスレンジのまんなかに落ちた。メグは安堵の吐息をもらした。

その後、半時ばかりメグはトーリーの指導を受け、両親の運動神経を受け継いでいること もあり、ボールがまともに飛びはじめた。

「練習すればうまくなれる見込みはあるわ」トーリーがいった。「月曜日は従業員のプレー は無料なの。休日を利用しなさいよ。バッグルームに私のスペアのゴルフクラブがあるから、使っていいわよ」

「せっかくのご厚意だけど、遠慮しておくわ」

「あら、遠慮しなくていいのよ。プレーしたいくせに」

それはほんとうだった。ほかの人たちのプレーを見ながら、興味がわいてきたことは間違いない。「なぜこんなことしてくれるの？」トーリーのバッグをクラブハウスに運びながら、メグは訊いた。

「テッドのダンスが下手くそなことをズバリと指摘したのは私以外あなただけだったからよ」

「それがどうしたの？」

「わかってるくせに。それから今週テッドと電話で話したんだけど、あなたの名前を出したら、彼が奇妙なほど黙りこんでしまったわ。あなたたち二人に未来があるのか、わからない。テッドがサニーと結婚しなくてすむなら可能かもしれないけど、どうやら無理みたいだし」

その件はどうなろうと、メグがこの町を去るとき、別れがたい人物のリストにトーリー・オコナーの名前が入るような気がした。メグは肩からゴルフクラブをおろした。「サニーのことはともかく、私とテッドに未来があるはずないわ。彼は神の子羊《キリスト》だし、私は都会育ちのすれた女よ」

「だからなに？」トーリーは陽気にいった。

夕刻、メグがドリンクカートの一日の汚れを洗い落としていると、仕出し担当のマネージャーがやってきて、クラブの女性メンバーが翌日自宅でランチョンパーティを開くので給仕係としてメグを指名してきたというのだ。ごく一部の富裕なクラブメンバーはよくプライベートのパーティにスタッフを雇い入れるのだが、これまでメグは一度も指名されたことはなかったし、ジュエリー材料で貯金を使い果たしてしまったので、いくらかでも補っておきたかった。「了解です」メグは答えた。

そんな機会に着られるまともなものはリセール・ショップで買った黒白のミュウミュウのミニだけ。それで行くしかない。

仕出し担当マネージャーは案内図を手渡した。「シェフのダンカンが調理担当で、あなたはヘイリー・キトルと給仕をやってちょうだい。あの娘のやるとおりにすれば大丈夫。十時までに現場に入ってね。これは大切な仕事だから、頑張って」

その夜、川泳ぎから戻ったメグはやっと仕出し担当マネージャーから受け取った案内図を見た。道筋は妙に見慣れた地図だった。ページの一番下に明日のパーティ主催者の名前がタイプしてあった。

フランセスカ・ビューダイン

メグは紙をこぶしで握りしめた。フランセスカはいったいなにをたくらんでいるのだろ

てしまっている。この私がこんな仕事を受けると本気で考えたのか？　しかし現実には仕事を引き受けてしまっている。

メグはハッピー・プリンティング・カンパニーのTシャツを首から着て、イライラとキッチンを歩きまわった。こんなことを仕掛けてくるフランセスカがうらめしく、なによりもっと早く情報を確認しなかったおのれが憎かった。そうすれば断わることもできたのに。しかしそうなったとして、ほんとうに自分は断わっただろうか？　いや、おそらく愚かしいプライドが邪魔をして拒むことはできなかったに違いない。

テッドに電話をかけたいという衝動が抑えがたくなっていた。しかし電話はかけず、かわりにサンドイッチを作って墓地に持ち出した。しかし食欲はなかった。テッドが留守のあいだにこんなことが起きるのはたんなる偶然ではない。フランセスカはメグに身のほどを知らせるために、息子に内緒で攻撃をしかけることにしたのだ。メグが仕事を受けようが断わろうが、フランセスカにとってたいした違いはないのだろう。ただ彼女は自分の主張を通したいだけなのだ。メグは運の尽きた行くあてもない部外者。安い時給でも働くしかない、フランセスカの家で給仕をするしかない部外者なのだと。

メグはサンドイッチを雑草に向けて投げた。悔しさがこみ上げた。

翌朝十時少し前にメグはビューダイン家に到着した。白のケータリングスタッフ用のブラウスに黒白のミュウミュウのミニスカートを合わせ、ショッキングピンクの厚底ヒールを履いた。仕事用には履き心地のよくない靴だが、フランセスカの強い侮辱に対抗するためには必要であり、私は人目を避けようというつもりはさらさらありませんというメッセージを送るためでもあるのだ。胸を張り、満面の笑みを浮かべ、フランセスカを満足させないようベストを尽くすのだ。

ヘイリーが赤のフォード・フォーカスに乗って到着した。一緒に屋敷に入っていきながら、ヘイリーは寡黙だった。顔色が悪いのでメグは心配になった。「具合でも悪いの？」

「生理痛が……ひどいの」

「あなたのかわりにやってくれるスタッフはいないの？」

「誰も連絡がつかないの」

ビューダイン家のキッチンは豪華でしかも家庭的で壁はサフラン色で床はテラコッタ、手細工のコバルトブルーのタイルがアクセントになっている。部屋の中央にはカラフルなガラスカップを吊るした鉄細工のシャンデリアがかかっている。開いた棚からは銅の鍋やらろくろ成形の陶器類が覗いている。

シェフのダンカンがこのパーティのために用意した食材を箱から出している。五十代の小柄な男性。大きな鼻、コック帽の下からはみ出している白髪交じりの硬い赤毛。バスルームに駆けこむヘイリーを見てシェフはメグにさっさと仕事をしろと怒鳴った。

メグが食器を並べ皿の準備をしていると、シェフがメニューの説明をした。ひと口大のふんわりしたペストリータイプのオードヴル。中身は溶かしたブリエチーズにマーマレード。

フレッシュなえんどう豆のスープ、ミント添え（容器のデミタスカップは要洗浄）。フェンネルのサラダ、温かいプレッツェルロール。メインコースとして、アスパラガスの卵焼き、スモークド・サーモン（キッチンで皿に盛り付けておく）。主役となる料理はデザートで、一人前ずつ鉢に盛ったチョコレート・スフレ。これはシェフがひと夏かけて創り上げた逸品で、オーブンから出した直後、慎重に慎重に客の前に出す。

メグはシェフの指示にうなずき、大きな緑色の水用ゴブレットをダイニングルームに運んだ。部屋のすみでは〈オールド・ワールド〉の壺に椰子《やし》やレモンの木が植えられ、タイルの壁に造りつけられた石の噴水盤から水がしたたり落ちている。色褪せた常用のテーブルに加え、間に合わせのテーブルが二脚あり、フォーマルなリネンではなく、フランセスカは手編みのプレースマットを選んでいた。各テーブルには銅のトレイがセンターピースとして飾られ、オレガノ、マヨラナ、セージ、タイムなどを活けた粘土の壺と、黄色の花があふれんばかりになっている土器が一緒に並べられている。大きなダイニングルームの窓から中庭の一部や木のベンチに開いたままの本が置かれたあずまや《パーゴラ》が日陰になっている様子が見えている。友人をもてなすためにこれほど見事な環境を整えることのできる女性に好意を抱かずにいるのはむずかしいが、メグとしてはできるかぎりそれを否定しようと決意した。

メグがキッチンに戻ったとき、ヘイリーはまだバスルームにこもっていた。メグが陶器のデミタスカップを洗っていると、タイルの床にコツコツとヒールの音を響かせ、女主人が姿を現わした。「今日はパーティのお手伝いを引き受けてくださって、ありがとう、シェフ・ダンカン」フランセスカがいった。「必要なものはすべて揃っているといいけれど」

メグはカップをすすぎ、シンクから振り向いて、フランセスカに朗らかな笑顔を向けた。

「こんにちは、ミセス・ビューダイン」

フランセスカは息子と違ってポーカーフェイスが苦手らしく、わかりやすいほどにさまざまな感情がその顔に浮かんでは消えるのが見て取れた。最初は驚き（まさかメグがこの仕事を受けるとは思っていなかったようだ）、次に当惑（メグはいったいなんの目的でやってきたのか？）、不快感（客がどう思うだろう？）、悔い（もっとよく考えればよかった）、苦悩（これは最悪の思いつきだった）と続き、最後に決意が表われた。

「メグ、お話ししたいことがあるの。ダイニングルームに来てくださらない？」

「わかりました」

メグはヒールの靴音を追いかけるようにしてキッチンを出た。フランセスカはメグの顎の下にすっぽりおさまるほど小柄だが、現実にそこまで体を近づけることすらメグには想像もつかなかった。フランセスカはいつものようにスタイリッシュで、エメラルド色のトップに白のコットンのスカート、ピーコックブルーのベルトをウエストにきっちり巻いている。フランセスカは石の噴水の前で立ち止まり、結婚指輪をひねった。「残念ながら、少し行き違いがあったみたいなの。もちろん私のミスよ。今日あなたに手伝っていただくわけにはいかないの。当然報酬はお払いするわよ。あなたもお金に困っているからこそ……今日の仕事を引き受けたんでしょうしね」

「前ほど困ってはいません」メグは陽気にいった。

「ジュエリーの仕事が期待した以上に繁盛していますから」

「ええ、それは私も聞いているわ」フランセスカは明らかに面食らい、その話題を避けた。

「まさかあなたがこの仕事を受けるとは思っていなかったわ」

「私ってたまに自分でも意外なほど突飛な行動に出てしまうんです」

「このことは私がいけなかったの。私には衝動的な一面があって、それが原因で思いがけないほどの面倒な事態に陥ることが多々あるのよ」

メグ自身も衝動がもたらすものには思い当たる部分が多かった。

フランセスカは小柄な体軀《たいく》をピンと伸ばし、威厳のこもる声でいった。「いま小切手をお渡しするわ」

メグもかなり気持ちが傾きかけたが、うなずくわけにはいかなかった。「今日は二十名のお客さまが見えますし、ヘイリーは体調がすぐれません。シェフが困るのが目に見えているのに、帰れません」

「私たちでなんとかするわ」フランセスカはダイヤのブレスレットを指でもてあそんだ。

「ばつが悪すぎるわ。お客さまに気まずい思いをさせたくないの。もちろんあなたにも」

「もし今日のお客さまが私の予想するようなお顔ぶれなら、むしろこんなサプライズは歓迎してくださるはず。私のほうも……この町にやってきて二カ月半。少々のことでは不快など感じなくなっています」

「ねえメグ……あなたがクラブで働くのはよしとしても、ここで給仕をするとなるとまるで事情が違ってくるのよ。私も承知しているけれど……」

「失礼します。カップを洗わなくてはいけませんので」キッチンに戻るメグのショッキングピンクの厚底サンダルが小気味よい靴音をたてた。

ヘイリーがバスルームから戻ってきていたが、カウンターのそばにたたずむ様子から見て、気分がよくなったとはとても思えず、シェフは焦っていた。メグはヘイリーの手からピーチネクターの瓶を取り、シェフの指示に従って一つ一つのフルートグラスの内側に少しずつ注いでいった。そこへシャンパンを注ぎ足し、生の果物のスライスを入れ、頑張ってと元気づけるようにトレイをヘイリーに手渡した。ヘイリーがそれを運び去ると、メグはシェフがオーブンから取り出したばかりのこんがり焼けたペストリー・パフを受け取り、カクテルナプキンをつまみ、ダイニングルームに向かった。

ヘイリーが入口に陣取っていたので、メグが気を遣う必要はなかった。客たちが間もなく到着しはじめた。みな一様に鮮やかな色のリネンやコットンの衣服を身に着けており、カリフォルニアでのこのような催しと比べてドレッシーな服装だという印象を受ける。だがテキサスでは若い年代層においても、くだけすぎた服装はマナーに反するととらえられている。

客のなかにはメグがクラブで顔見知りになった女性ゴルファーたちも混じっている。トーリーはメグも会ったことのない全身黒ずくめの女性とばかり話しこんでいる。シャンパンの入ったフルートグラスを口に運ぼうとしていたトーリーの手が、トレイを抱えて近づくメグの姿を見たとたんはたと止まった。「いったいここでなにやってるのよ?」

メグは一応膝を折ってお辞儀してみせた。「私はメグと申します。本日は給仕を務めさせていただきます」

「なぜ?」

「なぜいけない?」

「だって……」トーリーは手を振った。「理由はなにかと訊かれてもはっきり答えにくいけど、どう見ても変よ」

「ミセス・ビューダインは人手を必要とされていたし、私も一日予定が入っていなかったというだけのことでしょ?」

トーリーは眉をひそめ、かたわらの痩せた女性のほうを向いた。女性は真っ黒なボブヘアに赤の細いプラスチックフレームのメガネをかけている。トーリーはマナー違反であることなどおかまいなしに、二人を紹介しはじめた。「リサ、こちらメグ。リサはフランセスカのエージェント。メグは――」

「今日のパフ・ペストリーはお奨《すす》めですよ」トーリーがメグをかの有名なタレント・エージェンシー界の超大物フルール・サヴァガー・コランダの娘だと紹介しようとしているのかどうかは定かではなかったが、そのチャンスを逃したことは間違いなかった。「デザートが楽しめる程度にほどほどに召し上がってくださいね。なにが出るかはお楽しみということで、お教えしません。でも絶対失望しませんよ」

「メグなの？」エマが姿を現わした。たちまち小さな眉が懸念に曇るのが見て取れた。メグが十九世紀の鮮やかな赤メノウのビーズを使って手作りしたイヤリングが耳元で揺れている。

「レディ・エマ」メグはトレイを差し出した。

「レディはつけないで。もういいわ。気にしなきゃいいのよね」

「そのとおりよ」トーリーがそばからいった。「リサ、フランセスカから話は聞いていると思うけど、この町には英国王室のメンバーがいるの。まだおたがい顔合わせしたことはなかったでしょう？　こちらは私の義理の姉レディ・エマ・フィンチ・トラベラーよ」

エマは溜息をついて手を差し出した。メグはそっと離れ、フランセスカの懸念に満ちたまなざしを受けながら地元のマフィアに給仕しに向かった。

バーディとケイラ、シェルビー・トラベラーが窓際に集っていた。メグが近づくと、バーディの声が聞こえてきた。「ヘイリーったら、ゆうべもカイル・バスコムと一緒だったの。ほんとにもしあの子が妊娠なんてしてたら……」

メグはヘイリーの青白い顔色を思い出し、母親の心配が杞憂《きゆう》でありますようにと願った。ケイラがメグの存在に気づき、ゾーイを強く押したのでシャンパンが手に撥《は》ねてしまった。女性たちがいっせいにメグのスカートをじろじろと見た。シェルビーがケイラに好奇の視線を送った。メグはバーディにナプキンの束を差し出した。

ゾーイがシリアルのフルート・ループスでできたようなネックレスをいじりながらいった。

「あなたがまだパーティの給仕なんてやってるのが意外だわ。ケイラから聞いたところによると、あなたのジュエリーは売れ行きが好調なんでしょう?」

ケイラは髪をふわりと整えながらいった。「そこまで売れてないわ。お猿のネックレスを二度も値下げしたのに、売れるきざしがないもの」

「作り直すと申し出たでしょう?」たしかに猿のネックレスは上出来の作品ではないが、ケイラの店に置いたほかの作品はどれもすぐに売れたのだ。

バーディはウッドペッカーのようなスパイク状の赤毛を引っ張り、偉そうな態度でいった。

「もし私がケータリングサービスの給仕を選ぶのなら、求人条件を細かく決めるわね。フランセスカはこの手のことにこだわらなさすぎるのよ」

ゾーイがあたりをうかがった。「サニーが戻ってこなければいいわね。もしフランセスカがサニーを招いていたらどうなっていたと思う? 私たちまでがこんなに気をもむなんてごめんだわ。少なくとも私は新学期を控えてるし、幼稚園の教諭も引き受ける予定だから、そんな余裕がないの」

シェルビー・トラベラーがケイラのほうを向き、「私はお猿さんが大好きなの」といった。

「私がそのネックレスを買ってあげる」

トーリーが会話の仲間入りをした。「いつから猿が好きになったの? ピーターが十歳になる直前、猿は気持ち悪い小動物だとあなたが話しているのを聞いたことがあるわ」

「ピーターが誕生日のプレゼントに猿を買ってとケニーにおねだりしていたからよ」

トーリーはうなずいた。「ケニーならきっと買ってやるでしょうね。あの子のこと、わが子同然に愛しているからね」

ケイラが首を振った。「テッドがいつぞや付き合っていたフランスのモデルだけど、サル顔だなあといつも思っていたわ。歯並びとかのせいかしら」

ウィネットの頭のいかれた女たちが調子に乗り出した。メグはそっと離れた。

キッチンに入るとヘイリーの姿が見えなくなっており、シェフがいきりたちながら割れて床に落ちたシャンパングラスをまたいでいた。「あいつは今日使い物にならん！　だからもう帰らせた。割れたグラスの始末はあと回しにしてサラダを皿に盛ってくれ」

メグはシェフの速射命令に対応できるようベストを尽くした。キッチンを走りまわり、割れたグラスを避けながら、厚底の靴を履いてきたことを恨めしく思った。しかし新しい飲み物を載せたトレイをリビングルームに運ぶ際には意図的に悠然と歩調をゆるめた。給仕としての経験がなくとも、それを誰にも意識させないようにしたい。

キッチンに戻ると、サラダドレッシングのための小さなピッチャーを三個出した。その間シェフはオーブンに入れたフリタータの焼け具合をチェックした。「こいつは熱々の状態で出してもらいたい」

メグが二人分の仕事をこなし、シェフがチョコレート・デザート・スフレの仕上がりに気をもんでいるあいだに、二時間があっけなく過ぎた。メグがダイニングルームに現われるたびにトーリーとエマは同じ客同士であるかのようにメグを会話に引き入れようとした。メグは二人の善意の気遣いをありがたいと思いながらも、仕事に集中したかった。ケイラは反感を束の間忘れ、オースティンで店を経営する友人のために、コロンブス以前の石を使ったネックレスとイヤリングをもうひと揃え作ってほしいと注文した。フランセスカのエージェントでさえ、メグの実家のことは誰も耳打ちしなかったとみえ、メグの両親の話題ではなくフリタータにカレーの風味が感じられると話しかけた。

「素晴らしい味覚の持ち主ですね」メグはいった。「シェフはほんの少量しか使っていないのに、それを感じとってしまうなんて」

フリタータにカレーが入っているかいないかメグが知るはずもないとフランセスカは覚り、急いでリサの注意をそらした。

メグは給仕をしながら、会話の断片を耳にしていた。客たちはみないつテッドが戻るか、また鳴き声のうるさい雄鶏からスキップジャックのことまで現在町が抱える問題にどう対処するか気にしていた。バーディのために新しいアイスティーを注いでいるあいだ、トーリーがフルート・ループスに似たネックレスについてゾーイをたしなめた。「たまにはまともなジュエリーを身につけたらどうなの？」

「グローサリー・ストアを体からぶらさげて歩くのを楽しんでるとでもいいたいの？」ゾーイはバスケットからロールパンをつかみながらささやいた。「でも隣りのテーブルにいる、今年のブックフェアを任せようと思っているハンター・グレイの母親の目を意識してこれを選んだの」

トーリーはメグを見上げた。「もし私がゾーイだったら、仕事とプライベートは厳格に区別するけどね」

「他人《ひと》ごとだからいえることよ」ゾーイがいい返した。「ソフィーが作ってくれたマカロニ型のイヤリングを私が着けたとき、あなたもあんなに喜んだのに、なによ?」

「あれは特別よ。私の娘は芸術的センスがあるしね」

「たしかに」ゾーイは得意げな笑みを浮かべた。「あの日あなたは私のために電話連絡網を作成してくれたのよね」

メグは食べ残しを客の膝の上に落とすことなくどうにか皿を片づけた。女性ゴルファーたちがアリゾナ・アイスティーはないかと訊いた。キッチンではシェフが汗だくでオーブンからチョコレート・スフレを取り出していた。「早くしろ! 泡がしぼむ前にテーブルに運んでくれ。そっとな! 注意したことを忘れるなよ」

メグは重いトレイをダイニングルームに運んだ。スフレを出すのは本来二人でする仕事だ。しかしメグはトレイの端を腰骨にかけ、最初の鉢を手に取った。

「テッド!」トーリーが大きな声でいった。「みんな誰がきたか見て!」

メグは心臓が飛び出さんばかりに驚き、顔を上げて戸口に立つテッドの姿が目に入るとピンクの厚底サンダルの足元がぐらついた。何秒かのあいだにスフレは傾きはじめた。頭のなかには乳母車のことしか思い浮かばなかった。

子どものころ、父親からこの不思議な現象について聞かされたものだ。映画を観ていて乳母車が出てきたら、かならずその方向に車が猛スピードで走ってくるんだ。花屋のカートでも同じ。ウェディングケーキや板ガラスを通りの反対側に運んでいる場合も同じだと父は話した。

いいかい、しっかりかまえていなさい。これからカーチェイスが始まるからね。

チョコレート・スフレの場合もまったく同じケースだ。

メグはトレイを支えきれなくなった。バランスが崩れ、スフレは滑り落ちはじめた。カーチェイスが目の前に迫りつつあった。

しかし現実の生活は映画とは違う。メグは白い鉢が落ちないようにするためなら、割れたガラスを食べるぐらいの覚悟があった。踵の高い靴の上でよろめきながらも、メグは重心をずらして腰の位置を変え、バランスをたもつことにすべての意志の力を結集させた。

鉢はどうにか滑り落ちることをまぬがれた。フランセスカが椅子から立ち上がった。「テディ、どうにかデザートには間に合ったわね。ここへきて一緒に食べましょう」

メグは顎を上げた。愛する男性がこちらを見ている。愛し合うときにはあれほどくすむあの琥珀《こはく》色の瞳。その瞳がすべてを鋭く見通している。彼の目はメグが抱えるトレイをとらえ、ふたたび彼女の顔を見据えた。メグが見下ろすと、スフレはしぼみはじめていた。一つずつ、シューシューと音をたてて……。

16

「やあ、みなさん」テッドの視線はメグの給仕用エプロンから母親へと移った。フランセスカは急にそわそわと動きはじめた。

「さあさあ、とにかく席にお座りなさいよ。シェルビーの隣りでもいいじゃない」フランセスカは髪やブレスレット、ナプキンと落ち着きなく小さな手を動かしていた。極楽鳥が安全に羽を休める場所を探すように。「女たちだけの集まりで、唯一の男性として息子が加わってくれてよかったわ」

トーリーが鼻を鳴らした。「ほんとにね。ここにいる女の半数は彼とデートしたことがあるもの」

テッドは女性たちの群れに向けて首を傾けた。「それぞれに存分に楽しんでくれたはずだけど」

「存分にとはいかないわ」ゾーイがいった。「五年生の合唱コンサートの直前に、ベニー・ハンクスが全部のトイレを詰まらせてしまったもの。だからその晩はディナーに一緒に行けなかったわ」

「でもおかげで若い熱意ある教育者が行動する姿を見られた」テッドは雄々しくいった。

「それにベニーも貴重な教訓を得た」

トイレ事件がなかったらどうなっていただろうという思いがあるのか、ゾーイの表情が束の間やわらいだ。しかし体面を考えて、ゾーイはその思いを振り払った。「ベニーはハンツヴィルの空き地キャンプに行ってるの。トイレを守る態勢が整っていることを祈りましょう」

テッドはうなずきながらも、ふたたび母親に注意を戻した。落ち着いたまなざし、引き締まった口元。フランセスカは水のグラスを取ろうと腕を伸ばした。エマはハラハラと二人の顔を見比べ、慌てて仲裁に乗り出した。「出張はうまくいったの、テッド?」

「ああ」テッドはゆっくりと母親から視線をそらし、メグを見つめた。メグはそれに気づかないふりをして、スフレのまんなかに巨大なクレーターでもあるかのようにもったいをつけながら最初のスフレを客の前に置いた。

テッドは口を真一文字に結んでメグのほうに近づいた。「手伝うよ、メグ」

メグの頭のなかで黄色の警戒ランプが光った。「大丈夫です」メグは口ごもりながら答えた。

テッドは険しいまなざしでメグを見た。メグは次の鉢を手に取った。フランセスカとエマは二人の関係を知っている。そして夜の覗き魔、教会への侵入者もそれを承知しているはずだ。その人物はこの場に居合わせて、二人の様子を観察しているのだろうか。メグは不吉な予感が胸のうちで大きく膨らむのを感じていた。

テッドはラムカン皿をメグから取り上げ、にこやかな微笑みとともにそれぞれの客に配ってまわった。一人一人にふさわしい褒め言葉も忘れなかった。そんな笑顔のすみに緊張感が垣間見えることに気づいているのは、どうやらメグだけのようだった。

フランセスカは息子が料理を出すのはいつものことだといわんばかりに、客たちと朗らかに談笑していた。シェルビーが『テッドと素敵な週末を過ごそう』のオークションで入札額が一万一〇〇〇ドルに達したと告げると、テッドの瞳が翳《かげ》りを帯びた。「全米で報じられているせいで、各地から入札があるの」

ケイラだけはそのことが面白くないようだった。もしかすると父親が入札をやめたのかもしれなかった。

ゴルファーの一人がめだとうとして手を振った。「テッド、『ザ・バチェラー』のクルーがあなたの経歴取材のためにウィネットに来るってほんとうなの？」

「嘘よ」トーリーはいった。「あんなおバカなリアリティ・ショーに彼が出るはずないでしょ」

ようやくスフレを配り終えたので、メグは早々に逃げ出そうとして、キッチンに向かったが、テッドがついてきた。

シェフはテッドを見ると満面の笑みで迎えた。「やあ、町長。会えて嬉しいよ」シェフは淹《い》れたばかりのコーヒーのカラフェを置いた。「しばらく留守だと聞いていたからね」

「いま戻ったばかりなんだ、シェフ」メグを見つめるテッドのまなざしからは普段の穏やかさが消えていた。「きみがなぜおふくろのパーティで給仕なんかしているんだ？」

「ただのお手伝いよ」メグはいった。「邪魔しないで」メグはカウンターから予備のデザートを取り、彼に押しつけた。「座ってこれでも食べて」

シェフが慌ててアイランドカウンターをまわって近づいた。「これはダメだ。しぼんでしまったから」

幸いシェフは同じ運命をたどったその他の二十個の運命についてはまだ知らないようだった。「テッドは気づかないわよ」メグはいった。「パンに塗るマシュマロ・フラッフを瓶からじかに食べる人だもの」じつをいうとこれは自分の日常習慣なのだが、ウィネットにいるうちにいい逃れのすべが身についてしまっていた。

テッドは厳しい表情でデザートをカウンターに戻した。「母にはめられたんだろ？」

「はめた？　あなたのお母さまが？」メグはカラフェに手を伸ばしたが、一瞬の差でそれをテッドにつかまれてしまった。「返してよ」メグはいった。「なにも手伝ってくれなくていいから、とにかく仕事の邪魔はしないで」

「メグ！」シェフのそれでなくても血色のよい顔が紫色を帯びていた。「申し訳ない、町長。なにぶんメグは給仕の経験がなく、もてなしについても至らないところばかりですみません」

「事情を聞かせてもらおうか」テッドはコーヒーを持ってドアの外に消えた。

彼はすべてをぶちこわしにしようとしているのだ。なにをどうするつもりかは不明だが、なにかとんでもないことをやらかすに違いない。なんとしてでも阻止しなくては。メグはアイスティーを入れたピッチャーをつかみ、彼のあとを追った。

テッドは相手の希望を尋ねもせずコーヒーを注ぎはじめていたが、お茶がほしい客でも文句をいうことはなかった。誰もがただ町長のご機嫌をとることに腐心していたからだ。母親のほうを見ようとしない息子の姿に、フランセスカは美しい眉をひそめた。

メグはダイニングルームの反対側に行き、空になったグラスにアイスティーを注ぎはじめた。ゾーイが先刻ハンター・デイビスの母親だと教えてくれた女性がメグのいるほうへ仕草を向けた。「トーリー、あれ、あなたのミュウミュウのスカートにそっくりね。いつかみんなでオースティンのヴァンパイア・ウィークエンドを観にいったときあなたが穿いていたあのスカートよ」

トーリーがフランセスカのエージェントとの会話をやめた。トーリーはいかにも裕福な女性らしい鷹揚《おうよう》なまなざしをメグのスカートに向けた。「最近コピーなんて珍しくもないわ。気を悪くしないでね、メグ。それはかなり出来のいいコピー品だわ」

これはコピー品ではない。その瞬間、ケイラのリセール・ショップで買ったこのスカートを身に着けるたびに周囲から微妙なまなざしで見つめられる理由が納得できた。ここのところメグが着ていたのはすべてトーリー・オコナーのお下がりだったのだ。ほかに誰も買い手がつかないので、たちまち見分けられてしまうわけだ。そのジョークに場内が沸いた。テッ

ド も 笑った。

ハーディは気取った顔でメグを見て、アイスティーのグラスを受け取った。「トーリーのお下がりなんて恥ずかしくて着られないわよ」

「サイズが合わないということもあるけど」ゾーイがいった。

ケイラは髪をふんわりと整えながらいった。「私もトーリーにオースティンの委託品販売店に送ったほうがいいわよって勧めてはいるんだけど、面倒だって。メグが来るまでよその町からきた客にしか売れなかったわ」

こうした発言はたしかに一つを除いて棘《とげ》のあるものではあった。なぜみんなメグにしか聞こえないように声を低くしているかを考える間もないうちに、テッドがコーヒーのカラフェを置き、こちらへ向かってきた。

にこやかな笑顔はそのままだが、決意みなぎるまなざしはただならぬ光を放っている。まるで映画の車の衝突シーンが迫ってくるような感じで、逃げることもできなかった。

彼はメグの前に立ち、彼女の手からアイスティーのピッチャーを取り上げ、トーリーに渡した。メグは一歩後ろに引いたが、彼の指がうなじに巻きつき、メグの体を押さえつけた。

「きみはキッチンでシェフの手伝いをしてろよ、スウィートハート。皿はぼくが片づける」

スウィートハート？

エンジン音が鳴り響き、タイヤがきしみ、猛スピードの車が乳母車に向かってくる。ウィネットでもゴシップ好きの連中が集まっている前で、テッド・ビューダインは首を下げ、伝説的唇をメグの唇に重ね、今後はコソコソしない、メグ・コランダが次なるガールフレンドなのだと宣言したのだった。

怒ったケイラは椅子から立ち上がった。シェルビーはうめいた。バーディはアイスティーのグラスをひっくり返した。エマは顔を両手で覆った。そして小学二年生なみにまごついてゾーイは叫んだ。「スペンスを断わるための口実にすぎないと思っていたのに」

「テッドとメグ？」ハンター・デイビスの母親が大声でいった。

フランセスカはぐったりと椅子にへたりこんだ。「テディ……なんてことをやってくれたの？」

フランセスカのエージェントを除く全員がたったいまこの場で起きたことの重大さを認識していた。ケイラはブティックの夢が泡と消えるさまを見守っていた。バーディはティールームと書店という構想が無に帰したと感じた。ゾーイも小学校の改良工事が実現できなくなったと悟った。シェルビーとトーリーは夫たちの企業家としての苦悩を今後も妻として共有しなくてはならないと覚悟した。そしてフランセスカは一人息子が相手としてふさわしくもないしたたかな女の手に落ちていくさまを目の当たりにした。

メグはテッドが彼女のためにこれほど途方もなく愚かしい行動をとろうとしていることに、心が浮き立つような真の喜びを覚え、涙があふれんばかりの感動にひたっていた。

彼はメグの頬をこぶしで撫で下ろした。「早く行けよ。おふくろもきみの手伝いはありがたいだろうが、そろそろぼくがバトンタッチする」

「そうよ、メグ」フランセスカは静かにいった。「これから先は自分たちでやれるから、ご心配なく」

彼は町よりこの私を尊重してくれたのだ。メグは目のくらむような陶酔感で胸が高鳴るのを感じた。だが、ここへきて人として成長したメグはそうした喜びにいつまでも浸っていられないことを悟っていた。彼女はこぶしを握りしめ、客たちを見まわした。「こんな場面をお見せしてしまい……申し訳なく思います」そして咳払いを一つ。「彼はこのところ心労が重なっているようです。私もそんな彼を思いやる気持ちがないわけではありませんが……」

メグはふっと溜息をついた。「彼は私が……彼にそれほど夢中になれないという事実を受け入れられていないんです」

テッドはトーリーの食べ残したスフレを持ち上げ、ひと口食べ、彼が見事に作り出した混乱をメグが懸命に収拾しようとする様子を辛抱強く見守った。「問題はあなたじゃなくて、私の気持ちなの」メグは彼のほうを向き、『私に調子を合わせなさいよ』とばかりに目で促した。「誰もがあなたを素敵と思ってる。だから私も当然あなたに惚れると？　みんなあなたの真実の姿が見えてないだけ。あなたって、じつはちょっと気持ちが悪い人だってことを」

テッドは片方の眉を上げた。

フランセスカは憤慨した。「聞き捨てならないわ。いま、私の息子を『気持ちが悪い』といったの？」

テッドはチョコレートをもうひと匙すくいあげ、メグがなにをいいだすのかと興味深げに聞き入っており、同調するつもりはなさそうだった。メグはそんな彼にキスしたいようなわめきたいような複雑な気持ちだったが、客たちのほうにふたたび集中することにした。「みなさんも正直に答えてください」メグはみずからの行動の正当性を信じ、力強い声でいった。「私のいっていること、おわかりになりますよね？　彼が一歩外に歩み出ると鳥たちがさえずりはじめます。それって、気味の悪いことじゃありませんか？　それに彼の頭に射す後光、どう思います？」

誰も身じろぎ一つしなかった。あたりはしんと静まり返った。

メグは唇が渇くのを感じたが、さらに続けた。「それにあのキリストの聖痕はどうです？」

「聖痕？」トーリーがいった。「それは初耳だわ」

「マジックペンの汚れだよ」テッドはチョコレート・スフレの最後のひと匙《さじ》をむしゃむしゃと食べ、皿をわきへ押しやった。「メグ、いい加減にしろよ。愛情ゆえの横やりだけど、きみのやってることは正気の沙汰《さた》とは思えない。まさか妊娠のせいじゃないんだろうね？」

キッチンで皿が落ちる音が響き、メグの決意が揺らいだ。冷静さを保つことにおいて彼は達人だ。自分のような生半可なクールを気取ろうとしている女が、そんな彼に勝てるはずがない。ここは彼の町で、これも彼の抱える問題なのだ。メグはアイスティーのピッチャーをつかみ、キッチンへ急いだ。

「今夜も会おうな」テッドはメグの後ろから声をかけた。「同じ時間に。あのトーリーのドレスを着ておいで。トーリーよりずっときみに似合っているよ。ごめんトーリー、でもきみもよくわかってるよね？」

メグはキッチンのドアを通り抜けながら、シェルビーの嘆く声を聞いた。「でも週末デートオークションはどうするのよ？　これですべてが水の泡だわ！」

「オークションどころじゃないわ」トーリーがいった。「町はもっと重大な問題に直面しているのよ。わが町の町長がサニー・スキップジャックに恥をかかせ、ゴルフコース建設をサンアントニオに譲ったわけだから」

テッドは状況を考えてキッチンに戻ってこなかった。メグはシェフのあと片づけを手伝いながら、めまぐるしく思いをめぐらせていた。客たちが帰る音が聞こえ、フランセスカがキッチンに入ってきた。

顔色が悪かった。ドレスを脱いでTシャツとショートパンツに着替えた彼女は裸足だった。そしてシェフに報酬を払い、メグに小切手を手渡した。

それは約束の倍の金額だった。

「二人分働いてくれたから」フランセスカはいった。

メグはうなずき、それを返した。「それは図書館再建資金に寄付します」、メグはいくばくか尊厳をにじませるかのようにフランセスカのまなざしをしばしとらえ、作業に戻った。

最後の皿を片づけ、ビューダイン邸を出ると夕食時に近い時刻になっていた。シェフが持たせてくれた残り物をたっぷり入れた袋を抱え、メグは教会に戻る道すがら、知らずしらず笑みがこみ上げ、頬がゆるみっぱなしだった。テッドのトラックが階段わきに停まっていた。こらえてもテッドと抱き合うことしか考えられなかった。残り物の袋をつかみ、急いでなかに入ったメグははっと立ち止まり、悲鳴を上げた。

教会内はひどく荒らされていた。家具はひっくり返り、枕はナイフで切り裂かれ、衣服は散乱している。マットレスはオレンジジュースやケチャップで汚され、買ったばかりの貴重なビーズや道具類、もつれたワイヤー類などのジュエリー材料もあちこちにまき散らされている。

テッドがそんな室内のまんなかに立っていた。「保安官を呼んだ」

保安官によれば、強行侵入の形跡はないとのことだった。鍵のことに話題が及ぶと、テッドはすでに錠の交換を依頼済みだといった。おそらくは浮浪者の仕業だろうとする保安官の推論を聞き、メグはこうなれば先日バスルームの鏡になぐり書きされたメッセージのことを明かすしかないと覚った。

テッドは激昂した。「なぜそんなことを黙っていた？　なにを考えていたんだ？　もはやこんなところに一日たりとも住まわせるわけにはいかないよ」

メグはちらりと彼の様子をうかがった。彼はにらみ返した。彼の後頭部に後光はさしていなかった。

保安官は誰かの恨みを買っている覚えはありませんかと真面目な顔で尋ねた。保安官はあくまで郡の職員として地元の噂に同調などしない立場であることを示しているのではないかとメグは感じた。

「メグは数人の人たちと諍《いさか》いを起こしたことがありますが」テッドがいった。「しかしとてもこんなことができる人たちじゃありません」

保安官は手帳を出した。「何人ですか？」

メグは落ち着こうと努めた。「基本的にテッドに好意を抱く人は全員私を嫌いなはずです」

保安官は首を振った。「たいへんな人数にのぼるということですね。いくらか絞りこめますか？」

「行き当たりばったりに名前を挙げてみても仕方ないと思います」メグは答えた。

「名前を挙げたところで、誰かを告発できるわけじゃない。怨恨の可能性のある人物をリストにしてみてください。協力してください、ミズ・コランダ」

メグも保安官の指摘は理解できたが、どこか合点がいかなかった。

「ミズ・コランダ？」

メグは気力をふりしぼって語りはじめた。「そうですね……」どこから話せばよいのか迷った。「サニー・スキップジャックはテッドをわが物にしたがっています」メグは荒らされた教会内をしげしげと見まわし、深い溜息をついた。「それからバーディ・キトル、ゾーイ・ダニエルズ、シェルビー・トラベラー、ケイラ・ガーヴィン、ケイラの父親ブルース。もしかしたらエマ・トラベラーも。でも最近考えが変わったかも」

「いま名前の挙がった人たちは誰一人こんなまねのできる人間じゃない」テッドがいった。

「誰かの仕業であることは確かですよ」保安官が手帳のページをめくりながら、いった。

「続けてください、ミズ・コランダ」

「テッドの昔の恋人全員。とくに今日のランチョン・パーティの出来事を考えればありうるかも」テッドが気をきかせて手短に説明を加え、臆病な人間は二人の関係に面と向かって文句がいえず、陰でこそこそ邪魔をする可能性はあるかもしれないとみずからの考えを述べた。

「ほかには？」保安官は手帳のページをめくって尋ねた。

「スキート・クーパーは私がゴルフ・マッチのときテッドをスキップジャックに勝たせてはならないと考えて彼のゴルフボールを無理やり芝生に押しこんだところを目撃してました。そのときのスキートの顔つきを見せたかったわ」

「それよりぼくの顔を見てほしかったね」テッドは憤懣《ふんまん》やるかたなしといった顔でいった。

メグは指のさかむけを引っ張った。

「それから？」保安官はペンをカチリと鳴らした。

メグは窓の外を見るふりをした。「フランセスカ・ビューダイン」

「おい、ちょっと待ってくれ！」テッドが大声を出した。

「保安官はリストを出してほしいとおっしゃっているのよ」メグは言い返した。「あくまでそれに協力しているだけで、告発しようというのではないわ」メグはふたたび保安官のほうを向いた。「一時間ほど前にご自宅でミセス・ビューダインと会いました。だから彼女がこんなことをした可能性は低いと思います」

「だが、不可能とはいいきれない」保安官はいった。

「母がここを荒らすはずがない」テッドは断言した。

「テッドのお父さんのことはわかりません」メグはいった。「本心が読めない方です」

今度は保安官が憤慨した。「偉大なダラス・ビューダインが野蛮な行ないなどするはずがない」

「おそらくは。それかコーネリア・ジョリックは当然ながら除外しましょう。アメリカ合衆国の前大統領が誰にも見られずにウィネットにやってくること自体むずかしいんですから」

「腹心の部下を送りこんできたかもしれないよ」テッドは悠然といった。

「私のリストが気に入らないのなら、自分で考えてちょうだい」メグは言い返した。「あなたはリストアップした容疑者たちを私よりよく知っているからね。要するに、私に町から出て行けというメッセージを送りつけてきた人物が一人いることは確かよ」

保安官はテッドを見た。「町長のご意見は?」

テッドは頭をかいた。「この人たちがここまで酷《ひど》いことをするとはとても思えない。カントリークラブの同僚はどうだ?」

「同僚たちとは例外的に良好な人間関係を築いているわ」

保安官は手帳を閉じた。「ミズ・コランダ。ここに今後一人で寝泊まりするのはやめてください。事件が解決するまでは」

「ぼくがその点については責任を持つよ」テッドはいった。

保安官はこの事件について警察署長に報告すると約束した。テッドはパトロールカーに戻る保安官を送りに外へ出た。そのときメグのバッグのなかで携帯電話が鳴った。ディスプレイを見ると、母親のフルールからだった。この瞬間この人とは話したくない、でも声が聞きたいという葛藤が心に渦巻いた。

メグは物が散乱したキッチンを通って勝手口から外に出た。「ママ」

「メグ、仕事は順調なの？」

「ええ、とても」メグは階段に腰をおろした。セメントには日中の暖気が残っており、それがトーリー・オコナーのお下がりのスカート越しに肌に伝わってきた。

「パパもママもあなたがとても誇らしいわ」

母親はメグがカントリークラブの活動コーディネーターだといまだ信じこんでいるらしい。早いうちに誤りを指摘しておかなくては。「正直、たいした仕事じゃないのよ」

「あら、自惚れの強すぎる人と接する仕事のたいへんさはこの私が一番よくわかっているわよ。カントリークラブに来るような人は間違いなくそんな類いの人たちでしょうし。今日電話したのもそんな理由があってのことなの。嬉しいお知らせがあるのよ」

「ベリンダが亡くなって私に遺産を残したとか？」

「残念でした。お祖母ちゃまは不死身だから、死なないわよ。嬉しいお知らせというのはね……パパとママはあなたのところに遊びにいくことにしたの」

どうしよう……メグは階段から立ち上がった。ありとあらゆる悲惨な光景が脳裏をよぎる。切り裂かれたクッション、割れたガラス……ドリンクカート……彼女に恨みを持つ人びとの顔が次つぎと浮かぶ。

「パパもママもあなたに会えなくて寂しいの。だから顔を見たいのよ」母はいった。「あなたの新しいお友だちにも会わせてちょうだい。みずからの環境を切り拓いたあなたのこと、心から誇らしいと思ってるわ」

「そう……それは楽しみだわ」

「スケジュールの調整が必要だけど、もうすぐ決まるわ。ほんの一日か二日の気軽な訪問よ。早く会いたいわ」

「私もよ、ママ」まずはこの教会をきれいにする必要があるが、それは氷山の一角にすぎず、奥底にはもっと本質的な問題が横たわっている。まず仕事をどうするかだ。両親がやってくる前に活動コーディネーターに昇格する可能性があるかどうか考えてみたが、バーディの夜明かしパーティに招かれる可能性のほうが高いという結論に至った。両親をテッドに紹介する光景を思い描いて、メグは身震いした。母親がひざまずき、考え直したりしないでと懇願するシーンが容易に思い浮かぶ。

メグは自分の抱える厄介な問題のうちでも、単純なものを選んだ。「ママ、聞いて。私の仕事はママが考えるような立派なものじゃないの」

「メグ、自分を卑下するのはやめなさい。あなたが突飛なほど身のほど知らずの頑張り屋が揃った家庭で育ったのは事実だわ。でもそれは世間の標準からずれているの。あなたはまともだし、きれいだし頭もいいのに、家庭環境のせいで脱線してしまっただけ。そんな過去は忘れなさい。あなたは新しい人生に向かって歩きはじめたし、パパもママもそんなあなたが誇らしいの。これからランニングよ。あなたを愛してるからね」

「私もよ、ママ」メグは弱々しい声でいった。電話が切れると、そっと付け加えた。「ママ、私は活動コーディネーターじゃなくてカートガールなの。でもジュエリーの売れ行きは上々よ」

勝手口が開き、テッドが出てきた。「明日ここの清掃をプロに依頼するよ」

「やめて」メグは疲れたようにいった。「こんな様子を誰にも見られたくない」

テッドも理解を示した。「だったら、ここを出てどこかでゆっくりしろよ。あとはぼくに任せて」

メグはただもう横になって今日の出来事について思いをめぐらせたかったが、この歳になって面倒な事後処理を他人任せにするわけにはいかないと思った。「一人でなんとかするわよ。まず服を着替えさせて」

「とんでもない」

「あなたに任せるわけにはいかないわよ」彼の思いやりにあふれた美しい顔を見て、メグの胸は疼《うず》いた。数週間前、メグは彼のような男性に自分は釣り合わない相手だと思っていたが、ある種の達成感を通していくらか自信も芽生えはじめていた。

テッドは使えなくなったマットレス、続いてメグがクラブから譲り受けたカウチや椅子も外に運び出した。そしてメグを元気づけようと冗談を飛ばしたりもした。メグは割れたガラスを拾い上げ、誤って貴重なビーズを捨ててしまわないよう、調べた。気がすむと今度はキッチンの片づけに向かったが、すでにテッドがすませていた。

片づけが終了すると日も暮れかかっており、二人は空腹だった。ランチョンパーティの残り物とビール二本を墓地に運び、すべてをバスタオルの上に広げた。容器からじかに食べたので、二人のフォークがときどきぶつかった。メグはフランセスカのパーティでの出来事についてすぐにでも話したかったが、食事が終わるまで待ち、切り出した。「ランチョンパーティで、あんな態度をとったのはいただけなかったわね」

彼はホレス・アーネストの墓石にもたれた。「なんのことかな?」

「無責任な態度はやめて。私にキスしておいて」メグは心に広がろうとする昂揚感を抑えた。「いまごろは私たちの仲が町じゅうに広がっているはずよ。それが耳に入ったら、スペンスとサニーはすっ飛んでくるわ」

「スペンスとサニーの心配は任せとけ」

「なぜあんな軽率な行動に出たの?」とても素敵だったけれど。

テッドはミューラー家の区画に脚を伸ばした。「きみはしばらくぼくの家で暮らせよ」

「私の言葉を真面目に聞いてる?」

「二人の仲は町じゅうに知れ渡った。一緒に暮らしてまずい理由はない」

彼があぁして態度をはっきりさせた以上、もはやメグが反論する余地はなかった。メグは棒切れを拾い上げ、親指の爪で樹皮を剝《む》いた。「申し出はありがたいけど、あなたと住めばお母さまの立場がなくなるわ」

「母のことは任せてほしい」テッドは厳しい表情でいった。「母を愛しているけれど、ぼくの人生に口出しはさせないよ」

「みんなそういうわ。あなたも、私も、ルーシーも」メグは棒切れを土に突き立てた。「私たちの母親は実力や影響力のある女性よ。理性的で知性もあり、それぞれの世界でトップに君臨する人たちなの。しかもわが子に対する愛情も強烈よ。実力とありあまる愛情。この組み合わせを無視して、どこにでもいる母親と比べるわけにはいかないわ」

「きみをこんなところに一人で置いておけないよ。寝る場所もないのに」

木々のあいだから、積み上げたゴミの山に混じったマットレスが見えた。こんなことをしたのが誰であれ、敵はメグがウィネットを去るまで行動しつづけるだろう。「わかったわ」彼女はいった。「でも今夜だけよ」

メグは自分の車で彼の自宅についていった。家のなかに入るとすぐ、テッドはメグを抱き寄せ、片手で電話をかけた。「母さん、誰かが教会を荒らしたから、メグは数日ぼくの家に泊めるよ。彼女は母さんを怖がっているし、ぼくも腹を立てている。だからここには来ないでほしい。くれぐれも干渉しないように」

「私はフランセスカのこと、怖がってなんかいないわ」メグは反論した。「それほどは」

テッドはメグの鼻にキスをし、階段のほうを向かせ、尻の竜のタトゥーあたりを撫でた。

「こんなことはいいたくないけど、きみはへとへとのはず。先に寝ろ。おれはあとで寝るから」

「情熱的なデートの予定でもあるの？」

「もっとましなことだよ。これから教会に監視カメラを設置しにいく」彼の語調には厳しさが感じられた。「最初の侵入事件のあと、すぐに設置すべきだったんだ」

メグは反論を試みるほど愚かではなかった。彼に抱きつき、竹の床に押し倒した。今日あんなことがあったのだから、今度はきっと違う。肉体以外のなにかが充たされるだろう。

メグは彼の上に乗り、両手で彼の頭をつかみ、激しくキスをした。彼もいつものように完璧にキスを返した。うっとりさせるような巧妙さを駆使してメグの性感を刺激した。メグは汗にまみれ、息をはずませた。しかしどこか……満たされなかった。

17

エアコンに慣れていないメグはシーツ一枚では肌寒く感じ、テッドに寄り添って寝た。目を開けると朝になっていた。

メグは寝返りを打って、彼を見つめた。眠った彼も目覚めているとき同様、魅力的だった。理想的な寝乱れ髪。ここは少し平たく、別のところはつんと立っていたり。メグはそれを確かめたくて指が疼くように感じた。上腕のくっきりした日焼けのラインにしげしげと見入る。カリフォルニアのお洒落《しゃれ》な男なら断じてこんな日焼けをするはずもないが、テッドはそんなことに頓着しない。メグはその部分にキスをした。

彼が仰向けになったので、シーツが引っ張られ、二人の体の匂いがふわりと漂った。メグは瞬時に欲望を刺激されたが、カントリークラブへの出勤時間が迫っており、メグはみずからを促すようにしてベッドから出た。いまごろは昨日のランチョンパーティで起きた出来事の話題が町じゅうに広まっているだろうし、キスのことでテッドを責めようなどと考える町民は皆無のはず。問題山積の一日がメグを待ち受けていた。

メグが火曜日午前中にコースをまわる予定の女性ゴルファーたちのためにカートの飲み物

を補充していると、トーリーがロッカールームから出てきた。いつものようにポニーテールにした髪を揺らしながらつかつかと近づき、単刀直入にいった。「あんなことがあったんだから、教会にも住めないでしょう？　だからといってテッドの自宅に寝泊まりするわけにもいかないでしょうし、だからみんなで相談してあなたをシェルビーの家の離れに泊まってもらうのがいいということになったの。私も不幸な最初と二度目の結婚の合間にあそこに住んだことがあるけれど、誰にも邪魔されないし、住み心地はいいわよ。おまけに専用のキッチンもあるのよ。エマや私の家には離れ用のキッチンはないわ」

トーリーはポニーテールを揺らしながらプロショップに向かい、肩越しにいった。「シェルビーが六時までに来てほしいって。誰かが約束の時間を守らないと、シェルビーは動揺するたちなの」

「待ってよ！」メグはトーリーを追いかけた。「私はあなたの実家に泊まるつもりはないわ」

トーリーは腰に手を当て、見たことがないほど真剣な表情でいった。「テッドの自宅に泊まってもらうわけにいかないの」

メグもそれは自覚していたが、他人から命令されたくはなかった。「みんな思い違いもはなはだしいわ。私は誰かのいいなりにはならない。私は教会に戻るつもりなの」

トーリーは鼻を鳴らした。「あんなことがあったのに、テッドがそんなこと許すはずないわ」

「テッドの許しなんていらないわ」メグはそういうと荒々しい足取りでカートに戻った。

「シェルビーの寛大な申し出には感謝するけど、もう自分でどうするかは決めているの」

トーリーはメグを追ってきた。「メグ、テッドと住むのはまずいのよ。絶対に」

メグは聞こえないふりをしてカートを発車させた。

客待ちのあいだジュエリー制作することはできないので、メグはテッドから借りた『アメリカン・アース』の本を出したが、アメリカでももっとも厳しい環境問題専門家の言葉にも集中できなかった。本をわきへ置くと、ちょうど最初の女性四人がやってきた。「メグ、不法侵入事件のこと、聞いたわ」

「怖かったでしょう」

「犯人は誰だと思う?」

「狙いはあなたのジュエリーに決まっているわ」

メグは氷を紙コップに入れ、飲み物を注ぎながらできるかぎり簡潔に答えた。ええ、怖かったです。いいえ、犯人は皆目わかりません。ええ、これからはもっと用心します。

次の四人組が現われると、メグはまた同様の受け答えをしたが、どうも腑に落ちない気がした。みながフェアウェイに去ってやっと、メグは八人の女性が誰一人ランチョンパーティでのテッドのキスや彼がメグとの交際を宣言した件について触れなかったことに気づいた。どうにも解《げ》せなかった。ただでさえ詮索《せんさく》好きなこの町の女たちはテッドに関して関心がないはずがない。だからマナー上沈黙を守ったとは思えない。いったいどうなっているのだろう?

メグは次の四人組がカートに乗って現われティーに向かうまで、考えをまとめられなかった。そこではっと思い当たった。

今日会った女性たちは誰一人ランチョンパーティに出席していなかったから、なにも知らないのだ。昨日の出来事を目撃した二十人の客たちは共謀して沈黙を守ったのだ。

メグはカートに座りこみ、昨晩交わされたであろう電話でのひそひそ話を想像した。フランセスカの客たちは聖書に誓って、いやインスタイル誌に誓って口を閉ざすことを決めたのだ。二十人もの噂好きな女たちが沈黙の誓いを立てたとは。普通の状況なら長続きしないはずだが、テッドが関わっているのだから、誓いは守られるかもしれない。

メグは次のグループにも飲み物を出したが、話題に上ったのは侵入犯のことだけだった。テッドの名前すら出なかった。しかしそれから半時たち、最後の二人組が現われると、状況は変化した。カートから降りる女性たちを見て、今度は違う話題になりそうだとメグは感じた。ランチョンパーティに出席し昨日の出来事を目撃した二人はともに敵意に満ちたしかめ面をして向かってきた。

背の低いほうの、クッキーと呼ばれている硬いブルーネットの髪の女性はあけすけにいった。「教会の侵入事件はあなたが仕組んだことだということはみんな知ってるのよ。その理由もね」

考えてみればこうした展開も予測できたはずだったが、メグにもそこまで思いが及ばなかった。

背の高いほうの女性はグイとゴルフ手袋をはめた。「あなたは彼と同棲したかった。でも彼がそれを望んでいなかったから、彼が拒めない状況を作り出そうと一計を案じた。そしてフランセスカの家に行く前に教会をみずから目茶苦茶に荒らしたわけね」

「まさか本気でそんなこと信じてるんですか？」メグはいった。

クッキーは飲み物を受け取りもせず、バッグからクラブを引き抜いた。「あなた、自分でもこれほどうまくいくとは思っていなかったんでしょ？」

二人が立ち去ると、メグは足を踏み鳴らしながらしばらくティーのまわりを歩いたが、ティーマーカーの近くにある木のベンチに座った。まだ午前十一時前なのに、大気中には熱気が広がっている。この町を去るべきなのだ。この町には可能性もなく、真の友人もおらず、まともな仕事もない。それでもここに残るしかないのだ。なぜなら愚かしいほどに恋する男性がメグを大切な相手であると公表してしまったために彼の愛する町の未来を危うくしてしまったからだ。

メグはその事実を胸で抱き止めた。

メグの携帯電話が何度も鳴った。最初の電話はテッドからだった。「地元の女マフィアたちがきみをぼくの家から追い出そうとしているらしい」と彼はいった。「連中にかまうな。きみはおれの家に泊まる。夕食になにかうまいものを作ってくれるつもりはあるかい？」長い沈黙。「デザートはおれが用意する」

次の電話はスペンスからだったので、応答しなかった。しかし彼は数日中にまたウィネットに行くというメッセージを残していた。その後ヘイリーが二時の休憩時間にスナック・ショップで会いたいといってきた。二時になって行ってみると、バーディ・キトルの姿が見え、メグはありがたくない驚きを覚えた。バーディはグリーンのビストロ・テーブルで娘と向かい合うように座っていたのだ。

バーディは仕事着の茄子紺《なすこん》のニットスーツを着ていた。椅子の背にジャケットをかけ、白のキャミソールと少しソバカスのあるぽっちゃりした腕が露出している。ヘイリーはメークをしておらず、もしこれほど顔色が悪く緊張していなかったら、いつもより顔立ちはきれいに見えただろう。ヘイリーはびっくり箱の人形のように立ち上がった。「ママから話があるって」

メグはバーディ・キトルの言葉を聞きたくなかったが、仕方なく空いた椅子に座った。

「気分はどう?」メグは訊いた。「昨日よりよくなっているといいけど」

「大丈夫」ヘイリーはまた座り、目の前に置かれた四角いワックスペーパーの上に置いたチョコレート・チップ・クッキーをつつきはじめた。メグはランチョンで聞いた会話を思い出した。〝ヘイリーは昨日もカイル・バスコムと一緒だったのよ〟とバーディはいっていた。「あの子が妊娠なんかしたら……」とも。

先週メグはヘイリーが同年代の細長い体格の子と一緒にいるところを駐車場で見かけたが、それについて尋ねてもヘイリーは妙にはぐらかそうとする。

ヘイリーはクッキーを割った。メグも同じクッキーを売ろうとしたのだが、チップスが解けてしまうのだ。「さっさといいなさいよ、ママ」ヘイリーがいった。「訊けば？」

バーディの口元は尖り、ゴールドのブレスレットがテーブルの縁に当たって音をたてた。

「教会に誰かが侵入したんだってね？」

「ええ、それはみなさんご存知みたい」

バーディはストローの包み紙を裂き、ソフトドリンクのなかに突っこんだ。「シェルビーと一時間ぐらい前に話したの。彼女があなたに離れの提供を申し出たことは立派なことだわ。そんな義務もないのに」

メグはあたりさわりのない答えを返した。「それは承知しています」

バーディはストローで氷をつついた。「あなたがその申し出に応えるつもりがなさそうだから、ヘイリーはてっきり……」

「ママ！」ヘイリーは怒りの表情で母親をにらんだ。

「あら、ごめんなさい。あなたはうちのホテルに来たほうが気が楽なんじゃないかと思ったの。シェルビーのところよりカントリークラブに近いから、遠くまで車を運転して出かけることもないし、たまたま空いた部屋もあるの」バーディは紙コップの底をつついて穴をあけた。「ジャスミン・ルームに泊まっていいわ。私からの厚意だと思ってね。いつも掃除していたから覚えているかもしれないけど、簡易キッチンも付いているわ」

「ママ！」ヘイリーの青白い顔が赤く染まった。ヘイリーの様子は普通ではなく、メグは不安を覚えた。「泊めたがっているのはママよ。私じゃなくて」

　それはとても事実とは思えなかったが、それでもヘイリーがメグとの友情のために母親に反論してくれたことがありがたかった。メグはヘイリーが手をつけようとしないクッキーをつまんだ。「申し出は嬉しいですけど、私には計画があるんです」

「どんな計画?」ヘイリーがいった。

「教会に戻ろうと思うの」

「それはテッドが許さないわ」バーディがいった。

「錠は替えてもらったし、一人の住まいが欲しいので」テッドが設置し終える予定になっている防犯カメラについては触れなかった。それは誰にも知られないほうが得策だ。

「まあ、人生そうそう自分の思いどおりにはならないのよ」バーディはミック・ジャガーの歌詞を彷彿《ほうふつ》させるような言葉を口にした。「たまには他人のことも考えてみたらどうなの?」

「ママ!　彼女が戻るっていうんだから、それでいいじゃない。なぜそうも否定的なの?」

「ごめんなさいヘイリー。でもあなたは認めようとしないけど、メグのせいでなにもかも滅茶苦茶になってしまったことは事実なのよ。昨日フランセスカの家でなんて……あなたはいなかったからわからないでしょうけど――」

「耳があるんだから聞こえたわよ。ママがシェルビーと電話で話しているのを聞いたもの」

　つまり明らかに、口外しない約束には穴があったことになる。

　バーディは飲み物をひっくり返しそうになりながら立ち上がった。「私たちはみんなあなたの尻拭いに苦労させられているのよ、メグ・コランダ。でも協力がないと成し遂げられないの」バーディはジャケットをつかみ、赤毛をきらめかせながらつかつかと歩み去った。

ヘイリーはワックスペーパーに包まれたクッキーを粉々に押しつぶした。「あなたはやっぱり教会に戻るべきよ」

「そう思ってくれるのはあなただけらしいわ」遠くを見つめるヘイリーの様子がメグは気がかりだった。「私自身、人の心配している場合じゃないのは承知しているけど、あなたが何か悩みを抱えているのはわかってる。もし相談したいことがあれば、私に話してみて」

「相談なんてないわよ。仕事に戻らなきゃ」ヘイリーは母親の飲み残したソーダのカップとふやけたクッキーをつかんでスナック・ショップに戻った。

メグはクラブハウスのドリンクカートに戻った。カートは飲み物売場の近くに停めてあったので、そこへ戻ろうとすると間の悪いことにあまり会いたくない、見慣れた人物がクラブハウスに入ってきた。ブランドもののサンドレス、ピンヒールの靴を見るかぎり、ゴルフをするためにここに来たのではないことがわかる。それどころかヒールの靴音をアスファルトの上でリズミカルに響かせながら、決意みなぎる歩調でメグのいるほうに一直線に向かってくる。芝生に入ってきて、フランセスカの靴音は鳴らなくなった。

メグは指でバツ印を示したい衝動をかろうじて抑えたものの、フランセスカが目の前で立ち止まった瞬間、ついうめき声を上げずにいられなかった。「お願いだから、そのことはいわないでください」

「そうはいかないわ。私だってこんなことするのは、得意とはいえないけれどね」フランセスカは素早く手を動かし、カヴッリのサングラスを頭に乗せた。きらめく緑の瞳、ブロンズ色に彩られたまぶた、ただでさえ濃いまつげがシルキーな黒いマスカラによっていっそう引き立っている。朝に軽く施したメグのメイクは汗で流れ落ち、フランセスカがケルク・フルールの香りを漂わせているのに、メグはこぼれたビールの匂いをまき散らしているありさまだ。

メグはテッドの小柄な母親を見下ろした。「せめて銃を先に渡してくださいよ。自殺するしかないみたいだから」

「ばかいわないで」フランセスカはいい返した。「そんなものがあれば、私が撃ち殺しているわよ」彼女は美しい顔に図々しくも近づきすぎたハエを叩いた。「わが家の来客用コテージは母屋から離れた場所にあるの。あそこを使ってちょうだい」

「私もお母さんと呼んでいいかしら？」

「とんでもない」フランセスカの口角が歪んだ。しかめ面か、それともうすら笑いか？　判然としなかった。「ただ普通にフランセスカと呼んでちょうだい」

「素敵」メグは指をポケットにつっこんだ。「好奇心からお尋ねしますけど、この町には他人に干渉しないでいられる人っていないんですか？」

「いないわ。だからこそ当初からダリーと私はマンハッタンに別宅を設けるべきだと主張したのよ。テッドがウィネットに来たのは九歳のときだったこと、あなたは知っている？　もし生まれたときからこの町で育っていたら、あの子もどれほど地元特有の奇習の影響を受けていたことか」フランセスカは鼻を鳴らした。「想像したくもないわ」

「そのような申し出をいただいて、ありがたく思っています。シェルビーやバーディ・キトルの申し出についても。でも魔女団の方たちに伝えていただきたいんです。私は教会に戻ります」

「テッドが許さないはずよ」

「テッドにそれを決める権利はありません」

フランセスカは満足げに小声で笑った。「そんな言葉が出てくるのは、あなたが自分で思うほど息子のことを理解していない証拠ね。来客用コテージは開錠されているし、冷蔵庫の中身も補充してあるわ。逆らおうなんて、思わないことね」フランセスカはそういい残して立ち去った。

芝生の上からカートの通路に入った彼女の靴音がコツコツコツと響いた。

メグは惨めな一日を思い返しながら、従業員用駐車場から車を出し、車道からハイウェイに向かった。フランセスカ・ビューダインの客用コテージや、あるいはシェルビー・トラベラー宅、バーディのウィネット・カントリー・インにも住まいを移すつもりはなかった。さりとてテッドの家に泊まるわけにもいかなかった。この町の女たちの干渉がましさに腹を立てながらも、そんな彼女たちを軽蔑するつもりはなかった。鬱陶《うっとう》しい独善的な態度は厄介そのものだが、彼女たちもそれなりに正しいと信じてやっていることなのだ。ウィネットの住民たちは、アメリカ人全般にありがちな無感動《アパシー》という概念を持ち合わせていない。また彼らには仲間意識による現実的な側面もある。スキップジャックが関わっているかぎり、テッドと同じ屋根の下で過ごすことはできないのだ。

不意にどこからともなくなにかが車に向かって飛んできた。メグは驚きで息を呑み、ブレーキを踏んだが、時すでに遅し。大きな石がフロントガラスを直撃した。林のなかで動くものが見えたので、サイドブレーキを引き、車から飛び出した。つるつるした砂利の上で足が滑ったが、バランスを立て直し、車道沿いに植えられた木立のほうに向かった。下生えに踏み入ると棘がショートパンツにひっかかり、脚をひっかいた。ふたたびなにかが動くのが見えたが、人影かどうかははっきりしなかった。わかっているのは誰かがふたたび攻撃をしかけたということだけだった。自分がそうした行為の被害者であると思うと吐き気を覚えた。メグは森のさらに奥に進んだが、どちらの方向に進むべきか判断がつかなかった。立ち止まって耳を澄ませてみたが、聞こえるのは自分の息遣いだけだった。石を投げた犯人は逃げてしまったのだろう。

車に戻ったメグはまだ震えていた。フロントガラスのまんなかから蜘蛛《くも》の巣状に割れが広がっていたものの、首を伸ばせばどうにか運転は可能だった。

教会に戻るころには、怒りは鎮まっていた。テッドのトラックが停めてあることをひたすら願ったが、彼は来ていなかった。持っている鍵を使ってなかに入ろうとしたが、予測したとおり錠は交換されていた。メグは大股で階段を駆けおり、石のカエルの下を見てみたが、新しい鍵を彼が用意してくれているはずのないことははっきりしていた。しばらく歩きまわって、かつては信仰のために教会を訪れた敬虔《けいけん》な信徒を守ってくれたペカンの林のあいだに設置された防犯カメラを発見した。

メグはカメラに向かってこぶしを振った。「セオドア・ビューダイン、いますぐここに来てなかに入れてくれないと、窓ガラスを割って入るわよ！」メグは階段の一番下に腰をおろし、しばし待ったが、立ち上がって墓地を横切り、小川に向かった。

小川の深みがメグを待っていた。彼女は服を脱ぎ、ブラとパンティだけになって飛びこんだ。冷たく心地よい川の水に頭を浸し、岩の多い川底を蹴って水面に出た。惨めな一日を洗い流そうというように、もう一度飛びこんだ。やっと涼しくなったので、メグは濡れた足をスニーカーにつっこみ、汚れた仕事着をつかみ、濡れた下着のまま教会に向かった。しかし林を出ると、はっと立ち止まった。

あの偉大なダラス・ビューダインが黒の花崗岩の墓石に座り、かたわらに彼の忠実なキャディー、スキート・クーパーが立っている。

メグは呪詛《じゅそ》をつぶやき、そっと林に戻りショートパンツと汗まみれのポロシャツを着た。ウィネットの魔女たちと渡り合うのと、テッドの父親と向き合うことはまったく別の球技を戦うようなものだ。メグは濡れた髪を指でとかし、臆するなとみずからにいい聞かせ、悠然と墓地に向かった。「未来の休息所を見学ですか？」

「まだそれは早いだろう」ダリーはいった。彼はゆったりと墓石で寛ぎ、ジーンズを穿いた長い脚を前に伸ばしている。照明の光が斑点状に白髪交じりのダークブロンドを照らしている。五十一歳になる彼はいまもとびきりの美男で、そばにいるスキートのガサガサした皮膚がひどく老いてみえる。

ダリーに近づくメグの濡れた足がスニーカーのなかでバシャバシャと音をたてた。「墓の住民たちは危害を及ぼさないですものね」

「そうだね」ダリーは足首を交差させた。「測量士が一日早く現われたので、テッドも一緒に埋立地に行ったよ。今回のリゾートの件は結局うまく運ぶかもしれないな。きみの荷物をテッドの家に運ぶのなら手伝うと伝えておいた」

「私はここに留まることにしました」

ダリーは考えこむようにうなずいた。「しかしあまり安全な場所とは思えない」

「少なくともテッドの設置した防犯カメラがありますから」

ダリーはふたたびうなずいた。「ほんとうのことをいえば、スキートと私できみの荷物はもう運んだ」

「あなたにそんな権利はありません！」

「見解の相違かな」ダリーは次のショットに入る前に風向きを確かめるかのように、風に顔を向けた。「きみはスキートのところに泊まりなさい」

「スキート？」

「彼は口数の少ない男だが、私の妻と渡り合うぐらいなら、いっそここに泊まればいいといいだした。まあ、なんというか、私は妻が動揺するのを見たくないし、きみは間違いなく妻を動揺させる存在なんでね」

「とんでもないことに動転するからなあ」スキートはくわえていた楊枝を反対側の口角にくわえ替えた。「説教しても無駄だよ。フランシーはフランシーだからな」

「お言葉を返すようですが……」メグは弁護士のような口調で話しはじめたが、女たちを相手にしているときと違い、ダリーの冷静な沈着さに圧倒された。「私はスキートと一緒に住みたくありません」

「なぜいやなのかね？」スキートは楊枝をくわえ替えた。「専用のテレビを貸すし、おれはいっさい干渉しないよ。しかし部屋は片づけてもらいたい」

ダリーは墓石から立ち上がった。「私たちの車の後ろから自分の車でついてきてもいいし、きみが私の車に乗って、きみの車をスキートに運転させてもいいよ」

揺るがぬ視線は決定は下されたと告げていた。どう反論しても決定が覆りそうもなかった。

メグはいくつかの選択肢を検討してみた。教会に戻るのは現在のところ明らかに正しい選択ではなさそうだ。テッドと同棲するわけにもいかない。たとえ彼が納得しなくても、ちゃんと理由はある。残るはシェルビーとウォレン・トラベラーの家、ホテルにフランセスカの客用コテージ。あるいはスキート宅に泊まるか。

白髪交じりの髪、日焼けした顔、ウィリー・ネルソンのような背中まで垂れるポニーテール。スキート・クーパーは伝説的プロゴルファーのキャディーを務めて一〇〇万ドル稼いだ男というより、ホームレスに見えた。メグは切り刻まれた自尊心をかき集め、高慢な口調でいった。「ルームメイトに服は貸さない主義よ。でも金曜の晩のスパ・パーティは歓迎するわ。マニキュアとペディキュアのようにおたがいの領分を尊重するということでいいかしら？」

スキートは楊枝を抜き、ダリーを見つめた。「もう一人威勢のいいやつが現われたみたいだぜ」

「そのようだな」ダリーは車のキーをポケットから出した。「しかし、まだ様子を見る必要がある」

メグは二人の会話が理解できなかった。二人はメグの前を歩き出し、スキートが忍び笑いをもらした。「もう少しでフランセスカをプールに落としそうになった晩のこと、覚えてるかい？」

「本気でそうしたかったよ」フランシーの愛する夫が答えた。

「落とさなくて正解だったよな」

「すべて神さまの思し召しってことさ」

スキートは楊枝を雑木林に投げ捨てた。「神はこのところ超過勤務なさっているらしい」

最初にビューダイン家の地所を巡ったおりにメグはスキートの小ぶりな牧場スタイルの石

の家を見たことがあった。いわくいいがたい薄茶色の玄関ドアの両脇には上げ下げ式の窓があり、唯一の装飾として、前面の歩道近くの棒にアメリカ国旗がさりげなく立てられていた。

「きみの荷物を運び入れた際、できるだけまとめておくようにしたよ」ダリーが玄関のドアを開いてくれながら、いった。

「ご配慮、嬉しいです」メグはそういって完璧に片づいた室内に入った。なかは玄関の薄茶色を淡くしたような色のペイントが使われ、一対の高価そうなしかし際立って不恰好なリクライニングチェアがあたりを圧倒するような感じで壁に埋めこまれた大型のフラットテレビに向けて設置されている。その真上の中央からカラフルなソンブレロがぶらさがっている。この部屋の唯一趣味のよいものはフランセスカの書斎にあったものと似たアースカラーのじゅうたんだが、おそらくこれはスキートの好みではないのではないかとメグは思った。

彼はリモコンを取り、ゴルフ・チャンネルをつけた。玄関ドアの反対側に広間があり、廊下の一部と機能的なキッチンが覗いている。キッチンに並ぶ木のキャビネット、白いカウンタートップ、英国のコテージのような形をした陶器のパンケース。回転椅子を四脚備えたまるい小さなテーブルの上にはさっきより小型のフラットテレビが掛けてある。

メグはダリーの後ろから廊下を進んだ。「この端がスキートの寝室だ」彼はいった。「いびきがすごいから耳栓が必要かもしれないよ」

「なんだかんだいって、状況は改善してますよね?」

「ほんの気休めだよ。騒動が収まるまでは安心できない」

それはいつごろだと思いますか、とメグは尋ねたかったが、やめておいた。ダリーは大量生産のアーリー・アメリカンスタイルの家具がまばらに置かれた寝室にメグを案内した。幾何学模様のキルトのカバーがかかったダブルベッド、ドレッサー、布張りの椅子、そしてここにもフラットテレビが。室内はほかの部分と同じ色の塗料が使われ、メグのスーツケースや衣装箱がむきだしのタイル床の上に重ねて置かれていた。開いたクローゼットの扉の奥にある木の棒に彼女の衣類が掛けてあり、その下には靴類がきれいに並べてあった。

「フランシーがここの室内装飾を見てあげると何度も提案したんだが」ダリーはいった。

「スキートはシンプルな暮らし方が好きなんだ。専用のバスルームもついてるよ」

「万歳」

「スキートの書斎は隣りだ。私の知るかぎり彼は書斎を使ったことがないね。だからジュエリー制作にそこを使うといい。やつは無頓着だが、キャビネットの上のテレビリモコンをなくしたら怒るぞ」

そのとき玄関のドアがバタンと閉まり、ゴルフチャンネルの音にもまぎれない荒々しい足音と、ウィネットの人気者の怒鳴り声が響いた。「彼女はどこだ?」

ダリーは廊下のほうをまじまじと見つめた。「だからニューヨークにいるべきだったとフランシーにいったんだ」

18

押し入ってきたテッドに応えるように、スキートはテレビのボリュームを上げた。メグは気を取り直してリビングルームに顔を覗かせた。「どうしちゃったの」

テッドは野球帽で目が陰になっていたが、固く結ばれた口元から彼の激しい怒りが伝わってくる。「ここでなにをしている？」

メグは大袈裟にリクライニングチェアに向けて仕草を示した。「新しい恋人を見つけたの。やっぱりこういう家じゃなくちゃ」

「〝ゴルフセントラル〟を観ているんだ。なにも聞こえないじゃないか」

ダリーがメグの後ろからついてきた。「きっと耳が遠くなったんだよ。だから何カ月も前から早く補聴器を買えといってるだろうが。やあテッド。埋立地のほうはうまくいったのか？」

テッドは好戦的に両手を腰に当てたままだ。「彼女はここでなにをしている？　おれの家にいるはずなんだが」

ダリーはメグに注意を戻した。ダリーの瞳はヒル・カントリーの空のように蒼かった。

「こんなことをしたらテッドが気を悪くすると私は一応忠告したよな、メグ？　今度は私のいうことに耳を貸したほうがいいぞ」ダリーは悲しげに首を振った。「彼女を必死で説得したんだけど。たしかにメグは頑固者だな」

メグにはいくつかの選択肢があった。そして結局誰も責めない言葉を選んだ。「このほうがいいと思ったのよ」

「誰にとっていいというんだ」テッドがいい返した。「おれは絶対に受け入れられないし、きみにとっても状況の改善にならない」

「ところがそうじゃないのよ。あなたにはわからないでしょうけど——」

「喧嘩《けんか》は二人きりでやってくれ」ダリーは当惑の表情を浮かべたが、そのじつまるで動じていなかった。「今夜母さんと私はクラブで食事をすることになっている。普通ならきみたち二人を招くところだが、なんだか雰囲気がピリピリしているみたいだ」

「当然緊張はあるさ。彼女は頭のおかしな相手に狙われているから、目の届く場所に置いておきたいんだよ」

「ここにいたら危険はかなり少なくなると思うがね」ダリーは玄関に向かった。「鼓膜はおかしくなるかもしれんが」

ドアが閉まった。

責めるような彼の強い視線を受け、濡れた衣服やじっとりした下着のためもあって、メグは鳥肌が立つような寒気を覚えた。つかつかと廊下を進み自分の寝室に置かれたスーツケースの前にしゃがんだ。「今日はたいへんな一日だったのよ」メグは後ろからついてきたテッドにいった。「今日のところは帰ってくれない？」

「こんなふうに人のいいなりになるなんて、どうかしてるぞ！」テッドは声を荒げた。「もうちょっとは気骨があると思ったのに」

テッドが父親の見え透いた嘘を見抜いていたのは意外ではなかった。メグは洗面道具がきちんと整理された袋をスーツケースから出した。「おなかもすいてるし、シャワーを浴びたいの」

テッドは歩きまわるのをやめた。彼が座りこんだマットレスのへりがたわんだ。ややあって、彼は聞き取れないほど低い声でいった。「ときどき耐えきれないほどこの町を出たくなる」

メグは切ないいとしさがこみ上げるのを感じた。袋をわきに置き、彼のそばに駆け寄った。リビングルームから響いてくるヴァイアグラのコマーシャルを聞きながら、メグは彼の野球帽を脱がせた。「あなたはこの町そのものなのよ」そうささやくと、キスをした。

二日後、五番ティーの近くにカートを停め、大規模な堆肥装置《コンポスト》についての本を読んでいると、ジュニア・キャディーがカートに乗ってやってきた。「プロショップにすぐ来てほしいそうです」少年はいった。「ここはぼくが番をしてます」

メグは少年のカートに乗ってクラブハウスに向かいながら、不吉な予感を覚えたが、間もなくそんな予感が的中した。プロショップに一歩入ると、大きな汗ばんだ両手で目をふさがれた。「だーれだ？」

メグはうめき声を上げそうになりながら、気を取り直して答えた。「男らしいその声の主はマット・デイモンかしら、それともレオナルド・ディカプリオ？」

上機嫌な笑い声とともに、手が離れ、スペンサー・スキップジャックがメグの体をまわして顔を合わせた。パナマ帽に水色のスポーツシャツ、黒いパンツ。満面の笑顔の大きな口から真っ白な角ばった差し歯が見える。「きみにとても会いたかったよ、ミズ・メグ。きみは特別な女性だからね」

おまけに両親は度外れた有名人で、彼より二十歳以上も年下である。病的に虚栄心が発達した人物にとってはまたとないターゲットに違いない。「スペンス、贈り物ありがとう」

「あの石鹸容器はわが社の新発売のシリーズ商品なんだよ。店で買えば一八〇ドルもするものなんだ。メッセージは読んだかい？」

メグはとぼけてみせた。「メッセージ？」

「今夜の予定の件だよ。旅行が続いたからきみを一人放っておいたけど、これからは違う」

スペンスは曖昧《あいまい》にフロントオフィスに向けて仕草を示した。「今日の仕事はこれで上がれるよう話をつけておいた。これからダラスに飛ぶ」スペンスはメグの腕をつかんだ。「まず、ニーマン・マーカスできみのためのショッピングを楽しみ、次にアドルファスで一杯飲《や》り、〝マンション〟でディナーだ。自家用飛行機を待たせているんだ」

スペンスはドアに向かって強引にメグを引っ張った。今日は前回のようにかんたんにはぐらかされないぞという決意が感じられた。メグは冗談じゃないと突っぱねたい気持ちに駆られたが、測量者たちが町に入り、リゾート建設の契約が本決まりになりかけているこのとき、自分のせいですべてが台なしになるのはかなわないとメグは感じた。「気遣いあふれるプランね」

「ニーマンズはサニーの思いつきさ」

「さすがサニーね」

「サニーはテッドと一緒に過ごすそうだ。二人は久しぶりだからゆっくりしたいだろう」

ランチョン・パーティでのキスのことはサニーの耳に届いていないかもしれないが、テッドのベッドでの凄技《すごわざ》についてはおそらく噂で聞いているだろうから、伝説がほんとうかどうかみずから確かめるためには手段を選ばないだろうという気がした。テッドはけっしてサニーに手を出さないだろうとメグには確信できた。ここまで一人の男性を信頼している自分に、メグは不安を覚えた。男なんて根っから信じていないのではなかったか？　しかしメグの交際してきたほかの男たちとテッドはあまりに違う。

テッド……彼は町民たちの前で結果もかえりみず、メグへの思いを表わした。その思慮のなさ、愚かさがたまらない。

メグは下唇を噛《か》んだ。「もうこれほど親しくなったのだから、正直にいってもいいわよね？」

スペンスの険しいまなざしにメグは気おくれし、プライドを捨ててふくれ面をした。「私はゴルフ・レッスンを受けたいの」

「ゴルフ・レッスン？」

「あなたのスウィングは見事なんですもの。ケニーのスタイルに似ているわ。まさか彼に手ほどきを頼むわけにもいかないから、せめて上手な人から教わりたいのよ。お願いよ、スペンス。あなたは凄い腕前だもの。私もダグラスなら数えきれないほど行ってるし、ゴルフ・レッスンのほうがずっと有意義だわ」

じつのところ数えるほどしか行ったことがないのだが、スペンスがそれを知るはずもない。

というわけで二十分後、二人はプラクティスレンジにいた。

トーリーと違い、スペンスは教えるのが下手だった。メグの上達を手助けすることより、自分のスウィングを褒められることにしか興味がないからだ。しかしメグは彼が名インストラクターであるかのように演じた。低い声でだらだらとしゃべる彼の声を聞きながら、スペンスはテッドがいうような環境に配慮したゴルフリゾートを本気で建設するつもりがあるのかメグには疑問に思えてきた。ようやくベンチで休憩を取ることになったとき、メグは素早く探りを入れてみた。「あなたはほんとうに上手だわ。あなたの動き一つ一つからゴルフへの情熱が伝わってくる」

「ガキのころからやっているからね」

「だからこそこのスポーツを尊重しているのね。立派だわ。裕福な人ならみんなゴルフコースを造れるでしょうけど、未来の世代の指標となるべきゴルフコースの構想を持つ人はそうそういないでしょう」

「私は信念を貫く人間なんでね」

メグはしめしめとばかりに、もう少し深く突っこんだ。「おそらくいくつもの環境関係の賞を授与されることになるでしょうけど、あなたにとってそんなものが目的じゃないのよね？　でもしかるべき功労に対する表彰なんだから、受けて当然なのよ」

少し行きすぎたかなとメグは思ったが、スペンスの底なしの自惚《うぬぼ》れはそんなものではなかった。「誰かが新しい指標を定めるべきだからね」スペンスは繰り返しメグがテッドから聞かされた言葉をそっくりそのまま口にした。

メグは少し強引に会話を進めた。「埋立地の現在の様子をかならずプロのカメラマンに撮影してもらってね。私はジャーナリストではないけれど、ありとあらゆる賞の選考委員会がビフォー・アフターの克明な写真を求めてくるはずだという気がするの」

「先走らないでくれよ、メグ。まだ契約したわけじゃないんだ」

メグはスペンスが最終的な判断を明かしてくれるはずはないと知りつつ、希望は棄てていなかった。頭上で鷹《たか》が舞いはじめ、スペンスは地元の葡萄《ぶどう》園でロマンティックな夕食でもどうだと誘った。どうしても食事をともにしなければならないとしたら、まわりに大勢の人がいる場所でなくてはならず、メグは〈ラウスタバウト〉のバーベキューしか食べたくないと主張した。

狙いどおりに、二人が〈ラウスタバウト〉のテーブルに着いて間もなく援軍がぞくぞくと到着した。まずダリーがゆったりとした歩調で入ってきて、その後化粧もしていないシェルビー・トラベラーがやってきた。ケイラの父ブルースがトレーニングショーツのまま急ぎ足で席に着き、注文しながらメグをにらんだ。誰もがメグとスペンスを二人きりにしておくつもりはなく、時計が九時をまわるころには三テーブルがグループの顔ぶれで埋め尽くされていた。ただテッドとサニーがいないことだけがめだった。

メグはクラブを出る前にロッカールームでシャワーを浴び、予備の衣類に着替えていた。ファンネルネックの地味なグレーのトップに渦巻き型のスカートにサンダル。しかしスペンスはメグの軽装などいっこうに気にならないようで、いろいろな口実を利用してメグの体に手を触れずにはいられない様子だった。手首にさわったかと思えば彼女の膝の上のナプキンの位置を変えてみたり、タバスコの瓶に手を伸ばす際に腕で胸にさわったり。レディ・エマが彼の気をそらそうとしてくれたが、スペンスは尊大で欲しいものを手に入れるためにはみずからのパワーを駆使するつもりでいるようだった。結局メグは駐車場に面した青と赤の〈ラウスタバウト〉のネオンサインの下で携帯電話をかけるはめになってしまった。

「パパの大ファンだという人を紹介するわ」父親が応答すると、メグはいった。「スペンサー・スキップジャックという名前はパパも聞いたことがあるはずよ。ヴァイスロイ・インダストリーズの創設者よ。最高級の配管製品を作る会社なの。彼は天才的な人よ」

スペンスはにやりと笑い、例の衝突事故に遇う前のチョコレート・スフレのように胸をふくらませた。

父は原稿を書いているか、母と話しているかしている最中だったと思われたが、かまわず続けた。なにをしていたにせよ、父は不機嫌な声を出した。「なんの用だ、メグ?」

「信じられないでしょう?」メグは答えた。「ものすごく多忙な人なのに、今日私にゴルフを手ほどきしてくれたの」

父の不快感は懸念に変わった。「おまえ、なにかトラブルに巻きこまれているのか?」

「とんでもない。ゴルフは素敵なゲームよ。パパはよく知っているでしょうけど」

「こんなことをするからには、もっともな理由があるんだろう」

「おおありよ。彼に替わるわ」

メグは電話をスペンスに渡し、うまくいきますようにと祈った。

スペンスはたちまちメグの父親と恥ずかしげもなくタメ口で話しはじめ、映画の批評をしたり配管製品についてのアドバイスをし、プライベートジェットの提供を申し出るやらしたかと思えば、あまつさえかのジェイク・コランダに向かってLAの食の名店を紹介してみせた。どうやら父も無礼なことはいわなかったと見え、電話を返したスペンスは上機嫌だった。

しかし父親は反対に不快げな様子だった。「あいつはとんでもないあほうだ」

「きっと印象に残ったはずよ。愛してるわ、パパ」メグは電話を閉じ、スペンスに向けて親指を立てた。「父がああもすぐに人と打ち解けるのはめったにないことよ」

スペンスの満足げな満面の笑みを見るかぎり、父と話させたことで彼の執着心をいっそうある形になったことがわかる。スペンスがメグの体を引き寄せようとしたそのとき、ドアが開き、二人の姿が見えないことにようやく気づいたトーリーが救援にはせ参じた。「二人とも早く来て。ケニーったら、メニューのデザートを全部注文してしまったの」

スペンスは獲物を狙う目でメグを凝視したままだった。「メグと私は別のプランがある」

「溶岩ケーキ？」メグは叫んだ。

「スパイシーなピーチパイもあるわよ！」トーリーが大声でいった。

二人はなんとかスペンスを店内に連れ戻したが、メグは人質にとられたように感じ、吐き気を覚えた。幸い自分の車でこの店に来たので、溶岩ケーキを四口食べると立ち上がった。

「今日は長い一日だったし、明日も仕事なの」

ダリーがすぐに立ち上がった。「車まで送っていこう」

ケニーはビールをスペンスに無理やり手渡し、メグのあとを追おうとするスペンスを止めた。「ビジネス上のアドバイスがほしいんだ。きみはまたとない相談相手だからさ」

こうしてメグはどうにか逃げ出すことに成功した。

昨日仕事を終えて出てくると、割れたフロントガラスが新しいものに取り換えられていた。テッドは知らないととぼけたが、彼がしてくれたことは間違いないとメグは思っている。いまのところほかに破壊されたものはないが、まだ続くはずだ。彼女を憎悪する敵が誰であるにせよ、この町に彼女が留まるかぎり相手はけっしてあきらめないだろうから。

帰宅するとスキートがリクライニングチェアで眠りこんでいた。メグは忍び足でその前を通り過ぎ、寝室に向かった。サンダルを脱ぐと、窓がするすると上がり、ひょろりと長いテッドの体が滑りこんできた。メグの心に小さな喜びの渦が広がった。彼女は首を傾けた。

「たしかに、もうコソコソしないですむのは嬉しいわ」

「スキートに話をしたくなかったんだよ。それに今夜はいくらきみでもぼくを怒らせることはできないはずだから」

「サニーがやっと求愛を受け入れた？」

「もっといい話さ」テッドは満足そうに微笑んだ。「明日発表があるはずだけど、スペンスがウィネットを選んだ」

メグは微笑んだ。「おめでとう、町長さん」彼に抱きつこうとして、メグは離れた。「相手はひと筋縄ではいかない曲者《くせもの》なのよ」

「スペンスは自惚れが弱点だ。そこをこちらが掌握しているかぎり、やつを操ることができるんだよ」

「容赦ない見解だけど、真実ね」メグはいった。「あの女たちがみんな箝口令《かんこう》を守ったことがいまでも信じられないわ」

「なにについて？」

「フランセスカのランチョンパーティであなたが一時的に正気を失った瞬間のこと。二十人の女性が居合わせたのよ！　あなたのお母さまを入れれば二十一人よ」

しかしテッドの頭はより差し迫った事柄で占められていた。「ＰＲチームも待機させているんだ。土地の売買契約が完了した瞬間、マスコミがスペンスをゴルフ場の地球環境保護活動のリーダーに祀《まつ》り上げることになっている。これでやつも深みにはまって手を引くことができなくなるというわけさ」

「意地悪な話し方をするあなたって素敵よ」

そうやってからかいながらも、メグはなにかを見逃しているような不安に駆られていた。しかし彼の衣服を脱がせるうちにそのことを忘れた。彼も申し分なく協力的で、二人は間もなくベッドで肌を合わせていた。開け放った窓から入ってくる夜風が肌を撫でて過ぎた。

メグは今夜こそ支配する側に立とうと決意していた。「目を閉じて」メグはささやいた。

「しっかりとね」

彼が応じてくれたので、メグは彼の小さく引き締まった乳首に鼻先を寄せた。しばらくそこに留まったのち、彼女は彼の脚のあいだに手を差し入れた。そして彼自身にキスをし、彼を手で包み、愛撫した。

彼の重たいまぶたが少しだけ開いた。そして手を伸ばしてメグを求めたが、彼に主導権を渡す前に彼の上に乗った。ゆっくりと自分の内部に彼を迎え入れていく。肉体はこれほどの大きなものを受け入れる準備が完全にできているわけではないが、無理やり引き伸ばされる刺激と、痛みが興奮を掻きたてる。

テッドはいまや目を見開いていた。が、強く腰を押し当てると、彼の両手が彼女の太腿をつかみ、押し戻すのをメグは感じた。彼は眉根を寄せていた。メグはそれが懸念を示すものであってほしくなかった。陶酔ゆえの表情であってほしかった。

しかし彼は思いやりがありすぎてみずからの快楽に溺《おぼ》れられないのだ。

彼は背中をアーチ型に曲げ、彼女の胸に口を当てた。その動きで両腿が上がり、彼女の体が持ち上がった。「あわてるなよ」彼は彼女の濡れた乳首にささやいた。

急ぐのよ！　メグは叫びたかった。素早くしかも無器用に、クレージーなほど情熱的に。

しかし彼はそんなメグの緊張に気づき、それを解消しようとした。みずからの満足を得るために一瞬たりとも相手に苦痛を与えたくないのだ。メグの乳首をもてあそびながら、二人の体のあいだに手を伸ばし、彼女をうっとりとした夢見心地にさせる魔術的トリックを弄《ろう》しはじめた。これもまたAプラスの出来だった。

メグは彼より早く恍惚感から目覚め、彼の体の下から抜け出した。彼の目は閉じられていたが、大きくふくらんでは沈む胸、汗ばんだ肌を見て彼が真に満たされたことを確かめたかった。しかし髪は乱れ、彼女の噛んだ下唇は腫れているものの、やはり深いところで彼と結ばれたという実感は持てなかった。あの日彼が人前で無謀なキスをしたその記憶だけが、彼を信じるたった一つの拠《よ》りどころになっている。

町はリゾート建設予定地にウィネットが選ばれたというニュースに沸き立っていた。その後の三日間というもの、人びとは路上で抱擁し合い、〈ラウスタバウト〉はビールを無料で提供し、床屋の店先ではクィーンの祝歌《アンセム》が古めかしいステレオラジカセから流されていた。

いつもながらの光景ではあるものの、テッドはどこに行っても男たちから肩をたたかれ、女たちから抱きつかれた。オークションの入札が一万二〇〇〇ドルに達したというケイラの発表も契約成立の華々しい話題の前にはかすんだ。

メグはめったにテッドと会えなくなった。数日中にも契約締結のためにウィネットに赴くというスペンスの弁護士と電話で話したりサニーを避ける活動に専念したりとテッドは忙しそうだった。メグは彼のことが恋しくてたまらなかった。完璧な満足には至っていない二人の性生活すら懐かしかった。

メグ自身もスペンスを避けつづけていた。幸いにして町の住人たちも彼をメグに近づけないよう協力してくれていた。しかしそれでもメグの心にはここ数日そこはかとない不安が居座っていた。

日曜日、メグは涼をとるために川で水泳しようと寄り道をした。小川にも、その主流であるパードナレス川にも深い愛着を感じていた。川は暴風雨によって恐ろしい破壊をもたらす魔物に変身することは写真などで見知っていたが、川や湖などの水辺にはいつも心を癒されていた。

小川の土手近くではイトスギやトネリコの樹木が茂り、ときおりオジロジカやアルマジロを見かけることがある。あるときなど、タニワタリノキの後ろからコヨーテが出てきてメグの姿に驚いた様子を見せたこともあった。だが今日は冷たい川の水の魅力で心が洗われることはなかった。なにか重要なことを見過ごしているのではという不穏な気持ちを振り払うことができないのだ。目の前にぶらさがっているフルーツに手が届かないようなもどかしさがある。

雲が流れてきて、近くのエノキでカケスが甲高く鳴いた。メグは髪の水気を振り払い、もう一度水に潜った。水面に上がると、誰かがいた。

スペンスが岸辺でメグの脱ぎ捨てた衣類を大きな手にぶらさげ上から見下ろしている。

「一人で泳ぎにきてはだめだよ。危ないから」

メグの爪先は泥にまみれ、肩から水がしたたり落ちていた。スペンスはきっと尾行してきたのだろう。しかし物思いに沈んでいたために気づけなかった。これほど多くの敵を持つ人間にしては迂闊《うかつ》すぎる。彼女の衣服をつかんだ男の姿を見て、メグは胃が締めつけられるような緊張を覚えた。「気を悪くしないでね。いまは一人でいたいの」

「きみがなかなか色よい返事をしてくれないから焦《じ》れちゃってね」メグの衣類をつかんだまま、スペンスはメグが大きな岩の上に置いたタオルのそばに座って上からじっとりとした視線を向けた。紺色のズボンに長袖のドレスシャツといったビジネススタイルだが、うっすらと汗がにじみはじめている。「私が真面目な話をしようとしても、きみはなんとかしてそれをかわそうとしているように思えてね」

メグは濡れたパンティしか身に着けていない。スペンスはただ冗談でこんなことをしているだけだと自分に言い聞かせてみたが、現実にはそうではないことははっきりしていた。雲が太陽をよぎり、メグは水のなかでこぶしを握りしめた。「私はお気楽な人間だから、深刻な話題は苦手なの」

「誰でも真剣になるべき状況はやってくるものだ」

スペンスが指先でブラをもてあそぶ様子を見て、メグは寒気を覚えた。人に動揺させられるのはなによりいやなのだ。「帰ってちょうだい、スペンス。迷惑だわ」

「きみがここに上がってこないなら、こっちから行く」

「勝手な命令はやめて。うんざりだわ。早く消えて」

「川の水がとても魅力的だなあ」スペンスはメグの衣類を岩の上に置いた。「じつは大学時代水泳が得意で競技会にも出ていたって、きみに話したかな?」スペンスは靴を脱ぎはじめた。「オリンピック出場に備えて訓練を受けることも検討したんだが、ほかに多くの目標があったので断念したんだよ」

メグはさらに深いところに移動した。「私に本気で関心を抱いているのなら、お門違いもいいところだわ」

スペンスはソックスを脱いだ。「もっと早い時期にきみと向き合うべきだったと悔やまれるよ。しかしそれはいくらなんでも一方的すぎると、娘のサニーに諭《さと》されてね。パパは気が早いから、もっと時間をかけて自分を相手に知ってもらうべきだと」

「まっとうな意見だわ。神妙に聞くべきよ」

「たわごとはよしてくれ。もううんざりするほど時間はやったさ」スペンスはブルーのオックスフォード・ドレス・シャツのボタンに手をかけた。「私がただ愛欲の対象としてきみを求めていると思ってほしくない。しかしきみはそんな私の言い分にも耳を貸すつもりもなさそうだ」

「ごめんなさい。町で夕食ならお付き合いできるし、そこでならなんでも話を聞くわ」

「こうした話し合いは二人きりでするべきだし、町では無理だ」彼はカフスをはずした。

「私ときみの関係を未来に向けて築いていこうじゃないか。結婚という形にこだわらずとも。とにかく二人で同じ時間を共有したい」初めて会ったその瞬間にそう感じたよ」

「私たちに未来はないの。現実をよく見て。知ったふりをしているけれど、あなたは私のことを知りもしない」

「それは見当違いだね」スペンスはシャツを脱いだ。なかから身の毛もよだつような毛むくじゃらの胸が現われた。「きみより人生経験が長い分、私は人間の本質についてはきみなんかよりよく理解している」彼は立ち上がった。「きみはどうだ、メグ。名ばかりの三流カントリークラブのドリンクカートの売り子に落ちぶれて。世のなかには立派に自立している女性もごまんといるが、きみは誰かに経済的に依存しないと無理なタイプだよ」

「見損なわないで」

「そうかな?」スペンスは川岸に向かってきた。「きみは甘やかされて育った。その点で私は娘を正しく育てたと思う。あの子は十四歳から製造工場を手伝うようになり、早い時期に世のなかの金の流れというものを知った。きみはそれとは逆に恵まれた環境にありながら、自立への道を歩もうとしなかった」

スペンスの言葉があまりに図星だったので、メグは胸が痛んだ。

彼は川岸まで来て足を止めた。ワタリガラスが鳴き声を上げた。川の水がメグのまわりで勢いよく流れていた。体が冷え、退路を断たれた自分の状況に身が震えるのを覚えた。

スペンスの両手がベルトのバックルをはずしにかかったので、メグははっと息を呑んだ。

「そこまでにして」メグはいった。

「暑いから、川に入ったらさぞ気持ちがいいだろうな」

「本気よ、スペンス。こっちへ来ないで」

「まあ、気にするな」彼はズボンを脱ぎ、脇へ投げ、メグの前に立った。毛むくじゃらの腹が白いボクサーパンツの上からせり出し、たるんだ脚がその下からはみでていた。

「スペンス、勘弁して」

「これも自分で蒔《ま》いた種だと思ったほうがいい、ミズ・メグ。昨日私の申し出に従ってダラスに行っていたら、プライベートジェットのなかでいまのような話ができたものを」スペンスは水にとびこんだ。水しぶきがメグの目にもはねた。瞬く間にスペンスはメグの間近に浮き上がった。髪が頭部に貼りつき、水が青黒いひげのあいだをしたたり落ちていた。「なにが問題だというんだ、メグ？　私がきみの面倒を見ないとでも思うのか？」

「あなたのお世話にはなりたくありません」彼が自分を犯そうとしているのか、彼のいいなりになることを承諾させようとしているだけなのか、メグには判断がつかなかった。はっきりしていることは、いまここからなんとか逃れるべきだということだけだった。しかし川岸に向かおうとした瞬間、彼に手首をつかまれた。

「放してちょうだい」

彼の親指がメグの上腕に食いこんだ。スペンスは力持ちで岩の川底に立っていたメグを抱き上げると彼女の胸をあらわにした。彼の唇が近づき、大きな角ばった歯が彼女の口に向かってきた。

「メグ！」

林のなかから人影が走り出てきた。ほっそりとした体形。黒い髪、ヒップハングのショートパンツにレトロなヒッピー風ヘイト・アシュベリーのTシャツ。

「ヘイリー！」メグは叫んだ。

スペンスは銃で撃たれたかのように飛びのいた。ヘイリーは近づき、立ち止まった。胸の前で腕を交差させ、手は戸惑ったように肘に当てられていた。

なぜヘイリーが現われたのかはさておき、人の姿を見てこれほど嬉しいと思ったことはなかった。スペンスの濡れた太い眉が小さな目の上で不気味に盛り上がった。メグはどうにか彼の目を直視した。「スペンスはいま帰るところなの、そうよね、スペンス？」

彼は「もうおまえなんか相手にするものか」とばかりに憤怒に満ちたまなざしをメグに向けた。彼の自惚れをしぼませた相手として、一瞬でメグは彼の敵リストの最上位にランクされた。

スペンスは進んで川から上がった。彼の尻に貼りついた白いパンツからメグは目をそむけた。ヘイリーは凍りついたように影のなかに立っていた。スペンスはそんなヘイリーに一瞥《いちべつ》もくれず、ズボンを穿《は》き、素足のまま靴を履いた。「そっちは鬼の首でも取ったような気分かもしれないが、そうはいかんからな」シャツを着る彼の声は唸《うな》り声に近かった。「ここではなにも起きなかった。二人とも他言は無用だからそのつもりで」

スペンスは小道から姿を消した。

メグは歯をガチガチ鳴らし、膝が固まって動けなかった。

ヘイリーはようやく声を出した。「私――私、もう行かなくちゃ」

「待って、手を貸してよ。震えて動けないの」

ヘイリーは岸辺に寄ってきた。「ここで一人で泳ぐのはやめたほうがいいわ」

「誓って二度と泳がない。軽率だったわ」

川底の鋭い石が踵に食いこみ、メグは怯《ひる》んだ。「ねえ、手を貸して」

ヘイリーの手を借りてメグはようやく岸辺に上がった。体からは水がしたたり、パンティ一枚しか着けていないほぼ裸体だった。歯は鳴りやみそうもない。持ってきたタオルをつかみ、太陽に熱された岩の上にへなへなと座りこんだ。「あなたが現われなかったら、どうなっていたことか」

ヘイリーは小道のほうを向いた。「警察に連絡する？」

「いまスペンスと対決したい人間がこの町にいると本気で思うの？」

ヘイリーは肘をさすった。「テッドは？　彼には話すの？」

メグはテッドにこの事件について打ち明ける様子を頭のなかで思い描き、結果を想像して首を振った。それでも一人胸にしまいこんでいるつもりはなかった。タオルで髪を拭き、それをまるめた。「あと数日は病気ということにして仕事を休んで、スペンスと顔を合わせないようにするわ。でもあいつが銀行で契約の手付金を払ったら、テッドに一部始終を話す。それ以外の数人にも。スペンスの残酷さを知らせるべきだから」メグはタオルをつかんだ。

「だからあなたもしばらくは内緒にしててくれる？」

「もし私が現われなかったら、スペンスはなにをしようとしていたの？」

「そんなこと、考えたくもない」メグは地面に置いたTシャツをつかみ、頭からかぶったが、スペンスが触ったブラをつける気にもなれなかった。「どんな巡りあわせであなたがここに来たのか知らないけど、ほんとうに嬉しかった。私になにか用があったの？」

ヘイリーはその質問に驚いたようにびくっとした。「私はただ――よくわからない」化粧を施した顔がさっと赤く染まった。「車を運転していて、ふと思いついただけ。バーガーでも一緒に食べようかと」

メグの手はTシャツの縁ではたと止まった。「私がスキートの家に泊まっていることは誰でも知っているわ。なぜ私がここにいることがわかったの？」

「そんなこと、どうだっていいでしょ」ヘイリーはくるりと背を向けて小道に向かった。

「待って！」

しかしヘイリーは立ち止まりもしなかった。そんな極端で唐突な反応にメグは仰天した。

やがてすべての辻褄《つじつま》がぴたりと合った。

メグは胸が締めつけられるように感じ、ゴムぞうりを履き、走ってヘイリーを追いかけた。近道として小道を進まず墓地を横切った。ゴムぞうりが踵にぶつかり、濡れたままの脚に雑草がひっかかった。ちょうど教会の入口に達したとき、ヘイリーが裏手から走って現われた。

メグは行く手を塞いだ。「逃げないで。話したいことがあるの」

「どいてよ！」

ヘイリーはメグの横をすり抜けようとしたが、メグは阻止した。「あなたが私の居場所を知っていたのは、私を尾行していたからなのよね。スペンスと同じように」

「メチャクチャなことをいわないで。通してよ！」

メグはヘイリーをつかむ手に力を込めた。「あなただったのね」

「やめて！」

ヘイリーは腕を振りほどこうとしたがメグは首から水をしたたらせながら、素早くヘイリーの腕をつかみ直した。「すべての事件はあなたの仕業だったのよね。教会に侵入したのも、鏡にメッセージを書いたのも、私の車に石を投げたのも」

ヘイリーは大きく息を吸いこんだ。「いったいなんの話なの？」

濡れたTシャツが肌に貼りつき、腕には鳥肌が立っていた。メグは吐き気を覚えた。「あなたは味方だと思っていたのに」

その言葉がヘイリーの心のなにかを刺激したようで、彼女は腕を振りほどき、せせら笑い、口を歪めた。「味方だって？　ああそうよ。私たちは仲よしよ」

風が立った。茂みで小動物が慌てて逃げていくのが見えた。メグはようやく納得した。

「すべてテッドのことが原因なのね……」

ヘイリーの顔が怒りで歪んだ。「あなたは彼に本気で惚れているわけじゃないといったわ。スペンスがその気にならないよう口実にするだけだって。それを信じてたわ。愚かにもね。二人が一緒にいるのを見かけたあの晩まではね」

メグとテッドが教会で結ばれ、ヘッドライトを見たあの晩のことだ。メグは胸がよじれるように感じた。「あなたは私の行動を探っていたのね」

「探ってたわけじゃないわ！」ヘイリーは叫んだ。「車を走らせているとき、偶然テッドのトラックを見かけた。彼はしばらく町を留守にしていたから、伝えたいことがあったのよ」

「だからここまで尾行してきたわけね」

ヘイリーはぎくしゃくした動きで首を振った。「彼がどこに向かっているのかはわからなかった。ただ話がしたかっただけ」

「そして窓からこっそり内部を覗きこむことで、目的を果たした」

ヘイリーは憤怒のあまり涙をこぼした。「あなたが嘘をつくからいけないのよ！　片思いしているように見せかけているだけだって！」

「嘘をついたわけじゃないわ。最初はほんとにそうだった。でも事情が変わった。そのことは誰にも明かすつもりはなかったの」メグは厭《いと》わしげにヘイリーを見つめた。「あなたがあんなことをするなんて、信じられない。されたほうがどんな思いをするか、想像できないの？」

ヘイリーは手の甲で鼻を拭った。「あなたに危害を加えたわけじゃない。ただこの町から出ていってほしかっただけよ」

「カイルとはどうなっているの？　そこがわからない点なの。あなたは彼に夢中なんじゃなかった？　二人で一緒にいるところを見かけたことがあるわ」

「もう会いたくないといったのに、あいかわらずアルバイト先に現われるからよ」汚らしいマスカラ混じりの涙がヘイリーの頰を伝った。「去年私が彼に好意を抱いていたころは私に見向きもしなかったのに、私の気持ちが変わったとたん、私を誘うようになったわ」

そのとき、謎が一瞬にして解けた。「あなたがテキサス大学への進学をやめたのはカイルのためじゃなかったのね。なにもかもすべてテッドのためだったのね。テッドとルーシーの結婚が中止になったから」

「それがどうしたというの？」ヘイリーの鼻は赤く、肌は汚れきっていた。

「あなたはこんなことをルーシーにもした？　私にしたように繰り返し攻撃を続けたの？」

「ルーシーはあなたと違う」

「ルーシーはテッドと結婚しようとしていたのよ！　それなのにルーシーのことは放っておいて、私を追いまわす。なぜなの？」

「私は当時テッドに恋してなかった」ヘイリーは激しい口調でいった。「いまと違ってね。

ルーシーが彼を棄てて逃げてからなにもかも変わってしまった。それ以前は——みんなと同じように彼に憧れているだけだった。でもあんなのは子どもの淡い恋。ルーシーがいなくなってから、テッドの胸の痛みが手に取るように感じられて、それを癒してあげたくなった。誰も知らない彼の内面を理解できた気がした」

ここにも、テッド・ビューダインを理解したつもりになっている女が一人。

ヘイリーは猛々しい目でメグをにらんだ。「やがて自分がほかの人を同じようには愛せないと気づいたわ。誰かを深く愛したら、それを相手にも知ってほしいと願うのは自然なことでしょう？　私も彼にほんとうの自分を知ってほしかった。それだって、もう少し時間をかければ、きっとうまくいったはずよ。そんなとき、あなたが彼をものにしようとした」

ヘイリーはもっと現実を直視する感覚を養う必要がある。メグはそれを口にせずにはいられなかった。「それはあなたの空想の夢物語のなかでのこと。テッドはあなたに恋することはなかったでしょう。あなたは若すぎるし、彼はひと筋縄ではいかない相手なの」

「そんなことないわ！　なんでそういいきれる？」

「それが真実だから」メグは嫌悪感で一歩下がった。「なんて幼いの。まるで小学生並みね。真の愛に目覚めれば大人になれる。誰かを深く愛していたら、間違ってもこそこそ細工をしたり、破壊行為に走るはずがないのよ。こんなふうに他人を傷つける人をテッドが愛すると本気で思っているの？」

その言葉は胸にグサリときたようで、ヘイリーの顔が歪んだ。「傷つけるつもりはなかったわ。ただいなくなってくれればよかった」

「なるほどね。今日はなにをするつもりだったの？」

「なにも」

「嘘つき！」

「知らないわよ！」ヘイリーは叫んだ。「あなたが泳いでいると知ったとき、服を隠そうかと思った。燃やしてしまおうかとも」

「なんてガキっぽいの」メグは言葉を切り、スペンスにつかまれた手首をさすった。「それなのに、隠れるのをやめてなぜ私を助けにきたの？」

「あなたにはいなくなってほしかったけど、レイプされるのを望んだわけじゃない！」

メグ自身はスペンスにレイプされるとは思っていないが、それは生来楽天的だからなのか。

タイヤの音が響いて二人のドラマティックな会話はさえぎられた。二人が振り返ると、淡いブルーのピックアップトラックが車道を進んでくるのが見えた。

19

メグは防犯カメラのことを忘れていた。ヘイリーはそのことを知らない。ヘイリーははっと顔を上げた。「私のことを告げ口するつもりね?」

「いいえ。あなたから話して」ヘイリーは執念深く、破壊的行為を繰り返しはしたが、それでもスペンスからメグを守ってくれた。それについては借りがある。メグはヘイリーの肩をつかんだ。「聞いてちょうだい、ヘイリー。いまあなたは生き方を変えられるかどうかの岐路に立っているの。恋の病にかかった子どものような、卑怯《ひきょう》で破壊的な行為はやめて、少しは個性を身に着けた大人の女になりなさい」メグに両腕をきつく握られて、ヘイリーは怯んだ。しかしメグは離さなかった。「いま立ち上がって自分のしたことの結果と向き合わなければ、死ぬまで暗い人生を送ることになるのよ。いつも友人を裏切った卑屈な自分を恥じながら生きなくてはならなくなるわ」

ヘイリーの顔は歪んだ。「無理だわ」

「人は固く決意したことならどんなことでもやれるものなの。人生でこんな瞬間はそうそう訪れないものよ。いい?　この先数分間にあなたがどう行動するかで、今後どんな人間になるかがわかると私は思っているの」

「いやよ。私——」

テッドはトラックから飛びだし、メグのほうに走ってきた。「警備会社から電話があったんだ。スペンスが現われたと。だからすっ飛んできた」

「スペンスは帰ったわ」メグはいった。「ヘイリーの姿を見て、いなくなったの」

テッドは一瞬視線をめぐらせ、メグのむきだしの脚、濡れたパンティが覗く生乾きのTシャツにしげしげと見入った。「なにがあった？ スペンスはなにをやらかした？」

「スペンスはたしかに上機嫌ではなかったわよ。でも私は大事な契約を台なしにはしていない。それがあなたの知りたいことならね」当然テッドはその点を確かめたいだろう。「希望的観測だけど」メグはそういい添えた。

彼の表情に浮かんだ安堵の色は町の運命の行方が心配だったためか、あるいはメグの身を案じていたためなのか？ メグはなによりも今日起きたことを彼に伝えたかったが、それを話してしまうと彼をむずかしい立場に追いこんでしまうことになると思った。なんとしてもあと数日間はぐっと堪えて時機の訪れを待つしかない。

テッドはようやくヘイリーの赤い目や汚れた顔に気づいた。「きみはどうかしたのか？」

ヘイリーはメグが密告するのではないかと様子をうかがったが、メグはヘイリーを見つめ返した。ヘイリーはうなだれた。「蜂に刺されたの」

「蜂に刺された？」テッドがおうむ返しに訊いた。

ヘイリーはなにか話してくれ、自分では無理だからかわりにいってくれとばかりに、ふたたびメグの顔を凝視した。数秒が経過してメグが口を開かないのでヘイリーは下唇を嚙んだ。「もう帰らなくちゃ」ヘイリーは臆したようにようやくそうつぶやいた。

テッドも蜂に刺されたなどという説明を本気にしていなかったのでメグにどうなっているのだという視線を投げたが、メグはヘイリーだけを見つめていた。

ヘイリーはマイクロミニのショートパンツのポケットに手を入れ、車のキーを探した。メグの衣類を燃やしたあと素早く逃げ出すもくろみのためか、彼女の車フォーカスは車道に面した場所に停めてあった。それを出し、しばらく眺め、メグが事実を暴露するのを待った。そうならないことがわかると、少しずつためらうように車のほうに向かいはじめた。

「ようこそ新しいあなたの人生」メグが声を張り上げた。

テッドが好奇の視線を向けた。ヘイリーはよろめき、立ち止まった。やっと振り返ったヘイリーはもの悲しい哀願するような瞳でメグを見つめた。

メグは首を振った。

ヘイリーの喉の筋肉が動いた。メグは息をひそめた。

ヘイリーは背を向けて車に向かった。そこから数歩進んだ彼女は、立ち止まり、テッドのほうを向いた。「犯人は私なの」ヘイリーは早口でいった。「メグをあんな目に遇わせたのは私なの」

テッドがまじまじとヘイリーを見た。「なにをいってる?」

「教会を荒らしたのは私なの」

テッド・ビューダインはめったに言葉を失うことがない人間だが、このときばかりは絶句した。ヘイリーはキーを両手でひねった。「メッセージを書いたのも、バンパー・ステッカーを彼女の車に貼りつけたのも、ワイパーを壊そうとしたのも、フロントガラスめがけて石を投げたのも私なの」

テッドはすべてを理解しようとするように首を振った。やがてメグのほうを向いた。「きみはトラックからの落石だといったよな?」

「心配させたくなかったの」メグはいった。あなたが責任を感じて私のポンコツ車をウルトラ装備のハンヴィーなんかに取り換えてくれないように。あなたならそんなこともやってしまいそうだから。

テッドはふたたびヘイリーのほうを向いた。「なぜ? なぜそんなことをしたというんだ?」

「メグを——この町から追い出すため。ごめんなさい……」

テッドは天才にしては、その方面の呑みこみが悪かった。「彼女がきみになにをした?」

ふたたびヘイリーは口ごもった。ここはヘイリーにとって最大の難関である。助け舟を求めるようにメグを見たが、メグは応じるつもりはなかった。ヘイリーは車のキーを握りしめた。「彼女に嫉妬していたの」

「なにが妬《ねた》ましかったというんだ?」

そこまで信じがたいのかとメグがあきれるほどの口調だった。

ヘイリーの声はか細くなった。「あなたのことで」

「ぼくのことで？」テッドはますますわけがわからないというようにいった。

「私があなたを愛しているから」ヘイリーは惨《みじ》めさをにじませながらいった。

「そんなばかげた話は聞いたことがない」テッドの嫌悪感があまりにあらわなので、メグはヘイリーが気の毒になった。「メグを苛《いじ》めて、きみの愛とやらが伝わるとでもいうのか？」怒鳴るようにそういわれ、ヘイリーのふわふわとした夢物語はまたたく間につぶれた。

ヘイリーは両手で腹部を押さえた。「ごめんなさい」そしてすすり泣いた。「最初は……こんなことまでするつもりはなかった。ほんとに……自分の行ないを悔やんでる」

「ごめんですむことか」テッドは鋭くいい返した。そしてヘイリーの思いがいかに一方的なものかを最終的にはっきりさせた。「車に乗れ。これから警察署に行くんだ。途中母親に連絡したほうがいいだろう。今後きみにはありとあらゆるサポートが必要となるだろうから」

大粒の涙がヘイリーの頬を伝って落ちた。小さな嗚咽《おえつ》をもらしつつ、彼女は顔を上げた。運命を受け入れる覚悟を持ち、テッドに反論はしなかった。

「待ってよ」メグは頬をふくらませ、息を吐いた。「警察に届けるわけにいかないわ」

ヘイリーはメグの顔をまじまじと見た。テッドは手を振ってメグに反論した。「これに関してきみの意見は受け入れるつもりはない」

「被害者は私なんだから、私に決定権があるはずよ」

「ばかも休みやすみいえ」彼はいった。「ヘイリーはきみに威嚇《いかく》行為を働いた。だからそれを償う必要がある」

「いくらかかったか知らないけれど、とにかく私のフロントガラスはあなたが取り換えてくれたじゃない」

テッドの日焼けした肌が怒りのあまり蒼白くなった。「被害はそんなものじゃない。彼女は少なく見ても十以上の罪を犯している。住居侵入、いやがらせ、破壊行為——」

「あなたはいくつの法律を犯したの？」メグは訊いた。「あなたが自由の女神で破壊行為を働いたとき？」

「当時ぼくは九歳だった」

「でもあなたは天才でしょ」メグは指摘した。ヘイリーはなにが話題になっているのか、それが自分にどう影響するのかわからず、ただ二人の様子を見守っていた。「ということはIQでいえば十九歳にあたるわけよ。つまりヘイリーよりは一歳上だということね」

「メグ、自分がどんな目に遇わされたか考えてもみろよ」

「考えるべきなのは私じゃなくてヘイリーよ。この考えが正しいかどうか確信はないけれど、この経験から得たものをヘイリーは成長の糧《かて》にすることができるのではないかと思えるの。テッド、誰でもやり直しのチャンスを与えられるべきじゃない？」

ヘイリーの未来はテッドの決断にかかっていた。しかし彼女は恥ずかしさと驚きの入り混じった表情でメグを見つめていた。

テッドはヘイリーを上からにらみつけた。「これは不当な赦《ゆる》しなんだぞ」

ヘイリーは頬を指で拭い、メグを見つめた。「ありがとう」それはいまにも消え入りそうな声だった。「この恩は一生忘れないわ。そして約束するわ。私なりにこのことを償うつもりよ」

「私への償いはいいの」メグはいった。「自分自身に償いなさい」

ヘイリーはその意味を理解した。そしてようやく首を縦に振った。はじめはためらうように小さく、やがて決意したように深くうなずいた。

車のほうに向かうヘイリーを見ながら、このところずっとなにか重要なことを見逃しているという感覚にとらわれていたことを思い出した。これがそれだったのだ。確信はなくとも、無意識のどこかでヘイリーを疑っていたのだろう。

ヘイリーの車が走り去り、テッドは靴の踵で小石を蹴《け》った。「きみは寛大すぎる。あまりにも」

「私は甘やかされて育った有名人の子どもよ。忘れた？　人に厳しくするすべは知らなくて当然でしょ？」

「これは冗談のネタにするような状況じゃない」

「それよりテッド・ビューダインがメグみたいな女を相手にしていることのほうが、よっぽど滑稽《こっけい》だわ」

「やめろ！」

メグは今日味わった恐怖がよみがえるのを感じたが、不安な心理をテッドに知られたくなかった。「機嫌の悪いあなたはいや」彼女はいった。「それは自然の摂理に反することよ。あなたがふてくされたら、どうなると思う？　宇宙全体が爆発してしまうわ」

テッドはそんな言葉を無視し、メグのカールした髪を耳にかけた。「スペンスはなんの用で来たんだ？　きみの気を惹きたいこと、きみの親しい有名人に会わせてくれと頼む以外に」

「まあ……基本的にはそれの延長線上の事柄といえるかな」メグは彼のてのひらに頬をすり寄せた。

「なにか隠しているな」

メグはセクシーな甘い声でいった。「女にはいろいろと秘密があるものなの」

テッドは苦笑いして親指でメグの下唇に触れた。

「一人で勝手に行動するな、町じゅうの人間がきみをスペンスと二人きりにしないようにしてくれているが、きみ自身ももっと気をつけてほしい」

「わかってる。もう二度とこんなことしない。でもどこかのスケベな大金持ちのおかげで、私だけがこそこそ隠れていなければいけないのが納得いかない」

「たしかに。不当なことではあるよ」テッドはメグのひたいにキスをした。「あと数日間はスペンスとの接触を避けてくれ。そのあとなら彼を完全に拒んでいい。なんならぼくがかわりにいってやってもいいさ。あんないやなやつに好き勝手されて、胸糞《むなくそ》が悪いったらありゃないから」

メグは突然奇妙な違和感のことを思い出した。それは心のどこかに潜んでいた感覚だった。ヘイリー・キトルとは関係のないなにかである。

空が暗く翳り、風がTシャツに吹きつけた。「ねえ……スペンスが私たちの関係を知らないっておかしくない？　サニーの耳にも入ってないなんて。みんな知ってるのよ。あの二人以外は。サニーは知らないんでしょう？」

テッドは空をちらりと見上げた。「知らないみたいだね」

メグは息苦しさを感じた。「あなたが私にキスした瞬間、二十人の女性が目撃していたのよ。そのうちの数人は夫や友人に話したでしょう。バーディはヘイリーに話したわ」

「当然だね」

流れる雲が彼の顔に影を落とした。ずっとつかもうとしていた果実が目の前にぶらさがっていた。メグは大きく息を吸いこんだ。「あの人たちは私たちの仲を知っているのに、スペンスやサニーは知らない」

「ここはウィネットだ。住民はなにかと結束するさ」

果物は香りを嗅げるほど間近にぶらさがっていたが、あまりに甘ったるいきついその香りは快いものではなかった。「なんて忠実な人たちなの」

「それは間違いない」

突如メグは有毒の果物を手につかんだ。「あなたは最初からわかっていたのね。誰も二人の関係をスペンスやサニーに話すはずがないと」

　遠くで雷が鳴っていた……彼は首を伸ばし、木の上に取りつけたビデオカメラの存在を確かめた。「なんの話かな？」

「わかってるはずよ」メグは息苦しさを感じたまま、続けた。「あなたが私にキスをしたとき……あの女性たちの前で二人の交際を明かしたとき……彼女たちが秘密を守ることを、あなたは確信していたのよね」

　テッドは肩をすくめた。「人は自分の意思に従って行動するものだ」

　果実はメグのてのひらで割れ、なかから虫に食われた腐った果肉が現われた。「あなたがなんでもオープンにして正直でいたい、こそこそ隠れるのはうんざりだといったその言葉を私は鵜呑みにしていたわ」

「ぼくは実際こそこそするのは大嫌いだよ」

　頭上で雲が勢いよく流れ、雷鳴がとどろき、メグは湧き上がる憤りを抑えることができなかった。「あなたがみんなの前でキスをしてくれたことに感激していたの。町の命運まで犠牲にして、そんなことをしてくれたのだと思うと眩暈《めまい》がするほどの感動を覚えた。私のために！　でもあなたは……なにもリスクを冒していたわけじゃないのよ」

「待ってくれ」テッドの瞳は義憤で燃えていた。「あの晩きみはぼくを諭した。あれは愚かしい行為だといったじゃないか」

「理性ではそう考えたわ。でも、私の心……愚かしい私のハートは……嬉しくて高鳴っていたの」

テッドは怯んだ。「メグ……」

みずから進んで他人を傷つけたくない男の顔をよぎるいくつもの感情はあまりにもわかりやすかった。狼狽《ろうばい》。懸念。憐れみ。メグはそれが辛く、そんな彼に憎しみすら覚えた。彼にも同じ心の痛みを味わせてやりたかった。そしてメグは真情を吐露することで、その目的が果たせることを知っていた。

「私もあなたに恋してしまったの」彼女はいった。「みんなと同じように」

テッドは狼狽を隠しきれない様子だった。「メグ……」

「でも私もあなたにとって意味ある存在ではないのよ。ルーシーと同じように無意味な存在なの」

「やめろ」

「私はとんでもない大馬鹿者だわ。あのキスをあんなに重大に考えるなんてね」メグは嗚咽にも似たけたたましい笑い声を上げた。もはや怒りの対象が彼なのか自分なのかわからなくなっていた。「あなたが自分の家に私を泊めたがったことも……どれほどみんながそうならないように心配していても、いざそれが現実となれば、町を挙げてそれを隠してくれるはずだと、あなたは知っていたのね」

「きみは物事を深読みしすぎている」テッドはそういったが、目を合わせようとはしなかった。

メグは力強くなめらかな横顔に見入った。「あなたを見るだけで、私は踊りだしたくなる」彼女はささやいた。「これほど誰かを深く愛したことはないわ。こんな恋心を自分が抱くなんて想像もしなかった」

テッドは口を歪め、苦悩に瞳を翳らせた。「メグ、ぼくはぼくなりにきみを思っている。きみを好きであることは間違いない。きみは——きみは素晴らしいよ。きみといると……」

テッドは言葉を探すように口ごもった。メグは涙を浮かべながら、そんな彼を笑った。

「私を見て心が躍る？　心が歌いだす？」

「きみは混乱しているんだ。きみは——」

「私の愛は熱いの！」その言葉は心を突き破って出てきた。「燃えさかる火。熱く沸騰しながら体のなかを力強く駆けめぐる溶岩よ。でもあなたの感情は冷たく乏しいものよ。あなたは汗をかかなくてすむサイドラインに立っている人。だからこそあなたはルーシーと結婚したがった。瀟洒《しょうしゃ》で、いかにも理にかなった結婚だったからよ。そう、私は瀟洒とは無縁。泥臭くて無器用だからあなたに恋をして、傷ついたのよ」

バリバリと激しい雷鳴が響き、雨が降り出した。彼の顔は歪んだ。「そんな言葉は聞きたくない。きみは動揺している」

彼は手を伸ばしたが、メグはそれを振り払った。「そこをどいてちょうだい。もう私にかまわないで」

「こんなふうに別れたくない」

「これでいいの。あなたは人のためによかれということをする人でしょう。いま私にとって一番の望みは一人になることなの」

雨脚が強くなった。メグには彼の脳が差引勘定をしはじめたのが、手に取るようにわかった。正しいことがしたい。常に正しい行ないをしたい。彼はそんなふうに生まれついている。だからこんなに傷ついたのだと真情を吐露されると、このうえなく傷つくのだ。

稲妻が空を引き裂いた。彼はメグを教会入口前の階段のほうに導いた。メグは抵抗した。

「もう行って！　そのぐらいしてくれてもいいでしょう？」

「頼むよ、メグ。話し合おう。ぼくらには時間が必要だ」彼はメグの顔に手を触れようとしたが、彼女が尻込みすると、両腕をだらりとさげた。「きみは動揺している。それももっともだと思うよ。今夜あらためて――」

「いいえ、今夜はだめよ」明日も、そして永遠に。

「聞いてくれ。頼むから……明日は一日じゅうスペンスや彼のスタッフと会議が続く。しかし明日の夜なら……二人きりで食事をしよう。自宅で誰にも邪魔されずに。二人でよく考え、とことん話し合ってみようよ」

「そうね、考えれば解決できることよね」

「理性的に考えてくれよ、メグ。きみの話は唐突すぎるんだよ。いいかい？」テッドは荒い語調でいった。「明日の夜会うと約束してくれないと、ここはどかない」

「わかったわ」メグは無表情でいった。「約束する」

「メグ……」

テッドはふたたびメグに手を触れようとしたが、メグは抗《あらが》った。「帰ってちょうだい。明日話し合いましょう」

テッドがあまりに長いあいだ見つめるので、彼は帰らないのではないかと思えたが、ついに背を向けて去っていった。メグは教会の階段の上に立ち、雨のなかを彼の車が走り去るのを見つめていた。

彼の車が見えなくなると、かつてできなかったことを実行した。教会の横にまわり、窓を割ったのだ。窓枠に囲まれた一枚を割り、なかに手を入れて錠をゆるめた。そして窓を無理やりこじ開け、ほこりっぽいがらんとした内陣に入った。

彼は明日の夜、冷静かつ論理的に彼女のいらざる恋愛感情について話し合うつもりでいる。メグもそう約束した。

激しい雷鳴が教会の建物を揺らした。メグはそうした約束はなんとたやすく破ることができることかと考えた。


聖歌隊ロフトでジーンズが見つかった。ダリーとスキートがメグの荷物を詰める際、見落としていったものだ。キッチンにも食料品が残っていたが、食欲はなかった。メグはただ古い木の床を歩きまわり、ここに至るまでのすべての成り行きに思いをはせた。テッドは持って生まれた性分を変えることはできない。それなのに、彼がほんとうに愛してくれると自分は思ったのか？　なぜ束の間でも自分がほかの女と違うと錯覚してしまったのか？

それは彼がほかの誰にも見せたことのない部分をこの私にはさらけだしてくれたから、私は特別な存在なのだと感じてしまったためだ。だがそれはとんでもない勘違いだった。それがわかったいま、もはやここに留まることはできない。

テッドにもう会えないと思うと心がくじけそうだったので、現実的な事柄に心を集中させた。昔のメグならさっそく今夜にでも車に飛び乗って、逃げ出していただろう。しかし成長したメグには責任を果たすべきだという思いがあった。明日は仕事が休みの日で、必要なことをすませるだけの時間はある。

メグはスキートが眠りに就いた頃合いを見計らって家路についた。廊下に響き渡るスキートのいびきを聞きながらメグはジュエリー制作を続けていたスキートの書斎の机に座ってイエローパッドを手に取った。ドリンクカートの後任にあてたメモを書きつける。ドリンク類をうまくストックする方法や常連客の好きな飲み物はなにか、紙コップや缶のリサイクルについても書き添えた。脳外科医ほど立派な仕事ではないかもしれないが、ドリンクカートの売り上げは倍以上にふえた。最後にこう結んだ。『どんな仕事も熱意しだいです』だが馬鹿げた一文に思えて消してしまった。

トーリーに約束したブレスレットを仕上げながら、テッドのことはできるだけ考えまいとしたが、それは無理だった。夜明けにブレスレットをパッド入りの封筒に入れるころには目がかすみ、疲労感は重く、かつて感じたことのない悲しみに心が沈んでいた。

メグが出ていくと、スキートがキャップス・アンド・クランチを食べながら新聞のスポーツ欄を読んでいた。「いいニュースよ」メグは無理に笑いながらいった。「私のストーカーが誰か判明して、けりがついたの。詳しいことは訊かないで」

スキートはシリアルから目を上げた。「テッドは知ってるのか？」

メグは今後彼とは会えなくなると思うたびに襲いくる苦痛を振り払おうとした。「ええ、だから私は教会に戻るわ」スキートに嘘はつきたくなかったが、彼に不審に思われずに荷作りをする必要があった。

「なぜそうも急いで戻る必要があるのかね」スキートはぶつぶついった。ふたたびシリアルを食べはじめるスキートを見ながら、メグはこの気むずかしい変わり者がきっと懐かしくなるだろうと感じた。このおかしな町のすべての顔ぶれも恋しくなるに違いない。

徹夜と苦悩のためにメグは疲れきっており、荷作りを始めて間もなく、あきらめて横になった。うら寂しい夢を見ながら、午後になるまで目を覚ますことはなかった。素早く荷作りをすませたが、三時近くまで銀行に出向くわけにいかなかった。二〇ドルを残してわずかな預金のすべてを引き出した。口座を閉鎖すれば、それを見ていた人たちが変に思い、銀行を出て間もなく町を出ていくことがテッドに知られてしまうからだ。彼とふたたび対面するのは耐えがたかった。

郵便局の階段わきに町唯一のポストがある。メグはドリンクカートについてのメモとアシスタント・マネージャーのバリー宛の退職届を投函した。トーリーのブレスレットを入れた封筒を投函したとき、一台の車が駐車禁止ゾーンに停まった。運転席の窓がするすると開いてサニー・スキップジャックが顔を出した。「あなたを探していたの。今日はクラブが休みだということを忘れていてね。なにか飲みながら話がしたいわ」

サニーの黒髪は艶やかに輝き、プラチナのジュエリーも垢抜《あかぬ》けして、いかにも優秀なキャリア・ウーマンといった雰囲気を醸し出している。メグはいつも以上に引け目を感じた。

「ごめんなさい」メグはいった。「あいにくと予定が詰まっているの」じつは愛する男に背を向けてこの町を離れるの。

「キャンセルして。大切な話なの」

「あなたのお父さんの話かしら?」

サニーはぽかんとした顔でメグを見た。「父がどうかしたの?」

「いえ、なんでもない」

歩道を歩いていた数人が足を止め、無関心を装いながら二人の様子を見守っていた。多忙をきわめる企業の重役であるサニーは焦れたようにハンドルをたたいた。「忙しいスケジュールの合間でもわずか数分ぐらい投機ビジネスの相談に時間を割けないの?」

「投機ビジネス?」

「あなたのジュエリーを見て関心を持ったの。話し合いたいから、乗ってちょうだい」

メグの前途は洋々とはとてもいえず、彼女は出発を一時間先送りするリスクと、サニーの話を聞くメリットを心のなかで秤《はかり》にかけた。サニーはいらいらさせる相手ではあるけれど、それでも有能なビジネスウーマンでもある。気は進まなかったが、メグはもう一人のスキップジャックと閉鎖的空間を共有することにして車に乗りこんだ。

「テッドとのデートを賭けたオークションについて、あの〈ウォール・ストリート・ジャーナル〉が記事を掲載したってこと、もう聞いた？」サニーは車を出しながら、尋ねた。「慈善事業のための資金調達に向けた独創的な取り組みをテーマにしたシリーズものの記事なの」

「いえ、知らなかったわ」

サニーは片手をハンドルに置き、車を運転した。「そういう記事が載るたびに、入札価格は跳ね上がるものなの。全米が注目しているから、落札価格はそうとう高いものになりそうだけど、こんな大散財は私も久しぶりなの」サニーの携帯電話が鳴った。彼女は艶やかな黒髪に包まれた耳元に電話機を当てた。「あらパパ」

メグはぎくりとした。

「ええ、パパのメモを読んでウォルフバーグには話しておいたわ」サニーはいった。「今夜にもテリーに電話を入れるつもり」

それから数分間二人は弁護士や土地の契約について話し合った。メグの思いはいつしかテッドに向かったが、たちまちサニーの言葉で現実に引き戻された。「それはあとで確認するわ。いま、メグと一緒なの」サニーはメグのほうを見やり、目をぐるりとまわした。「ダメよパパ、悪いけど遠慮してちょうだい。じゃあ、あとでね」サニーはしばし父親の言葉を黙って聞いていたが、やがて眉をひそめながら電話を切った。「父の機嫌が悪かったわ。なにかあったの？」

メグは湧き上がる怒りの感情をそのまま口にした。「あなたのお父さまは人から拒まれることが苦手みたいね」

「だからこそ父は社会的成功を手にしたの。有能で、集中力があるから。あなたがなぜ父をそうも邪険に扱うのか理解できないわ。ほんというと気持ちがわからないでもないけど」

メグはこうした会話の流れに不吉なものを感じ、車に乗ったことを悔やんだ。「ジュエリーについて話したいとあなたがいうから乗ったのに」車がハイウェイに入ると、メグはいった。

「まず商品の設定価格が低すぎるわ。あなたの作品は独自性に満ちているし、上流志向の強い消費者に受ける要素がある。もっと高級顧客向けのマーケットに販売戦略をシフトさせなきゃだめ。ニューヨークに行き、コネを利用して好ましいバイヤーと会いなさい。偏狭な一都市でのみ商材を無駄にするのはいただけないわ。テキサスの片田舎でデザイナーとしての評判を高めようとしても無理な話ですもの」

「ご忠告ありがとう」車が〈ラウスタバウト〉を通り過ぎたとき、メグはそう答えた。「なにか飲もうっていってなかった？」

「ちょっと埋立地に寄り道したいの」

「一度見たことがあるから、もうたくさんだわ」

「写真を撮らなくてはいけないの。そんなに時間はかからないわ。それにあそこなら、立ち聞きされずに話ができるし」

「二人きりで話し合うことがあるとは思えないんだけど」

「それが、あるのよ」サニーは埋立地に入るレーンに車を進めた。メグが前回来たとき以後に新しく砂利が敷きつめられていた。あのとき、テッドとトラックのサイドにもたれながら、愛を交わし合ったことを思い出し、メグの胸はまた切なさでいっぱいになった。

サニーは錆《さ》びた標識近くに車を停め、バッグのなかからカメラを取り出し、車を降りた。一つ一つの動作、仕草がきびきびとしている。メグもこれほど自信に満ちた女性に会ったことはなかった。

メグは自分だけ車内で縮こまっているわけにもいかず、車を降りた。サニーはカメラを目に当て、埋立地に焦点を合わせた。「ここがウィネットの未来そのものなのよ」シャッターが鳴った。「最初私はここを建設地にすることに反対だったの。でも町や町の人びとを知るにつけ、気持ちが変わったわ」

テッド・ビューダインを知るにつけ、でしょう? メグは心のなかでつぶやいた。

サニーはアングルを変え、さらに何枚か撮影した。「ここはとてもユニークな土地だわ。古きよきアメリカの名残りというか。父は普段小さな町に愛着を覚えるタイプの人ではないんだけど、この町の人たちがとてもよくしてくれるし、ダリーやテッド、ケニーと一緒にゴルフをプレーするのが楽しくてたまらない」サニーはカメラを下に構えた。「私が……テッドに興味があることはいまさら否定しないわ」

「女性なら誰でも例外なくね」

サニーは微笑んだ。「でもほかと違うのは私が工学者だということ。彼と知的な意味で対等に話し合える。そんなことができる女性がほかにいる?」

私は無理だわ、とメグは思った。

サニーは埋立地の標識の後ろにまわり、メタン・パイプにカメラを向けた。「彼が興味を持っているテクノロジーを私は理解できる」シャッターが鳴る。「科学的な面でも実用性においても彼のエコロジーにかける情熱を私は評価しているの。彼の創造的思考力は驚異的で、そんな類いの理知、思考の世界に踏み入る人はそうそういないはずよ」

ここにもテッド・ビューダインの求めるものを理解したつもりになっている女が一人いる。メグはこらえきれずに訊いた。「テッドはあなたの思いに応えてくれているの?」

「すぐにそうなるわ」サニーはふたたびカメラを低く構えた。「少なくとも私はそう信じているの。私は現実主義者よ、かならずしも私の願うようにことが運ぶとはかぎらないことは承知しているわ。でも私も父に似て、挑戦するとなったらあとに引かないタイプよ。テッドと私には未来があると思うし、それを実現するためには手段を選ばないつもりよ」サニーはメグの目を直視した。「単刀直入にいうわ。ウィネットから立ち去ってほしいの」

「そうなの?」サニーに呼び止められなければ、あのまま町を出ていくところだったとわざわざ告げる理由はなかった。「なぜ?」

「自分のためにいってるんじゃない。あなたはうちの父にふさわしい人だと思っているの。このところ元気がなくなって老けこんできた父があなたに会って潑剌《はつらつ》としてきたから。私の悩みはあなたがテッドの気持ちをつかんでいること。彼はあなたに惹かれていることを口には出さないけど、それは明白だわ」

「あなたはテッドが私に惹かれていると思っているの？」

「あなたを見る彼のまなざしやあなたに語りかける彼の様子からそれはわかるの。あなたとルーシー・ジョリックは親友だそうだから、あなたを見るとルーシーを思い出すのね。あなたが近くにいたら、彼は新しい人生に足を踏み出すことができないわ」

サニーはさすがに鋭いけれど、肝心なところを見逃している。

「でも同性としてあなたのためを思っていうわ」サニーは続けた。「彼のそばにいることはあなたにとってもいいことじゃないのよ。信頼できる筋から聞いたことだけど、あなたは彼にのぼせ上がっているんですって？　でもそれは事実とは違うわよね。よく考えてみて。テッドがあなたを好きになるはずがないのよ。だって二人には共通点がないんですもの」

実際はいくつも共通点がある。有名な両親、恵まれた生育環境、エコロジーに対する情熱、サニーには絶対理解できない不合理なことに対する度量の深さ。

「あなたがルーシーを思い出させるから、テッドはあなたといると心地いいの」サニーは続けた。「でもそれ以上の発展はないわ。あなたはここにいても成長できないし、私とテッドの関係も複雑になってしまうわ」

「ずいぶんと無遠慮な物言いをするのね」

サニーは肩をすくめた。「率直なのが一番だと思っているからね」

しかしサニーのいう率直さとは他人の感情や意見に対する冷ややかな軽視でしかない。

「遠まわしな話をしても私の場合うまくいったためしがないの」サニーは自惚れの強さを誇らしげに示した。「もしあなたが自分から進んでこの町を出ていくのなら、あなたのジュエリービジネスの起業に手を貸すわ」

「賠償金？」

「いいじゃない？　ビジネス的に見ても悪くない投資だもの。本物の遺物を織り交ぜることによってあなたは偶然潜在需要のある市場の隙間《ニッチ》に入りこんだ。大きな収益が見込める市場よ」

「でも私はまだほんとうにジュエリー・ビジネスの世界で身を立てたいのか見きわめていないの」

見込みのあるビジネスへの誘いを断わる心理がまったく理解できないサニーはこらえきれないように軽蔑をあらわにした。「ほかになにをしようというのよ？」

メグが自分の未来は自分で切り拓《ひら》くといい返そうとしたとき、砂利をこするタイヤの音がした。二人が振り向くと見慣れぬ車が背後に急停止した。太陽の光が目に入って車を運転しているのが誰なのか確かめることはできなかったが、介入は意外ではなかった。ウィネットの町民がスキップジャック家の誰かとメグを二人きりにしておくはずがないからだ。

しかし車のドアが開くとメグは落胆した。黒いセダンから降り立った人物はスペンスだった。メグはサニーのほうを向いた。「町まで送ってよ」

しかしサニーの目は近づいてくる父親に釘づけだった。パナマ帽が顔の上半分に影を落としている。「パパ、なぜここに来たの？」

「ここで写真撮影をするとおまえがいったからだよ」

メグにはこんな状況に対処するだけの気力は残っていなかった。「いますぐ町に戻りたいの」

「おまえは帰れ」スペンスは娘にいった。「メグと二人きりで話し合うことがあるんだ」

「ダメよ！　帰らないで」

メグの切羽詰まった表情に、サニーは戸惑い、父親を迎える笑顔が翳った。「どうなってるの？」

スペンスはサニーの車のほうに首を傾けた。「町で落ち合おう。行け」

「サニー、行かないで」メグはいった。「彼と二人きりになりたくない」

サニーは蛆虫《うじむし》にでもたかられたかというように、メグをじろじろ見た。「あなた、おかしくなったの？」

「メグは臆病なだけだ」スペンスはいった。

メグは二度と彼の無力な餌食《えじき》になるつもりはなかった。「サニー、あなたのお父さんは昨日私に暴行したのよ」

20

スペンスは下品に大声で笑った。

「そいつはいい。証拠を見せれば一〇〇万ドル払ってやろう」

サニーはいつもの冷静さをなくし、嫌悪感に満ちた目でメグを見た。

「よくもそんな下劣なことがいえるわね」

ふたたび車が砂利をはねながら走ってくるのが見え、しかもそれが一台ではなく、トラブルを嗅ぎつけた町民の車がぞくぞくと到着した。「なんてこった」スペンスは声を上げた。「この町ではクソをするプライバシーすらないのか」

〈ラウスタバウト〉のウェイトレスが運転する車の助手席からケイラが飛び出した。「いったい三人でなにをしてるのよ？」ケイラは道路わきの食べ物にでもつまずいたように勢いよく走りながら、甲高い声でいった。

誰も答えを返せないでいると、トーリーとデクスター、ケニーがシルバーのレンジ・ローバーから飛び出してきた。トーリーはハワイアン・プリントのサロングを格子柄のビキニ・トップに重ねて着ていた。髪は濡れ、化粧もしていない。夫のほうは紺のビジネススーツを着ており、ケニーはスパイダーマンのバンドエイドを貼った手を挙げた。「やあスペンス、サニー。今日は天気が回復したね。雨はやっぱりいやだよね」

ゾーイが紺色のカムリから飛び出してきた。「理科カリキュラムの協議会に出かけようとしていたの」彼女は誰にともなくいった。

さらに多くの車がぞくぞくと到着した。全町民が異変の兆しを感じ取り、なんとしてもそれを妨げようとしているかのようだった。

デクスター・オコナーが埋立地に向けて首を傾けた。「きみは運がいい。ここにはありとあらゆる可能性が埋まっている」

スペンスはデックスのほうも見ず、メグをじっとにらみつけている。人びとの到着の瞬間に覚えたメグの安堵感が薄れはじめた。まさかそんなはずはない。スペンスはあきらめるだろう。こんなに大勢の人の前でこんなことを強行するなんてありえない。しかし考えてみればスペンスが他人から出し抜かれることをよしとするはずがないのだ。

「まだ契約が締結されたわけじゃない」スペンスは不気味にいい放った。

見物人たちは一様に動揺の表情を見せた。「パパ……」サニーが父親の腕をつかんだ。

トーリーが主導権を握った。サロングの結び目を締め直し、トーリーはスペンスのほうへ進んだ。「私とデックスは今夜網焼きステーキディナーの会を開催するわ。サニー、あなたとサニーもご一緒にいかが？　子どもたちが邪魔なら実家に預けてもいいけどね。サニー、あなたはエミューを近くで見たことがある？　わが家ではたくさんのエミューを飼っているの。もともと飼料代に困って主人と結婚したようなものなの。彼は私ほど夢中ではないんだけど、あんなに可愛い動物はほかにいないわよ」トーリーは息も継がずエミューの世話や餌やりの方法、エミューを飼うことの利点について長々と語りつづけた。トーリーは明らかに時間稼ぎをしており、レーンをちらちらと見やる見物人の視線から、メグはその理由を理解した。みな淡いブルーのピックアップに乗ったナイトの登場を待ちわびていたのだ。

さらに何台かの車がレーンに入ってきた。トーリーはエミューの話題も尽き、まわりに懇願するような目を向けた。兄がまず救援に駆けつけ、スペンスの肩に腕をかけ、もう一方の腕で埋立地を指した。「このところルーティングのことばかり考えているよ」

しかしスペンスはケニーから顔をそむけ、ふえつづける見物人をにらんだ。彼はふたたびメグを見据えた。その険しいまなざしはこれから目に物見せるぞと告げていた。「それは時期尚早ではないかな、ケニー。私には守るべき外聞というものがあるのだが、ここにいるメグが私の娘にショッキングな発言をした」

メグは胸に不安が広がるのを感じた。スペンスは復讐を望んでおり、確実にそれを果たす方法を知っているのだ。もしメグが主張を押しとおせば、多くの人びとを傷つけるだろう。だが引き下がることを考えると吐き気さえ覚えた。正しい行ないをするのに、これほど心苦しさを感じるなんて。メグはこぶしを握りしめた。「あれは失言だったわ」

しかし彼の傷ついたエゴは等しくそれに値する対価を求めていた。「いや、そうもいかない」彼はいった。「あれは簡単に忘れられるようなものじゃないからな。メグは私に――きみはなんと表現したっけ?」

「もうやめましょうよ」メグは無駄と知りつつ、スペンスにいった。

スペンスは指を鳴らした。「そうだ思い出した。『暴行された』といったんだ。間違いないかね、メグ?」

群衆のあいだにざわめきが広がった。ケイラはグロスを塗った口をぽかんと開けた。ゾーイは喉元に手を当てた。次つぎと携帯電話を開く音がして、メグは吐き気を必死で抑えた。

「いいえスペンス、私はそんなこといってません」とぎこちなくいう。

「しかし私にはそう聞こえたぞ。娘も間違いなくそう聞いた」スペンスは顎を上げた。「たしかにきみと水泳はしたが暴行なぞした覚えがないね」

メグはどう答えるべきか判断できずにいた。「そうね」と小声でいう。「私の勘違いよ」

スペンスは首を振った。「なぜそんな重大な勘違いをした?」

彼はメグをとことん追いつめるつもりなのだ。ここで勝ち残るには相手に勝ちを譲るしかない。メグは必死で自制心を働かせた。「それはたんに私が動揺していたからよ」

「おい、みんな」

群衆がいっせいに振り向くなか、救世主が悠然と進んできた。彼の到着にみな気づくのが遅れた理由は、彼がここしばらく使っていなかったベンツに乗ってきたからだ。テッドは疲れた顔をしていた。「なにごとなんだい?」彼はいった。「パーティがあるのを忘れていたのかな?」

「そうではないね」いくら眉をひそめても、スペンスは自分の支配力をおおいに楽しんでいるのがメグにはわかった。「きみが現われてくれてよかったよ、テッド。不測の事態におちいっていたからさ」

「えっ。いったいそれはなんなのかな」

スペンスはうっすらと黒いひげが伸びた顎をさすった。「いいがかりがまかり通るような町で事業を展開するわけにはいかないね」

スペンスは契約を破棄するつもりではないはず。これはたんなるはったりなのだ。哀願するようなサニーの視線も気になっているだろうし、媚《こ》びへつらってくれるこの町での待遇のよさも捨てがたいに違いない。彼はネコがネズミをいたぶるように、メグに恥をかかせることで自分の影響力を誇示してみせているだけなのだ。

「それは申し訳ない」テッドがいった。「しかし、誤解ということはおおいにありうる。ウィネットの長所は、なにかトラブルが起きても、問題が大きくなりすぎる前に修復しようと努めるところだ。今回の問題もぼくに任せてほしい」

「そうもいかんよ、テッド」スペンスは空の埋立地をにらんだ。「これは簡単に見過ごせる話ではない。誰もが明日土地の契約が締結されると期待しているんだろうが、こんないいがかりがまかりとおった状態でそれを実行するわけにはいかん」

群衆のあいだに緊張感が走り、ざわめきが広がった。父親のもくろみが読めないサニーはテッドとの未来図が露と消えるのを感じ、落胆の表情を浮かべた。「パパ、この件について二人だけで話し合いましょうよ」

ミスター・クールは野球帽を脱ぎ、頭をかいた。そこにはメグ以外誰も知らない疲労の色があった。「なんにせよ、人は自分が正しいと信じる道を行くしかない。それでも、なにがここで問題になっているのか説明してくれれば、ぼくが解決してあげられるかもしれないだろう？」

メグはもはや耐えきれなくなった。「私が原因なの」彼女は明言した。「私がスペンスを侮辱したから、彼はそのことで町を懲らしめようとしているの。でもそんなことする必要もないのよ、スペンス。だって私はウィネットを出ていくんですもの。もしサニーに呼び止められなかったらいまごろはとっくに姿を消していたはずよ」

テッドはふたたび野球帽をかぶった。メグをにらみつけながらも、その声は落ち着いていた。「メグ、いいからぼくに任せてくれないか？」

しかしスペンスは激怒していた。「娘の前であんないいがかりをつけておきながら、ただ立ち去ればそれですむとでもいうのか？　そうはいかんぞ」

「ちょっと待ってくれ」テッドがいった。「そもそも発端はなんだったのか説明してくれないか？」

「そうとも、メグ」スペンスがせせら笑うようにいった。「それがいい」

メグはテッドの目を正視できず、ただスペンスの顔だけを見つめていた。「私が嘘をついたと認めたでしょう？　あなたは完璧なジェントルマンよ。暴行はなかった。すべて……私のでっち上げなの」

テッドはくるりとメグのほうに向きなおった。「スペンスに暴行されたのか？」「娘の前でメグはまさしくそういったんだ」スペンスは軽蔑をにじませながらいった。「この女は大嘘つきだ」

「彼女に暴行したというのか？」テッドは怒りで目をぎらぎらさせていた。「なんて野郎だ」ひと言そういうとミスター・クールは町の将来を託す頼みの綱ともいうべき人物に飛びかかった。

群衆はこの成り行きにはっと息を呑んだ。配管業界の帝王は殴り倒され、大の字に横たわっていた。パナマ帽は泥の上に転がっていた。メグはショックのあまり身動きすらできなかった。サニーは押し殺したような悲鳴を上げ、誰もが恐怖に凍りついた。こともあろうに聖人君子ともいうべき冷静沈着で穏やかなあの町長が――。人びとの茫然自失の前で、テッドはスペンス・スキップジャックの胸ぐらをつかんで無理やり立たせた。

「おのれをなにさまだと思っていやがるんだ？」テッドは憤怒に顔を歪めながら、嚙みつくように怒鳴った。スペンスがテッドの脚を蹴り上げ、二人はもつれるように泥の上に倒れこんだ。

それはまさしく悪夢だった。

悪夢は見慣れた二人の人影が群衆のあいだから現われた瞬間、呪われた悪夢へと変わった。これは幻覚に違いない。まさかそんなはずがないのだ。メグはまばたきしてみた。しかし恐ろしい妄想は消えてくれない。

両親のフルールとジェイク・コランダが愕然《がくぜん》とした表情で娘の顔をまじまじと見つめていた。

両親がここにいるはずがなかった。なんの前ぶれもなくここにやってくるはずもなかったこともあろうにこの埋立地の前で人生最悪の修羅場をこの両親に目撃されてしまうなんて。

メグはもう一度まばたきをしてみたが、二人の姿は消えなかった。後ろにはフランセスカとダリー・ビューダインの姿も。フルールは輝くように美しく、背が高くたくましい父のジェイクはいまにも飛びかからんばかりに肩をいからせている。

大立ち回りを演じている二人は立って殴り合ったかと思えば地面に倒れこんだ。スペンスはテッドより五〇ポンド以上は体重がありそうだが、テッドのほうが腕力に勝り、機敏で、怒りに燃えていた。普段の彼とはまるで別人のようだった。

トーリーはサロングをつかんだ。ケニーは口汚く罵《ののし》り、ケイラは泣き出した。フランセスカは愛する息子の救援に飛び出そうとして、夫に止められた。

しかし誰一人サニーを止めようとはしなかった。たとえ思慕の対象であっても、誰かが愛する父親を殴るのをサニーがただ見ているはずがなかった。彼女は叫びながらテッドの背中にぶつかっていった。

メグはもはや我慢できなかった。「彼から離れなさい!」

仲裁のためにメグは砂利道を転がるようにして駆け寄った。そしてサニーの上に倒れこみ、結果としてテッドの動きを封じてしまった。スペンスはそれに乗じて立ち上がった。彼が片脚を上げてテッドの頭部を蹴ろうとしていることに気づいたメグは激怒のあまり悲鳴を上げながら体をひねってスペンスにぶつかった。スペンスがバランスを崩して倒れると、今度はサニーのブランド・ブラウスの背中をつかんだ。テッドは女性に暴力を振るわない男だが、メグはあいにくとそんな良心など持ち合わせていなかった。

トーリーとシェルビー・トラベラーがようやく嗚咽するサニーからメグを引き離したが、町の誇る平和主義者の町長の激しい怒りはおさまらず、男が三人がかりでなんとか町長を制止した。制止されたのはテッドだけではなかった。メグの母親とスキート、フランセスカ、そして消防隊長全員でようやくメグの父ジェイクを押しとどめたのだった。

なんとしてもけりをつけてやるとばかりに、制止の手を振り払ったテッドの首には血管が浮き出ていた。「メグに一歩でも近づいたら、どうなるか覚悟しろ」

「おまえはいかれている！」スペンスは叫んだ。「全員頭がいかれている！」

テッドは軽蔑したように口をへの字に曲げた。「この町から出ていけ」

スペンスは地面に転がった帽子を拾い上げた。ギトギトした黒髪がひたいに垂れていた。片目はすでに腫《は》れはじめ、鼻血も出ている。「そもそもこの土地の売却を持ちかけたのはそっちのほうだ」スペンスは帽子を太腿《ふともも》にたたきつけながらいった。「朽ち果てていくこの土地を見ながら、ビューダインよ、せいぜい失ったものの大きさを知るがいい」スペンスは帽子を乱暴にかぶりながら、悪意に満ちたまなざしをメグに向けた。「こんなつまらない女のために失ったものの大きさをな」

「パパ……」サニーの汚れたブラウスは裂け、腕には擦り傷、頬にはひっかき傷があったが、父は自分の怒りに心がとらわれ、娘を慰めてやることもできなかった。

「もう少しですべてが手に入るところだったのに」スペンスは鼻血をたらしながらいった。

「それなのにこんな嘘つき女のために、すべてが水の泡だ」

スペンスにとびかかろうとするメグの父親ジェイクを制止したのはフルールだけだったが、テッドを押さえつけていた男たちも彼の勢いに負けそうになっていた。ダリーが鋼《はがね》のような青い瞳を光らせ、悠然と歩み出た。「いまのうちに逃げ出したほうが身のためだぞ、スペンス。おれが首を縦に振っただけで、テッドを押さえつけている男たちが手を離し、息子はやりかけていた目的を果たすだろうから」

スペンスは敵意に満ちた大勢の顔を眺め、車に戻りはじめた。「さあサニー」スペンスは冷静を装ったが、虚勢であることははっきりしていた。「こんな最悪な町、とっとと出ていこう」

「負けを認めなさいよ、バカ！」トーリーが叫んだ。「ファイブアイアン一つ取っても、中学のころだってあんたよりうまく打ててたわよ。それにサニー、あんたは高慢ちきでやな女だわ」

怒り狂った群衆から追われる危険を察知した親子は走って車に向かい、急いで乗りこんだ。二人の車が走り去ると、メグに視線が集まりはじめた。メグは彼らの怒り、絶望を感じた。

彼らの言い分を聞いてあのとき町を去っていたら、このような事態には至らなかっただろう。

メグはなんとかあふれそうになる涙をらえて顔を上げた。六フィートの長身、輝く美貌。母がかつて世界最高のランウェイで磨かれた堂々たる歩調でこちらに向かってくる。群衆の目は目の前で繰り広げられる惨状に釘づけだったので部外者が混じっていることに誰も気を留めなかったのだ。グリッター・ベイビーの縞入りブロンドヘア、マジックペンで描いたような眉、幅の広い口は三十代以上の人なら一目でわかる。その瞬間、ざわめきが広がった。やがてメグの父親が母親に寄り添い、あのジェイク・コランダが銀幕から歩み出てここにいるという驚愕の事実を受け入れようとして、群衆は一瞬黙りこんだ。

メグは愛と絶望がないまぜになった複雑な思いで両親を見つめた。なぜこの美しく素晴らしい両親から私のように平凡な子どもが生まれるのか？

しかしテッドの逆上がやまないので、両親は娘のもとへ行くことはできなかった。「全員ここから立ち去ってくれ！」テッドは叫んだ。「全員だ」なぜかテッドはメグの両親も布告の対象にしてしまった。「あなた方も」

メグはただもうここから立ち去りたかったが、足になる車もなく、取り乱したまま両親の車に乗ることは考えたくもなかった。トーリーに頼るのが最良の選択と思われ、彼女のいるほうに哀願のまなざしを向けてみたが、テッドの腕がそれを阻んだ。「きみはここから一歩も動くな」

一語一句がとげとげしく、冷ややかだった。彼は最終的な決着を望んでいるのだ。これまでの経緯を考えれば当然だ。

父親のジェイクはテッドの言い分を受け入れ、娘のほうを向いた。「車はあるのかい？」

メグが首を振るとキーを出し、投げてよこした。「おれたちは誰かの車に乗せてもらう。町のホテルで会おう」

群れ集まっていた人びとは少しずつ立ち去っていった。彼の母親を含め誰一人として彼の命令に抗おうとしなかった。フランセスカとダリーはメグの両親をキャデラックに案内した。車が次つぎと走り出すと、テッドは錆びた標識のところへ歩いていった。目の前には未来設計を失った、汚れた土地が茫漠とした広がりを見せている。テッドは肩を落とした。これはすべて私のせいだ。意図したことではないとはいえ、どこからどう見ても自分がこの町を去るべきだと知りつつ、ずるずるとウィネットに残ってしまった結果であることに変わりない。さらに愚かしいことに、報われるはずのない恋に溺れてしまった。そんな自分勝手なわがまがこんな忌まわしい結末を招いたのだ。

陽が傾き、夕日が彼の横顔を染め上げた。最後の車が走り去っても、まるでメグの存在などないかのようにテッドは身じろぎ一つしなかった。メグはこらえきれず、彼のいるほうに向かった。「ごめんなさい」とささやく。

メグが手を伸ばし、彼の口の端ににじむ血を拭おうとすると、テッドはその手首をつかんだ。「さっきの光景を見て興奮したか？」

「えっ？」

「きみにいわせるとぼくは感情がないらしい」テッドの声はこみあげる感情のせいでかすれていた。「まるでロボットみたいだと」

「ああテッド……そんな意味じゃなかったの」

「きみがドラマの主人公で、きみだけが感情を持つことを許されるみたいだからさ。違うか?」

どう見ても二人で話し合うべき話題ではない。「テッド、私はスペンスとのトラブルにあなたを巻きこむつもりはなかったの」

「じゃあ、ぼくはどうすればよかったと? 暴行を働いたやつを見逃せとでもいうのか?」

「正確にいうと暴行されたわけじゃないの。でももしヘイリーが現われなければなにが起きたか正直わからない。彼は――」

「ぼくだって汗をかく!」彼は声を張り上げ無意味な言葉を発した。「きみはぼくが汗もかかないといった」

彼はなにを話しているのか? メグはふたたび水を向けてみた。「川で泳いでいるとき、スペンスが現われたの。帰ってくれと頼んでも、彼はいうことをきかなかった。そして淫《みだ》らな行為に及んだの」

「だからやつに天誅《てんちゅう》を下してやったんだ」テッドはメグの腕をつかんだ。「二カ月前、ぼくは別の女性と結婚しようとしていた。それを考えればしばらくクールダウンする時間が必要だと思わないか? きみがすぐ深みに飛びこんだからといって、ぼくが直後に飛びこむとはかぎらないだろ」

メグは彼の心理を読むのは慣れているつもりだったが、今回ばかりはさっぱりわからなかった。

「『深みに飛びこむ』ってなにを表わしているの？」

彼の口があざ笑うかのように歪んだ。「恋に落ちる、ってことさ」

彼の言葉にはひどく侮蔑的な響きがあった。メグは彼の手を振り払い、一歩下がった。

「恋に落ちることを『深みに飛びこむ』なんて私はいわない」

「じゃあきみならなんと表現する？　ぼくはルーシーと生涯をともにしようとしていた。生涯だぞ！　なぜわからない？」

「それはちゃんと理解できるわ。わからないのは、あんなことが起きたあとなのに、ここでそんな話をしていること」

「わからなくて当然だ」テッドの顔は蒼ざめていた。「きみは理性的な行動についてまるで理解していないから。きみはおれをよく知っているつもりだろうが、じつのところなに一つ知らない」

ここにもまた、テッド・ビューダインを理解したつもりの女が一人。

メグが話をもとに戻そうとしたが、その前にテッドの攻撃がまた始まった。「きみは自分がいかに感情的な人間か豪語する。たしかにそれは称賛に値する美点なのかもしれない。おれはそうではない。おれはなににつけ、道理にかなうことを求める。それがきみにとって罪ならば仕方ないさ」

まるで彼が突然外国語でしゃべりはじめたかのような違和感があった。言葉そのものは理解できても脈絡がわからない。なぜスペンスとの乱闘の騒ぎのもとになったメグの役割について話が及ばないのだろう？

テッドは口角からしたたりおちる血を手の甲で拭った。「きみはぼくを愛しているといった。愛に意味があるとでもいうのか？　おれはルーシーを愛していた。それなのにどうだ。愛の結末なんてそんなものさ」

「あなたがルーシーを愛していた、ですって？」メグには信じられなかった。信じたくなかった。

「一目惚れだったよ。彼女は頭の回転がよく、一緒にいると寛《くつろ》げて、他人のために力を尽くす、そんな女性だった。それに常に人目にさらされる生活を理解していた。友人たちも彼女が気に入った。両親も。二人は人生に同じものを求めていた。そしてそうした判断がおれの人生最大の挫折につながった」テッドはそこで口ごもった。「それなのに、そんな辛い経験を簡単に忘れられると思うか？　指をぱちんと鳴らせば、すべてなかったことにできるとでもいうのか？」

「そんな言い方は不当だわ。少なくともあなたはなにごともなかったかのように涼しい顔をしていたわ。平然として見えた」

「平然としていられるはずがないだろう！　相手かまわず自分の感情を吐露してまわらない

からといって、心が傷ついていないとはいいきれないじゃないか。きみはおれのために胸の張り裂けるような悲しみを味わったといった。おれだってルーシーを失って、同じような悲しみに襲われたんだよ」

メグは喉の血管がどきりと鳴るのを感じた。まるで顔を平手打ちされたような気分だった。なぜ彼の本音に気づかなかったのだろう？ テッドはルーシーを愛していなかったと、ずっと思いこんでいた。しかし真相は真逆だったのだ。「早く気づけばよかった」気づけばそう言葉を発していた。「あなたの気持ちを理解していなかったのね」

テッドは辛辣《しんらつ》な、軽蔑したような仕草でメグを指さした。「そしてきみが登場した。きみは混乱を次つぎと巻き起こし、ありとあらゆるものを求めた」

「私はなに一つ要求しなかったわ！ 要求したのは最初からあなたのほうだったわ。あれをしろ、これはするなと。ここで働き、あそこに住めと」

「なにをいうか」テッドは粗野な口調でいった。「きみのすべてが要求そのものなんだよ。その大きな瞳。あるときはブルーで次の瞬間には緑に変わるその瞳。その笑い方。その体。尻に刻まれた竜のタトゥーでさえも。きみはおれのすべてを要求しながら、その結果を批判する」

「そんな――」

「とぼけるな」彼の動きがあまりに素早いので、メグは殴られるかと思った。しかしそうではなく、彼はメグを荒々しく抱き寄せ、短いコットンのスカートの下から手を入れウエストまで引き上げ、尻をつかんだ。「これが要求じゃなくてなんだというんだ？」

「自分ではそんなつもりは」メグはか細い声で答えた。

しかしテッドはすでにメグを砂利道の脇へと引きずっていく。車の後部座席を使うという最低限の礼儀すら示すつもりがないようで、砂の多い土の上に彼女の体を横たえた。

頭上で照りつける太陽の光を浴びながら、彼はメグのパンティに両手を差し入れてそれを脱がせ、腰を使って両脚を開かせた。踵の上にしゃがみこむテッド。メグのむきだしの両腿に強い日差しが照りつける。彼は湿った果肉から目をそらすことなく、ズボンのジッパーをはずした。この論理と理性の塊のような男が抑制を忘れている。ジェントルマンの仮面がいま、剝《は》がされる。

彼の肉体が太陽をさえぎった。彼がジーンズの前を開いた。やめて、と叫び、彼を押し倒し、平手打ちを食らわせ、正気に戻れといってやることもできた。そうするつもりだった。しかし理性がいうことを聞かなかった。いつになく荒々しい彼と見知らぬ世界に駆け上ってみたいという欲求が生まれたからだった。

彼はメグの体の下に手を差し入れ、より深く接合できるようメグの腰を傾けた。長々とした前戯もなし、丹精込めたいたぶりも、厳しい焦らしもなし。あるのは彼の欲望だけ。

尖ったなにかが太腿をすりむき……地面の石が背中を圧迫した……彼が低いうめき声とともに進入を開始した。メグにのしかかりながら、彼女のトップを剝ぎ取り、乳房をあらわにした。柔肌に彼のひげが擦れて痛んだ。こうして肉体を提供することでメグはなんともいえない愛おしさがこみ上げるのを感じた。相手に尽くすこともなく、抑制も、思慮も忘れた単純な行為。彼は闇の世界に引きこまれた堕天使。彼女の反応や喜びなどおかまいなしだ。彼の力強いピストン運動を受け入れながら、メグはまばゆい日の光に目を閉じた。しだいに彼の荒々しさに同化するようにメグの性感も燃え上がってきたが、それは遅きに失した。しわがれた叫びとともに彼は歯を食いしばった。やがて彼女の内部に熱いものがあふれた。メグの耳元で彼の激しい息遣いの音だけが響いていた。彼の体の重みでメグの肺はつぶれそうだった。ようやく彼はうめき声とともに彼女から体を離した。そして静寂が訪れた。

これこそ、二人が情を通じ合って以来メグが求めつづけてきた性愛だった。彼の抑制を解くこと。だがその代償は彼にとってあまりに大きい。われに返った彼はメグの想像したとおり、善良なるがゆえの良心の呵責《かしやく》に苦しんでいた。

「いわないで！」メグは内出血のある彼の口を手でふさぎ、彼の顎をたたいた。「なにもいわないで！」

「くそ……」テッドは這《は》うようにして立ち上がった。「なんてことだ……とんでもないことをした。ああ、ごめんよ、メグ……」

彼が衣類の乱れを整えるあいだ、メグは彼の隣りに立ち、スカートをずりおろした。彼の顔は苦しげに歪んでいた。彼が神ならぬ人間であることを表わしてしまったばかりに赦しを請うのがメグにはなんとも耐えがたかった。なにか急いで手を打つ必要があると思った彼女は、彼の胸を強くつついた。「これが私が求めていたものなのよ」

しかし彼の顔色は蒼ざめ、メグの試みは失敗した。「まさか……自分があんなことをしたなんて、信じられない」

メグも簡単に引きさがらなかった。「もう一度やってくれない？　今度はちょっとだけゆっくりめに」

彼の耳にそんな言葉は届いていないようだった。「おれは自分が許せない」

メグは虚勢を張ってみた。「セオドア、退屈だからいい加減にしてちょうだい。私、用事があるのよ」まず彼の自尊心を取り戻させる。次に両親に会わなくてはならない。それがすんだら？　この町に永遠《とわ》の別れを告げよう。

メグはパンティをつかみ、心にもなく生意気な口調でいった。「ウィネットの未来を台なしにしてしまった張本人がこの私だということはよくわかってるわよ。だからこんなところでぶらぶらしていないで、せめて事態の収拾に乗り出すべきよ。まずはスペンスが出発する前に彼を捜し出し、謝るの。ぼくはどうかしていた。当てにならない女だと町じゅうの人に忠告されていたのに、つい巻きこまれてしまったと。そして乱暴して申し訳なかったと詫びるの」

「スペンスのことなど、どうでもいい」テッドはきっぱりといった。

メグはその言葉にぞっとした。「いいえ、後悔するわ。絶対にあとで悔やむことになるわ。お願いだから、いうとおりにして」

「きみはあんな大馬鹿野郎のことしか考えられないのか？　そんなひどい目に遭ったのに

「……」

「ええそうよ。あなたにもそれだけを考えてほしいの。ねえ、聞いて……私は不滅の愛の表明を求めているけど、問題はあなたにはとても無理だということなの」

失望感、悔恨、苛立《いらだ》ち――こうした感情が次つぎと彼の目に浮かんでは消えた。「もう少し時間をくれないか。これじゃあまりにも――」

「あなたの本心はこのうえなくはっきりしているわ」メグは彼の言葉をさえぎった。「私が去っても自分を責めたりしないで。私って、正直いうと熱しやすく冷めやすいたちなの。きっとあなたのことも、じきに忘れてしまうはずよ」メグは速すぎる口調でいった。「バズっていう男と別れたとき、六週間は失恋でへこんでいたけど、あなたはバズほどじゃないから」

「きみが去っても、ってどういう意味だ？」

メグはごくりと唾を呑みこんだ。「率直にいうわ。ウィネットに飽きたの。両親と話をしたら、できるだけ早くこの町を出ていくつもり。あなたもそんな会話を耳にしなくてすんでよかったじゃないの」

「まだ去るな」

「なぜ？」メグはなにかを見落としていたのではないかと、彼の表情を探った。「なぜ私にいろというの？」

テッドは困惑したように、奇妙な仕草を見せた。「さあ、どうしてかな。とにかく行くな」

視線を合わせようとしないことに、彼の本心がうかがえた。「無理よ。とにかく——もういられないわ」

これほど隙だらけのテッド・ビューダインを目の当たりにするのは奇妙な感じがした。メグは傷のないほうの彼の口角にキスをして、常に思慮深い両親が残してくれた車に急ぎ足で向かった。車を出しながら、最後に一度だけバックミラーを覗いた。

テッドはそこにたたずみ走り去る彼女の車をじっと見つめていた。彼の背後にはどこまでも茫漠としたゴミ埋立地が広がっていた。

21

メグはハイウェイのシェヴロンのガソリンスタンドのトイレで顔にこびりついた泥や涙のあとを洗い流し、拭いた。トイレの個室に無理やりスーツケースを入れ、手を突っこんで楽なトップに脚のひっかき傷が隠せる清潔なジーンズ、首についたひげの擦れあとを覆うための薄いグリーンのスカーフを探した。テッドと愛を交わすようになって、伝説的とも謳《うた》われる彼の自制心を情熱のために乱してほしいと願ってきたが、まさかあんな形でそれが現実のものとなるとは夢にも思っていなかった。

メグはホテルの入口をやっとの思いでくぐり抜けた。バーディがメグの両親を最高級の部屋以外の場所に泊めるはずもないと思い、裏の階段から最近新たに『プレジデンシャル・スイート』と銘打った最上階の部屋に直行した。意志の力を振り絞るようにして、階段を一歩ずつ上る。そもそも自分は最初からテッドを誤解していた。彼がルーシーを愛しているはずがないと思いこんでいたが、彼はルーシーを愛していたし、いまでも未練を持っているのだ。結局自分は彼の失恋を癒すための相手、彼の束の間の野性的な一面を受け止める相手でしかなかったということだ。

耐えがたい両親との再会を前に、そんな苦悩に屈服するわけにいかなかった。テッドのことも、不確かな未来のことも、町の未来を台なしにしたまま、ウィネットを去ることも、考えるわけにはいかないのだ。

スィートのドアを開けて出迎えてくれたのは母親だった。埋立地で会ったときに着ていたプラチナ色のチュニックとスリムパンツをまだ着替えていない。皮肉なことに元ファッションモデルの母は着るものに関心が薄いのだが、弟ミシェルの作ってくれる衣類を義務感から着ている。

母の後ろで父が足を止めた。メグは両親に弱々しい微笑みを向けた。「来るなら、前もっていってよ」

「驚かせてやろうと思っただけだよ」父はそっけなくいった。

母はメグの肘をつかみ、強いまなざしでしげしげと娘の顔を見つめ、抱き寄せた。慣れ親しんだ抱擁に包まれ、メグはしばしのあいだ、自分が大人であることを忘れた。両親がもっと頑迷で自分本位な人間なら、これほど罪の意識に苛《さいな》まれる人生を送ることもなかっただろうし、両親の評価を気にしないふりをして無駄なエネルギーを使うこともなかっただろうと思う。

メグは髪を撫でる母の手に気づいた。「こんな目に遇っていたのね」

メグはこみ上げる涙をこらえた。「私もこのところずいぶん成長したし、うまくやっていたつもりなんだけど、さっきみたいな修羅場を見られてしまったからには、心配しないでとはいえないわね」

父が替わって娘を抱きしめ、子どものころのように軽く尻をたたいた。

「事情を話してちょうだい」父がようやく娘を放すと、母がいった。「どんないきさつであんな最低の男と関わることになったの？」

「パパのせいよ」メグはなんとか言葉を発した。「スペンサー・スキップジャックは有名人崇拝者で、ジェイク・コランダに近づくために私を利用しようとしたの」

「どれほどあの野郎をこてんぱんに打ちのめしてやりたかったことか」マイティ・ジェイクがいった。

父が元ベトナム兵であり、メコン・デルタでの体験を悔い、はては日本刀からＡＫ47までありとあらゆる武器を使った映画ばかりを製作していることを考えると、そんな言葉に思わずぞっとしてしまう。

母は最新式の電話に向けて曖昧に首を傾けた。「もうすでに内偵に乗り出したわ。まだこれといったものは出てきてないけど、近いうちにきっとしっぽをつかんでやるわ。ああいう卑劣なやからはかならずどこかで汚い手を使っているはずだから」

両親の怒りは意外ではないが、長女がまたしても大混乱に巻きこまれてしまったという失望はどこへいったのだろう。

父がふたたびカーペットの上を行きつ戻りつしはじめた。「このままあの野郎を無罪放免にさせるわけにはいかない」

「天罰が下るのも時間の問題よ」母がいった。

両親は先刻目にした出来事の意味するものを理解していない。この町にとってゴルフ・リゾートがどれほど重要なものであり、その希望を打ち砕いたのが誰あろうメグ本人であることを知りもしないのだ。下衆《げす》男が愛する娘を侮辱し、雄々しい若者が娘の恨みを晴らしてくれたとしか見ていないのだ。これが幸運でなくてなんだろう。ダリーとフランセスカも両親をホテルに送り届ける際、事情を説明しなかったということだ。すぐこの町から連れ出してしまえば、結局両親は娘がこの大騒動で演じた役まわりを知らないまま終わるだろう。

そう思ったとき自分がヘイリーを諭したときの言葉が胸によみがえってきた。この先数分間にあなたがどう行動するかで、今後どんな人間になるかがわかるのよ。

置かれた状況がヘイリーと違うとはいえ、根源的な真実は変わりない。自分はどんな人間になりたいのか？

やがて、安らぎとはほど遠いけれど、ある奇妙な感覚、ある種の正義感が湧き起こってきた。この三カ月の体験によって、みずからに張りめぐらせていた偽りのベールが剝がれ落ちていた。かつては、自分が家族の期待に応えられるはずがないというあきらめの気持ちが強すぎて、努力もせずただ家族のお荷物的立場に甘んじていた。もし自力で何かを成し遂げようとすれば、両親に自分の無能ぶりをさらす危険があった。なにもしなければ出来損ないの烙印《らくいん》は押されないと思いこんだ。だからどれ一つ身につかなかったのだ。

いまこそ自分自身の目標を明確に描き出すべきなのだ。自分自身のやり方で人生に一歩を踏み出す。成功するにしても、失敗するにしても、愛する家族をふくめた他人の評価に一喜一憂しない。人生をどう生き抜くべきか、自分自身の展望を持ち、それを最後まで守りとおす。これを実現するためにはもはや逃げてばかりはいられない。

「あのじつはね……」メグはいった。「今日起きたことだけど……あれには少しばかり複雑な事情が絡んでいるの」

「複雑どころか、至極単純明快なことに思えるが」父がいった。「あの野郎が横柄で不快な人物だということさ」

「そのとおりだけど、残念ながらそれだけじゃないの……」

メグはすべてを打ち明けた。町に到着したその日の出来事から話しはじめた。話の途中で父はミニバーに向かった。数分後、母も行った。だがメグはそのましゃべりつづけた。すべてを語り尽くしたが、テッドに対する自分の深い恋心については伏せておいた。これは自分一人で解決すべき問題だからだ。

話し終えるころには、町役場に背を向けるようにして窓辺に立っていた。両親はかたわらのカウチに腰をおろしていた。メグは努めて胸を張るようにした。「これでなぜ、テッドが成人してはじめて癇癪《かんしゃく》を起こしてあんな大立ちまわりを演じることになったかわかったでしょう？　私のせいでこの町は莫大な歳入と雇用を失ったのよ」

両親は長々と視線を交わし合った。それが意味深い視線であることはわかっても、メグにはまなざしの語るものまでは理解できなかった。この二人はいつもそうしてたがいの意思を伝えあっている。もしかするとメグや弟たちが未婚であるのはそのためかもしれない。自分たちもパートナーと両親たちのような関係を築きたい、妥協したくないという思いがあるのだろう。

皮肉なことに、自分はテッドとこの両親のごとく阿吽《あうん》の呼吸で通じ合っていると思いはじめていた。しかしもっとも重要な点を見逃していた。彼がそれほどルーシーを愛していたとは。

父がカウチを立ち上がった。「話を整理しよう……おまえはルーシーが間違った相手と結婚することで人生を台なしにしないよう説得した。ありとあらゆるトラブルの責任をおまえ一人にかぶせようとするいかれた連中の住むこの町で、おまえは自活してきた。職はカントリークラブの活動コーディネーターではないが、与えられた仕事を懸命にこなした。そのうえサイドビジネスまで始めた。それで合っているか?」

母が美しい眉を上げた。「メグがあの変態の自慢屋に見事肘鉄を食らわしたことを忘れないでね」

「それなのにこの子はなぜ謝っているのかな?」父の言葉に疑問符がつき、母はグリッター・ベイビーの金を散らした瞳でまじまじと娘を見つめた。

「なぜなの、メグ?」彼女はいった。「なにに対して詫びているの?」

メグは二人の質問に答えられなかった。両親は私の話を聞いていなかったのか?

俳優とモデルの両親は辛抱強く答えを待った。ブロンドの髪がひと房、母の頬に落ちた。

父はバード・ドッグ・カリバーの映画で腰につけているパールハンドルのコルト銃を確認するかのように腰をさすった。メグはようやく答えを返そうとした。だが口を開いたものの、返すべき言葉が浮かんでこないのだ。

母が髪を手で払った。「どうやらあなたはテキサス人たちに洗脳されてしまったみたいね」

父母の指摘は正しかった。メグが詫びる相手は自分自身なのだ。私は自分のハートを守るだけの思慮分別に欠けていた。

「こんな町にいてはいけない」父がいった。「ここはおまえにとってふさわしい場所じゃない」

ある意味でここは心地よい場所でもあったのだが、メグはただうなずいた。「もう荷作りして車に積んであるの。パパとママがせっかくこんな遠くまで訪ねてきてくれたのに、無駄足になってごめんなさい。でも私も同じ考えよ。この町にいるわけにはいかないし、もうここを去ることに決めたわ」

母は事務的な口調に切り替えた。「実家に戻っていらっしゃい。少し時間をかけて新規まき直しを図ればいいのよ」

父はメグの肩に腕をまわした。「おまえがいなくて寂しかったよ」

両親に見放されたときからメグはこんな瞬間を待ち望んできた。少し安心できる場所で羽を休め、じっくり考えられる心のゆとり。心に両親への愛があふれてきた。「さすがにパパとママは素晴らしいわ。でも今回だけは、自力で切り抜けなくてはだめなの」

両親の反論にも、メグは断固として意見を主張した。やがて心で別れを告げ、メグは裏の階段から自分の車に戻った。この町を去る前にするべきことがあった。

〈ラウスタバウト〉の駐車場は満車で、ハイウェイに車がはみだしていた。メグはホンダ・シビックの後ろに車を停めた。道沿いに歩きながら、テッドのベンツかトラックがないかと目で探さなかった。店内で今日の午後起きた地殻変動について喧々囂々《けんけんごうごう》の議論が戦わされていることは疑いようもなかった。

メグは深く息を吸い、ドアをグイと押し開けた。油で揚げた食べ物やビール、バーベキューの匂いに包まれながら、彼女はあたりを見まわした。広い店内が人でぎっしり詰まっていた。壁際にも、テーブルのあいだにも、トイレに続く廊下にも人が並んでいた。トーリー、デックスほかのトラベラー一家の面々が四人掛けのテーブルを囲んで窮屈そうに座っている。ケイラと父親、ゾーイ、バーディがその近くに座っている。ダリーとフランセスカの姿は見えなかったが、スキートなど年配のキャディーたちがテレビゲーム近くの壁にもたれながらビールを飲んでいる。

しばらくたってからようやく誰かがメグに気づき、それから変化が訪れた。ひとかたまりの沈黙がじょじょに大きくひろがっていった。まずバーが沈黙に包まれ、それが店じゅうに広がった。聞こえるものといえばガラス食器のぶつかる音と、ジュークボックスから響くキャリー・アンダーウッドの歌声だけだ。

足音を忍ばせて逃げ出すほうがずっと楽なことは間違いなかったが、この数カ月の体験でメグは自分が思っていたほど駄目な人間ではないことを知った。自分には才覚や勤勉さがあり、おぼろげではあっても、将来への計画も持っている。だからメグは眩暈《めまい》や吐き気と闘いながら、お気に入りの凍らせたミルキーウェイを渡すといつも五ドルのチップをはずんでくれたピーター・ララマンのほうへ向かった。「椅子を貸していただけますか?」

彼は席を立ち、片手を上げさえした。その仕草は礼儀からというより好奇心ゆえのものではないかとメグは感じた。誰かがジュークボックスのプラグを抜いたので、キャリーの歌は曲の途中で終わった。膝に力が入らないので、椅子の上に立つのは妙案とはいえなかった。しかしそれを実行すれば店じゅうの人びとから姿を見てもらえる。

メグは黙りこんだ人びとに向けて語りかけた。「皆さんが現時点で私に憎しみを抱くのは当然ですし、私もそれを止めようがありません」

「出ていけよ」バーにいた日雇い労働者の一人が叫んだ。

トーリーが勢いよく立ち上がった。「お黙り、ルロイ。彼女の言い分を聞きましょうよ」

フランセスカのランチョンパーティで見かけたハンター・グレイの母親だというブルーネットの女性が金切り声でいった。「メグの言い分をおとなしく聞いていたから、私たちはこんな目に遇わされたのよ」

その隣りに座っていた女性が立ち上がった。「町の子どもたちにまで影響が及ぶのよ。学校施設の改善計画もフイになったんだもの」

「学校なんてどうでもいい」バーの別の労働者が声を上げた。「メグのおかげで失った雇用はどうしてくれるんだよ」

「テッドのおかげでもあるよ」男の仲間がそばからいった。「信頼していたのに、あのざまだ」

それがきっかけでテッドの名前が低くささやかれる様子を見て、メグはやはりこの行動は間違っていないと確信した。レディ・エマがなんとか町長の弁護に立ち上がろうとしたが、ケニーに引き戻された。メグは人びとの顔を眺めまわした。「そのために私はここに来ました。テッドについて語るために」

「おまえなんぞになにがわかる。おれたちは町長を知り尽くしている」最初に叫んだバーの客がふんと鼻で笑いながらいった。

「ほんとうにそうですか？」メグは反駁《はんばく》した。「ではこれはどうかしら？　テッド・ビューダインは完璧ではない」

「そのことはいやというほど思い知らされたさ」男は追認を求めてあたりを見まわし、うなずく顔を見つけた。

「それを最初から認識しておくべきだったのよ」メグはいい返した。「それなのにあなた方は彼を聖人君子に祀り上げた。彼が有能だから、彼も私たち同様人間なんだ、いつも奇跡を起こすことができるわけではないという事実を見失っていたのよ」

「おまえさえ現われなければ、こんなことにはならなかった！」奥のほうで誰かが叫んだ。

「そのとおりよ」メグはいった。「愚かな赤首《レッドネック》さんたち、ここまで来てもわからない？ ルーシーに逃げられて以来、テッドはおかしくなったの」メグはその言葉を印象づけるため、間を置いた。「私はそのチャンスに乗じて彼にいい寄った。彼は私の意のままだった」メグはバーの日雇い労働者たちの冷笑に冷笑で答えた。「女がテッドを支配できるはずがないと思うでしょう？ ところが私は映画スターやロックスターを相手に経験を積んでいるから、彼は御しやすかったわ。そのうちにゲームにも飽きてきちゃって、もうお払い箱にしたわよ。こういうのに慣れていないテッドは少し正気を失っているの。だから私のことはどんなに責めてもいいけれど、くれぐれもくだらない発言で彼を非難したりしないでね」メグは虚勢が揺らぐ気がした。「彼はあなた方の仲間でしょう。あなたたちの希望の星ではないの？ 彼にそれを伝えないと、きっと後悔するわ」

脚が震えはじめ、メグはやっとのことで椅子から飛び降りた。そして周囲を見まわすこともなく、トーリーやトラベラー家の人びとに最後の別れも告げず、一目散にドアに向かった。メグが愛と憎しみを感じた町に最後の一瞥を投げると、そこにはパードナレス川とバックミラーに映った町の標識があった。

テキサス州ウィネット町境界線
町長テッド・ビユーダイン

メグは声を上げて泣き、体を震わせながら嗚咽をもらした。涙で視界がぼやけた。張り裂けそうな胸の痛み、深い悲しみに身をゆだねるしかなかった。この旅が終わったら、二度と泣かない。

22

ウィネットは黒い雲に覆われていた。メキシコ湾で発生した熱帯性の嵐が吹き荒れ、川が氾濫しコマンチ・ロードの橋が流された。季節外れのインフルエンザが流行り、どの家の子どもも寝こんだ。厨房の火事のためにラウスタバウトは三週間も休業し、町に二台しかないゴミ収集車が同じ日に故障した。まだそのショックを引きずっていたころ、ケニー・トラベラーがウィスリング・ストレイツの一八番ホールのドライブで大きくコースからはずし、PGAチャンピオンシップで予選落ちしてしまった。最悪なのはテッド・ビューダインが逆境にある町を見棄てるかのように町長を辞任したことだった。彼はデンバーに一週間滞在し、次の週はアルバカーキにいた。全米をまわり、都市の電力における脱グリッド（電極間の格子）を手助けし、故郷であるウィネットを長く留守にしていた。

ウィネットでは誰もが暗い気持ちで暮らしていた。ヘイリー・キトルがテキサス大学入学のために出発する直前に、メールを発信し、ルター派の教会の裏手を流れる川でスペンサー・スキップジャックがメグ・コランダを脅しているところを偶然目撃したことを告白した。そしてその一部始終を詳しく述べた。騒動の真相を知ると、みな良心の痛みからスペンスを殴ったテッドを責めることができなくなっていた。あんなことが起きなければ……とは思いつつ、スペンスの侮辱的発言を無視できなかったテッドの気持ちが理解できた。テッドが帰郷する希少な機会をとらえて、一人、また一人とその思いを彼に伝えようとしたが、彼から返ってくるのは礼儀正しい会釈だけ。翌日はまた旅立ってしまうのだった。

〈ラウスタバウト〉がようやく営業を再開したが、テッドは町にいても店に来なかった。郡境にある古びたバー〈クラッカー・ジョンズ〉で見かけたという情報が数件寄せられた。

「彼は私たちを見棄てたのよ」ケイラがうめくようにゾーイにいった。

「自業自得ね」トーリーがいった。「私たちは彼に依存しすぎていたんだわ」

　ありとあらゆる有力な筋からスペンスとサニーがインディアナ・ポリスに戻ったことが伝わってきた。サニーは仕事に没頭し、スペンスは帯状《たいじょう》疱疹《ほうしん》にかかったという。誰もが仰天したのはスペンスがサンアントニオとの交渉を打ち切ったことだった。ウィネットでさんざんちやほやされたあとということもあり、自分を大物扱いしてくれない田舎町に興味を失い、ゴルフコース建設そのものを断念したという。

　こうした一連の大変動のうちに、『テッド・ビューダインと素敵な週末を』コンテストのことは忘れ去られようとしていた。ある日図書館再建委員会がコンテストの入札締め切りは九月三十日の午前零時だということを忘れないようにと念を押した。その夜、委員会の面々は記念のため、そして父親に入札のサポートを断たれたあともオークションの管理を続けてくれたケイラに感謝するためもあって、ケイラの家の一階の事務所に集合した。

「あなたがいなかったら、これは継続できなかったわ」ケイラのデスクの向かい側に置かれたヘプルホワイト様式の長椅子に座ったゾーイがいった。「もし図書館が再開できたら、それを称えて記念の銘板にあなたの名前を刻まなくてはね」

ケイラは最近オフィスの壁をリバティ・プリントの布地にし、ネオ・クラシックの家具に替えたばかりだが、トーリーはわざわざ床の上を選んで座った。「ゾーイは銘板を児童書のコーナーに掛けたがったんだけど、それ以外のみんなはファッション誌のコーナーに掛けようといいだして。あなたはファッション研究に余念がないでしょうからね」

長年の夢だったブティックをオープンさせるためにトレンドの動向を探るのはやめて、ファッション誌を読み漁《あさ》るべきでないのかとばかりに、ほかの友人たちはケイラをにらみつけた。トーリーは無神経な態度をとるつもりもなかったので、ケイラのカクテルグラスにモヒートを注ぎ足しながら、ケミカルピーリングのあと肌がきれいになったとケイラを褒めた。

「あと一分で十二時よ」シェルビーは熱意のあるそぶりで、さえずるようにいった。

一時はどうなることかと誰もが注目していたが、そんなサスペンスも一カ月前にサニーが入札をやめたとき、終わった。その後二週間一万四五〇〇ドルの最高額を入札しつづけているのは、ティーンエイジャーぐらいしか知らないテレビのリアリティ・ショーのスターだ。委員会はレディ・エマからテッド本人に、サンフランシスコの週末をともに過ごす相手はどうやら尻でタロットカードをめくるのを得意技にしている元ストリッパーになりそうだと伝えた。テッドはうなずき、きっと筋肉コントロールが優秀なんだねと答えたそうだが、その目は空虚で、あんなに悲しげな表情を浮かべた彼は見たことがないとエマはいう。

「大晦日のようにカウントダウンしましょうよ」ゾーイは朗らかにいった。

一同はカウントダウンしながら、パソコンのスクリーンをじっと見つめていた。午前零時になった瞬間ケイラが更新ボタンを押し、落札者の名前を読み上げようとして、はっと黙りこんだ。それは尻を動かす才能にあふれた元ストリッパーではなかったからだ。

「メグ・コランダ？」一様に息を呑んだ彼女たちはいっせいにしゃべりだした。

「メグがコンテストの勝者？」

「もう一度ボタンを押してみてよ、ケイラ。そんなはずないわ」

「メグ？　メグのわけないでしょ？」

しかしそこにはまぎれもなくメグの名前があり、みな愕然としていた。

委員会の面々はその後一時間あまりどうすべきか話し合った。誰もがそれぞれにメグを恋しく思い出した。メグはどの女性ゴルファーがこんな日にはなにを飲みたがるのか予想し準備していてくれた、とシェルビー。ケイラはメグのジュエリーによってもたらされた利益、メグのとっぴなファッション・センス、トーリーのお古はメグにしか着こなせなかったことを思い出した。ゾーイはメグのユーモア・センスやら話してくれる噂話をなつかしく思い起こした。トーリーとエマはただメグに会えなくて寂しかった。

騒動の種ではあったけれど、メグは申し分なく町に溶けこんでいたと誰もが認めた。しかしバーディ・キトルは率直にメグの立場を擁護した。「メグはテッドの主張を聞き入れてへイリーを告発することができたのに、娘をかばってくれたわ。そこまで寛容な人がほかにいる?」

ヘイリーは母親や友人たちに真実を打ち明けていた。「大学に入ったら、継続的にカウンセリングを受けつづけるつもりよ」とヘイリーはいった。「あんなことが二度と起きないよう、もっと自尊心を大事にするにはどうしたらいいか、知りたいの」

ヘイリーがすべてを包み隠さずに明かし、みずからの行動を深く悔いているので、人びとの怒りはしだいにおさまっていった。

シェルビーは飲み物をモヒートからダイエット・ペプシに替え、白っぽいグレーのフラットシューズを脱いだ。「ああやって〈ラウスタバウト〉で大勢の人の前で強気の発言をするには、とてつもない勇気が必要だったはずよ。誰もが敵意を抱いていると知りながらね」

トーリーが鼻で笑った。「私たちがあんなに意気消沈していなければ、一丁前の悪女のふりしてテッドを意のままにあやつり棄てたなんていうメグの自慢話なんか一笑に付してやったのに」

「メグは誇りとハートを持ってるわ」バーディがいった。「この組み合わせは希少なのよ。それに誰よりもよく働くメイドだった」

「誰よりも低い賃金でね」トーリーが指摘した。

バーディはたちまちむきになった。「だからこそいま、それを埋め合わせようとしているんじゃないの。彼女の両親宛に小切手を送ったけど、なしのつぶてよ」

レディ・エマが懸念で眉を曇らせた。「ほんとに音信不通になってしまったわね。せめて電話番号でも知らせていてくれれば、連絡のとりようもあったけど。あんなふうに姿を消してほしくなかったわ」

ケイラはパソコンのスクリーンに向けて顎をしゃくった。「それにしてもとんでもない手を使って再登場したわね。これは彼女にとってあとがない最後の賭けなのよ。テッドを取り戻すための」

シェルビーはきつすぎるジーンズのウエストバンドを引っ張った。「きっと両親からお金を借りたのね」

トーリーの意見は違っていた。「メグのプライドの高さからして、こんなまねは絶対にしないはずよ。未来を約束しない男を追いかけるタイプの女でもないし」

「メグがオークションに入札するなんて考えられないわ」ゾーイがいった。「両親が入札したんじゃない？」

一同はその可能性について考えをめぐらせた。「そうかもしれないわね」バーディがようやくいった。「どこの両親でもテッドとなら結ばれてほしいと願うものじゃないかしら」

しかし頭の回転の速いエマは違った角度から推理していた。「みんな間違いよ」エマはきっぱりといった。「入札したのはメグでも、メグの両親でもないわ」そしてトーリーと長々顔を見合わせた。

「なんなの？」ケイラがいった。「話してよ」

トーリーは三杯目のモヒートを置いた。「テッドがメグの名前を使って入札したのよ。彼はメグとよりを戻したいの。だからこんな方法を使ったんだわ」

委員会のメンバーたちは彼の反応を確かめたかったので、メグがコンテストの勝者であることを誰がテッドに伝えるべきかでまた半時ほど話し合った。知らんぷりで首を振るだけか、あるいは少しはこの計略について明かしてくれるだろうか？　ついにレディ・エマが委員長の立場から強引にその役目を買って出た。

テッドは日曜日に帰り、レディ・エマは月曜日の朝、テッド宅を訪れた。彼が戸口に現われないのは想定内だったが、物事を先延ばしにするのがいやなたちなので、ＳＵＶを駐め、トートのなかからふんだんに挿絵のついたベアトリックス・ポターの伝記本を取り出し、彼が外出するのを待つことにした。

半時もしないうちに、ガレージのドアが開いた。テッドはベンツもトラックも出庫できないよう停められた車をしげしげと見つめ、近づいてきた。ビジネススーツを着て、アヴィエーター・サングラスをかけ、黒の革ケースに入れたノートパソコンを抱えている。彼は前にかがんで開いた車の窓越しにひと言いった。「移動してくれ」

エマは本を閉じた。「ここへは公用で来たの。ドアを開けてくれれば伝えられたのに」

「ぼくはもう町長じゃない。公用に関わる立場にない」

「後任が決まるまでは町長よ。そう決定したでしょう？　それにそういう類いの公用ではないの」

テッドはかがめた上半身を起こした。「車を移動してくれないか。なんならかわりに動かしてやってもいい」

「私に対してそんな強引なやり方を通そうとしたら、ケニーが黙っていないわよ」

「ケニーならむしろ応援してくれるさ」テッドはサングラスをはずした。彼の目には疲労感があった。「なんの用なんだ、エマ？」

彼が『レディ・エマ』と呼ばなかったこと、蒼白い顔色がエマは気がかりだった。しかしそんな懸念をひとまず隠していった。「コンテストが終わったわ」彼女はいった。「勝者が決まったの」

「楽しみでゾクゾクするな」テッドはゆっくりといった。

「メグよ」

「メグ？」

エマはうなずき、彼の反応を待った。現われるのは満足かそれともショックか？　推測は正しかったのだろうか？

テッドはサングラスをかけ、三十秒以内に車をどかせと命じた。

フランセスカの広いウォークイン・クローゼットはダリーのお気に入りの場所の一つだ。

その理由はそこが妻の矛盾をよく表わしているからかもしれない。贅沢《ぜいたく》と所帯くささ、混沌《こんとん》と整然が混在する。甘いスパイスの香り。過度の耽溺《たんでき》と堅固な実用主義。クローゼットが表わしていないものは彼女の度胸、寛大さ、愛する人への忠誠心だ。

「うまくいきっこないよ、フランシー」ダリーは戸口に立ち、作り付けの引き出しから特別魅力的なブラを選んでいる妻に声をかけた。

「ばかいわないで。きっとうまくいくわよ」フランセスカはやつあたりするかのように、勢いよくブラを引き出しにしまいこんだ。夫としてはそれも悪くなかった。なぜならいまや妻はローカットのパンティしか身に着けていないからだ。女も五十代になると性的魅力を失うなどとのたまう輩は、フランセスカ・セリテラ・デイ・ビューダインの裸を見るがいい。いまでも頻繁に、つい先ほども乱れたベッドの上でそれを堪能したばかりだ。

フランセスカはいましまいこんだものとそっくりのブラを引っ張り出した。「なにか手を打つ必要があったのよ、ダリー。だってあの子、時間を無駄に過ごしているんですもの」

「無駄ではないさ。あいつなりに自信を取り戻そうとしているんだよ。子どものころだって、じっくりと考えをめぐらせるタイプだったからな」

「ばかいわないで!」また一つブラジャーが彼女の不興を買った。「もうあれから一カ月あまり。もう充分じゃないの」

ダリーが初めてフランシーに会ったとき、彼女は南国の花といった服装でぷりぷりと怒りながらテキサス・ハイウェイの路肩を歩いており、彼とスキートの乗る車をヒッチハイクしようとしていたのだった。のちにそれが、彼にとって人生でもっとも幸運な日となった。とはいえ妻をあまり暴走させるわけにもいかないので、ドアノブの傷を調べるふりをした。

「きみのちょっとした計画について、レディ・エマはどんな意見をいったんだい？」

フランシーがパンティにまるで合わない鮮やかな赤のブラを選んだので、まだ事実をレディ・エマにも打ち明けていないのだなと勘づいた。フランシーはブラをつけた。「この話はもうしたかしら？　エマったらケニーにRVを借りて子どもたちと一緒に全米を旅行しないかと持ちかけようとしているの。旅行中は彼女が子どもたちの勉強をみるんですって」

「それは初耳だね」彼はいった。「きみがメグの名前でEメールのアカウントを開設して例のばかげたコンテストのオークションで落札をもくろんでいるという話をレディ・エマには打ち明けていないとおれは見ている。そんな話をしたら、反対されるにきまっているからね」

フランシスカはハンガーにかかっていた瞳と同じ色のドレスを手に取った。「エマは慎重すぎる一面があるんですもの」

「いやいや。レディ・エマはこの町で唯一ともいうべき理性的な人間だよ。おれや、きみ、息子よりもずっとね」

「それは認められないわ。私は常識人よ」

「仕事に関してはそのとおり」

フランセスカは背中のジッパーを上げてもらおうと、夫に背を向けた。「わかったわよ。たしかにあなたは常識人よ」

彼は彼女のうなじから髪をそっとどけ、その下の柔肌にキスをした。「妻に関してはまるきり常識が働かないね。あの日ハイウェイできみを車に乗せて以来ずっとそれは変わらない」

フランセスカは振り向いて夫を下から見上げた。瞳をうるませ、唇は開いている。ダリーはその瞳に溺れそうになった。悔しいが、こうなることは妻に知られてしまっている。「気を散らさないでくれないか」

「お願いよ、ダリー……あなたにも協力してほしいの。私がメグをどう思っているか、あなたも知っているでしょう？」

「知らないね」ダリーはドレスのジッパーを上げた。「三カ月前は憎んでいただろう。忘れているといけないから念のためにいうが、彼女を町から追い出そうと画策したあげく、それがうまくいかないとわかると今度はきみの友人たちを招いたパーティで給仕までさせて恥をかかせようとしたんだぞ」

「あれはいただけなかったわね」フランセスカは鼻にしわを寄せ、考えこむようにいった。「彼女はそれは立派にふるまったのよ、ダリー。あなたにも見せたかったわ。まったく屈しなかった。メグはむしろ……素晴らしい女性だわ」

「そうかい。でもきみはルーシーのことも同じく素晴らしい女性だと見込んだんだろう。その結果があれだ」

「ルーシーも素敵な女性よ。でもテッドにはふさわしくないの。二人は似すぎているのよ。

メグには見えたことが、なぜ私たちには見えなかったのか、不思議なほどよ。メグはルーシーとは違って、最初からこの町になじんでいたわ」

「それはルーシーが思慮分別のある女性だからだよ。ウィネットに関するかぎり、『この町になじんでいる』がけっして褒め言葉ではないのはおたがい承知しているよな」

「でもうちの息子に関していえば、この町になじむ女性であることは条件からはずせないわ」

　フランシーのいうとおりかもしれない。ダリーもテッドがメグに恋愛感情を抱いていると思っていたが、ルーシーのときと同様いとも簡単にメグを行かせてしまったことで、考えが変わった。フランシーの決意は固いようだが、早く孫が欲しいという願望が強いので、客観的な見方には欠けているかもしれない。「こんなことしないで、最初から図書館再建委員会に寄付すればよかったんだよ」とダリーはいった。

「あなたと話し合って決めたことじゃないの」

「そうだな」どれほど裕福でもたった数家族で町を支えることはできないことを、二人は経験から知っている。二人はさまざまな名目で寄付を続けることを学び、今年は図書館再建より無料診療の拡張を優先したのだった」

「お金ですむことだし」かつてピーナツバターを糧《かて》とし、へんぴな町のちっぽけなラジオ局のカウチで寝泊まりしていた女性がいった。「冬の衣類を新しく買わなければいいんですもの。それより息子をこの手に取り戻したいの」

「あいつがどこかに行ってしまったみたいな言い方だな」

「とぼけるのはやめて。テッドはゴルフ・リゾートが実現しないことに悩んでいるんじゃないのよ」

「あいつがなにも話してくれないから、断言はできないと思う。レディ・エマでさえあいつの本心を聞き出せない。それにトーリーのこともここ数週間避けているらしい」

「なんでも一人で抱えこむ人間なのよ」

「そのとおり。きみがなにをしたかばれてしまったら、それこそ息子に見放される。おれもたまたまツアーだから文字どおり孤立無援だぞ」

「リスクは覚悟のうえよ」フランセスカはいった。

妻が息子のためにリスクを負うのはこれがはじめてではない。そんな妻と口論するより、キスするほうが楽だったので、ダリーはそれ以上なにもいわなかった。


フランセスカはすぐにも解決すべき問題を抱えていた。フランセスカがメグの名前で開設したEメールアドレス宛に、図書館再建委員会から「あなたが落札者です」という旨のメールが届き、それを本人に知らせるためにメグの居場所を捜し出す必要があるのだ。しかしメグが失踪したらしいので、コランダ夫妻に連絡するしかない。

過去十五年間に二度、ジェイクにインタビューしたことがある。彼のインタビュー嫌いを考えるとこれは注目に値する。寡黙なためインタビューしにくい相手ではあるけれど、素のジェイクはユーモアセンスのある親しみやすい人柄の持ち主である。彼の妻についてはよく知らないが、タフで頭の切れる、倫理を重視する人物と評されている。残念なことにコランダ夫妻の束の間のウィネット訪問のあいだに、フランセスカもダリーも彼らと親しくなるチャンスを作ることができなかった。

フランセスカがオフィスに電話したとき、フルールは心のこもった応対をしてくれはしたが、慎重に言葉を選んでいた。フランセスカはもろもろの事情をはしょり、自分が今回のことで演じた役まわりなど、不都合な詳細には触れないようにして話をした。メグを褒め、メグとテッドがたがいに深く思い合っているのは間違いないといった。

「サンフランシスコで一緒に週末を過ごせば、二人がよりを戻せるきっかけになると私は信じています」

フルールは当然ながら、核心をついてきた。「メグはそんなオークションに入札できるお金を持っていません」

「だからこそこの状況が、ますますじれったく感じられるんです。そうでしょう?」

短い沈黙があった。フルールはやっと答えた。「テッドが関わっていると思っていらっしゃるの?」

フランセスカは嘘をつくつもりはなかったが、自分のしたことを告白するつもりもなかった。「そのことに関して町ではさまざまな憶測が飛び交っています。なかにはとんでもない想像もありまして」フランセスカは早口でいった。「メグの電話番号を無理やり聞き出そうというつもりはありませんが……」そこで間を置き、フルールが自発的に伝えてくれることを願った。それが無理だとわかると、今度は急《せ》き立てるようにいった。「ではこうしましょう。旅行案内書はそちらのオフィスに直接お送りします。それとメグのＬＡ発サンフランシスコ行のラウンドチケット。委員会では二人がウィネットからプライベートジェットで発つよう計画していたようですが、このほうがいい解決法でしょう？」

フランセスカは息をひそめてフルールの答えを待ったが、フルールはそれには答えず、こういった。「息子さんについて少し聞かせてくださいませんか」

フランセスカは椅子の背にもたれ、テッドが九歳のときに撮ったスナップ写真を見つめた。痩せた小さな体に釣り合わない大きな頭。ウエストより高すぎる位置にベルトを巻いたズボン。〈根っからのトラブルメーカー〉とロゴの入った古いＴシャツに似つかわしくないしかつめ顔。

フランセスカは写真を持ち上げた。「メグがウィネットを去った日、彼女は地元民のたまり場へ出向いて、そこに居合わせた全員に向かって、『テッドは完璧ではない』といったんです」フランセスカはこみ上げる涙をこらえもしなかった。「それには異論があります」

フルールは机の前でフランセスカ・ビューダインとの会話を思い起こしていた。しかし一人娘が苦悩を抱えていると思うと、心境は複雑だった。メグ自身が悩みを打ち明けたわけではない。テキサスで過ごすうちに娘は人としてたくましくなり、成熟した。フルールもそんな見慣れぬ娘の姿に、ある種の戸惑いを覚えている。メグからテッド・ビューダインの問題についてはなにも訊かないでと釘を刺されているものの、メグが彼に恋をし、そのために深く傷ついていることは間違いがない。フルールの母性本能がメグを苦痛から守れとしきりに急かす。

フルールはいましがた耳にした話の矛盾点について思考をめぐらせた。フランセスカ・ビューダインはグラマラスな容姿に似つかわしくない鋭敏な頭脳の持ち主であり、明かす事実を自分に都合のいいように調整して話をしている。明らかに息子のことを最優先にしているフランセスカの話を信用できるはずもない。そしてその息子がメグの瞳に新たな哀しみの翳りをもたらした張本人なのだ。しかしメグはもう大人だ。このような事柄で、母親が娘にかわって決断を下すわけにはいかない。

フルールは受話器に手を伸ばし、娘に電話した。

サンフランシスコのフォーシーズンズ・ホテルのロビーでテッドが陣取った席は入口がはっきりと見渡せ、かつ入ってくる人の視界には入りにくい位置にあった。ドアが開くたび、テッドは胸の奥がよじれるような気がした。これほど調子を狂わされている自分が信じられなかった。本来は他人との交友を楽しみながら、気楽に生きる主義なのだが、ウェディング・リハーサルの夜メグ・コランダに出会ってからなにもかも気楽にはいかなくなった。

彼女は片方の肩をむきだしにし、腰にフィットするようにシルクっぽい生地を何度かひねって肩で結わえていた。髪はもつれてカールしながら顔を囲み、耳からぶらさげた銀貨がまるでヌンチャクのようだった。難癖をつけられたのだからもっと不快に感じて当然なのに、本気の発言とは思っていなかった。そんな最初の出会い以来澄んだ青空から竜巻のような緑色に変化する瞳を見ていれば、彼女のすべてをもっと真剣にとらえられたのにと悔やまれる。

レディ・エマから例のくだらないコンテストの勝者がメグに決まったと告げられたとき、波のように押し寄せる昂揚感に包まれ、間もなく現実に引き戻された。メグのプライドと銀行預金を考えればあんな額を入札したのがメグでないのは明白だ。誰の仕業なのかはすぐに察しがついた。世の親たちに気に入られるのはいつものことで、コランダ夫妻とて例外ではない。メグの父親とは数回視線を交わし合っただけだが、おたがいの気持ちは充分に伝わったと思う。

ドアマンが年配の婦人をロビーに案内した。テッドはまた椅子の背にゆったりともたれた。メグの乗った飛行機は一時間以上前に無事着陸しているので、もうそろそろここに到着していいころだ。彼女の顔を見たらなにをいえばいいのかまだ迷っている。しかし心の内に燃える怒りの感情だけは絶対に覚られたくない。怒りは不毛の感情であり、メグと接するには冷静な思考力が欠かせない。彼女の熱さ、混沌を受け止めるにはクールで整然とした態度が必要なのだ。

しかし現在の心境は冷静沈着とはほど遠く、待つ時間が長引くほど懸念がつのってくる。彼女に投げつけられた非難の数々も理解できていない。まずメグはランチョンパーティでの出来事を貶《おとし》めた。あのパーティに出席していた女性たちが秘密を守ることを承知のうえでのパフォーマンスだとケチをつけたのだが、それが納得いかない。人前で二人の交際を明らかにしたことは間違いないのだから。

さらに自分は恋愛感情を打ち明けておきながら、こちらが好意を伝えようとしても軽く聞き流し、三カ月前に祭壇の前で別の女性と結婚の誓いを口にするはずだったことを重視しようとしなかった。そのくせ永久不変の約束が欲しいのだという。それは情況もかえりみない突発的行動ではないのか？

ロビーのドアがふたたび開き、テッドは顔を上げたが、今度は年配男性とかなり年下の女性の二人連れだった。ロビーは涼しいほどなのに、テッドのシャツは湿っていた。あなたは汗をかかなくてすむサイドラインに立つ男だとメグに決めつけられたのに、このざまだ。テッドはまた腕時計を眺め、もしやメグからメールが来ていないかと携帯電話をチェックした。彼女が消息を絶って以来それが習慣になってしまったが、一度もメールが来たことはない。ポケットに携帯電話をしまいながら、思い出したくない別の記憶が鮮明に脳裏によみがえった。あの日埋立地で彼女にしてしまったあの行為……。

あんなふうに自制心を失ってしまったことが信じられない。彼女は気にしないようにといってくれたが、絶対に自分を許せそうもない。

なにかほかのことを考えようとして、結局ウィネットの混乱にまた腹立たしさがつのった。町がテッドの辞任を認めようとしないので次の町長は未定のままだ。しかしあの惨状にふたたび首をつっこむつもりは毛頭ない。町に大きな失望をもたらしたのはほかならぬ彼であり、町民がどれほど彼の立場を思いやってくれようと、彼らの信頼を裏切ったのは紛れもない事実なのだ。

ロビーのドアが開いては閉ざされた。彼の心地よい人生はひと夏のうちに滅びてしまったのだ。

〝私は泥臭くて無器用だからあなたに恋をして傷ついたの〟と彼女はいった。

あのブルーグリーンの瞳に宿る耐えがたい哀しみ。それを思い出すと胸が疼く。しかしこの心を、この胸の痛みをどうしてくれるというのだ？　ようやく真に信頼できる相手にめぐり会えたというのに、窮地に一人とり残されたこの痛手をいったいどうしろというのか？

〝私の愚かしいハートは……嬉しくて高鳴っていたの〟と彼女はいった。テッドは夕方までロビーで待ちつづけたが、メグは来なかった。

その夜テッドはチャイナタウンをぶらついて〈ミッション・ディスクリクト・バー〉で酒をあおり、したたかに酔った。翌日はジャケットの襟を立てて、雨のサンフランシスコを歩いた。ケーブルカーに乗り、ゴールデン・ゲイト・パークの茶園をさまよい歩いて、フィッシャーマンズ・ウォーフの土産物屋を覗いた。体を温めるために、クリフ・ハウスでクラム・チャウダーを食べようとしたが、いくらも食べられなかった。

〝あなたを見ただけで踊りだしたくなる〟と彼女はいったっけ。

テッドは翌朝早すぎる時間に目覚めた。二日酔いで惨めな気分だった。冷たく濃い霧がかかっていたがひと気もまばらな通りに出て、テレグラフ・ヒルに登った。コイト・タワーはまた開場時間ではなかったので、地上を歩き、サンフランシスコの町や霧の晴れはじめた湾を見渡した。無性にルーシーと話がしたかった。ルーシーにすべてのいきさつと心の葛藤を聞いてもらいたかった。しかしいまさら電話をかけて、あいつは幼稚で厚かましくて感情的すぎて、常軌を逸したクレージーな女だなどと、彼女の親友を罵《ののし》り、あげくの果てにおれはいったいどうすればいいのか、とすがるわけにはいかなかった。

ルーシーが恋しかった。彼女といるとなにもかも楽だった。

しかしそんな恋しさは、メグに対する情欲と絡んだ激しい思慕とは違っていた。メグとの燃えるような性愛が恋しかった。彼女の声、愉悦をもたらす高らかな笑い声が切ないほどに懐かしかった。

ルーシーに対してそうした心の疼きを覚えたことはなかった。再会を夢にまでみて、切望することはなかった。

ルーシーへの思いは愛ではなかった。

冷たい風が吹き渡り、木の葉を揺らしながら霧を海へと運んでいった。

23

数時間後テッドはレンタカーを借り、ハイウェイの五号線で南に向かっていた。猛スピードで車を走らせ、苦いコーヒーを飲むために一度だけ車を停めた。メグがウィネットを出たあと、LAの実家に戻っていると信じたかった。連絡のつけようもないインドやモンゴルなどの僻地では、どれほど彼女を愛しているか、伝えられないからだ。サンフランシスコの霧を晴らした風が彼の心の曇りまでも運び去ってくれた。そして見えてきたものはもとのフィアンセとの婚礼の中止という出来事の明確な背景だった。彼は感情の乱れによって安らかな生活が奪われることへの恐れから屁理屈をこねていただけなのだ。

愛が秩序や理性でどうにかできるものでないことは、誰よりも自分が一番知っていなければならないのではないか？　彼の両親はおよそ理性とは無縁の情熱的な恋愛を発展させ、欺《あざむ》きと別離ののち頑なに連絡を絶ったといういきさつを経て、出会いから三十年以上たったいまも愛し合っているではないか。

メグにはいわくいいがたい、心を乱すような、抗いがたい深い魂の結びつきを感じており、これこそルーシーとの関係には抜けていた要素なのだといまではわかる。理性的に考えればルーシーとの相性は完璧だった。しかしそれは心や心情といった要素を排した判断でしかない。この結論に至るまで、なぜこうも時間がかかってしまったのか、悔恨ばかりが残る。

車がＬＡの交通渋滞にひっかかり、テッドは苛立ちで歯ぎしりした。メグは情熱的で衝動的な性格の持ち主だ。会わなくなってすでに一カ月。経過する時間と距離によってメグの気持ちが冷め、おのれの気持ちにも気づかない間抜けな男にいやけがさしてしまっていたら、どうする？

いやいや、考えるのはよそう。彼女の恋愛感情が冷めきっていたらなどと思い悩んでもせんないことだ。せめてメグと連絡さえとれれば……。考えてみれば彼女は世界の最果ての地まで放浪の旅に出る習性がある。どうかＬＡに留まっていてほしいとは思うが、メグならおとなしく鳴りを潜めているはずもないのだ。

ブレントウッドのコランダ家の邸宅に到着したのは、日もとっぷりと暮れるころだった。両親はメグがサンフランシスコに現われなかったことを承知しているのだろうか？　そんなことが頭をよぎる。オークションを落札したのがメグの両親であると確信があるわけではないが、ほかの人物がそんなことをするとはとても考えられない。何度否定してもこれはなんと皮肉な状況かとわれながらあきれてしまう。世の娘の親たちに、安定感ゆえ花婿候補として気に入られることの多い自分だが、いまの自分は安定とはもっともほど遠い状態にある。

テッドはインターコムごしに名を名乗った。門が開いたとき、ここ二日間ひげも剃《そ》っていないことを思い出した。せめてホテルにでも立ち寄って、シャワーを浴び、身なりを整えてくるべきだった。服はしわだらけ、目は充血し、緊張でびっしょり冷や汗までかいている。

しかしここまで来たら、引き返すわけにもいかない。

テッドはコランダ家の本宅ともいえる英国チューダー王朝式邸宅の前に車を停めた。ついていれば、メグはここにいる。ついていなければ……。それは考えないことにした。コランダ夫妻は敵ではなく、味方なのだ。メグがここにいないとしても、なにか手がかりをくれるだろう。

しかしドアを開けてくれたフルール・コランダの冷ややかな敵意に、ただでさえ揺らいでいる気持ちがいっそうくじけた。「なんでしょう?」

それだけだった。微笑みも握手も、もちろん抱擁もなかった。年代に関係なく、彼と顔を合わせると女性はたいてい相好をくずす。そうした反応に慣れすぎているテッドは、フルールの対応に面食らった。「メグに会いたいんです」テッドはだしぬけにいった。そしてぶざまにつけ加えた。「ぼくは——おたがいに正式な紹介はまだでしたね。ぼくはテッド・ビューダインと申します」

「ああ、例の『悩殺王子』ね」

その言葉に好意は感じられなかった。

「メグはここにいますか?」

フルール・コランダはちょうど彼の母親がメグを見たときと同じようなまなざしを向けてきた。「前回会ったとき」フルールがいった。「あなたは泥の上を這いまわって男の人の頭を殴ろうとしていたわ」

メグが彼の弁護をしてくれていたら、自分も胸を張って意見をいえただろう。「そのとおりです。必要なら同じことを何度でもするつもりですよ。メグの居所を教えていただけるとありがたいのですが」

「なぜ？」

こうした手ごわい母親に一歩でも譲ったら、おしまいだ。「これはぼくとメグの問題ですので、申し上げられません」

「そうもいかない」と低く豊かな声が響き、気づけばメグの父親が母親のそばに寄り添っていた。「お通ししなさい、フルール」

テッドは会釈してゆったりと広い玄関ホールに入り、二人の後ろから居心地のよさそうな居間へ向かった。居間にはメグと同じ栗色の髪をした若い男性が二人いた。一人は暖炉の床に腰をおろし、ギターをかき鳴らしている。もう一人はパソコンのキーボードをたたいている。これがメグの双子の弟たちに違いない。ラップトップを抱え、ロレックスの時計をはめ、イタリア製のローファーを履いたほうが金融の天才というディランだろう。ギターを奏でるニューヨークの俳優クレイはもっさりと髪を伸ばし、裂け目の入ったジーンズに裸足というラフなスタイルだ。二人とも並外れた美貌の持ち主で、名前は思い出せないが、昔の映画スターに生き写しだ。父親似のメグとはまるで似ていない。また、親と同じで、テッドを歓迎している気配はまるでない。二人のうちどちらかはメグがサンフランシスコに来なかったことを知っているのだろうか。あるいはテッドを非難しようと待ちかまえているのか。そもそもオークションを落札したのはコランダ夫妻ではなかったのか？　どちらにしても、彼らから情報を訊き出す必要がある。

ジェイクはおざなりに家族を紹介した。弟たちは握手するためにしていたことをやめて立ち上がることもなく、目を向けただけだった。「こちらがかの有名なテッド・ビューダインか」父親の映画の台詞《せりふ》をまねて、クレイがわざとらしくいった。

ディランは敵対的買収の相手を鼻であしらうかのようにいった。「姉さん、あいかわらず男の趣味が悪いな」

これでは協力を取り付けるどころではない。しかし反感に慣れていないテッドは、一歩も引かぬ態度で弟たちをにらみつけた。「ぼくはメグを捜している」

「つまり姉さんはサンフランシスコのパーティに現われなかったってことか」ディランはいった。「そりゃ自尊心が傷ついただろうね」

「ぼくの自尊心とは関係ない」テッドはいい返した。「とにかく彼女と話がしたい」

クレイがギターのネックを指先でたたいた。「ふうん。でもさ、ビューダイン。そもそも姉貴があんたと話す気があれば、あんたのほうで居場所を捜す必要もないんじゃないか？」「そうとも」

この部屋にみなぎる悪意や反感はメグが日々ウィネットで闘っていたものなのだ。「そうともいいきれない」彼はいった。

美しい母親が怒りをあらわにした。「話すチャンスはあったのに、あなたがそれを台なしにしたと聞いているわ」

「そのとおり」父親がいった。「だが、伝言があるなら伝えてやってもいいよ」

テッドはメグに話したいことを伝えてもらうつもりは毛頭なかった。「繰り返しになりますが、ミスター・コランダ、メグとは直接話したいんです」

ジェイクは肩をすくめた。「だったら、しょうがないね」

クレイがギターを置き、兄弟から離れた。やや敵意が薄れ、同情めいた表情を浮かべてテッドに声をかける。「誰もいわないみたいだから、おれが教えてやろう。姉はアメリカにいない。また旅に出たんだ」

テッドは落胆した。これこそ彼が恐れていたことなのだ。「それはいっこうにかまわないね」テッドは気づけばそう口走っていた。「飛行機に乗ればすむんだから」

ディランは双子の兄弟と違い、同情の態度は見せなかった。「天才と称される人間にしては、きみって呑みこみが悪いね。おれたちからなにかを訊き出そうとしても無駄だよ」

「これが家族というもんだ」父親がいった。「きみには理解できないだろうがね」

テッドはその意味をしっかりと理解した。この揃って背の高い美貌のコランダ・ファミリーが結集し、彼に対して全面的な防戦態勢をとっていること。ウィネットの友人たちがメグに対して見せた態度と同じだ。睡眠不足、焦燥感、自己嫌悪、パニックがあいまってテッドは声を荒げた。「どうも納得がいかないな。四カ月前にメグを勘当したのはほかならぬあなた方なのでは？」

図星だった。家族一人一人が心苦しそうな表情を浮かべた。いまこの瞬間までおのれに意地の悪い一面があるとは夢にも考えたことがなかったが、このところ日々あらたな自分を発見して驚くようになっている。「きっとメグは近況をあなた方に報告してはいないんでしょうね」

「私たち家族はメグといつでも連絡を取り合っているわ」メグの母親がこわばった口元をゆるめることなくいった。

「そうかな？　じゃあ、彼女の暮らし向きがどんなだか知ってますか？」たとえあざといと責められようと、いってやりたかった。「だったら、食べ物を買うために彼女がトイレ掃除をしていたことは当然知ってるんですよね？　車で寝泊まりしていたことは？　放浪罪で収監されかかったことは？」メグが誰のおかげでそんな目に遇ったか、指摘する必要もなかった。「彼女はようやく家具もない廃屋を住処《すみか》にした。テキサスの夏の暑さがどれほどか、知ってますか？　彼女は涼をとるために蛇のいる川で泳いでいた」家族全員の全身から罪悪感が立ち上っていた。テッドはもうひと突きした。「メグは友人もなく、全町民から敵視されていた。だからいまさら家族の絆《きずな》なんて強調されても、悪いけどピンとこない」

メグの両親の顔色は蒼白で、弟たちは目をそむけていた。テッドはたいがいにしろとみずからを戒めたが、言葉が勝手に滑り出ていた。「居場所を教えてくれないのなら、もうけっこう。自分で捜し出すまでのことだ」

テッドは憤怒にまかせて荒い足取りで屋敷から出ていった。これまでなにかに対してここまで怒りを覚えたことはなかった。だが車までたどりつくと後悔が押し寄せてきた。彼らは自分の愛する女性の家族ではないのか。メグ自身でさえ自立を促すために勘当されたのだと理解していたのではなかったか？　あげく的外れな相手に自分の怒りをぶちまけただけで、なんの成果もなかったわけだ。いったいどうすれば、彼女の居どころを捜し出せるというのだ。

テッドはその後数日間、絶望と闘っていた。インターネットでメグの居どころを探るためのヒントを得ようとしたが、うまくいかなかった。なにか情報を持っていそうな人びとは彼と話したがらなかった。皆目見当もつかず、どこからどう捜せばよいのか、テッドは途方に暮れた。オークションの落札者がコランダ夫妻でないことが判明したものの、メグとの出会いを仕組んだ人物が誰なのかは、すぐにわからなかった。ようやくあれこれ考え合わせてある結論に至り、彼は実家の母の書斎に怒鳴りこんだ。

「母さんはメグに意地悪しただろう！」テッドはこらえきれずに叫んだ。

フランセスカはお帰りとばかりに指を振った。「なんて大袈裟《おおげさ》な」

テッドは怒りをぶつける格好の対象ができたように感じた。「あんなにひどい目に遇わせておきながら、急に態度を変えて今度は擁護にまわった」

フランセスカは追いつめられたときのとっておきの技を使い、尊厳を傷つけられたような表情を返した。「ジョゼフ・キャンベルは読んだでしょう？　ヒロインはありとあらゆる試練をくぐり抜けて成長し、やがて美しい王子の愛を勝ち取るのよ」

父親が部屋のすみで鼻を鳴らした。

テッドはゆっくりした足取りで実家を出ながら、ふつふつと新たに湧き上がる怒りに不安を覚えた。飛行機に飛び乗り、仕事に没頭したかった。かつての自分がかぶっていた偽りの自分という仮面を剝ぎ取ってしまいたかった。しかし現実には教会へ行き、メグがよく泳いでいた川の岸辺に座った。こんないまの自分を見たら、そして町の様子を見たら、メグはさぞ失望するだろう。町長室は無人で、未払いの請求書はたまるいっぽう。未解決の労働紛争は山とある。母が図書館再建の資金を寄付したというのに、それを認可できる人物が存在しないのだ。おれは町を見棄てた。メグの人生を、自分自身をだめにした。

これほど動揺しているおれを見たら、メグはきっと失望するだろう。ただでさえ見かぎられているというのに、これ以上失望させるなんて想像したくもない。テッドは町に戻り、トラックを停め、勇気を奮い立たせ、町役場に入った。

彼の姿を見た途端、町民たちが次つぎと駆け寄ろうとした。彼は手を挙げてそれを制し、相手をにらみつけた。

テッドは鳴りやまない電話にも出ず、ノックの続くドアにも出ず、一日じゅう町長室にこもった。書類をめくり、町の予算について検討し、破綻《はたん》したゴルフ・リゾート計画について熟慮した。ここ数週間、アイディアの種が芽を出し、潜在意識の殻をつき破ろうとしていたのだが、罪悪感やら怒りや悲嘆といった感情的汚泥にまみれていた。テッドは気持ちを切り替え、脳裏をよぎる埋立地での醜悪な光景を、自分の本来の持ち味である冷静かつ厳しい論理的な思考に置き換えてみた。

一日が経過し、二日目を迎えた。ホームメイドのパンや焼き菓子類がオフィスの外に置かれることがふえた。トーリーがドア越しに大声で〈ラウスタバウト〉に行きましょうよと誘った。レディ・エマはトラックの助手席にデビッド・マッカローの全集を置いたが、その理由はわからなかった。誰とも話さないまま三日たち、計画が練り上がった。その計画を推し進めれば、彼の生活はもっと複雑になることが予想できたが、それでも計画は計画だった。彼は引きこもりをやめ、電話をかけはじめた。

さらに三日が過ぎた。腕のいい弁護士を見つけ、電話連絡を続けた。残念ながら、町の復興計画以上に重要な、メグの居どころ捜しという問題解決の糸口は見つからないままだった。テッドは絶望に苦しんだ。いったいメグはどこへ行ってしまったのだ？

メグの両親はテッドの電話に出ようとしないので、トーリーやエマにも電話をかけさせたが、コランダ夫妻は頑として口を割らなかった。メグがカンボジアのジャングルで赤痢にかかっているのではないか、カラコルム山脈で凍死しかかっているのではないかと気がかりで、事業計画の一回目のミーティングの予定ですら忘れてしまいそうだった。

ある日の夜、ケニーがピザを抱えてテッドの自宅を訪ねた。「本気でおまえのことが心配になってきたよ。そろそろまともになれ」

「よくいうよ」テッドはいい返した。「そっちこそレディ・エマの姿が見えないと大騒ぎするくせに」

ケニーは記憶にないといい張った。

その夜テッドはまた寝つけずにいた。メグにミスター・クールとからかわれたことが、なんとも皮肉に思えた。天井を見つめながら、メグが雄牛の角で突かれたり、キングコブラに噛まれたりしているのではないかと想像していたが、ゲリラ隊の兵士たちに集団暴行されている様子が思い浮かぶと、じっとしていられなくなった。ベッドから飛び出し、トラックに乗り、埋立地まで行った。

涼しく静かな夜だった。ヘッドライトをハイビームにしたまま、二本の光のあいだでどこまでも広がる汚染された土地をじっと見つめた。ケニーの指摘は正しかった。いつまでもこんな不安定な心のままでいるわけにはいかない。だが、いったいどうすれば心が静まるというのか。依然メグの消息は途絶えたままだ。

荒涼とした眺めのせいなのか、静寂あるいは暗闇のせいなのか、空しく広がるこの土地が有望な未開発地に思えた。理由はなんであれ、テッドは背筋が伸びる気がした。そしてようやくいままで見落としてきた事実に気づいた。

メグがこの国を出るためには金がいる。そもそもの発想は、辛い経験をした娘が立ち直るために、両親が旅の資金を出したというものだった。それは彼の得意とする論理的推理だった。しかしそれはあくまでも客観的な推理で、彼女の気持ちに寄り添った想像ではなかった。

ありとあらゆる表情のメグを心に思い浮かべてみた。笑い顔。怒った顔。優しい顔。生意気な顔。彼女のことはまるで自分のことのようによくわかる。そう思って彼女のほうに心を開いてみたとき、もっと早く気づくべきだった本質的な事実がはっきりと見えてきた。

メグなら両親からびた一文受け取らず、隠れ家の提供も受けげず、旅費も出してもらわない。援助の類いはいっさい拒むはずなのだ。おれはクレイ・コランダに騙《だま》されたのだ。

24

メグは車に尾行されていることに気づいた。まだ夜の十時をまわったばかりだが、十月の氷《ひ》雨《さめ》のせいで、マンハッタンのロウワー・イースト・サイドの通りにひと気はなかった。彼女は道端に置かれた黒いごみ袋の前を急ぎ足で通り過ぎた。頭上の火災避難装置から雨がしたたり落ち、水のあふれた下水溝にはゴミが浮いている。クレイのアパートがあるブロックの、元は赤レンガ造りだったと思しき古いテナントビルのいくつかは改築されてこぎれいになったが、大半はそのままで、近隣もいかがわしい店ばかり。でもお気に入りの惣菜店までちょっと歩いてハンバーガーを買ってこようかという気持ちには勝てず、帰りに誰かを乗せる羽目になってしまうことの多い雨の日の運転は気が進まない。

狭苦しいクレイの部屋がある五階建てのビルまであと二ブロックほど。クレイがLAに戻っているあいだだけ、また借りしているのだ。クレイは独立《インディーズ》プロ製作の映画でおいしい役にありつき、LAで撮影中。これが待ちわびていたブレークスルーになる可能性も出てきた。クレイの部屋は狭いうえにわずかな光しか入らないいちっぽけな窓が二つだけの陰鬱《いんうつ》なアパートだが、賃料は安く、クレイの脂じみた古いベッドと彼の交際相手が残したガラクタ類を棄てたら、ジュエリー制作のスペースも生まれた。

車はまだ後ろをついてくる。ちらりと振り返ると、車は黒の長いリムジンで、そう神経質にならなくてもよさそうな感じだが、今週は長かった。あれから六週間もたったのだ。意識を集中させジュエリー・コレクションの制作に没頭していたため、疲れで頭はぼんやりし、指が痛む。しかし努力したらしただけ報われる。

自分は幸せだと無理やり思いこもうとする努力はもうやめた。しかしみずからの未来に関していえば、最善の判断だったと信じている。メグにもっと高級顧客向けのマーケットを目ざせと進言したのはサニー・スキップジャックで、自分もそれに投資しようとしていた。メグが作品を見せたブティックのマネージャーはモダンなデザインと古代の遺物との融合が気に入ってくれ、メグの予想したよりはるかに早く注文が入りはじめた。人生の目標がジュエリーのデザインだとしたら、歓喜の絶頂を極めているところだが、じつのところまだ人生の目標は定まっていない。そのうちに真の目標が見えてくるのだと考えている。

車はまだしつこくついてくる。濡れたアスファルトの路面に黄色いヘッドライトが反射している。キャンバス地のスニーカーから雨水がしみ入り、寒いので中古品販売の店で見つけた紫色のトレンチコートの前を掻き合わせる。インドのサリーを売る店のウィンドーはセキュリティーのため柵が下り、韓国の格安家庭用品の店も、だんご《ダンプリング》の店さえ閉店している。

メグは歩調をさらに速めたが、エンジン音は遠ざからない。思い込みなどではなく、車は明らかに彼女を尾行している。アパートまであと一ブロックだ。

すぐ近くの交差道路の上を、サイレンを鳴らし雨のなか赤いランプを点滅させながらパトカーが通り過ぎていった。呼吸がさらに速まったそのとき、リムジンがすぐ横に並び、夜の闇で黒い窓が不気味に光った。メグが駆け出すと、リムジンは横についてくる。そのとき、視界のすみで後部座席の窓がするすると下りるのが見えた。

「乗せてあげようか？」

窓から覗いたのは思いもよらぬ人物だった。あまりの意外な展開にメグは眩暈を覚え、でこぼこした舗道につまずき転倒しそうになった。あんなに慎重に跡をくらましたつもりだったのに、結局こうして見つかってしまった。窓枠に囲まれたその顔は影に包まれている。

ここ数週間というもの、メグは考える暇もないほどひたすら仕事に没頭し、毎夜力尽きるまで寝ないで頑張ってきた。心身ともにボロボロで、ただでさえ人と話す気力も残っていないのに、こんなときに彼とどう向かい合えばいいというのか。「遠慮しておくわ」彼女はいった。「もうすぐ家に着くから」

「少し雨に濡れているんじゃないのか？」街頭の光が彫刻のような頬骨のラインを照らし出した。

彼にこんなまねをされるいわれはないはず。こんなことを許すわけにはいかない。あんなことが起きたというのに。メグはふたたび歩きはじめたが、リムジンは併走してくる。

「こんな町にいるんだから、一人で外出なんてやめろよ」彼はいった。

彼の本質を理解し尽くしているメグには、こうして彼が突如姿を現わした背景が読めた。

良心の呵責というやつだ。他人を傷つけるのが嫌いな彼のこと、メグの心の傷が癒えていることを確認して安心したいというのが本音だろう。「ご心配なく」彼女はいった。

「よければ車に乗ってくれないか？」

「けっこうよ。もうすぐそこだから」メグはそれ以上なにもいうなとみずからにいい聞かせたが、好奇心には勝てなかった。「どうしてここがわかったの？」

「正直、簡単ではなかったよ」

メグはまっすぐ前を見据え、歩調を変えなかった。「弟の一人ね」彼女はいった。「家族から訊き出したわけね」

家族の一人が口を滑らせることは想定しておくべきだったかもしれない、とメグは悔やんだ。先週ディランがボストンへ行ったついでにメグのところに立ち寄り、テッドからの度重なる電話攻勢に家族がまいっているから、一度彼と話したほうがいいと進言したのだ。クレイもメールを何通も送ってよこし、最後のメールで『やつは死にもの狂いで姉さんを捜してるみたいだ』と伝えてきた。『やけっぱちでなにをやらかすかわからない』

『たかが知れてるわよ』メグはこう返信した。『せいぜい四フィートのパットをしくじるかどうか程度の覚悟でしょう？』

テッドはタクシーが通り過ぎるのを待って、答えた。「きみの弟たちからはなにも訊き出せないばかりか、誤った情報をつかまされたよ。クレイはきみが外国に行ったなんて嘘をついた。彼が俳優だということを忘れて、うっかり騙されちゃったよ」

「弟はなかなかの実力派だと話しておいたのに」

「しばらくはそれを信じていたけど、いまのきみが両親から金を受け取るはずがないと気づいたんだ。きみの銀行預金額では外国には行けないことも」

「私の預金額がいくらか知りもしないくせに」

薄暗がりのなかでもテッドが眉を上げるのが見えた。メグは嫌悪感で鼻をふんと鳴らした。

「きみがジュエリー材料をインターネットで購入したことがわかり、可能性のある業者をリストにしてケイラに電話させた」

メグは割れたウィスキーの瓶につまずきそうになった。「ケイラなら喜んであなたに協力したでしょうね」

「ケイラはフェニックスのブティック経営者を装って、テキサスで見かけたジュエリーデザイナーを捜していると話した。きみの作品についての特徴を述べ、店で扱いたいと希望したところ、昨日になって業者がきみの住所を知らせてきたんだ」

「そしてあなたはわざわざこんなところに出向いてきたと？　無駄足なのに」

テッドは図々しくも怒りのこもった声で答えた。「せめてリムジンのなかで話すわけにいかないのかい？」

「お断わりよ」良心の呵責は自分一人で解決してほしい。罪悪感が愛に変わることは、けっしてない。愛なんてもうたくさんだ。

「頼むから車に乗ってくれ」彼はぼやくようにいった。

「おあいにくさま。さっさと消えてよ」

「そうもいかない。さんざん苦しんだ末の行動なんだから」

「あらそう」

「くそ」車のドアが開き、リムジンが動いているのに彼は車から飛び降りた。反応する間もなく、気づけばメグは車に乗せられそうになっていた。

「やめて！　いったいなんのまねよ？」

リムジンはようやく止まった。彼はメグを無理やり車に乗せ、あとから自分も乗り、ドアを閉めた。そしてドアがロックされた。「誘拐されたと思ってくれてもいいよ」

車がふたたび動きはじめた。運転手の姿はパーティションに隠れて見えない。メグはドアの取っ手をつかんだがびくともしなかった。「降ろしてよ！　あなたがこんなことするなんて信じられない。いったいどうしちゃったの？　気でもおかしくなった？」

「かなりね」

メグはできるだけ彼を直視しないようにしていた。そのままでいれば彼もあきらめるはずだ。

メグはゆっくりと首をまわした。

彼の琥珀色の瞳と彫刻のような頬骨のライン、まっすぐな鼻梁《びりょう》、映画スターのような顎はあいかわらず見事で、端正な面立ちは輝かんばかりだった。チャコールグレーのビジネススーツに白いシャツに紺色のネクタイという結婚式以来のフォーマルな服装である。メグは胸にこみあげる濃密な感情と闘った。「本気よ」彼女はいった。「いますぐ降ろしてちょうだい」

「話がすむまでだめだ」

「あなたと話すつもりはないの。誰とも話をしたくないのよ」

「なぜだ？　おしゃべり好きなのに」

「変わったの」長い車体の両端は座席になっており、天井部分には細かいブルーのライトが灯り、造りつけのバーの上には巨大な薔薇《ばら》の花束が置いてある。メグはコートのポケットに手を入れ、携帯電話を探した。「警察に電話して誘拐されたというわ」

「やめたほうがいい」

「ここはマンハッタンよ。なんでもあなたの思いどおりになるウィネットとはわけが違うの。間違いなくライカーズアイランド刑務所に送られるわよ」

「それはどうかな。しかし試すのはばかげている」彼はメグの携帯電話を取り上げ自分のスーツのジャケットのポケットに入れた。

メグも俳優の娘らしく、つまらなそうに肩をすくめてみせた。「いいわ。聞きましょう。手短に話してよ。父がアパートで待ってるの」メグはドアの取っ手にもたれ、できるだけ彼と距離を置くようにした。「あなたを忘れるのに時間はかからないっていったでしょ？」

テッドは目をしばたたき、罪滅ぼしの薔薇を手に取り、メグの膝の上に置いた。「きみに気に入ってもらえるかなと思って用意したんだ」

「ごめん。予想ははずれよ」メグは花束を彼に投げ返した。

花束を頭に投げつけられ、テッドはこの再会がうまくいかないのもすべて身から出た錆《さび》だと思い知った。こうした誘拐まがいのやり方は最初から意図したことではなかった。薔薇を抱えて彼女の部屋を訪ね、心を込めた永遠の愛を誓い、リムジンに迎え入れたかったのだ。しかし車で走りはじめて間もなくメグの姿が目に入り、理性が吹き飛んでしまった。

長い紫色のトレンチコートに身を包み、雨のなかで背を丸めるようにして歩いているその後ろ姿をひと目見ただけで、メグだとわかった。同じように脚が長く、力強い腕の振り方をする女性はほかにもいるけれど、その姿を見ただけでこんなに胸がときめく女性はほかにいないからだ。

リムジンの薄暗い灯りの下で見ても、彼女の目の下にも彼と同じような隈ができている。耳に見慣れた錆びたビーズと古いコインで作ったイヤリングもなく、アクセサリーはなに一つ身に着けていない。耳たぶのちっぽけな穴が妙に無防備に見え、テッドは胸が痛んだ。濡れた紫色のトレンチコートの裾からジーンズを穿《は》いた脚が突き出ており、キャンバス地のスニーカーは水びたしの状態だ。最後に見たときより髪が伸び、鮮やかな赤に染めた髪の上で雨粒がきらきら光っている。あのころの彼女の姿が懐かしかった。こけた頬にキスをしてやり、瞳に温かみを取り戻してほしかった。微笑みを、朗らかな笑い声を取り戻させたかった。この愛に応えかつての恋心を取り戻してほしかった。

パーティションの向こうでは長いあいだニューヨークで母に仕えている運転手がハンドルを握っている。テッドはまっすぐ前を見据える彼女の様子を見ながら、すべてが手遅れである可能性について考えるのはやめようとみずからに言い聞かせていた。フィアンセがいるという彼女の話は嘘だろう。とはいえ男なら誰でも彼女に恋をしないはずがない。ぜひともそれははっきりさせなくてはいけない。「フィアンセってどんな男なんだ？」

「だめ。聞けばますます気落ちするから、聞かないほうがいいわ」

これはきっと嘘だ。テッドは少なくともそう思いたかった。「ぼくの気持ちを知ってるというのかい？」

「ええ。あなたは罪悪感を持っているのよね」

「そのとおり」

「正直、いまの私にはあなたを慰める気力がないの。見てのとおり、私はなんとか元気にやっているわ。だから私のことはほっといて」

メグは本人がいうほど元気そうではなかった。むしろ疲れきっているように見える。もっといけないのは、妙に落ち着いたよそよそしさがあり、ユーモアたっぷりに率直な物言いをする普段の彼女とは別人に感じられることだ。「きみに会いたかった」彼はいった。

「それを聞いて嬉しいわ」メグはそらぞらしい声で答えた。「アパートまで送ってくれる？」

「あとで」

「テッド、本気で頼んでるの。私たち、もう話し合うことなんてないじゃない」

「きみはそうかもしれないが、ぼくはきみと話したいんだよ」テッドはメグの決然とした言葉に不安を覚えた。彼女の頑固さは幾度も目にしたことがあり、自分がその決意の対象にはなりたくなかった。まず、彼女の冷ややかさをやわらげる必要があった。「そうだ、ボートに乗らないか？」

「ボートに乗る？　いやよ」

「ばかげたアイディアであることは百も承知だ。けど、図書館再建委員会の勧めなんだよ。やっぱりこれは撤回する」

メグははっと顔を上げた。「今回のことを委員会に話したの？」

とっさに浮かんだメグの怒りの表情に、テッドは元気づけられた。「そう、話したかもしれない。女性的観点を参考にしたかったからね。女なら誰でも大袈裟なほどのロマンティックな意思表示を喜ぶはずだというのが彼女たちの共通した意見だった。それはきみでも同じだろうと」

思ったとおり、メグの瞳がきらめいた。「私たちの個人的な秘密をあんな女《ひと》たちに話すなんて信じられないわ」

メグは『私たちの』という表現を使った。『あなたの』ではなく。「トーリーはきみに腹を立てていた」

「べつにいいわよ」

「レディ・エマもね。遠まわしな言い方をしていたけれど。きみが電話番号を変えてしまったから、気分をこわしてるんだ。そこまですることないのに」

「ごめんなさいと伝えてちょうだい」メグはふんと笑っていった。

「ボートに乗れと勧めたのはバーディなんだ。ヘイリーのことがあってから、彼女はきみの味方になったのさ。警察に届けないというきみの考えは正しかった。最近のヘイリーはすごく大人になったと思うよ。ぼくはおのれの過ちを認めようとしない頑固な男とは違う」

メグが濡れたコートの上でこぶしを握りしめるのを目にして、テッドは希望が膨らんだ気がした。

「私たちのプライベートなことをほかの誰かにも話した？」

「少しね」テッドはこの局面をどう乗り越えようかと必死に思考をめぐらせ、しばし考えた。

「ケニーに話しても無駄だった。スキートはまだおれに怒っている。スキートがあんなにきみのファンになるなんて予想外だったよ。バディ・レイ・ベイカーはきみにハーレーをプレゼントしろといった」

「バディ・レイ・ベイカーなんて知らないわよ！」

「知ってるはずだよ。ガソリンスタンドで夜働いているやつさ。きみによろしく伝えてくれといってたよ」

怒りのために、メグの美しい頬に血の気が戻った。「ほかには？」とメグは訊いた。

テッドはバケツの横にあるナプキンに手を伸ばした。事態を楽観視していたせいか、気の早いことにシャンパンを冷やしておくことにしたのだった。「頭を拭いてあげるよ」

メグはナプキンをつかみ、わきに置いた。テッドはシートにもたれ、落ち着いた様子を取りつくろった。「きみが一緒じゃないとサンフランシスコも楽しくなかったよ」

「あんな大金を使わせてしまって申し訳ないけど、図書館再建委員会はあなたの気前のいい寄付に感謝したでしょうね」

高額の落札金を支払ったのは自分ではないと認めることは、真の愛を誓おうとしているいまの状況にプラスの効果をもたらしそうもなかった。「ぼくは夕方までずっとロビーに座ってきみを待っていた」と彼はいった。

「罪悪感はあなたの得意技。私は違うの」

「あれは罪悪感ではなかったよ」リムジンが路肩に寄ったかと思うと、運転手はテッドがまえもって指示したとおり、アメリカン・インディアン国立博物館の向かい側にあるステート・ストリートで車を停めた。まだ外は雨が降っており、別の場所を目的地に選ぶべきだったと悔やまれたが、まさか両親のグリニッチ・ヴィレッジのマンションに連れていくわけにもいかず、レストランやバーで愛の告白をすることは考えられなかったのだ。母親の運転手がパーティションの向こう側で聞き耳を立てているというのに、リムジンのなかでこれ以上心の内を明かすわけにはいかなかった。そうだ。雨が降っていようとなかろうと、ここで告白しよう。

メグは窓から外を覗いた。「なぜここに停まったの?」

「公園を散歩するためさ」テッドはドアを開錠し、床にあった傘をつかみ、ドアを押し開けた。

「散歩なんてしたくないわ。体が濡れているし、足が冷えているから家に帰りたいの」

「少しのあいだ待ってくれ」テッドはメグの腕をつかみ、なんとか通りに引っ張り出した。

「雨なのに！」メグは声を張り上げた。

「小雨になってきたよ。それにもうすでに濡れているんだし、そんな真っ赤な髪をしているんだから温かいはず。大きな傘だってある」彼は傘を広げると、リムジンの後ろから歩道にメグを導いた。「ドックにはたくさんのボートがある」テッドはそういいながら、メグをバッテリー公園に連れていった。

「ボートには乗らないといったでしょ？」

「わかったよ。ボートには乗らない」どのみち最初からそんなことは計画していなかった。そんなことを思いつくだけの落ち着いた思考ができていなかったからだ。「ただここにはドックがあるといいたかっただけなんだ。それにここからは自由の女神がよく見える」

メグはそのことの重要性にまるで気づいていない。

「テッド、いい加減にしてよ」振り向いた彼女の表情にはかつてたがいに共有した突飛なユーモアセンスの片鱗《へんりん》さえうかがえなかった。彼は笑顔もないメグを見ているのが辛く、こんな状況に彼女を追いやってしまったおのれの過ちを悔いずにはいられなかった。

「わかったわ。早くすませてしまいましょうよ」メグは自転車に乗った人をにらんだ。「いいたいことがあるなら、いえば？　聞いたら帰るから。地下鉄で」

そんなことはさせない、とテッドは思った。「了解」テッドはメグを連れてバッテリー公園に向かい、遊歩道に続く小道に入った。

相合傘は本来ロマンティックなもののはずだが、一方が肩を寄せ合いたくないと、かえって気まずくなってしまう。遊歩道に行き着くころにはテッドのスーツも雨でぐっしょり濡れ、メグ同様靴は水びたしになっていた。露天商のカートも営業を終了しており、わずかに頑張っていた露天商も歩道わきを引き揚げていく。風が立ち、海からのこぬか雨が顔に吹きつけてくる。遠くで自由の女神が港を守るようにそびえていた。夜間用にライトアップされ、王冠にある小窓のなかで小さなともしびが確認できた。何十年も前の夏、彼はあの小窓を割り、『核廃絶』というスローガンが書かれた旗を投げ、やっと父にめぐり会った。いまこうしてその女神に励まされながら、テッドはどうか未来への道へとお導きくださいと祈った。

彼は勇気を奮っていった。「おれはきみを愛しているんだよ、メグ」

「わかったから、もう帰ってもいいでしょ？」

テッドは自由の女神に向けて首を傾けた。「あれは子ども時代で一番重要な出来事が起きた場所なんだ」

「うん、覚えてるわ。子どもなりの破壊行為だったんでしょ？」

「そうだ」テッドはかたずを呑むような思いで、続けた。「だから大人になってからの一番重要な出来事もここで起きるのがふさわしいように思えるんだ」

「だったら童貞をなくしたときじゃない？　いくつのときなの？　十二歳？」

「聞いてくれ、メグ。きみを愛しているんだ」

メグはまったく関心を示さなかった。「治療を受けたほうがいいわ。ほんとに。責任感がコントロールできなくなっているみたいだもの」メグは彼の腕をたたいた。「もういいのよ、テッド。罪悪感なんて棄ててしまいなさい。私は立ち直ったのに、正直いまのあなたはちょっと惨めったらしいわ」

テッドの気持ちはそんな言葉では乱されなかった。「ほんとうのことをいうと、この会話はリバティ島でしたかった。しかし残念ながら、子どものころの罪を理由に生涯立ち入り禁止を食らっているので、それは不可能だ。九歳のとき立ち入り禁止の処分はたいした罰に思えなかったが、いまになってその重さを思い知った」

「もうそろそろ話を締めくくってくれない？　今夜じゅうに片づけなくちゃいけない書類があるの」

「どんな書類だ？」

「入学手続き。一月からニューヨーク大学で授業を受けるの」

テッドは胸がかき乱されるような不安にかられた。これは間違いなく彼が待ち望んでいた言葉ではなかった。「復学するのかい？」

メグはうなずいた。「やっと人生の目標を見つけたの」

「ジュエリーのデザインをライフワークにするのかと思っていたよ」

「それは生活の糧を得るための手段。まだ家計のすべてを賄《まかな》えてはいないけどね。それだけでは満足できないの」

テッドは彼女の心を充たす存在でありたかった。

メグはようやくみずから進んで語りはじめた。しかしそれは二人の関係についてではなかった。「夏までに環境科学の学士号を取って、そのまま修士のコースを履修するつもりよ」

「それは……素晴らしい」とりあえずそういったが、本心は違った。「そのあとはなにを？」

「国立公園局とか自然保護審議会のような団体に就職するわ。選択肢は多いの。たとえば廃棄物管理とか。それを魅力的な分野ととらえる人は少ないけど、私は最初から埋立地に魅了されたわ。私の理想の仕事は――」そこまでいって、メグは突然話をやめた。「寒くなったわ。帰りましょう」

「きみの理想の仕事は？」結婚や子どもについてなにかいってくれないかとテッドは願ったが、それは非現実的に思えた。

メグはまるで赤の他人にでも話すように、ひどくそっけない調子で語った。「環境的荒廃地を娯楽施設に変えることよ。あなたの影響を受けたことは認めるわ。さて、お楽しみはこのくらいにしてそろそろおいとまするわ。今度は引き止めないでね」

彼女はそういうと踵《きびす》を返し、歩き出した。ユーモアとは無縁の厳しい表情を浮かべたタフな赤毛の女はもはやテッドとの関わりさえ望んでいない。

テッドは動揺した。「メグ！　おれはきみを愛している！　きみと結婚したいんだ！」

「それは変ね」メグは立ち止まることなくいった。「ほんの六週間前に、ルーシーに失恋したと話していたあなたが？」

「あれは間違いだった。ルーシーが消えて傷ついたのはおれの理性だった」

メグはやっと足を止めた。「理性?」そういって、振り向いた。

「そうだ」テッドは静かな口調で答えた。「ルーシーから棄てられて傷ついたのはおれの脳なんだ。しかしきみが姿を消して……」いつの間にか声がしわがれ、彼はうろたえた。「きみがいなくなって、おれは心がちぎれるような悲しみに襲われた」

ようやくメグは本気で彼の言葉に耳を傾けていた。目をきらきらさせて彼の腕に飛びこんでくる様子はないものの、とりあえず本気で聞いていた。

彼は傘をたたみ、一歩彼女のほうに進んで足を止めた。「ルーシーとおれは理論的にみて理想的なカップルだった。共通点も多かったし、なぜあんなことになったのかまったく納得できなかった。町じゅうの人から同情されているという状況で、意地でも自分の無念さを誰にも覚られたくなかった――。内心ではどうすべきか途方に暮れていたんだ。そしてそんなときときみと関わることになった。きみは脇腹に刺さった薔薇の棘。きみといると自分らしさを取り戻せる気がした。ただ……」彼が背中をそらすと雨水が襟にしたたり落ちた。「論理はときに有害なものとなる。ルーシーに関して間違った観念を抱いていたら、きみに対する感情だって見誤る。そうだろう?」

メグはなにもいわず、ただじっと聞いていた。

「きみを愛していると気づいてすぐにそれをきみに伝えられたらどんなによかったかと悔やむばかりだけど、突然姿を消したきみに腹が立ってそれどころではなかった。おれは怒りの感情に慣れていないから、その怒りの対象がほんとうは自分だとわかるまでにしばらくかかってしまった。おれはなんという愚かな頑固者、そして臆病者だったことか。いままであまりに楽に生きてきて、きみという自分の思いどおりにならないものにはじめて出会ったという感じだ。そのことを通しておれは自分の本質といやでも向き合うしかなかった」彼は息もつかず、いった。「おれはきみを愛しているんだ、メグ。結婚してほしい。毎晩きみと一緒に寝て、愛し合い、子どもを作りたい。喧嘩《けんか》したり、協力し合ったりしたい。ただ一緒にいるだけでいい。いつまでもそうやっておれをにらみつけながらそこに立っているつもりかい？　それともこんなおれに同情して、いまでも愛していると、少しは愛しているといってくれるか？」

メグはしげしげと彼を見つめた。その視線は揺るがず、その口元に微笑みはなかった。

「そうね、少し考えて、返事するわ」

メグは彼を雨のなかに残したまま、立ち去った。

彼は雨傘を落とし、よろめきながら雨に濡れた手すりに近づき、冷たい金属をつかんだ。目頭が熱くなっていた。こんなに空虚な孤独感を覚えたことはかつて一度もなかった。港を見渡しながら、彼女を口説き落とすにはどういえばよかったのだろうかと考えた。なにをいっても無駄だったのだ。なんにせよ手遅れだったのだから。メグは愚図な男を待てる女じゃない。潮時を見て早めに手を引くタイプなのだ。

「わかった。考えてみたわ」彼の背後からメグの声が響いた。「どんな条件を提示するつもり？」

テッドは心臓が飛び出すほど驚いて、くるりと振り向いた。雨粒が顔にはねた。「あの……それは？」

「その部分は了解したわ。ほかは？」

猛々しく力強いその表情にテッドは心から魅了された。青でも緑でもなく雨のせいで灰色に見える瞳のまわりを濡れたスパイク状のまつげが取り囲み、頰は紅潮し、髪は炎のように赤かった。口はいまにも主張を始めようと待ちかまえている。テッドの心臓は高鳴った。

「なにが欲しい？」

「教会よ」

「またあそこで暮らすというのか？」

「かもね」

「だったら断わる」

メグは考えこむ様子を見せた。テッドは答えを待った。耳元で心臓の鼓動が大きく響いていた。

「あなたが世界じゅうに所有しているものはどうなの？」メグはいった。

「きみにやる」

「そんなもの、いらない」

「きみが欲しがるはずないよ」テッドの胸のなかで、温かい希望に満ちたなにかが花開きはじめていた。

メグは険しい目で下からテッドをにらんだ。鼻の先から水がしたたり落ちた。「あなたのお母さまにはハロウィンの日だけ年に一度会うわ」

「それは考え直してくれないか。きみがオークションの落札者になるよう金を払ったのは母なんだから」

メグはようやく平静を失ったようだった。「あなたのお母さまが?」彼女はいった。「あなたじゃなかったの?」

テッドはメグを抱きしめてしまわないよう腕を固くした。「おれはまだむかっ腹を立てている段階だったからね。母はきみを——母の言葉をそのまま引用すると、きみはとにかく『見上げた心がけの女性』なんだってさ」

「面白い。じゃあ、取引違反者はどうするの?」

「取引違反なんてなかっただろう?」

「それはあなたの固定観念」メグの表情にはじめて不安めいたものが浮かんだ。「あなたは……ウィネット以外の土地に住むつもりはある?」

この質問を受けるであろうことは想定しておくべきだったが、彼にとっては唐突な問いかけだった。ウィネットで起きたことを考えれば、メグは当然あの町には戻りたくないだろう。しかしあの町には彼の家族や友人がいて、彼の存在はあの石ころだらけの土地に深く根をおろしている。あの町は彼の体の一部みたいなものではないのか?

テッドは彼の魂を捧げることを求めているこの女性の目をじっと見つめた。「いいよ。ウイネットも棄てる。きみの行きたいところへ越そう」

メグは眉をひそめた。「なにをいってるの？　私は長期的なことをいってるんじゃないの。まったく、ばかいわないでよ。ウィネットは故郷じゃないの。でも私は本気で学位を取るつもりだから、オースティンにも住まいが必要だわ。私がテキサス大学に入れば」

「もちろんきみなら入学できるさ」テッドの声はまたしわがれていた。「きみが望めば、どんなところにだって家を建ててやる」

メグもようやく彼と同じように涙ぐんでいた。「私のためにウィネットを棄てる覚悟がほんとうにあるの？」

「きみのためなら命だって棄ててやる」

「もう興奮でパニックになりそうよ」だがそう口でいいながら、それほどの興奮や動揺は態度に出ていなかった。ただ心から幸せそうな顔をしていた。

テッドはどれほど真剣なのか見せたくて彼女の瞳をじっと見つめた。「この世にきみより大切なものはないんだよ」

「あなたを愛してるわ、テディ・ビューダイン」彼女は彼が待ち望んでいた言葉を口にした。そして幸せそうに両手を広げて雨に濡れた冷たい体で彼の胸に飛びこんできた。彼女はそっとささやいた。冷たく濡れた顔を彼の首に、濡れた温かい唇を彼の耳に押し当てながら、「性愛の問題はあとで解決しましょう」と。

まさか、これほど素早く彼女に主導権を握られてしまうとは。

「絶対にいますぐに解決しよう」

「ムラムラしてきたのね？」

今度はメグが彼の腕を引っ張る番だった。二人はリムジンに向かって走った。彼は素早く行先を運転手に告げ、数ブロック先のバッテリー公園リッツ・ホテルまで短い道のりのあいだもメグに熱いキスをした。荷物も持たず衣服から雨水をしたたらせながら二人はロビーに駆けこんだ。間もなくドアをロックして暗い雨の降る港を見下ろす暖かくて乾いた部屋に入った。

「ぼくと結婚してくれないか、メグ・コランダ？」テッドはメグをバスルームに連れていきながら、いった。

「いいわ。でもあなたのお母さまへのいやがらせにコランダの姓も残すつもりよ」

「いいとも。さあ服を脱ごう」

二人は片足立ちで抱き合い、濡れて絡まったシャツの袖やデニムパンツと格闘しながら服を脱いだ。彼が広々したシャワー室の水道栓をひねった。メグは彼より先に入り、大理石のタイルにもたれ、脚を広げた。「いいことばかりじゃなく、イケナイことにも実力を発揮できるかテストするわ」

テッドは笑って一緒に入った。彼女を腕に抱き上げ、キスをし、愛撫した。こんなに女性をいとおしいと思ったことはなかった。埋立地でのあの下劣な行為のあと、彼女の前で二度と抑制を失うまいと彼は心に誓っていた。しかし彼女を目の前にし肌に触れると女性の愛し方の定義など頭から吹き飛んでしまった。これはただの女性などではない。メグなのだ。面白くて美しくて愛さずにいられないおれのメグなのだ。

彼の脳はようやく機能しはじめた。二人の肉体はまだ結ばれたままで、シャワー室の床の上からメグは彼を見上げ、輝く日差しのような満面の笑みを浮かべている。「さあ、謝ればっ？」彼女はいった。「謝りたいんでしょ？」

この女性を理解するには百年かかりそうだとテッドは思った。

メグは彼を押し倒し、手を伸ばして水を払い、心苦しそうに彼を見た。「さあ、今度は私の番」

テッドにはそれに抗う力は残っていなかった。

ようやくシャワー室から出た二人はバスローブをはおり、おたがいの髪を乾かし、ベッドに向かって走った。ベッドに着く前に彼は窓辺に行き、カーテンを閉めた。

雨はやみ、遠くで自由の女神が彼を見つめ返していた。彼は女神が微笑んでいるような気がした。

エピローグ

メグは学位を取るまで結婚はしないといい張った。「天才君の妻になるんだから、せめて大学は出てないとね」というのだ。

「その天才君だって、愛する女性が卒業証書を手にするまで待たずに、いますぐ結婚したいだろうよ」そう愚痴をこぼしつつも、これが彼女にとって重要な目標であることは口には出さずとも理解している。

メグのいないウィネットの生活は退屈で、誰もが彼女の帰りを待ちわびている。しかし町の人びとから電話があったり、たまにオースティンのちっぽけなアパートを訪ねてくる人はいても、メグが結婚式を挙げる前にウィネットの町に足を踏み入れることはなかった。

「早々と町に戻ったりすれば」メグは図書館再建委員会の面々にいった。彼女たちはプラスチック容器に入れたバーディのモヒートと半分しか中身の入っていないトルティーヤ・チップスを抱えてアパートを訪ねてきたのだ。「町に着いた途端、きっと誰かとトラブルを起こしちゃいそう」

ダイエット中のケイラはチップスのかけらだけをつまみながらいった。「なにいってるのよ。みんなあなたを歓迎するためにそもそも接触を避けるに決まっているじゃないの」

レディ・エマは溜息をついた。

シェルビーがゾーイをつついた。「メグは北部の人間だから理解できないでしょうね。北部の人は南部風のもてなしを喜ばないもの」

「それは確かね」トーリーが指に付いた塩を舐めながら、いった。「おまけに北部の女は油断していると男をかっさらってしまう」

メグは目玉をぐるりとまわし、富栄養化についての論文を仕上げるためにモヒートを飲み干した。それが終わるとニューヨークから注文の入りつづけるジュエリー制作の手伝いとして雇った美術専攻の学生アルバイトの仕事ぶりを監督しにいった。テッドや彼の両親、メグの両親、弟たち、図書館再建委員会の面々やその他のウィネットの住民たちの抗議にもかかわらず、メグはいまでも生活費を自分で支払っている。だが、テッドから婚約プレゼントとして真新しい赤のプリウスを贈られたときは、主義をゆるめることにした。

「あなたはプリウスをくれたのに」メグは彼にいった。「私からはこんなみすぼらしいマネー・クリップしかあげられないの」

しかしテッドはマネー・クリップがとても気に入っている。大地の女神ガイアを彫った希少なギリシャのコインをアクセントに、メグがデザインしたものだ。

テッドは最初計画したほどひんぱんにオースティンに来ることができず、一日に何度も話はするものの、一緒にいられないことがたがいに辛くなっている。だがテッドはウィネットからあまり遠くに離れるわけにいかない。ゴルフ・リゾート建設のために慎重に選び抜いた投資家がようやく顔合わせをすることになったのだ。それらの投資家には彼の父、ケニー、スキート、デックス・オコナー、有名なプロゴルファー、テキサスの実業家などが名を連ねていた。驚いたのは、スペンサー・スキップジャックが「あれは誤解だった」と、まるでなにごともなかったかのように、ふたたび投資家として名乗り出たことだった。テッドはあれは「誤解」などではないので、本来の事業に専念してくださいと断わった。

　テッドはみずから思い描いたとおりのリゾートを建設するために、世間の関心を集めすぎないよう努めていた。事業計画がうまく運んでいるのは喜ばしいものの、オーバーワーク気味で、結婚式直後に予定されている工事が始まれば、なおいっそう余裕がなくなるのは目に見えていた。未来図を共有できる、信頼のおけるパートナーが必要だとテッドはことあるごとに主張していたが、なかなか実現できずにいた。そんなある日ケニーはオースティンのメグを訪ね、「テッドが事業のパートナーとして求めているのはきみだということは、気づいているんだろう？」と詰め寄った。

「修士号を取ることがきみにとってどれほど大切なことかやつはよくわかっている」ケニーはいった。「だからこそいいだせないでいるんだよ」

　修士号を取るのは先に延ばせばいいとメグが判断するのに五秒とかからなかった。愛する男性と力を合わせてこうした事業に携わることは彼女の理想とする仕事だった。

　仕事のパートナー役を申し出ると、テッドは歓声を上げて喜んだ。二人は未来やともに作り上げようとしている未来への遺産について何時間も語り合った。二人が目指すのは、富裕層だけでなく家族連れがピクニックやボール投げを楽しめる場所へと汚染された土地を生まれ変わらせるプロジェクトだった。子どもたちが蛍狩りを楽しみ、鳥の鳴き声に耳をすまし、澄みきった川で魚釣りができるような土地にする夢である。

メグは結局結婚式の日取りを、ルーシーが祭壇前から姿を消した日からちょうど一年目の前日に定めた。フランセスカはそのことで猛烈に反対した。メグがようやく学士号を携えてウィネットに戻った日もフランセスカはまだぶつぶつとこぼしていた。

テッドが町立図書館の運営再開についての詳細をまとめた案内を町じゅうに配っているころ、メグは未来の義母の家のキッチンカウンターで朝食をとっていた。フランセスカがカウンター越しにトーストしたベーグルを手渡した。「なぜよりによってそんな日を選ぶのよ」未来の義母はいった。「メグ、正直言うと故意に悪運を呼び寄せたいのかと勘ぐってしまいたくなるわ」

「その正反対ですよ」メグはベーグルにブラックベリー・ジャムをたっぷりと塗りながらいった。「悲劇的な過去の灰のなかから新たな人生が芽生えるという象徴性がいいんです」

「あなたもテッドに似て変わり者ね」フランセスカは腹立たしげにいった。「二人がこんなに相性ぴったりだということにもっと早く気づくべきだったわ」

メグはにやりと笑った。

コーヒーを飲んでいたダリーが顔を上げた。「その変わり者なところがこの町によくなじむんだよ、フランシー」

「メグはほんとに変わったやつだよ」新聞を読んでいたスキートがいった。「昨日なんてなんの理由もなくいきなり抱きついてきて、もう少しで心臓発作を起こすところだった」

ダリーはうなずいた。「そういうところはたしかにあるな」

「あのう、本人はここにいるんですけど」メグは茶々を入れた。

しかしダリーとスキートは二人のうちどちらがメグにゴルフのレッスンをつけるかで話し合いを始めていた。二人はメグがすでにトーリーを選んだことなど、まるきり頭にないようだった。

フランセスカはウェディングドレスについてもっと詳しく話してよと水を向けたが、メグは頑として拒んだ。「どうせ結婚式でお見せするんだからいいでしょう?」

「ケイラには見せて、なぜ私には見せないの?」

「ケイラは私のファッション・コンサルタントだから。それにあなたは面倒な未来の姑《しゅうとめ》ですもの」

フランセスカは二番目の表現も気になったが、まず最初のポイントを指摘した。「ファッション・センスならケイラ・ガーヴィンには負けないつもりだけど」

「ええ、そのとおりです。でもバージンロードを通り抜けるそのときまでのお楽しみにしておきましょう」メグはフランセスカの頬にキスをすると町のホテルに到着した家族に会いにいった。しばらくしてルーシーが到着した。

「ほんとに私に出てほしいの?」メグが電話で披露宴に出席してほしいと誘うと、ルーシーはそう答えた。「そもそもあなたがいなければ、この結婚はなかったんだもの」

メグとルーシーは積もる話を二人きりでするために教会に向かった。川岸で寛いでいるところにテッドがやってきた。元の恋人同士の再会当初のぎこちなさはすでに消え、テッドとルーシーは旧来の親友同士のように打ち解けて話した。

リハーサル・ディナーは最初のときと同じくカントリークラブで催された。「まるでタイムワープに乗った気分よ」ルーシーは到着して間もなくメグの耳元でささやいた。

「今度はリラックスして楽しんでね」メグはいった。「きっと素敵な演出があるから」

約束どおりに、式は楽しくなごやかに進み、町民たちはジェイクとフルールに向かって夫妻の娘を褒めた。「彼女は私が雇ったなかでも最上級の優秀な従業員でした」バーディは熱意を込めていった。「ホテルの運営はほとんど彼女が取り仕切っていました。私はなにもする必要がなかったほどです」

「とても賢い子ですからね」フルールは真顔でいった。

ゾーイがエジプトふうのイヤリングを引っ張りながらいった。「彼女のおかげで私のワードローブがものすごく改善されたんです」ゾーイがそっとしまっておいたきらきらした瓶のふたのネックレスを取り出そうとポケットに手を入れたとき、ハンター・グレイの母親が現われた。

「彼女がいなくなったカントリークラブは火が消えたようでした」シェルビーが大袈裟な調子でまくしたてた。「信じられないかもしれませんが、普通のアリゾナ・アイスティーとダイエットのアリゾナ・アイスティーの区別がつかない人がいるんですから」

今度はケイラの番だったが、ケイラはハンサムなコランダ兄弟にすっかり見とれていたので、バーディが脇腹をつついて気づかせるしかなかった。ケイラは目をしばたたき、律儀にメグの美点を並べた。「私は彼女がいなくなって落ちこみすぎて、六ポンドも体重がふえてしまいました。なんとか店の経営が成り立っているのは彼女のジュエリーのおかげです。それに、最新流行ファッションがわかるのは、トーリーと私を除けばメグだけです」

「みんな大袈裟よ」メグは両親に向かって南部ふうにゆったりとした調子でいい添えた。「この人たちは集団で電気ショック療法を受けているの。グループ割り引きがあるから」

「感謝を知らない娘よね」シェルビーがレディ・エマに向かってふんと笑ってみせた。

トーリーは蟹《かに》のシュークリームをつかんだ。「町の運動場委員会を任せてもいいけど、そうするときっと私たちをばかにしそうよね」

メグはうめき、レディ・エマは微笑んだ。それを見たルーシーは困惑の表情を浮かべた。

「どうしちゃったの?」ルーシーはメグと二人きりになったとき、訊いた。「あなた、すごくこの町になじんでいるじゃない。いっとくけど、褒めているんじゃないわよ」

「わかってる」メグは答えた。「いつの間にかそうなっていたの」

しかしルーシーはいくらか憤慨したように話しはじめた。「あの人たちは私に対して慇懃《いんぎん》なだけだったわ。明らかに私のことは受け入れていなかったということよ。大統領の娘である私じゃなく、どじっ子のあなたがすっかり気に入ったわけよ」

メグは微笑んでウィネットのおかしな女たちに向けてグラスを掲げた。「私たちには絆があるの」

フルールがルーシーを連れ去り、テッドがメグと並んだ。二人は一緒にケイラとゾーイがコランダ兄弟に近づく様子を見守った。テッドはワインをひと口飲んだ。「きみはきっと妊娠しているってシェルビーがきみの両親に報告していたよ」

「まだよ」

「もしそれがほんとうなら、まずぼくに知らせてくれるはずだと思ったんだ」テッドは町の女たちを見渡した。「違うのか？　きみはほんとにこの町に住みたいのかい？」

メグは微笑んだ。「もうほかの土地には住めないわ」

テッドはメグの手に指を絡めた。「あとひと晩できみのいいだしたばかげた禁欲期間が終了する。おれもよく承知したよな。意味がさっぱりわからないよ」

「たった四日間なんて禁欲とも呼べないと思うわ」

「立派に呼べるさ」

メグは笑い、彼にキスをした。

しかし翌日の午後になるとすっかり緊張して、ルーシーやそれ以外の五人の付添いがなだめても、メグは落ち着きを取り戻せなかった。ジョージーとエイプリルが有名な夫とともに空路LAから到着し、サーシャはシカゴからやってきた。トーリーとレディ・エマをメンバーに加えない結婚式など考えられなかった。付添い人用に用意されたのは、すっきりとしたグレーの袖なしシルクドレスで、背中の部分には一人ひとり違ったラインストーンのボタンが並べてある。

「パーティが終わったら、ケイラがeBayに出品してくれるそうよ」式を前にして教会の控室に全員が集まったとき、トーリーがメグにいった。「かなりの金額になるみたい」

「それは慈善事業にまわすのよ」レディ・エマが確固とした口調でいった。

ウェディングドレスを着た娘を見て、フルールはやはり涙ぐんだ。トーリーとレディ・エマも違った理由で涙を浮かべた。パレードに備えて花嫁の一団が拝廊へ進むと、トーリーは大丈夫かとメグの耳元でささやいた。

「乗り越えるべき山はあるものよ」メグはいった。メグはブーケを握りしめ、ルーシーが短いトレーンを手直しした。かっちりしたコルセットの上身ごろにはかない感じのキャップスリーブが印象的なウェディングドレス。繊細な装飾をほどこした細身のシルエットで、背中は深くV字型にくれている。そして母親から譲られた腰下までのベールとオーストリア製クリスタルのティアラを使った。

花婿が教会の入口に到着したことを知らせるトランペットの音色が鳴り響いた。花婿付添い人はケニーだ。メグにはテッドの姿は見えなかったが、タイミングよく一条の光がステンドグラスを通して差しこみ、後光のように彼の頭を照らすのではないかという気がした。

メグの緊張はますます高まった。

レディ・エマが花嫁付添いの列を整えた。メグはつのる動揺のなかで、まずエイプリルが一歩を踏み出し、トーリーとサーシャがあとに続く様子を見つめた。両手は汗ばみ、心臓は激しく高鳴っている。ジョージーがいなくなり、レディ・エマとルーシーだけが残った。ルーシーがささやいた。「とてもきれい。友人として誇らしいわ」

メグも微笑みを返そうとしたが、レディ・エマはバージンロードへ進み、ルーシーだけが残って、メグは全身寒気を覚えた。

ルーシーが動いた。

メグの手が勢いよく伸び、ルーシーの腕をつかんだ。「待って！」

ルーシーは肩越しに振り向いた。

「彼を呼んできて」メグはパニックに喘《あえ》いだ。

ルーシーは呆然とメグを見つめた。「冗談なんでしょ？」

「違うわ」メグは息を大きく吸いながら答えた。「彼に会いたいの。いますぐ」

「メグ、こんなことするのやめて」

「わかってる。恐ろしいことよ。でも……彼を連れてきてちょうだい」

「だからここに来るのは気が進まなかったのよ」ルーシーはつぶやいた。彼女は深く息を吸い、ホワイトハウス・スマイルを浮かべてバージンロードを進んだ。

ルーシーはテッドの前に立つまで笑みを絶やさなかった。

ルーシーとテッドは食い入るように相手の顔を見つめた。

「あーあ」ケニーが思わず声をもらした。

ルーシーは唇を舐めた。「あの、ごめんなさい、テッド。またなの。ごめんなさい。でも……メグがあなたに来てほしいって」

「絶対に行かないほうがいい」ケニーがささやいた。

テッドはハリス・スミスウェル牧師のほうを向いた。「少し待ってください」

バージンロードを進む花婿の姿に、列席者からどよめきの声が上がった。彼はまわりを見ることなく内陣で自分を待つ女性のもとへまっすぐに向かった。

最初彼は真っ白な泡に包まれた愛らしい顔にただ見入るばかりだった。頬は蒼ざめ、ウェディングブーケを握るこぶしは白く張っている。彼はメグの前に立った。「気分でも悪くなったのか？」

メグはテッドの顎にひたいを当てた。そのためにベールを留めているティアラが目にぶつかった。「私がどんなにあなたを愛しているか知ってる？」とメグはいった。

「ぼくとほとんど同じぐらいにね」テッドはメークを台なしにしないよう鼻の上にキスしながらいった。「それにしてもきれいだな。でも……なんだかそのドレスを見たことがある気がする」

「トーリーのよ」

「トーリーの？」

「これも彼女のお下がりなの。でもこれも予想できたことでしょ？」

彼は微笑んだ。「トーリーの失敗した結婚じゃなく、デックスとの結婚式で着たものであってほしいよ」

「大丈夫」メグはうなずき、鼻をすすった。「ほんとに、ほんとに私でいいのね？　こんなにいい加減な人間なのに」

テッドはメグを見つめた。「あまり真面目すぎるのも考えものだよ」

「でも……現実を直視しましょうよ。私はそれなりに頭がいいけど、あなたほどじゃないわ。そんな人ほとんどいないけど……もしかしたら頭の悪い子が生まれるかもしれない。知能が低いってことじゃなくて……相対的にということだけど」

「わかったよ、メグ。人生初めての結婚というのはきみみたいに勇気のある女性にとっても神経をすり減らすものなんだね。幸いぼくは経験があるから助けてあげられるよ」彼も今度はメークの崩れを気にすることなく、メグの唇に優しくキスをした。「この儀式を終えたら、きみを裸にして自制心をなくし、また恥をかいてやる」

「そうね」蒼白かった頬の血色がようやく戻りはじめた。「バカなまねだということはわかってるわ。でもストレスに負けそうなの。ストレスを感じるとときどき自分があなたにふさわしい相手なんだということを忘れてしまうのよ。むしろ不釣り合いだと思ってしまうの。あなたは人の顔色ばかり気にするノイローゼだもの」

「ぼく自身からきみが守ってくれよ」そしてほかの誰からも、と彼は思った。

「それじゃあフルタイムの仕事になっちゃうじゃない」

「そろそろいいかな？」

メグはようやく微笑んだ。「ええ」

テッドはもう一度こっそりキスをした。「ぼくがどんなにきみを愛しているか、もうわかったね？」

「はい」

「よし。それをしっかり心に刻みつけるんだよ」テッドはメグを抱き上げた。もう大丈夫だから、必要ないからと止める間も与えず、彼はそのままバージンロードを進みはじめた。

「今回は」彼は列席者に向かっていった。「花嫁を確保しました」

著者あとがき

私の作品は一話完結ではあるけれど、登場人物が別の小説に迷いこんでしまうことがある。今回の作品には昔の作品から多くの登場人物が迷いこんできた。『Fancy Pants』(『麗しのファンシー・レディ』ハーレクイン刊)からフランセスカとダリー・ビューダイン、『First Lady』(『ファースト・レディ』弊社刊)からニーリー・ケースとマット・ジョリック、『Glitter Baby』(『きらめきの妖精』弊社刊)からフルールとジェイク・コランダ、『Lady Be Good』(『レディ・エマの微笑み』弊社刊)からケニー・トラベラーとエマ(レディ・エマ)、同じ作品で非正統派の恋愛模様を繰り広げたトーリーとデックス・オコナーも登場している。今作のヒロインのメグは『What I Did For Love』(『きらめく星のように』弊社刊)にちらりと登場している。また、『麗しのファンシー・レディ』と『レディ・エマの微笑み』で少年時代のテッドに会うことができる。そしてルーシー・ジョリック。彼女にも当然ハッピーエンドを用意してあげたい。このあとがきを書いている時点で、彼女をヒロインとする物語を鋭意執筆中であることをみなさまにお知らせしておこうと思う。

この作品を書くにあたっては多くの方々から励ましをいただいた。魅力的な友人であり編集者でもあるキャリー・フェロン、長年エージェントを務めてくれているスティーブン・アクセルロッド、そしてハーパー・コリンズとウィリアム・モロウ、エイボン・ブックスの素晴らしいチアリーダーたち。私はそうした方々に支えられていることを心からありがたいと思っている。

また私の有能なアシスタント、シャロン・ミッチェルの支援がなかったら私は途方に暮れてしまうだろう。彼女がいるおかげで私の世界はなめらかに動いてくれている。私の比類なきゴルフ・アドバイザーのビル・フィリップス、また〈ドリンクカート〉事情を語ってくれたクレア・スミス、ジェシー・ニアメイヤーにも感謝している。

そして私の作家仲間に心からのスタンディング・オベーションを送ろう。ジェニファー・クルージー、クリスティン・ハンナ、ジェイン・アン・クレンツ、キャシー・リンツ、スゼット・ヴァン、マーガレット・ワトソン。リンゼイ・ロングフォードには特別に喝采を送りたい。

フェイスブックで出会った新しい友人たち、そして私のサイトの掲示板に激励のメッセージを書きこんでくれる素晴らしいSEPファン『セビーズ』たちに感謝の抱擁を。

訳者あとがき

この作品は二〇一一年にアメリカで刊行された人気作家スーザン《S》・エリザベス《E》・フィリップス《P》の最新作である。一九八三年『The Copeland Bride』という共著作品でデビューを飾って以来、コンスタントに魅力的な作品を世に送り出しつづけてきた著者はRITA賞を四度受賞したほか、数えきれないほど多くの賞を手にしたベストセラー作家である。もともと多作ではないうえ、近年は執筆にもじっくりと時間をかけており、本人によれば、一本書き上げるのに少なくとも一年半はかかるとのことで、邦訳が出尽くしてしまった現在では新作の刊行が待ちどおしい状態にある。

彼女の代表作はやはり、なんといっても架空のプロフットボールチームを舞台にした『シカゴ・スターズ』シリーズだが、それ以外にも『ファースト・レディ』や『きらめく星のように』などの単発もの、またウィネット・テキサス・シリーズとして『きらめきの妖精』、『麗しのファンシー・レディ』、『レディ・エマの微笑み』がある。

今回の作品のヒロインは、『きらめく星のように』のヒロイン、ジョージーの友人としてちらりと登場したメグ・コランダで、別作品『きらめきの妖精』のヒロイン、フルールの娘である。

ヒーローは『麗しのファンシー・レディ』で少年時代、『レディ・エマの微笑み』で青年に成長した姿を見せていたテッド・ビューダイン。ストーリーはこのテッドと『ファースト・レディ』の少女ルーシーが成長して、結婚しようとするところから始まる。

この作品にはこうしたウィネット・テキサス・シリーズや『ファースト・レディ』から懐かしい友人たちが揃って登場している。『麗しのファンシー・レディ』のフランセスカ&ダリー・ビューダイン、『ファースト・レディ』のニーリー&マット・ジョリック、ルーシーと(赤ん坊だった)『バトン』ことトレーシー。『レディ・エマの微笑み』のレディ・エマ&ケニー・トラベラー、トーリー&デックス・オコナー。SEPの世界のビッグスターたちの共演ともいうべき豪華な顔ぶれだ。

著者がよく述べているように、彼女の作品の登場人物はシリーズものか否かの枠にとらわれず、彼女の頭のなかでは同じ宇宙に存在しているらしい。だから彼女のイマジネーションから生まれたストーリーに、別のシリーズの登場人物が関わってくることもあるわけで、今回はその顕著な例といっていいだろう。スピンオフに以前の作品のヒロインやヒーロー、重要な人物が登場することはあっても、少し離れた位置から見た描写やかぎられた会話などを通して、背景のようにぼかして描かれることが多い。しかし今回異色なのは、彼らがみな深く主人公たちと関わり、生き生きとしゃべり、主張し、存在感を強く発揮していることだ。

読者は彼女たちのその後の幸福を確かめてほっとするだけでなく、それぞれの個性や人間性をあらためて認識するという新鮮な感覚を味わうことができる。

小説は時代を映す鏡であるが、この作品でも現代社会、地球が抱える問題が背景として使われている。かつては経済的繁栄を謳歌した先進国に蔓延《まんえん》する不況、倒産、高失業率といった不幸。しかも人類は無知と傲慢のせいで、過去の豊かさと引き換えに、青く美しい水の星――地球を汚し、傷めつけ、荒らしてきた。年々深刻になっている温暖化による異常気象や災害、その他の現象はより大きな破滅へのほんの警鐘にすぎない。こうした反省から、地球の現状と未来について社会科学および人文科学的観点をベースに研究を進める地球環境科学が近年脚光を浴びはじめている。しかし環境問題は全世界がわがこととして等しく真剣に受け止め、協力し合わないと抜本的解決は望めず、対策が遅れれば遅れるほどかけがえのない地球が回復不能な状態に陥る可能性が高いといわれる。

地球環境学に精通したテッドが疲弊した町の立て直しのため打ち立てた、ゴミ埋立地をゴルフ場に生まれ変わらせようというプロジェクトは、文明と自然を共存させるための未来図の一つだろう。現実にそのスタイルで造られたゴルフ場はアメリカにも日本にも存在する。文明の排泄物ともいうべきゴミの処理と再生が環境問題を解決する一つの具体的な方法であるのは間違いない。

人生の目標を見出せず、生きる場所を持てなかった落ちこぼれのメグは厳しい体験を重ねることによってたくましく自立し、人として生きる力をつけ、未来への階段を一歩ずつ上りはじめる。それを取り巻くおかしな町の一風変わった感性を持つ面々。ここにもファニーで、ハートウォーミングで、胸がキュンとするSEPならではの独特のタッチがある。

なお著者は今回どこかの町へと姿を消したルーシーのその後を執筆中だという。本来の自分に目覚めたルーシーにどんな恋が待ち受けているのか、読むのが楽しみでならない。

ザ・ミステリ・コレクション

あの丘《おか》の向《む》こうに

著者　スーザン・エリザベス・フィリップス

訳者　宮崎《みやざき》 槙《まき》

発行所　株式会社 二見書房
東京都千代田区三崎町2-18-11
電話 03(3515)2311［営業］
03(3515)2313［編集］
振替 00170-4-2639

印刷　株式会社 堀内印刷所
製本　株式会社 関川製本所

落丁・乱丁本はお取り替えいたします。
定価は、カバーに表示してあります。

ISBN978-4-576-11165-0
http://www.futami.co.jp/